백년의 고독 2

Cien Años de Soledad

CIEN AÑOS DE SOLEDAD
by Gabriel Garcia Márquez

세계문학전집 34

백년의 고독 2

Cien Años de Soledad

가브리엘 가르시아 마르케스

조구호 옮김

민음사

일러두기
1 본문의 각주는 모두 옮긴이 주이다.

차례

백년의 고독 2

11장

아우렐리아노 세군도가 페트라 코테스가 받은 모욕을 보상하기 위해 그녀에게 마다가스카르의 여왕 옷을 입히고 사진을 찍게 한 사건으로 인해 그의 결혼은 두 달 만에 파경을 맞을 뻔했다. 페르난다는 그 사실을 알았을 때 신혼 가방을 다시 꾸려 작별 인사도 없이 마콘도를 떠나 버렸다. 아우렐리아노 세군도는 늪 지대로 가는 길에서 그녀를 따라잡을 수 있었다. 그는 수없이 간청하고, 다시는 그런 일을 하지 않겠다고 다짐한 끝에 그녀를 다시 집으로 데려다 놓고는 정부(情婦)를 포기했다.

자기 능력에 대해 알고 있던 페트라 코테스는 걱정하는 기색을 보이지 않았다. 사실, 그녀가 그를 사나이로 만들었다. 그녀는 그가 아직 어린애였을 때, 머릿속에는 환상적인 생각이 가득 차 있고, 현실과는 그 어떤 접촉도 없던 그를 멜키아데스의 방에서 끌어내 세상 한 부분을 가르쳐 주었다. 그는 천성적으로 신중하고 붙임성이 없고, 혼자서 사색하기를 좋아했는데, 그녀는 그의 성격을 완전히 바꾸어 활동적이고, 포용력 있고, 솔직한 사람으로 만들었고, 그에게 삶의 즐거움과 진탕 마시고 노는 파티와 낭비의 쾌락을 깨닫게 하여 마침내 사춘기 때부터 꿈꾸던 자신의 이상적인 남자로 안팎으로 개조했다. 그러나 그렇게 키워 놓은 그가, 때가 되면 자식들이 결혼하게 되듯, 다른 여자와 결혼해 버린 것이다. 그는 결혼 소식을 미리 페트라 코테스에게 꺼내지 못했다. 그래서 그는 그런 상황 앞에서 완전히 어린애처럼 행동했고, 어떻게 해야 페트라 코테스가 먼저 헤어지자고 나설 건지 그 방법을 찾으면서 일부러 화를 내보기도 하고 마음속으로 후회한다는 표정을 지어 보이기도 했다. 어느 날 아우렐리아노 세군도가 부당하게 나무라자 페트라 코테스는 그가 쳐 놓은 덫을 피하면서 정곡을 찔렀다.

"그러니까, 그 여왕과 결혼하고 싶다는 거군요." 그녀가 말했다.

무안해진 아우렐리아노 세군도는 짐짓 너무 화가 나서 어이가 없다는 듯 행동했고, 그녀가 자기를 이해하지 못하고 그렇게 모욕을 한다고 우기더니 다시는 그녀를 찾아가지 않았다. 페트라 코테스는 휴식을 취하고 있는 맹수의 당당한 위세를 단 한순간도 꺾지 않은 채, 마치 그 모든 것이 아우렐리아노 세군도의 새로운 장난에 불과하다는 듯이 결혼식장에서 들려오는 음악 소리와 폭죽 소리, 사람들이 왁자지껄 마시고 노는 소리를 들었다. 페트라 코테스는 그녀의 팔자를 동정하는 사람들을 미소로 진정시켰다. "걱정들 마세요. 여왕들이라 해도 내가 시키는 대로 할 테니까요." 페트라 코테스가 그들에게 말했다. 도망간 애인이 돌아오도록 애인의 사진 앞에 켜 놓을 양초를 가져왔던 옆집 여자에게 페트라 코테스는 수수께끼 같은 자신감에 넘쳐 말했다.

"그를 돌아오게 할 촛불만은 언제나 밝혀져 있죠."

페트라 코테스가 예상하고 있던 바대로 아우렐리아노 세군도는 신혼 여행이 끝나자마자 그녀의 집으로 되돌아왔다. 그는 항상 함께 어울리던 친한 친구들과 떠돌이 사진사 하나를 데리고, 카니발에서 페르난다가 입은 드레스와 피 범벅이 된 담비 망토를 가지고 왔었다. 그날 오후에 벌어졌던 요란법석한 파티의 열기 속에서 그는 페트라 코테스에게 여왕 옷을 입히고, 마다가스카르의 최고 종신 왕관을 씌워 주고, 그때 찍은 사진들을 친구들에게 나누어 주었다. 페트라 코테스는 그가 자기와 화해를 하기 위해 그도록 요란한 방법을 고안했을 당시 겁을 잔뜩 집어먹었을 것임에 틀림없다고 생각하면서 그 장난에 동참했을 뿐만 아니라 속으로는 연민의 정을 느끼기까지 했다. 저녁 7시가 되자 여전히 여왕처럼 차리고 있던 페트라 코테스는 침대에서 그를 받아들였다. 그가 결혼한 지 겨우 두 달밖에 되지 않았지만, 신혼 침대에서 일이 제대로 이루어지지 않고 있다는 것을 금방 눈치챈 그녀는 달콤한 쾌감을 느끼면서 완벽하게 복수를 했다. 그럼에도 불구하고, 이틀 후, 감

히 다시 찾아올 용기가 없었던지 헤어지는 문제를 협의하고
자 중개인을 보냈을 때, 그가 체면을 위해서라면 자기 자신을
희생할 준비가 되어 있는 것처럼 보였기 때문에, 그녀는 생각
했던 것보다 훨씬 더 많은 참을성이 필요할 거라는 사실을 깨
달았다. 그녀는 그때도 역시 동요하지 않았다. 그녀가 불쌍한
여자라는 일반화된 믿음을 확인시키기라도 하듯 그녀는 순순
히 그의 물건들을 되돌려 주기로 했는데, 사실 그녀가 간직하
고 있던 물건들 가운데 아우렐리아노 세군도를 생각나게 하
는 것이라고는 그 자신이 관 속에 들어갈 때 신고 싶다고 한
에나멜 코팅 반장화 한 켤레뿐이었다. 그녀는 반장화를 헝겊
으로 싸서 트렁크 밑바닥에 넣어 두고는 절망하지 않고 기다
리는 연습을 하기 위한 준비를 했다.

　"조만간 오고야 말 거야. 단지 죽어서 이 반장화를 신어야
할 때 뿐일지라도 말이야." 그녀가 혼잣말을 했다.

　예상했던 것만큼 오래 기다릴 필요는 없었다. 사실, 아우렐
리아노 세군도는 자신이 에나멜 코팅 반장화를 신어야 될 필
요가 있기 훨씬 이전에 다시 페트라 코테스의 집으로 돌아가
게 되리라는 것을 결혼식 날 밤부터 알고 있었다. 페르난다는
이 세상에는 영 어울리지 않는 여자였기 때문이었다. 페르난
다는 바다에서 1000킬로미터나 떨어진 어느 음울한 도시에서
태어나고 자랐는데, 음산한 밤이면 돌을 깐 골목길에서는 여
전히 부왕들의 마차가 덜커덩거리는 소리가 들렸다. 오후 6시
에는 서른두 개의 종탑에서 죽은 자들의 명복을 비는 종소리
가 울려 퍼졌다. 묘석을 깐 저택 안에는 햇빛이 전혀 들지 않

았다. 공기는 정원의 전나무에서, 침실의 색 바랜 벽걸이에서, 그리고 사철나무가 심어진 정원의 물이 뚝뚝 떨어지는 아치형 조형물에 멈춰 있었다. 페르난다는 사춘기에 접어들 때까지 여러 해 동안 낮잠 시간에도 졸립지 않은 누군가가 옆집에서 연습 삼아 치는 구슬픈 피아노 소리 이외의 다른 소식은 듣지 못했다. 그녀는 창문으로 들어오는 희뿌연 햇빛에 드러난 얼굴이 푸르댕댕하고 누리끼리한 병든 어머니가 기거하던 방에서 실의를 담은 듯한 고른 음계가 끈질기게 지속되는 걸 들었는데, 종려나무로 장례용 화환을 엮으며 시간을 보내는 동안에도 그 피아노 소리가 세상에 계속 울려 퍼지고 있다고 생각했다. 어머니는 5시만 되면 오르는 고열로 땀을 흘리면서 과거의 부귀영화에 대해 그녀에게 이야기했다. 아주 어린아이였던 어느 달 밝은 밤, 페르난다는 흰 옷을 입은 아름다운 여자가 정원을 가로질러 집 안에 있는 작은 예배당으로 가는 모습을 보았다. 얼핏 본 그 모습에서 가장 마음에 걸렸던 점은, 그 여자가 이십 년 후의 자기 모습을 그대로 보고 있는 것처럼 자기와 똑같다는 느낌이 들었다는 것이었다. "그분은 여왕이셨던 네 증조할머니시란다." 기침이 잠시 멈추자 어머니가 페르난다에게 알려 주었다. "사철나무 가지를 자르러 나가셨다가 나쁜 공기를 마시고 돌아가셨지." 여러 해가 지난 뒤, 자신이 증조할머니와 똑같다는 생각을 하기 시작했을 때, 어렸을 적에 보았던 그 여자가 진짜 증조할머니였는지 의구심을 드러내자 어머니가 그녀의 불신을 꾸짖었다.

"우린 무한한 부와 권세를 가지고 있어. 넌 언젠가 여왕이 될 거야." 어머니가 페르난다에게 말했다.

비록 자신들이 초콜릿 한 잔과 단빵 하나를 먹기 위해 삼베 식탁보를 두르고 은제 식기가 놓인 긴 식탁에 앉아 있었다 해도 페르난다는 그 말을 믿었다. 아버지 돈 페르난도가 그녀에게 혼수감을 마련해 주기 위해 집을 저당 잡혀야 했음에도 불구하고 페르난다는 결혼식 날까지 전설 속에 등장하는 왕국을 꿈꾸었다. 그것은 천진스러움도 권세에 대한 허영도 아니었다. 부모가 페르난다를 그렇게 키웠던 것이다. 철이 들면서부터 페르난다는 가문의 문장이 새겨진 황금 요강에 용변을 보았다는 기억을 했다. 열두 살이 되었을 때 처음으로 집을 나온 그녀는 두 블록밖에 안 되는 거리에 있는 수녀원 학교까지 마차를 타고 가야 했다. 급우들은 페르난다가 자기들과 따로 떨어져서 등이 높은 의자에 앉아 있어야 하고, 레크리에이션 시간에도 자기들과는 전혀 어울리지 않아야 한다는 사실을 알고는 놀라움을 감추지 못했다. "저 학생은 특별하단다. 장차 여왕이 될 거야." 수녀들이 설명했다. 그 당시 페르난다는 이미 급우들이 여태까지 보았던 어떤 여자보다도 아름답고, 뛰어나고, 정숙한 아가씨가 되어 있었기 때문에 급우들은 그 얘기를 정말이라고 믿었다. 페르난다는 라틴어로 시를 쓰고, 클라비코드를 연주하고, 신사들과는 매 사냥에 관해, 주교들과는 호교론(護教論)에 관해 대화를 하고, 외국의 통치자들과는 국사(國事)를, 교황과는 신에 관해 설명하는 법을 배우면서 팔 년을 지낸 뒤 집으로 돌아가 부모와 함께 종려나무로 장례용 화환을 엮는 일을 다시 시작했다. 집은 텅 비어 있었다. 가정용품들이 그녀의 교육비를 충당하느라 하나씩 하나씩 팔려 버렸기 때문에 집에는 꼭 필요한 가구와 가지 장식이 달린 촛대, 그리고 은제 식기만 남아 있었다. 어머니는 오후 5시면 도지는 열병으로 이미 사망하고 없었다. 금속판으로 만든 칼라가 달린 검은 상복을 입고 금시곗줄을 가슴에 늘어뜨린 아버지 돈 페르난도는 매주 월요일이면 살림살이에 쓸 은화 한 닢을 페르난다에게 주고는 지난 주에 만들어 놓은 장례용 화환들을 가지고 나갔다. 아버지는 하루 중 대부분을 서재에서 보냈으며, 어쩌다가 외출을 하게 되더라도 딸과 함께 로사리오 기도를 바치기 위해 6시가 되기 전에 꼭 돌아왔다. 그녀는 그 누구와도 친하게 지내지 않았다. 전국을 피로 물들인 전쟁에 대한 것은 단 한 마디도 들어 보지 못했다. 오후 3시만 되면 연습으로 치던 피아노 소리를 단 한 번도 빠뜨리지 않고 들었다. 여왕이 되겠다는 희망까지도 버리기 시작했을 무렵, 다급하게 대문 노커를 두드리는 소리가 두 번 들렸고, 그녀가 문을 열자 예의 바른 태도에 멋지게 차려입은 군인이 있었는데, 볼에 흉터 하나가 있는 그는 가슴에 황금 메달 하나를 달고 있었다. 그는 아버지와 함께 서재에 틀어박혔다. 두 시간 후 아버지는 페르난다를 찾아 바느질 방으로 왔다. "짐을 챙겨라. 네가 아주 멀리 떠나야 할 것 같구나." 아버지가 그녀에게 말했다. 그렇게 해서 그들이 페르난다를 마콘도로 데려오게 되었던 것이다. 단 하루 사이에, 삶은 부모가 수년 동안 그녀에게 교묘하게 숨겨 왔던 현실의 모든 무게를 너무나도 갑작스럽게 그녀 위로 얹어 버렸다. 집으로 돌아온 페르난다는,

상상할 수도 없었던 모욕을 받아 생긴 딸의 상처를 지워 주려고 애를 쓰는 돈 페르난도의 온갖 애원과 설명은 거들떠보지도 않은 채 방 안에 틀어박혀 울기만 했다. 페르난다가 죽을 때까지 침실에서 나가지 않겠다고 맹세하고 났을 때, 아우렐리아노 세군도가 그녀를 찾아 집으로 왔다. 분노로 제정신이 아니었고, 수치심으로 화가 치밀었던 페르난다가 자신의 진짜 신원을 절대 알아내지 못하도록 아우렐리아노 세군도에게 거짓말을 했기 때문에 그가 찾아오리라는 것은 전혀 예상하지 못하고 있었다. 아우렐리아노 세군도가 페르난다를 찾아 나섰을 때 지니고 있던 단 한 가지 실제적인 단서는 그녀가 말을 할 때 고원 지대 억양이 분명하게 드러나고, 종려나무로 장례용 화환을 만드는 일을 한다는 것뿐이었다. 그는 막무가내로 그녀를 찾아다녔다. 아우렐리아노 세군도는 마콘도를 건설하기 위해 산맥을 넘었던 호세 아르카디오 부엔디아의 엄청난 과단성, 무익한 전쟁을 이끌어 갔던 아우렐리아노 부엔디아 대령의 맹목적인 자존심, 가문의 생존을 보장하기 위한 우르술라의 무분별한 집요함을 지닌 채, 그렇게 단 한순간도 낙심하지 않고 페르난다를 찾아다녔다. 그가 장례용 종려나무〔弔花〕를 어디에서 파는지 물으면, 사람들은 가장 좋은 것을 고르게 해 준다면서 그를 이 집 저 집으로 끌고 다녔다. 그가 이 세상에서 가장 아름다운 여자가 어디 있는지 물으면, 모든 어머니는 그를 자기 딸에게 데려갔다. 그는 안개 낀 오솔길과 망각이 예정된 시간, 그리고 낙망의 미로 속에서 헤맸다. 답답한 마음을 메아리가 울릴 정도로 소리쳐 털어 놓고, 조바심 때문에 불길한 신기루까지 보아 가면서 누런 황무지를 건넜다. 몇 주를 별 소득 없이 보낸 다음, 죽은 사람의 명복을 빌기 위해 모든 종이 한꺼번에 울리고 있던 어느 낯선 도시에 도착했다. 비록 한번도 본 적이 없고, 누구에게도 들은 적이 없지만, 뼈에서 나온 염분 섞인 물에 삭아 침식된 담과, 버섯이 피어 나무가 폭삭 삭은 쇠락한 발코니와, 대문 위에 걸린 '장례용 종려나무 팝니다.'라고 쓰인 작은 간판을 금방 알아보았는데, 비바람을 맞아 글씨가 거의 지워지다시피 한 간판은 세상에서 가장 초라해 보였다. 바로 그때부터 페르난다가 수녀원장의 보호를 받으며 집을 떠난 쌀쌀한 아침까지 수녀들이 결혼 예복을 짓고, 여섯 개의 트렁크에 촛대와 은제 식기와 황금으로 만든 요강, 그리고 몰락하는 데 200년이 걸린 가문의 몰락 후에 남은 셀 수도 없는 허섭스레기를 꾸려 넣을 시간이 겨우 있을 뿐이었다. 돈 페르난도는 함께 가자는 제안을 거절했다. 그는 남은 일을 모두 처리하고 나서 뒤따라가겠다고 약속하고는 딸에게 축복기도를 하자마자 다시 서재에 틀어박혀 우울한 분위기를 자아내는 삽화들과 가문의 문장이 박힌 편지지에 딸에게 보내는 편지를 썼는데, 그것은 페르난다와 아버지가 평생 처음으로 가진 인간적인 접촉이었을 것이다. 결혼식 날은 페르난다에게 참된 의미의 생일이었다. 그러나 아우렐리아노 세군도에게는 거의 동시에 행복의 시작이자 마지막이기도 했다.

페르난다는 자신의 정신적 지도자가 보랏빛 잉크로 금욕해야 할 날들을 표시해 놓은, 조그만 금장 열쇠가 달린 예쁜 달력을 갖고 있었다. 일 년 가운데 부활 주일, 일요일, 지켜야 할 성일, 첫 금요일, 피정 기간, 성찬일, 그리고 여자들에게 주기적으로 찾아오는 날을 제하고 그녀가 쓸 수 있는 날은 무수한 보랏빛 엑스 자 표시들 사이에 흩어져 있는 사십이 일로 줄어들어 있었다. 아우렐리아노 세군도는 시간이 흐르면 그녀의 철옹성 같은 적대감도 누그러들 거라 믿고서 결혼 축하연을 예정된 기간보다 연장시켰다. 우르술라는 집 안이 난장판이 되지 않도록 브랜디와 샴페인 빈병을 쓰레기통에 갖다 버리는데 지쳐 있었고, 동시에 폭죽이 터지고 음악이 울리고 암소들을 잡는 가운데 신랑 신부가 각기 다른 시각에 다른 방에서 따로따로 자는 것 때문에 곤혹스러워 자신의 신혼 생활을 회고해 보았고, 조만간에 마을 사람들의 놀림감이 되고, 결국은 비극을 초래할지도 모를 정조대를 페르난다 역시 차고 있지 않을까 자문해 보았다. 그러나 페르난다는 그저 두 주일만 지나면 남편과의 첫 접촉을 허용하겠노라고 우르술라에게 고백했다. 그 기간이 지나자 페르난다는 그를 괜스리 속죄양으로 삼아 희생을 감수토록 했다는 생각에 마음을 돌려 실제로 침실 문을 열어 주었고, 아우렐리아노 세군도는 겁에 질린 동물처럼 처연하게 아름다운 눈에, 길다란 갈색 머리칼을 베개 위에 늘어뜨리고 있는 지상에서 가장 아름다운 여인을 보았다. 그는 그녀의 모습에 도취해 있었기 때문에 페르난다가 복사뼈에 닿을 정도로 길고, 소매가 주먹에 이르고, 교묘하게 테두리를 두른 커다랗고 둥근 구멍이 하복부께에 달린 하얀 잠옷[1]을 입고 있음을 알아채는 데는 잠시 시간이 흘렀다. 아우렐리아노 세군도는 터져나오는 웃음을 억누를 수가 없었다.

"이건 내 평생 처음 보는 섹시한 잠옷이구먼. 그래, 난 자비 수녀회의 애기 수녀와 결혼했다니까." 그는 온 집 안이 쩌렁쩌렁 울리도록 웃으며 소리쳤다.

한 달 후까지도 아내의 잠옷을 벗기지 못한 그는 여왕처럼 차려입은 페트라 코테스의 사진을 찍으러 갔다. 나중에 그가 페르난다를 집으로 데려왔을 때, 페르난다는 화해를 하고자 무진 애를 쓰던 그의 독촉에 못 이겨 몸을 허락하긴 했지만, 그가 자기를 찾으러 서른두 개의 종루가 있는 도시로 갔을 때 꿈꾸었던 그런 마음의 평온을 그에게 제공해 줄 줄은 몰랐다. 아우렐리아노 세군도는 그녀에게서 깊은 비애만을 느낄 뿐이었다. 첫아이가 태어나기 얼마 전, 어느 날 밤에 페르난다는 남편이 은밀하게 페트라 코테스의 침대로 다시 찾아갔다는 사실을 알게 되었다.

"그래, 갔소." 그가 시인했다. 그러고는 체념한 듯 기운 빠진 목소리로 설명했다. "가축이 계속해서 새끼를 치게 하려면 그렇게 해야 했소."

그처럼 특이한 변명으로 아내를 납득시키기에는 시간이 좀 필요했지만, 결국 반박할 수 없을 것 같은 증거를 대면서 설득하는 데 성공했을 때 페르난다가 남편에게 지켜 달라고 했던 단 한 가지 약속은 그가 정부의 침대에서 죽음으로써 자기

---

1) 페르난다는 부부관계를 할지라도 옷을 다 벗지는 않고 최소한의 부분만 접촉하기를 원했기 때문에 하복부께에 둥그런 구멍이 뚫린 잠옷을 입고 있다.

를 놀래키는 일만은 없도록 해 달라는 것이었다. 그렇게 세 사람은 서로를 귀찮게 하지 않은 채 계속해서 살아갈 수 있었는데, 아우렐리아노 세군도는 두 여자를 공평하게 사랑해 주었고, 페트라 코테스는 화해가 이루어진 것에 대해 으스댔으며, 페르난다는 짐짓 모른 체했다.

하지만, 그런 협정도 페르난다를 한 집안 식구로 만들 수는 없었다. 우르술라는 페르난다가 부부관계를 하고 난 다음에도 목에 두른 채 침대에서 일어나고, 그로 인해 이웃 사람들의 수군거림을 유발시킨 그 모직 러프를 벗어 버리라고 했지만 아무 소용이 없었다. 황금 요강은 아우렐리아노 부엔디아 대령에게 팔아 작은 황금 물고기나 만들게 하고 욕실이나 야간용 변기를 사용하라고 설득했지만 막무가내였다. 아마란타는 페르난다의 하자 있는 말투와 물건을 지칭할 때도 고상하게 빙빙 돌려서 말하는 습관에 심기가 몹시 불편했기 때문에 그녀 앞에서는 항상 은어를 써서 말했다.

"이피 애패는 자파기피가파 쌴판 똥퐁에페도포 구푸역퍽질 필을 할팔 그프런펀 여펴자파야." 아마란타가 말했다.

어느 날, 자기를 놀리는 데 화가 난 페르난다는 아마란타가 하는 말이 도대체 무슨 뜻인지 알고 싶어 했고, 아마란타는 고상하게 빙빙 돌려서 말하는 대신 단도직입적으로 대답했다.

"그러니까, 넌 엉덩이와 이마도 제대로 구별할 줄 모르는 그런 여자란 말이야." 아마란타가 말했다.

그날부터 그 두 사람은 말을 하지 않고 지냈다. 어쩔 수 없는 경우에는 메모를 건네거나 간접적인 방법으로 의사소통을 했다. 집안 식구들이 드러내 놓고 적대감을 표시했어도 페르난다는 자기 조상들의 관습을 그 집안에 심으려는 의지를 버리지 않았다. 그녀는 각자 배가 고프면 아무때나 부엌에서 식사를 하는 습관을 없애고, 아마포로 만든 식탁보를 씌우고 촛대를 올려놓고 은식기가 놓인 큰 식탁에서 정해진 시각에 식사를 하도록 강요했다. 우르술라가 평소 일상 생활에서 가장 간단한 것이라 여겼던 행위가 엄숙해짐으로써 빡빡한 분위기를 조성하자 말수가 없는 호세 아르카디오 세군도가 그 누구보다 먼저 반발을 하고 나섰다. 그러나 이 습관은 저녁 식사에 앞서 로사리오 기도를 드리는 습관처럼 정착이 되었고, 이웃사람들의 대단한 관심을 끌게 되어, 이내 부엔디아 집안 사람들은 식탁에 앉아서도 다른 사람들과는 달리 보통 식사를 하는 것이 아니라 대미사를 올린다는 소문이 파다하게 나돌았다. 전통에 의한 것이라기보다 순간적인 영감에 의해 드러나는 우르술라의 미신까지도 부모에게서 물려받아 각각의 경우를 위해 완벽하게 정의되고 분류된 페르난다의 그것과 충돌을 빚었다. 그래도 우르술라가 자기 능력을 충분히 발휘하고 있는 동안에는 옛 관습들 가운데 몇 가지는 존속되었고, 식구들의 생활에서도 그동안 우르술라가 마음을 썼던 것들 가운데 일부는 남아 있었지만, 우르술라가 시력을 잃고, 세월의 무게에 눌려 구석으로 밀려나게 되었을 때는, 페르난다가 그 집에 도착한 순간부터 페르난다에 의해 주도되었던 엄격한 생활 방식이 완전히 정착되었고, 페르난다 말고는 그 누구도 집안의 운명을 결정할 수 없게 되었다. 우르술라의 뜻에 따라 산타 소피아 델 라 피에닷이 운영하던 빵과 작은 동물 모양의 과자를 만드는 사업을 페르난다는 하잘것없는 것이라 여겨 주저없이 처분해 버렸다. 새벽부터 잠자리에 들 때까지 활짝 열려 있던 집 문들은 햇볕이 침실을 달군다는 이유로 낮잠 시간에만 닫히더니 결국에는 영원히 닫혀 버렸다. 마을을 설립할 당시부터 상인방에 걸려 있던 알로에 가지와 빵은[2] 떼어 내지고 예수의 성심(聖心)을 안치하는 벽감(壁龕)이 설치되었다. 아우렐리아노 부엔디아 대령도 드디어 그런 변화를 알아차렸으며, 변화의 결과까지 예견했다. "우리도 귀족이 되어 가고 있군. 이런 식으로 나가다간 결국 우리가 보수파 정권하고 또 한번 싸움을 벌이겠어. 하지만 이제는 보수파 정권 대신 왕하날 만들어 내기 위해서겠지." 그가 불만스런 목소리로 말했다. 페르난다는 아우렐리아노 부엔디아 대령과 부딪치지 않으려고 용의주도하게 처신했다. 그의 자주적 정신과 온갖 사회적 인습에 대한 반항이 그녀를 내심 괴롭히고 있었다. 페르난다는 그가 새벽 5시에 대접으로 커피를 마시고, 작업실을 엉망으로 만들어 놓고, 실오라기가 풀린 담요를 사용하고, 또 해질 녘이면 습관적으로 대문간에 앉아 있는 것에 울화가 치밀었다. 그러나 그 늙은 대령이 나이를 먹고 실의를 겪으면서 다소곳해진 맹수로서, 노인 특유의 반발심으로 발작을 일으켜 집안의 토대를 뿌리째 뽑아 버릴 수 있는 사람임을 알고 있었

---

2) 약용식물인 알로에와 일상 생활의 기본이 되는 빵은 악운을 내쫓는 물건으로 인식된다.

기 때문에 가족이라는 기계의 그 해이된 부품을 그대로 수용해야만 했다. 남편이 첫아들에게 증조할아버지의 이름을 붙이기로 결심했을 때, 페르난다는 그 집으로 온 지가 일 년밖에 안 되었기 때문에 감히 반대를 하지 못했다. 그러나 첫딸이 태어났을 때는 아기 이름을 친정 어머니를 따라 레나타로 짓겠다는 결심을 떳떳하게 밝혔다. 우르술라는 레메디오스라 부르자고 했다. 아우렐리아노 세군도가 흥미진진한 중재역을 맡은 그 팽팽한 대립은 아기 이름을 레나타 레메디오스라고 지음으로써 끝났지만, 페르난다가 굽히지 않고 오로지 레나타라고 불렀던 반면에 시댁 식구들과 마을 사람들은 레메디오스의 애칭인 메메라고 불렀다.

처음에 페르난다는 친정 식구들에 대해서는 얘기를 하지 않았으나 시간이 흐름에 따라 친정 아버지를 이상적인 인물로 만들기 시작했다. 식탁에서 그녀는 친정 아버지를 모든 허영을 초월한 예외적인 인간처럼 말함으로써 그는 차츰차츰 성인으로 변해 가고 있었다. 장인에 대한 시의적절하지 못한 예찬에 놀란 아우렐리아노 세군도는 아내 뒤에서 약간 비아냥거리고 싶은 충동을 거부하지 않았다. 다른 식구들도 아우렐리아노 세군도를 따라했다. 집안의 조화를 극도로 열망하고, 마찰을 속으로 감내하던 우르술라까지도 언젠가 고손자가 '성인의 외손자이며, 여왕과 목장주의 아들'이기 때문에 장차 틀림없이 교황 자리에 오를 거라는 농담을 하기에 이르렀다. 이 농담 속에 가시가 숨겨져 있었음에도 불구하고 아이들은 외할아버지가 전설적인 사람이라는 생각을 차츰차츰 하게 되었는데, 그는 편지에 경건한 시구를 써 외손들에게 보내고, 크리스마스마다 매번 집 대문으로 겨우 들어갈 수 있을 정도로 커다란 선물 상자를 보냈다. 사실, 그 선물은 대갓집 세습 재산의 마지막 찌꺼기였다. 그 찌꺼기로 아이들의 침실에 실물 크기의 성상들을 안치한 제단이 만들어졌는데, 성상들에 박힌 유리 눈은 성상들이 살아 있는 것 같은 생동감을 불어넣어 주었으며, 예술적으로 수를 놓은 울로 만든 성인들의 옷은 마콘도의 그 어떤 주민도 입어 보지 못한 옷보다도 더 좋았다. 낡고 써늘한 저택에 있던 음산한 영화(榮華)가 조금씩 조금씩 부엔디아 집으로 옮겨지고 있었다. "이제 자신들의 가족묘를 통째로 보내왔구먼. 버드나무와 묘석만 보내오면 다 되겠어." 언젠가 아우렐리아노 세군도가 이렇게 말했다. 비록 선물 상자에는 아이들이 가지고 놀 만한 물건이 단 한 번도 들어 있지 않았다 해도, 어찌 되었든 골동품에다, 늘 예상을 빗나갔던 선물이 집안에 새로운 변화를 유발시켰기 때문에 아이들은 12월을 기다리면서 일 년을 보냈다. 꼬마 호세 아르카디오가 벌써 신학교에 갈 준비를 하던 열 번째 크리스마스 무렵 아주 단단히 못질을 하고 역청으로 방수까지 한, 예의 그 고딕체로 주소를 적어 친애하는 도냐 페르난다 델 카르피오 데 부엔디아에게 보내는 외할아버지의 거대한 궤짝이 예년과 달리 조금 일찍 도착했다. 페르난다가 침실에서 편지를 읽는 동안 아이들은 서둘러 궤짝을 열었다. 항상 그랬듯이 아이들은 아우렐리아노 세군도의 도움을 받아 역청 봉함을 벗겨 내고 못을 빼뚜껑을 열고, 보호제로 넣은 톱밥을 파내고는 궤짝 안에서 구리 나사로 조여진 길다란 납 상자를 찾아냈다. 아이들이 조바심을 내며 기다리는 가운데 아우렐리아노 세군도가 여덟 개의 구리 나사를 풀고 나서 납 상자 뚜껑을 들어 올리는 순간 비명을 지르며 아이들을 옆으로 밀쳤는데, 그 안에는 보글보글 거품이 일어나는 진주조개 국물에 넣고 은근한 불에 끓이는 것처럼 피부가 짓물러 터지고 악취를 풍기는 돈 페르난도가 검은 옷을 입고, 가슴에 십자 고상을 얹은 채 누워 있었다.

딸 메메가 태어난 지 채 얼마 되지 않아, 돌아오는 네에를란디아 조약 체결 기념일을 축하하기 위해 정부가 뜻밖에도 아우렐리아노 부엔디아 대령을 위한 기념 축제를 개최할 거라고 발표되었다. 그것은 정부의 기존 정책과는 앞뒤가 전혀 맞지 않는 결정이었기 때문에 대령은 심하게 반발하며 그 영예를 거절했다. "기념 축제라는 말은 처음 듣는군. 하지만 그게 뭘 의미하건 간에, 장난임에 틀림없어." 그가 말했다. 좁은 은세공실은 사절들로 가득 찼다. 과거에는 까마귀처럼 대령 주위를 감싸고 날아다니던 시꺼먼 옷을 입은 변호사들이 이제는 훨씬 더 늙고, 훨씬 더 근엄한 표정으로 되돌아왔다. 대령은 과거에 그들이 전쟁을 중지시키기 위해 찾아왔을 때처럼 그들이 나타나는 것을 보았을 때, 그들의 빈정거리는 듯한 찬사를 참을 수가 없었다. 그는 그들에게 자기를 가만 내버려 두라고 명령했고, 자기는, 그들이 말하는 것처럼 그렇게 국가의 거물이 아니라, 과거를 잊고 사는 일개 장인(匠人)으로서, 작은 황금 물고기나 만들면서 모든 걸 잊고 빈한하게 살다가 피로에 지쳐 죽는 것을 유일한 꿈으로 삼고 있다고 역설했다. 대령을 가장 화나게 한 것은 공화국 대통령이 대령에게 훈장을 수여하기 위해 마콘도에서 열리는 행사에 몸소 참석할 생각이라는 소식이었다. 아우렐리아노 부엔디아 대령은 정권이 저지른 전횡과 시대착오적 행위를 대통령에게서 보상받기 위해서가 아니라 그 누구에게도 해를 끼친 적이 없는 한 노인에 대한 대통령의 존경심이 부족하기 때문에 좀 늦기는 했지만 대통령에게 한 방 쏠 수 있는 좋은 기회를 간절히 기다리고 있겠다는 말을 한 마디도 빠짐없이 대통령에게 전하라고 했다. 그가 밝힌 협박이 그 정도로 격했기 때문에, 공화국 대통령은 마지막 순간에 마콘도 방문 계획을 취소하고 개인 사절을 통해 대령에게 훈장을 보냈다. 온갖 압력에 내몰린 헤리넬도 마르케스 대령은 옛 전우를 설득하기 위해 중풍으로 누워 있던 침대에서 일어났다. 아우렐리아노 부엔디아 대령은 남자 넷이 들어 나르는 흔들의자가 나타나는 것을 보고, 또 젊었을 때부터 승리와 패배를 함께 나누던 친구가 커다란 베개들에 몸을 의지한 채 그 흔들의자에 앉아 있는 모습을 보고는 그 친구가 자기 뜻에 동조하겠다는 심정을 밝히기 위해 그런 노력을 기울이고 있다는 것을 단 한순간도 의심하지 않았다. 그러나 친구가 찾아온 본래 의도를 알게 된 그는 친구를 작업실에서 쫓아냈다.

"그때 자네가 총살을 당하도록 그냥 내버려 두는 게 자네에게는 더 이로웠을 거라는 사실을 내 너무 늦게 깨달았구먼." 그가 헤리넬도 마르케스 대령에게 말했다.

그렇게 해서 부엔디아 집안 사람들이 하나도 참석하지 않은 기념 축제가 거행되었다. 기념 축제가 사육제 주일과 같은 시기에 거행되었다는 것은 우연이었지만, 그 우연 역시 정부가 자신에 대한 모욕을 더 가혹하게 하기 위해 예정된 것이었다는 완고한 생각을 아우렐리아노 부엔디아 대령의 머리에서 끄집어 낼 수 있었던 사람은 아무도 없었다. 그는 외로운 작업실에서 군대 음악과, 예포 소리와, 떼 데움 성가와, 거리에 자신의 이름을 붙이는 명명식을 집 앞에서 거행하면서 행하던 연설 몇 소절을 들었다. 그의 눈은 노여움과 극심한 무력감으로 축축해졌고, 자기에게 보수파 정권의 마지막 자취까지도 지워 버릴 수 있는 피비린내 나는 전쟁을 개시할 만한 젊음의 대담성이 없다는 사실을 전쟁에 패배하고 나서 처음으로 가슴 아파했다. 우르술라가 작업실 문을 두드렸을 때도 그에 대한 찬사의 메아리가 사그라들지 않고 있었다.

"귀찮게 굴지 말아요. 나 지금 바빠요." 그가 말했다.

"문 열어라. 이건 축제하고는 아무 상관이 없는 일이야." 우르술라가 평소와 같은 목소리로 말했다.

문의 빗장을 벗겨 낸 아우렐리아노 부엔디아 대령은 문에서 각양각색의 생김새와 피부 색깔을 지닌 다양한 모습의 사내 열일곱 명이 밖에 있는 것을 보았는데, 그들은 이 세상 어디에 있어도 누구인지를 알아볼 수 있을 정도로 고독한 분위기를 지니고 있었다. 아우렐리아노 부엔디아 대령의 아들들이었다. 미리 약속을 하지도 않았고, 서로 모르는 사이였지만, 기념 축제에 대한 떠들썩한 소문에 이끌려 해안 지방의 가장 멀리 떨어진 구석으로부터 그곳으로 왔던 것이다. 모두 아우렐리아노라는 이름을 자랑스럽게 지니고 있었고, 성은 각자 어머니 것을 따르고 있었다. 그들은 사흘 동안 머무르면서 집을 전쟁터처럼 혼란스럽게 만들어 버렸는데, 그것은 우르술라에게는 기쁨이었고, 페르난다에게는 난장판이었다. 아마란타는 우르술라가 모든 아이들의 이름과 생일, 영세일을 기록해 둔 장부를 옛 서류들 사이에서 찾아내 각 빈칸에 각자의 주소를 첨가했다. 그 명단을 통해 이십 년에 걸친 전쟁을 개괄할 수 있을 정도였다. 대령이 현실감 없는 반란을 일으키려고 스물한 명의 부하를 이끌고 마콘도를 떠난 날 새벽부터 피가 말라붙어 딱딱해진 담요에 둘러싸여 마지막으로 돌아온 날까지의 야간 일정표를 그 명단을 가지고 구성할 수 있을 정도였다. 아우렐리아노 세군도는 행여 기회를 놓칠세라 샴페인과 아코디언으로 요란법석한 파티를 열어 사촌들을 즐겁게 해 주었는데, 그는 그 파티를 기념 축제 때문에 제대로 이루어지지 않았던 사육제의 흥을 뒤늦게나마 풀 수 있는 장으로 여겼던 것이다. 그들은 접시들 절반을 산산조각 내 버렸고, 황소 한 마리를 붙들어 매기 위해 뒤쫓아 다니느라 장미밭을 엉망으로 짓밟았으며, 총을 쏘아 암탉들을 죽였고, 아마란타에게 피에트로 크레스피에게서 배운 슬픈 왈츠를 추도록 강요했으며, 미녀 레메디오스에게 남자 바지를 입혀서 장대를 기어오르게 했고,[3] 식당에 기름을 잔뜩 바른 돼지 한 마리를 풀어놓아 페

---

3) 올라가기 어려운 장대 하나를 세워 놓고 그 끝에 상품을 매달은 다음, 장대 끝까지 올라가 상품을 잡게 하는 놀이이다.

르난다가 엉덩방아를 찧게 했으나, 집이 건강한 활기로 뒤흔들렸기 때문에 그 누구도 그런 손해에 대해 애석하게 생각하지 않았다. 아우렐리아노 부엔디아 대령은 처음에 불신감을 지닌 채 그들을 맞았고, 그들 가운데 몇은 자신의 진짜 아들이 아닐지도 모른다고 의심했지만, 그들의 광기를 더불어 즐겼고, 그들이 떠나기 전에는 각자에게 작은 황금 물고기를 나누어 주었다. 무뚝뚝한 호세 아르카디오 세군도까지도 어느 날 오후 그들에게 닭싸움 시범을 보여 주었는데, 그 아우렐리아노들 가운데 몇은 안토니오 이사벨 신부의 술수를 한눈에 간파할 수 있을 만큼 임기응변에 대단히 능했기 때문에, 닭싸움은 하마터면 비극으로 끝날 뻔했다. 그 엉뚱한 친척들이 하는 짓으로 보건대, 앞으로도 한없이 재미있게 놀아 댈 수 있으리라 생각한 아우렐리아노 세군도는 그들 모두가 남아 자기와 함께 일을 하도록 해야겠다고 작정했다. 그 제안을 받아들인 사람은 할아버지의 충동과 탐험가 정신을 지니고 있고, 체격 또한 장대한 물라토 아우렐리아노 트리스테뿐이었는데, 그는 이미 전세계의 반을 돌아다니며 자신의 운명을 시험한 바가 있었기 때문에 자신이 어디에 머물건 상관없는 일이었다. 다른 아우렐리아노들은, 아직 미혼이긴 했지만, 갈 곳을 미리 정해 두고 있었다. 그들은 모두 솜씨 좋은 장인으로서, 각자 가정이 있는, 평화를 사랑하는 사람들이었다. 그들이 해안 지역으로 뿔뿔이 흩어져 떠나기 전, 재의 수요일에 아마란타는 그들에게 제일 좋은 옷을 입혀 성당으로 데려갔다. 그들은 신앙심이 깊어서라기보다는 재미가 있어서 그냥 성체 배령석까지 따라갔고, 안토니오 이사벨 신부는 그들의 이마에 재로 십자가를 그려 주었다. 집으로 돌아온 다음 막내가 이마의 십자가를 지우려 했지만 전혀 지워지지 않았는데, 형들의 이마에 그려진 십자가도 마찬가지였다. 물과 비누로, 흙과 수세미로 씻어 보고 마지막으로는 경석과 양잿물까지 다 써 보았지만 십자가는 지워지지 않았다. 반면에 아마란타와 미사에 참석했던 다른 사람들은 어렵지 않게 십자가를 지울 수 있었다. "오히려 더 잘됐구나. 이제부터는 그 누구도 너희를 혼동할 수 없겠어." 우르술라가 그들과 헤어지면서 말했다. 그들은 악대를 앞세우고 폭죽을 터뜨리면서 와자지껄하게 떠났고, 마콘도 사람들에게 부엔디아 가문은 수세기 동안 뿌릴 씨앗을 지니고 있다는 인상을 남겼다. 이마에 재의 십자가를 달고 있던 아우렐리아노 트리스테는 마을 외곽 지역에 호세 아르카디오 부엔디아가 발명가적 정신착란 상태에서 꿈꾸었던 얼음 공장을 세웠다.

아우렐리아노 트리스테가 마콘도에 온 지 몇 달이 지나, 이제는 그가 사람들에게 알려지고 존경을 받게 되었을 무렵, 어머니와 미혼인 누이(그녀는 대령의 딸이 아니었다.)를 데려오려고 집 한 채를 찾으러 다녔는데, 광장 한쪽 구석에 방치되어 있는 것처럼 보이는 커다란 폐가에 관심이 갔다. 그는 집 주인이 누구인지 물었다. 그 집은 지금 주인이 없으나, 과거에는 벽의 흙과 석회를 먹고 살았고, 만년에는 일주일에 두 번씩 주교에게 편지를 부치기 위해 자잘한 조화로 만든 모자를 쓰고 빛 바랜 은빛 구두를 신고 광장을 가로질러 우체국까지 가는 모습이 길거리에서 보이던 어떤 외로운 과부가 살았다고 누군가가 알려 주었다. 사람들은 그녀가 함께 살았던 사람은 개건 고양이건 집 안으로 들어오는 짐승이란 짐승은 모조리 죽여서는 짐승 썩는 냄새로 주민들을 골탕먹이려고 그 시체를 길 한가운데 내버리던 잔인한 하녀뿐이라고 말했다. 그 집에서 마지막으로 죽은 짐승 껍데기가 햇볕에 말라 미라가 되고부터도 많은 세월이 흘렀기 때문에 모두들 그 여자와 하녀가 전쟁이 끝나기 훨씬 전에 벌써 죽었으리라 믿고 있었는데, 지난 몇 해 동안 겨울이 사납지도 않았거니와 집을 쓰러뜨릴 만큼 모진 바람도 불지 않았기 때문에 그 집이 아직 무너지지 않고 있다는 것이었다. 녹이 슬어 망가진 경첩, 친친 엉킨 거미줄에 간신히 매달려 있는 문, 습기가 차서 꼼짝도 하지 않는 창문, 잡초와 들꽃으로 인해 갈라져 그 틈새에 도마뱀과 온갖 벌레가 자리를 잡고 있는 마루가 그 집에 적어도 반 세기 동안은 사람이 살지 않았다는 얘기를 확인시켜 주는 듯했다. 충동적인 아우렐리아노 트리스테는 이것저것 따지지 않고 행동으로 옮겼다. 그가 어깨로 현관 문을 밀어 열자, 개미집이 부서지면서 조용히 먼지가 일고 흙가루가 떨어지는 가운데, 벌레 먹은 나무 문틀이 소리없이 무너져내렸다. 아우렐리아노 트리스테는 자욱한 먼지가 사그라들기를 기다리며 문간에 서 있었는데, 먼지가 가라앉자 벗겨진 두개골에는 노란 머리카락이 몇 가닥만 남아 있고, 마지막 희망의 빛이 이미 다 스러지기는 했어도 여전히 아름다운 커다란 눈에, 얼굴 피부가 고독의 쓰라림으로 거칠게 터 버린, 삐쩍 마른 여자가 지난 세기에 입던 옷을 아직도 입은 채 거실 한가운데에 서 있었다. 아우렐리아노 트리스테는 마치 다른 세계에 존재하는 것 같은 그녀의 모습을 보고 기겁을 해 그녀가 군대용 구식 권총으로 자기를 겨누고 있다는 사실을 거의 알아채지 못했다.

"실례하겠습니다." 그가 기어 들어가는 목소리로 말했다.

여자는 딱 벌어진 어깨에 이마에는 재로 십자가 문신을 박은 거인을 샅샅이 뜯어 보면서 잡동사니로 가득 찬 거실 한가운데에 꼼짝않고 서서는, 과거 쌍발 엽총을 어깨에 비스듬히 걸어 메고, 줄에 꿴 토끼들을 들고 안개 속에서 나타나던 남편을 먼지 안개 사이로 보았다.

"하느님 바라옵나니, 이젠 제게 이런 추억을 가져오지 말게들 해 주세요." 여자가 작은 목소리로 외쳤다.

"집을 세내고 싶습니다." 아우렐리아노 트리스테가 말했다.

여자는 그때 재의 십자가를 정확하게 겨냥하면서 권총을 치켜들었고, 단호한 태도로 방아쇠에 손가락을 걸었다.

"나가요." 여자가 명령했다.

그날 밤 저녁 식사를 하면서 아우렐리아노 트리스테는 낮에 겪은 일을 집안 식구들에게 얘기했고, 그 얘기를 들은 우르술라는 슬퍼하며 울음을 터뜨렸다. "하, 하느님, 그 애가 아직 살아 있다니!" 우르술라는 손으로 머리를 쥐어짜며 외쳤다. 시간과, 전쟁과, 헤아릴 수 없는 일상의 재난들이 그녀로 하여금 레베카에 대해 잊고 지내도록 했던 것이다. 레베카가 구더기 들끓는 집 안에서 썩어 가고 있으면서도 살아 있을 거라는 생각을 단 한순간도 버리지 않았던 사람은 몸은 늙었지만 성격이 끈질긴 아마란타뿐이었다. 아마란타는 마음속의 냉기가 외로운 침대에서 자고 있는 자신을 깨우는 새벽이면 레베카를 생각했고, 축 처진 젖가슴과 쭈글쭈글한 아랫배에 비누질을 할 때면 레베카를 생각했고, 하얀 속치마와 늙음을 가리기 위해 구식 갱사 코르셋을 착용하고, 가혹한 속죄의 증표인 손에 감은 검은 붕대를 새 것으로 갈 때면 레베카를 생각했다. 언제나, 자나 깨나, 가장 황홀한 순간이나 가장 비참한 순간에도 항상 레베카를 생각했는데, 그것은 고독이 그녀에게 추억을 걸러 주고, 살아가면서 그녀의 가슴에 쌓였던 추억의 쓰레기들 가운데 둔감해진 부분을 불살라 주고, 나머지 추억, 즉 가장 고통스러운 추억을 순화시키고, 확대시키고, 영원하게 만들었기 때문이었다. 미녀 레메디오스는 아마란타를 통해 레베카의 존재에 대해 알았다. 아마란타는 질녀인 미녀 레메디오스와 함께 무너져 가는 레베카의 집 앞을 지날 때마다 질녀에게 어느 불쾌한 사건과 치욕스런 이야기를 들려줌으로써 자신을 지치도록 만드는 원한을 질녀와 함께 나누고, 그 결과 자신이 죽고 난 후에도 질녀가 그것을 이해할 수 있게 하려고 애를 썼지만, 질녀가 그 어떤 격정에도 무감각하고, 특히 다른 사람의 감정에는 더더욱 무감각한 성격이었기 때문에 아마란타는 자신의 목적을 달성할 수 없었다. 반면에, 아마란타가 겪은 고통과는 정반대되는 고통을 겪었던 우르술라는 자기 부모의 유골이 담긴 부대 자루와 함께 집으로 데려와졌던 그 애처로운 아이에 대한 이미지가 석회와 흙을 먹는 치욕적인 행위를 함으로써 가족이라는 몸체에 지속적으로 합류하지 못했던 레베카에 대한 이미지보다 더 강했기 때문에 레베카를 기억할 때는 불결함이 깨끗이 제거된 이미지로 기억했다. 아우렐리아노 세군도는 레베카를 집으로 데려가 돌봐야겠다고 작정했지만, 그의 선의는 레베카의 완고한 고집 때문에 좌절되고 말았는데, 고독의 특권을 누리기 위해 오랜 세월 고통 속에서 스스로 비참하게 살아왔던 그녀로서는 남들의 자선에 의지해 살면 좋을 거라는 환상 때문에 노년의 삶을 교란당하면서까지 그 특권들을 포기할 준비가 되어 있지는 않았기 때문이었다. 이마에 여전히 재의 십자가를 달고 다니던 아우렐리아노 부엔디아 대령의 열여섯 아들이 다시 찾아왔던 2월, 요란법석한 파티의 떠들썩한 분위기 속에서 아우렐리아노 트리스테가 형제들에게 레베카에 대해 얘기한 뒤, 형제들은 레베카의 집 문과 창문을 바꿔 달고, 집 외벽을 밝은 색으로 칠하고, 벽에 버팀목을 대고, 바닥에 새로 시멘트를 까는 등 한나절 만에 외양을 완전히 바꾸어 놓았으나, 집 안까지 손질하라는 허락은 받아 내지 못했다. 레베카는 문간에도 나타나지 않았다. 그 수선스런 보수 공사가 다 끝나도록 가만 내버려 둔 다음, 공사에 든 비용이 얼마인지 계산해서는 마지막 전쟁이 끝난 다음 통용되지 않던 동전이 여전히 쓰이는 줄 착각하고서 동전 한 주먹을 그때까지 함께 지내고 있던 늙은 하녀 아르헤니다를 시켜 그들에게 보냈다. 레베카가 어느 정도까지 세상을 등지고 살아왔는지 알려진 것도 바로 그때로, 사람들은 그녀에게 목숨이 붙어 있는 동안에는 그녀를 그 완고한 유폐 생활에서 도저히 끌어낼 수 없으리라는 걸 이해하게 되었다.

두 번째로 마콘도를 방문한 아우렐리아노 부엔디아 대령의 아들들 가운데 아우렐리아노 센테노가 마콘도에 남아 아우렐리아노 트리스테와 함께 일을 하기로 했다. 그는 영세를 받으려고 찾아왔던 첫 번째 아들 가운데 하나였는데, 집에 온 지 몇 시간 만에 손에 닿은 것은 모조리 부수며 돌아다녔기 때문에 우르술라와 아마란타는 그를 잘 기억하고 있었다. 세월이 흐름에 따라 무럭무럭 자라던 어렸을 때의 생장력도 둔화되고, 천연두 자국이 남아 있는 중간 키의 사내가 되어 있었으나, 가공할 만한 손의 파괴력은 그대로 간직하고 있었다. 그가 손도 대지 않고서 부순 것을 포함해 수많은 접시를 부쉈기 때문에 페르난다는 마지막 남은 값비싼 사기그릇들을 박살내기 전에 백랍 그릇 한 벌을 그에게 사 주기로 했는데, 그 튼튼한 금속제 접시들까지도 순식간에 외피가 벗겨져 나가고 비틀려 있었다. 그는 스스로에게도 화가 치미는 그 치유할 수 없는 힘을 지니고 있었던 반면에 이내 사람들의 신임을 얻을 수 있는 성실함과 뛰어난 업무 수행 능력도 지니고 있었다. 얼마 지나지 않아 얼음 생산량이 엄청나게 증가해 그 지역 시장에서는 공급량을 다 소화시킬 수 없게 되자, 아우렐리아노 트리스테는 사업을 늪 지대의 다른 마을들까지 확장시킬 방도를 강구해야만 했다. 아우렐리아노 트리스테가 제빙 산업의 현대화를 위해서뿐 아니라, 마콘도를 바깥 세상과 연결시기키 위한 결정적인 방법을 취해야겠다는 생각을 한 때도 바로 그 무렵이었다.

"철도를 끌어와야 해요." 그가 말했다.

마콘도에서 '철도'라는 말이 들린 것은 그때가 처음이었다. 호세 아르카디오 부엔디아가 태양 전쟁 계획을 표현했던 설계도와 너무나 유사한, 아우렐리아노 트리스테가 책상 위에 그려 놓은 그림 앞에서 우르술라는 시간은 둥그렇게 돈다는 생각을 확인했다. 그러나 할아버지와는 달리, 아우렐리아노 트리스테는 잠을 못 이루지도, 식욕을 잃지도, 기분이 나빠져 공황 상태에 이름으로써 다른 사람을 괴롭히지도 않은 채 정말로 터무니없는 계획이 곧 실현될 것처럼 생각하고, 비용과 공사 기간을 이성적으로 계산했으며, 흥분에 휩쓸리지 않은 채 그 계획을 종결시켰다. 아우렐리아노 세군도가 어떤 면에서 증조부와 닮았으면서도 어떤 면에서는 아우렐리아노 부엔디아 대령과 닮지 않은 점은 걱정을 전혀 하지 않는다는 것이었는데, 철도를 끌어들이기 위해 그는 형의 선박 회사에 돈을 풀었을 때만큼이나 경박스럽게 돈을 풀었다. 아우렐리아노 트리스테는 달력을 검토하고 나서 장마철이 지난 다음 돌아올 계획으로 다음 수요일에 마콘도를 떠났다. 하지만 그에 대한 소식은 전혀 들려오지 않았다. 공장에서 발생하는 많은 이익에 고무된 아우렐리아노 센테노는 물 대신 과일즙을 원료로 한 얼음을 만드는 실험을 이미 시작했는데, 장마철이 지나도 형 아우렐리아노 트리스테가 돌아온다는 기미가 보이지 않고, 아무 소식도 없이 여름이 지나감으로써 이제는 자기 것이 되었다고 여기고 있던 얼음 공장의 제품을 위와 같은 방법으로 다양화할 생각을 해 오다가, 잘 알지도 못했고, 특별히 계획을 세우지도 않았는데도 아이스크림 발명의 기초 원리를 터득해 버렸다. 하지만, 다시 겨울이 시작되었을 때, 하루 중 가장 따뜻한 시각에 강에서 빨래를 하던 여자가 뭔가에 놀란 듯 비명을 지르며 마을 중앙에 있는 길을 가로질렀다.

"저기 저, 부엌처럼 생긴 무시무시한 것이 마을 하나를 끌고 오고 있어요." 그 여자가 겨우 설명을 했다.

바로 그 순간 마콘도는 무시무시하게 울려 퍼지는 기적 소리와 가쁜 숨을 몰아쉬는 것 같은 엄청난 소리로 뒤흔들렸다. 지난 몇 주 동안 침목을 놓고 철로를 까는 인부들이 보였지만, 사람들은 그들이 백여 개에 이르는 방정맞은 호루라기와 탬버린인가 하는 것을 불고 두들겨 대며 예루살렘의 물약 제조 천재들이 조제한, 뭔지도 모르는, 그 엉터리 혼합약의 효능에 대해 떠벌이면서 돌아온 집시들의 새로운 수작이라 생각하고서 그 누구도 신경을 쓰지 않았었다. 그러나, 기적 소리와 거친 숨소리로 인한 혼란으로부터 안정을 되찾은 주민들은 모두 길로 쏟아져 나와 기관차 위에서 손을 흔드는 아우렐리아노 트리스테를 보았고, 예정보다 여덟 달이나 뒤늦게 마을에 처음으로 도착한, 꽃으로 장식된 기차를 넋을 잃고 바라보았다. 많은 불안과 확신을, 많은 즐거움과 고난을, 많은 변화를, 재난을, 향수를 마콘도에 실어 날라야 했던 그 아무것도 모르는 노란 기차를.

12장

신기하기 이를 데 없는 그 수많은 발명품에 현혹된 마콘도 사람들은 어느 것에서부터 놀라야 할지 몰랐다. 그들은 아우렐리아노 트리스테가 두 번째 기차 여행에서 돌아올 때 가져온, 기계로 불이 밝혀지는 창백한 전구를 쳐다보면서 꼬박 밤을 새웠고, 그 기계에서 나는 시끄러운 통통통 소리에 익숙해질 때까지는 시간과 노력이 필요했다. 사람들은 번창해 가던 장사꾼 브루노 크레스피가 사자머리처럼 생긴 매표소가 있는 극장에서 비춰 주던 생생한 영상을 보고 분개했는데, 그 이유는 한 영화에서는 죽어 땅에 묻혀 그들이 애도의 눈물까지 흘려 주었던 인물이 다음 영화에서는 아라비아인으로 바뀌어 다시 나타났기 때문이었다. 배우들의 흥망성쇠에 함께 참여하기 위해 2센타보씩 냈던 관객들은 그런 엄청난 우롱을 참을 수가 없어 극장 의자를 부숴 버렸다. 마콘도 시장은 돈 브루노 크레스피의 소청에 따라 영화는 환각 기계이므로 관객의 과격한 감정 표출은 용납되지 않는다고 포고문을 통해 설명했다. 많은 사람들은 기를 죽이는 그런 설명을 듣고 나서 자신들이 집시들의 새롭고 화려한 장사의 제물이 되었다고 판단했고, 그래서 그들은 자신들이 겪은 고생으로도 이미 실컷 울었는데 가상 인간들의 위장된 불행을 보고 흘릴 눈물이 어디 있겠느냐는 생각에 다시는 영화를 보러 가지 않기로 했다. 구식 손풍금 대체품으로 헤픈 웃음을 파는 프랑스 창녀들이 가져와 한때 악단의 수입에 지대한 영향을 미쳤던 나팔 달린 원통형 축음기를 놓고도 비슷한 일이 벌어졌다. 처음에는 호기심에 이끌려 그 금지된 구역을 드나드는 단골 손님의 수가 늘었고, 그 신기한 축음기를 가까이서 보기 위해 서민 남자로 변장했던 지체 높은 부인들이 있었다는 사실이 알려지기까지 했으나, 그 부인들은 너무 가까이에서 너무 열심히 관찰해 버림으로써 이내 그 기계가 모든 사람이 생각하고 그 프랑스 창녀들이 말했던 바와는 달리 마법의 맷돌이 아니라 진한 감동을 주고, 너무나 인간적이고, 일상의 진실미가 넘치는 악단들의 그것과는 도저히 비교될 수 없는 눈속임 도구라는 결론에 도달했다. 그 부인들은 어찌나 실망을 했던지, 집집마다 하나씩 들여놓을 만큼 축음기가 유행했을 때도 여전히 그것이 어른들을 위한 오락 기구가 아니라 아이들이 즐기기에나 좋은 물건이라고 생각했다. 그런가 하면, 마을의 어떤 사람이 기차역에 설치된 전화기를 생전 처음으로 직접 사용해 보았다고 했을 때, 전화기에 달린 핸들 때문에 다들 축음기의 초보적인 형태라고 생각했는데, 가장 꼼꼼하게 따져 보는 사람들조차도 잘 구분하지 못해 쩔쩔맸었다. 마치 하느님이 인간을 놀라게 할 수 있는 모든 능력을 시험해 볼 작정을 하고서, 마콘도 사람들로 하여금 경탄과 실망을, 그리고 회의(懷疑)와 터득을 끝없이 되풀이하게 해서 마침내는 이제 현실의 한계가 어디까지인지를 그 누구도 확실히 깨닫지 못하게 하려고 하는 것 같았다. 그것은 진실과 환각이 복잡하게 뒤얽힌 꼴이었는데, 그로 인해 밤나무 밑에 있던 호세 아르카디오 부엔디아의 환영이 참을성을 잃어 몸부림을 쳐 댔고, 심지어는 벌건 대낮에도 온 집 안을 싸돌아다녔다. 철도가 공식적으로 개통되고, 기차가 수요일 11시면 정기적으로 도착하기 시작하고, 책상 하나, 전화, 그리고 기차표를 파는 창구 하나를 갖춘 엉성한 목조 역사가 세워진 다음부터 마콘도의 길거리에는 평범한 사람들처럼 행동하는 것 같지만 실제로는 곡마단 사람들처럼 보이는 남자와 여자들이 나타났다. 하지만, 집시들의 농간에 지친 어느 마을에서는 제칠일4)에 영혼을 구원하는 데 유용한 삶의 지침서 같은 것은 내놓지 않고 음식이 끓으면 삑삑 소리를 내는 압력솥 같은 것을 내놓으며 집시들과 똑같이 뻔뻔스럽게 팔고 다니던 그 곡예사 행상인들을 거들떠보지도 않았다. 하지만 행상인들은 지쳐서 설득당하거나 본디 조심성이 없는 사람들로부터 쏠쏠한 수입을 챙겼다. 그 곡마단 사람들과 더불

---

4) '최후의 심판'을 말한다.

어, 황옥색 눈에, 수탉 같은 피부에, 살이 통통 찌고, 항상 미소를 머금은 미스터 허버트[5]라는 손님이 승마복 바지에 각반을 차고, 코르크 모자를 쓰고, 쇠테 안경을 끼고서 그 수많은 수요일 가운데 어느 수요일에 마콘도에 도착해서는 부엔디아 집에서 식사를 했다.

그가 바나나 한 다발을 다 먹어 치울 때까지 식탁에서 그를 알아본 사람은 아무도 없었다. 아우렐리아노 세군도는 하콥 호텔에 빈 방이 없다는 이유로 서투른 스페인어로 항의하던 그를 우연히 발견하고는, 많은 객지 사람에게 흔히 그랬듯이 그를 자기 집으로 데려왔다. 미스터 허버트는 계류기구 사업을 해 많은 이익을 남기며 전세계의 절반을 돌아다녔으나, 마콘도 사람들이 집시들의 날아다니는 양탄자를 보고 또 타본 후인지라 그의 발명품을 시대에 뒤떨어진 것이라 여기고 있었기 때문에, 마콘도 사람 그 누구도 공중에 띄워 올릴 수가 없었다. 그래서 그는 다음 기차로 마콘도를 떠나려 했다. 점심 때가 되어, 늘 부엌에 걸어 두던, 얼룩달룩한 줄무늬가 있는 바나나 다발을 식탁으로 가져다주자, 그는 별로 마음이 내키지 않은 듯 바나나 하나를 떼어 냈다. 그러나 그는 식도락가로서의 기호(嗜好) 때문이라기보다는 할 말이 많은 해박한 사람으로서의 말에 곁들이는 안줏거리로, 말을 하면서도 맛을 음미하고, 씹으며, 바나나를 먹어 대더니, 첫 번째 다발을 다 먹어치운 다음에는 한 다발을 더 달라고 했다. 그리고 그

---

5) 마콘도에 자본주의를 들여온 사람으로 인식된다.

는 항상 갖고 다니던 연장통에서 광학 도구가 담긴 작은 상자를 꺼냈다. 특수 메스로 바나나를 자르고, 약방에서 쓰는 저울로 무게를 달고, 무기 제조업자들이 쓰는 게이지로 폭을 재보면서 다이아몬드 매입자처럼 세심하게 주의를 기울여 꼼꼼히 검사했다. 그리고 나서는 연장통에서 일련의 도구를 꺼내 그곳의 온도, 습도, 그리고 광도를 측정했다. 그 의식이 어찌나 복잡했던지 미스터 허버트가 검사에서 밝혀진 결론을 내리기만을 기다리느라 그 누구도 차분하게 식사를 할 수가 없었는데, 미스터 허버트는 자신의 의도를 추측하게 할 만한 말은 단한 마디도 하지 않았다.

그 후 며칠 동안 잠자리채와 작은 바구니를 들고 나비를 잡으러 마을 주위를 돌아다니는 그의 모습을 볼 수 있었다. 수요일이 되자 한 무리의 토목기사와 농경학자, 수리(水利)학자, 지형학자, 그리고 측량기사가 마콘도에 도착해 미스터 허버트가 나비를 잡던 지역을 여러 주일 동안 탐사했다. 그 후, 잭 브라운 씨가 노란 기차의 꽁무니에 연결한 특별 차량을 타고 마을에 도착했는데, 전체를 은으로 도금한 그 차량에는 호화로운 벨벳을 씌운 안락의자가 있고, 지붕은 푸른 유리로 덮여 있었다. 그 특별 차량에는 과거 아우렐리아노 부엔디아 대령이 가는 곳마다 따라다니던, 검은 양복을 입은 근엄한 변호사들도 브라운 씨 주위에서 날개를 치며 도착했는데, 그런 모습을 본 마콘도 사람들은 그 농경학자, 수리학자, 지형학자, 측량기사 들이, 계류기구들과 여러 가지 색깔의 나비들을 가진 미스터 허버트나, 움직이는 모슬렘 같은 호화로운 기차와 사나운 독일산 개들을 지닌 브라운 씨와 마찬가지로 전쟁과 관련이 있는 사람들일 거라 생각했다. 그러나 의심 많은 마콘도 주민들이 도대체 어찌된 영문인지 막 궁금해하기 시작했을 때는 마을이 이미 기차의 좌석과 승강구뿐 아니라 지붕 위에까지 올라타고 지구를 반 바퀴나 돌아 온 외지인들이 사는, 양철 지붕을 덮은 목재 가옥들로 이루어진 캠프로 바뀌어 있었으므로 그 문제에 대해 생각할 충분한 여유가 없었다. 나중에 옥양목 정장을 입고 가제로 만든 커다란 모자를 쓴 기운 빠진 아내들을 데려온 그 그링고6)들은 야자나무가 늘어선 도로들과, 철망을 드리운 창문들과 하얗고 작은 탁자들이 놓인 테라스와 선풍기가 매달린 반반한 천장이 있는 집들과, 공작새와 메추라기가 뛰어노는 넓고 푸른 초원으로 이루어진 마을 하나를 철로 건너편에 따로 세웠다. 그 지역에는 전기 장치를 해놓은 거대한 닭장처럼 철조망을 둘러쳐 놓아 여름 중 날씨가 서늘한 몇 달 동안은 밤새 전기선에 타 버린 참새들로 인해 아침이면 철조망이 시커멓게 변해 있었다. 그들이 찾고 있는 것이 무엇인지, 또는 그들이 단순히 박애주의자들에 지나지 않는지 아는 사람은 아직 아무도 없었지만, 그들은 이미 옛날에 그곳에 왔던 집시들보다 훨씬 더 혼란스럽지만 덜 일시적이고 더 이해하기 어려운 거대한 변화를 야기해 놓았다. 과거에는 하느님만이 지니고 있던 여러 가지 방법을 지닌 그

---

6) 미국인을 가리킬 때, 비하적으로는 '양키'라고 하지만 보통은 '그링고'라고 한다.

들은 비의 양과 시기를 조절하고, 수확 주기를 빠르게 했으며, 강을 하얀 돌과 차가운 물까지 포함해 모두 이제까지 있었던 자리로부터 떼어 내 마을 반대편 끝에 있는 공동묘지 뒤쪽으로 옮겨 놓았다. 시체에서 풍겨나오는 화약 냄새가 강물을 오염시키지 않게 하려고 호세 아르카디오의 빛 바랜 무덤 위에 콘크리트 벽을 쌓아 올린 것도 바로 그때였다. 그들은 애인 없이 오는 외지인을 위해 애교 넘치는 프랑스 창녀들의 거리를 그 어떤 마을보다 더 넓은 마을로 바꾸어 놓았고, 어느 찬란한 수요일에는 환상적인 창녀들을, 그러니까, 발기되지 않는 남자를 자극하고, 소심한 남자에게 담력을 불어넣고, 욕구가 지나친 남자의 욕구를 해소시키고, 점잖은 남자를 흥분시키고, 횟수가 잦은 남자를 자제시키고, 자위 행위만 하는 남자를 교정시키기 위해 온갖 연고와 기구를 갖추고 있는, 바빌로니아 여자들처럼 태곳적 사랑의 기교에 익숙한, 음탕한 암컷들을 실은 기차 하나를 끌어왔다. 칙칙한 물건을 팔던 구식 잡화점들을 밀어내고 수입 물건을 파는 휘황찬란한 가게들로 흥청거리는 터키인들의 거리는 토요일 밤이 되면 도박장 탁자들과, 사격장의 카운터들과, 점을 치거나 꿈풀이를 하는 뒷골목과, 고기 튀김류들과 음료를 파는 탁자들 사이에서 재미를 보러 나와 서로 밀고 당기는 군중으로 소란스러웠는데, 그들은 땅바닥 여기저기에 흩어져, 가끔씩은 기분좋게 취해 있는 주정뱅이들의 몸뚱아리 사이에서, 거의 대부분은 싸움 구경을 하다가 총에 맞거나, 두들겨 맞거나, 단도에 찔리거나, 깨진 병에 맞아 쓰러져 있는 몸뚱아리들 사이에서 일요일 아침을 맞이했다. 마콘도로 밀려드는 사람들의 물결이 너무나 엄청나고 급작스러웠기 때문에, 초기에는 가는 곳마다 가구와 트렁크가 걸리적거리고, 아무런 허가도 받지 않고 빈 터만 있으면 마구 집을 지어 대는 목수들이 분주하게 왔다 갔다 했으며, 길거리 편도나무 사이에 해먹을 걸어 놓고 남들이 보거나 말거나 대낮에 천막 아래서 사랑을 나누는 연인들 때문에 길거리에 나돌아다니기가 불가능할 지경이었다. 단 한 군데 평온했던 구석은 안티야스 제도에서 이주해 온 평화로운 흑인들이 정착한 곳이었는데, 그들은 마을 변두리에 길 하나를 만들어 놓고, 옆에다 말뚝을 박아 그 위에 목조 가옥을 짓고는, 해 질 녘이면 무슨 말인지 알아들 수 없는 자신들의 말로 애조 띤 영가(靈歌)를 부르면서 현관에 앉아 있었다. 너무 짧은 기간에 너무 많은 변화가 일어났기 때문에, 미스터 허버트가 마콘도를 찾아온 지 여덟 달이 지났을 무렵에는, 예전부터 마콘도에서 살아온 주민들은 자신들의 마을이 어떻게 변했는지 구경하려고 아침 일찍 일어났다.

"우리가 지금까지 애써 왔던 것이 기껏 그링고 한 사람에게 기네오[7] 맛을 보여주기 위해서였다니까." 당시 아우렐리아노 부엔디아 대령은 늘 이렇게 말했다.

반면에, 아우렐리아노 세군도는 외지인이 물밀듯 밀려들어오자 만족감을 감추지 못했다. 집이 갑자기 낯선 손님들과 어

---

7) 카리브해 지역에 서식하는 플라타노의 일종이다. 플라타노는 바나나처럼 생겼으나, 후자는 그냥 먹을 수 있는 반면에, 전자는 반드시 조리를 해서 먹는다.

떻게 당해 낼 재간이 없는 세계적인 난봉꾼들로 가득 차서 마당에 침실들을 들이고, 식당을 넓히고, 낡은 식탁 대신 좌석이 열여섯 개가 되는 식탁으로 바꾸고, 사기그릇과 식기 세트도 새로 장만해야 했지만, 그래도 점심 먹을 차례를 미리 정해 두어야 할 정도였다. 페르난다는 속이 상해도 꾹 참고 무례하기 짝이 없는 손님들을 왕처럼 대접해야 했는데, 그들은 신발을 신고 들어와 복도를 흙투성이로 만들고, 정원에다 오줌을 누고, 낮잠을 자기 위해 아무 곳에나 돗자리를 깔고, 감성적인 숙녀들이나, 점잔을 빼는 신사들 앞에서 말을 함부로 지껄여 댔다. 천박한 사람들이 그렇게 몰려들자 너무 놀란 아마란타는 옛날처럼 다시 부엌에서 식사를 했다. 아우렐리아노 부엔디아 대령은 자신에게 인사를 하기 위해 작업실을 방문한 사람들 대부분이 자신에게 호의를 갖거나 자신을 존경해서가 아니라 박물관의 화석이나 마찬가지인 역사적 유물을 구경하고자 하는 호기심에서 그런다는 사실을 알고는 작업실 문에 빗장을 걸었고, 아주 드물게 집 대문간에 앉는 경우를 제외하고는 다시는 사람들 앞에 모습을 나타내지 않았다. 반면에 우르술라는 이미 발을 질질 끌고 손으로 벽을 더듬어서 걷는 몸이 되어 있었어도 기차가 도착할 시각이 가까워지면 어린애처럼 즐거워했다. "고기와 생선을 장만해야 하느니라." 우르술라는 산타 소피아 델 라 피에닷의 침착한 지시를 받으면서 제 시각에 모든 준비를 마치려고 서두르던 네 명의 여자 요리사에게 이렇게 명령했다. "먹을 건 뭐든지 다 준비해야 돼. 외지 손님들이 뭘 먹고 싶어 하는지 전혀 모르니까 말이야." 우르술라는 이렇게 주장했다. 기차는 가장 더운 시각에 도착했다. 점심때가 되면 집 안은 장터와 같은 소란으로 진동했고, 땀투성이 식솔들이 자신들을 초대한 집 여주인이 누구인지도 전혀 모른 채 그저 식탁에서 가장 좋은 자리를 차지하려고 야단법석을 피우면서 식탁으로 달려드는 사이, 여자 요리사들은 수프를 담은 거대한 솥과, 고기를 담은 냄비와, 야채를 담은 표주박과, 밥을 담은 나무통을 나르느라 서로 부딪치기도 하면서 큼직한 국자로 통에 담긴 레모네이드를 쉴 새 없이 퍼 주었다. 너무나 무질서했기 때문에, 페르난다는 많은 사람이 식사를 두 번씩 하지 않나 하는 생각에 안절부절못했으며, 그곳을 식당으로 착각한 어떤 손님이 그녀에게 계산서를 청했을 때는 채소 장수 여자처럼 욕지거리를 퍼붓고 싶은 생각이 들었던 적도 한두 번이 아니었다. 미스터 허버트가 그곳을 찾아온 지도 어언 일 년이 지났지만, 그사이 알려진 단 한 가지 사실은 호세 아르카디오 부엔디아와 그가 거느린 남자들이 위대한 문명 세계로 통하는 길을 찾아 산을 넘어 도착했던, 그 마법에 걸린 지역에 그링고들이 바나나를 심을 생각을 하고 있다는 것이었다. 이마에 재의 십자가를 달고 있던, 아우렐리아노 부엔디아 대령의 다른 두 아들이 화산이 트림을 하는 것 같은 기적 소리에 이끌려 마콘도에 도착해서는, 아마도 그곳으로 온 모든 사람의 이유를 대변할 수 있을 것 같은 한 문장의 말로 자신들의 결심을 밝혔다.

"모두들 이곳으로 오니까 우리도 왔지요."

바나나 열병에 걸리지 않은 사람은 미녀 레메디오스뿐이

었다. 그녀는 갈수록 형식적인 것에 얽매이지 않았으며, 악의나 의심 따위에는 무관심했고, 단순한 현실들로 이루어진 자기만의 세계에서 행복해하면서 찬란한 사춘기에 정착했다. 여자들이 무엇 때문에 코르셋이나 페티코트에 신경을 쓰면서 삶을 복잡하게 만드는지 이해할 수가 없다며 단순히 머리에서부터 뒤집어쓰기만 하면 되는 헐렁한 원피스를 거친 삼베로 만들어서는, 자신이 벌거벗고 있는 거나 다름없다는 생각을 하면서도 옷 입는 문제는 더 이상의 절차 없이 해결해 버렸는데, 그녀가 사물을 인식하는 바에 따르면, 집에서 지낼 때는 그보다 더 적합한 옷차림은 없다는 것이었다. 이미 장딴지를 덮을 만큼 치렁치렁 자란 머리카락을 다듬는 일이나, 빗으로 고정시켜 봉우리처럼 틀어올리는 일이나, 땋아서 여러 가지 색깔의 리본으로 묶는 일이 너무 귀찮다며 그냥 빡빡 밀어버렸고, 그 머리카락으로 성상에 씌울 가발을 만들었다. 단순함을 추구하는 그녀의 본능은 가히 놀랄 만한 것이어서 그녀가 편의성을 추구하면서 유행을 멀리하면 할수록, 즉흥적인면에 따라 구습을 극복하면 할수록 그녀의 경이적인 아름다움은 더욱더 뇌쇄적이 되었으며, 남자들을 대하는 그녀의 태도는 더욱더 자극적이 되었다. 아우렐리아노 부엔디아 대령의 아들들이 처음으로 마콘도에 모였을 때, 우르술라는 그들의 핏줄 속에 증손녀와 같은 피가 흐르고 있다는 사실을 상기하고는 그동안 잊고 있던 공포로 몸을 떨었다. "너, 눈 크게 뜨고 정신 똑바로 차려야 한다. 저 애들 가운데 누구하고라도 사고를 치면, 돼지 꼬리가 달린 아이를 낳게 돼." 우르술라가 미녀 레메디오스에게 경고했다. 그러나 미녀 레메디오스는 증조할머니의 경고 같은 것은 들은 둥 만 둥 장대를 기어오르기 위해 남자처럼 차려입고 모래밭에서 뒹굴었는데, 차마 눈으로 볼 수 없는 그 광경을 보고 정신이 해까닥 돌아 버린 열일곱 명의 사촌과 하마터면 비극의 씨앗을 잉태할 지경에까지 이르렀다. 상황이 그러했기 때문에, 형제들이 마을에 머무는 동안에는 그 누구도 집 안에서 자지 못했고, 전에 마콘도에 남아 살고 있던 네 형제는 우르술라의 조치에 따라 셋방에서 기거했다. 미녀 레메디오스가 우르술라의 그런 예방조치에 대해 알았더라면 배꼽이 떨어져라고 웃었을 것이다. 그녀는 자신이 남자들의 마음을 미혹시키는 여자라는 거부할 수 없는 운명이 매일매일의 재앙이라는 사실을 지상에 존재한 마지막 순간까지 모르고 있었던 것이다. 미녀 레메디오스가 우르술라의 명령을 거역하고 식당에 나타날 때마다 외지인들 사이에서는 흥분으로 인한 정신적인 공황 상태가 야기되었다. 그녀가 거친 삼베 네글리제 속에 아무것도 걸치지 않고 있다는 것은 너무나 자명한 사실이었는데, 그녀의 빡빡 밀어 버린 까까머리가 도전이 아니고, 열을 식히려고 허벅지를 드러내는 뻔뻔스러움과 손으로 식사를 하고 나서 손가락을 빨아 대는 취향이 범죄를 유발하는 도발이 아니라고 이해한 사람은 아무도 없었다. 가족들 가운데 그 누구도 전혀 알아채지 못한 사실은 미녀 레메디오스가 마음을 미혹시키는 체취와 격정을 유발하는 섬광을 발산한다는 사실을 외지인들이 알아차리는 데는 그리 오랜 시간이 걸리지 않았다는 것인데, 그 냄새는 그녀가 지나간 지 몇 시간이 흘러도 계속해서 감지할 수 있을 정도였다. 온 세상을 다 돌아다니며 얻은 경험을 통해 사랑으로 인한 정신적인 동요에 대해서는 전문가가 된 남자들조차도 미녀 레메디오스가 풍기는 자연스러운 체취가 유발하는 초조감과 유사한 감정은 단 한 번도 겪어 보지 못했다고 말했다. 베고니아가 있는 복도나 응접실, 그리고 집 안 어느 곳이건 미녀 레메디오스가 머문 장소와, 그녀가 그곳을 떠난 후 어느 정도의 시간이 흘렀는지를 정확히 알아낼 수 있었다. 그 냄새는 명확하고, 혼동할 수 없는 흔적이었지만, 아주 오래전부터 일상의 냄새와 뒤섞여 있었기 때문에 그 집 식구들 가운데는 그 누구도 명확히 구분해 내지 못했지만 외지 사람들은 금세 알아차렸다. 그래서 집을 호위하던 젊은 경비대장이 사랑 때문에 죽었을 것이고, 먼 나라에서 온 신사가 절망에 빠졌으리라 이해한 사람들은 그 외지인들뿐이었다. 미녀 레메디오스는 자신이 움직일 때마다 남자들 사이에 초조한 분위기가 조성되고, 스쳐 지나갈 때마다 남자들의 마음을 괴롭혀 견딜 수 없는 상태가 되도록 한다는 사실에 대해서는 알지 못한 채 남자들을 아무런 악의도 없이 대하고, 결국에는 그냥 재미로 그들을 미혹시켰다. 우르술라가 미녀 레메디오스에게 외지인들의 눈에 띄지 않도록 아마란타와 함께 부엌에서 식사를 하라고 조치했을 때, 오히려 시시콜콜 간섭을 받지 않아도 좋게 되어 더 편하다고 생각했다. 사실, 정해진 시각이 아니라 입맛이 당길 때 식사를 하게 된다면 어디서 하든 상관이 없었다. 가끔씩은 새벽 3시에 일어나 점심 식사를 하고, 하루 종일 잠을 잤는데,

이렇게 전도된 하루 일과는 어떤 우연한 사건으로 인해 다시 제자리를 찾게 되었을 때까지 몇 달 동안 계속되었다. 상황이 호전되었을 때도 그녀는 아침 11시에 일어나, 목욕탕으로 들어가서는 오랫동안 계속되던 깊은 잠에서 깨어나 정신을 차리는 사이에 전갈을 잡아 죽이면서 완전히 벌거벗은 상태로 두 시간씩이나 처박혀 있었다. 그러고 나서는 물통에서 표주박으로 물을 퍼서 온몸에 끼얹었다. 목욕하는 과정이 어찌나 오래 걸리고, 어찌나 조심스럽고, 의식을 치르는 듯 어찌나 열성적이었던지 그녀를 잘 모르는 사람이 그 모습을 보았더라면, 그녀의 육체가 너무 아름다워 그게 당연하겠지만, 그녀가 자신의 육체에 매료되어 있다고 생각할 수도 있었을 것이다. 그러나 그 외로운 의식은 그녀에게만은 그 어떤 관능성도 지니지 못했고, 단순히 배가 고파질 때까지 시간을 보내기 위한 방편이었다. 어느 날, 미녀 레메디오스가 목욕을 막 시작했을 때 외지(外地) 남자 하나가 지붕 기왓장 하나를 쳐들고는 그녀의 나체가 연출하는 기막힌 광경 앞에서 숨을 죽이고 있었다. 그녀는 깨진 기왓장 틈으로 남자의 안절부절못하는 눈빛을 보고 부끄러워하기보다는 놀라는 듯한 반응을 보였다.

"조심하세요. 그러다가 떨어지겠어요." 미녀 레메디오스가 소리를 질렀다.

"그저 아가씨의 모습을 보고 싶을 뿐이에요." 외지인이 작은 목소리로 말했다.

"아, 그래요. 좋아요. 하지만 조심하세요. 기와가 다 삭았으니까요." 미녀 레메디오스가 말했다.

외지인의 얼굴에는 고통스러우면서도 멍한 표정이 역력했는데, 그 신기루 같은 광경이 사라지지 않게 하려고 자신의 원초적인 충동에 대항해 말없이 싸우고 있는 것 같았다. 미녀 레메디오스는 그 남자가 기왓장이 무너질까 봐 두려워하고 있다고 생각하고는 그를 위험한 상태에서 빨리 벗어나게 하려고 보통 때보다 서둘러 목욕을 했다. 물통에서 물을 퍼 끼얹으면서 천장이 그 지경인 게 문제인데, 켜켜이 쌓인 나뭇잎이 빗물에 썩어 목욕탕 안에 전갈이 득시글거린다고 그에게 말했다. 외지인은 그녀가 자신의 즐거움을 우회적으로 표현하려고 그렇게 수다를 떤다고 착각하고는 그녀가 몸에 비누칠을 하기 시작하자 한 발자국 더 나가고 싶은 유혹에 빠지고 말았다.

"비누칠을 해 줄게요." 외지인이 소곤거렸다.

"뜻은 고맙지만 이 두 손이면 충분해요." 미녀 레메디오스가 말했다.

"등이라도 좀 칠해 드리는 건요?" 외지인이 애원하다시피 말했다.

"일없어요. 등에 비누칠을 하는 사람은 한 번도 본 적이 없어요."

그러고 나서, 미녀 레메디오스가 물기를 닦는 사이, 외지인은 눈물이 가득 고인 눈으로 그녀에게 결혼해 달라고 애원했다. 그녀는 목욕하는 여자를 구경하느라 한 시간이나 허비하면서 점심 먹는 것까지도 잊을 만큼 바보 같은 남자하고는 절대로 결혼하지 않겠다고 솔직하게 대답했다. 마침내, 그녀가 그 헐렁한 원피스를 입었을 때, 그는 모두가 의심하고 있듯이 실제로 원피스 안에 아무것도 걸치지 않고 있음을 알고는 새삼 놀라지 않을 수 없었고, 그 비밀이 자신에게 영원한 낙인으로 남게 되었다고 느꼈다. 그래서 그는 목욕탕 안으로 내려오려고 기왓장 두 개를 더 떼어 냈다.

"아주 높아요. 그러다가 떨어져 죽는다고요!" 그녀가 깜짝 놀라며 경고했다.

그 순간 삭은 기왓장이 와르르 무너져내려 그 남자는 비명을 채 다 지르기도 전에 시멘트 바닥으로 떨어졌고, 머리통이 깨져 즉사하고 말았다.

식당에 있다가 지붕이 무너지고 사람이 죽어나는 소리를 들은 외지인들이 시체를 끌어내리려고 급히 달려갔고, 죽은 남자의 시체에서 미녀 레메디오스의 숨 막히게 하는 체취를 맡았다. 그 체취가 그의 몸속에 어찌나 깊숙이 스며들어 있었던지 갈라진 머리 틈새에서는 피 대신에 은밀한 향취를 풍기는 황갈색 기름이 흘러나왔는데, 그때 그들은 미녀 레메디오스의 체취는 남자들이 죽어 뼈가 가루가 될 때까지 계속해서 괴롭힌다는 사실을 깨달았다. 그래도 그들은 그 무시무시한 사건을 미녀 레메디오스 때문에 죽은 두 남자와 연결시키지는 않았다. 외지인이나 마콘도에서 오랫동안 살아온 주민 가운데 많은 수가 레메디오스 부엔디아가 사랑의 체취가 아니라 죽음의 냄새를 발산한다는 전설을 믿게 되기까지는 또 하나의 희생자가 필요했다. 그 사실을 증명하게 되었던 기회는 그로부터 몇 달이 지난 어느 날 오후 미녀 레메디오스가 여자 친구 몇과 더불어 새 농장들을 구경하러 갔을 때 찾아왔었다. 마콘도 사람들에게는 바나나 나무가 양옆으로 죽 늘어서 있는, 끝없이 펼쳐진 축축한 대로를 산책하는 것이 새로운 기분 풀이였는데, 그곳에서는 마치 아직 아무도 깨뜨린 적이 없는 정적이 다른 곳에서 그곳으로 옮겨와 있기라도 한 것처럼 서로 떨어져 있는 상태에서 목소리를 전달하는 게 참으로 어려웠다. 가끔은 반 미터만 떨어져 있어도 상대편의 말소리를 잘 알아들을 수 없을 정도였는데, 그럼에도 불구하고 농장 반대편 끝에서는 완벽하게 식별할 수 있었다. 마콘도 소녀들은 그 새로운 현상을 실험해 보면서 웃기도 하고, 놀라기도 하고, 무서워하기도 하고, 장난도 쳤으며, 밤이 되면 그 대로를 산책하면서 겪은 것을 꿈속에서 겪었다는 듯이 서로 이야기했다. 그 특이한 정적 현상이 발생하던 그곳이 너무 유명했기 때문에 미녀 레메디오스가 그 놀이를 즐기겠다는 걸 모질게 막지 못하고 있던 우르술라는 어느 날 오후, 모자를 쓰고 옷차림만 제대로 갖춘다면 가도 좋다고 허락했다. 미녀 레메디오스와 한 무리의 여자 친구가 농장 안으로 들어서고 나서부터 사방이 살인적인 향기로 가득 찼다. 밭고랑에서 일을 하던 남자들은 자신들이 기묘한 황홀감에 사로잡히고, 뭔가 보이지 않는 위험이 자신들을 위협하고 있다는 공포를 느꼈으며, 대다수는 엉엉 울고 싶은 심정에 빠져들었다. 그런데 곧이어 한 무리의 광폭한 괴한이 그녀들을 덮치려 했고, 그 순간 미녀 레메디오스와 놀란 친구들은 근처에 있던 어느 집으로 피신할 수 있었다. 잠시 후, 아우렐리아노 형제 넷에 의해 구출되었는데, 그들의 이마에 그려져 있는 재의 십자가는 마치 혈통을 나타내는 마크나 불사신의 증표라도 되는 양 성스러운 경외감마저 느끼게 했다. 미녀 레메디오스는 소란스러운 틈을 이용해 괴한들 가운데 하나가 절벽 바위 끝을 움켜쥔 독수리 발톱 같은 손길로 그녀의 배를 덮쳤다는 얘기는 아무에게도 하지 않았다. 미녀 레메디오스는 순간적으로 일종의 현기증 같은 것을 느끼며 자신에게 덤벼든 그 사내와 마주 섰는데, 그때 본 그 남자의 비통한 두 눈은 그녀의 가슴속에 연민의 불꽃처럼 각인되었다. 그날 밤 그 남자는 터키인들의 거리에서 자신의 대담한 행동을 자랑 삼아 떠벌리며 자신이 행운아라고 우쭐댄 지 불과 몇 분 후, 어느 말발굽에 짓밟혀 가슴이 짓이겨진 채 피를 토하다 질식해 수많은 외지인이 지켜보는 가운데 길 한복판에서 죽어 갔다.

미녀 레메디오스가 죽음의 힘을 지니고 있다는 가정은 네 차례에 걸쳐 일어난 부인할 수 없는 사건으로 입증되고 있었다. 비록 입 가벼운 사내 몇이 그런 뇌쇄적인 여자와 하룻밤 사랑을 나눌 수만 있다면 목숨을 바쳐도 좋겠다고 말하면서 희희낙락거리긴 했지만, 실제로 그렇게 해 보려고 노력하는 사내는 하나도 없었다. 미녀 레메디오스를 굴복시키기 위해서뿐만 아니라, 그녀가 지닌 위험을 쫓아 버리기 위해서는 사랑이라는 너무나 원초적이고 단순한 감정만 있으면 충분했으련만, 오로지 그 생각만은 그 누구의 머리에도 떠오르지 않았다. 우르술라는 미녀 레메디오스에 대해서는 더 이상 신경을 쓰지 않았다. 세상을 위해 그녀를 세간의 보통 여자로 만들어야겠다는 의도를 아직 포기하지 않고 있던 시절, 우르술라는 미녀 레메디오스로 하여금 기본적인 가정사에 관심을 갖게 하려고 애를 썼다. "남자들이란 네가 생각하는 것보다 더 많은 것을 요구한단다." 우르술라는 미녀 레메디오스에게 수수께끼 같은 말을 했다. "네가 생각하는 것 외에 요리도 많이 해야 하고, 청소도 많이 해야 하고, 자잘한 일로 신경 쓸 것도 많단다." 남자란 일단 욕정을 채우고 난 다음에는, 충분히 이해할 만한 상황에서 여자가 게으름을 피울지라도, 그게 단 하루일망정, 그걸 참아 낼 수 있는 사람이 이 세상에는 없다는 사실을 잘 알고 있던 우르술라는 가정의 행복을 위해 미녀 레메디오스를 교육시키려 애쓰면서 속으로는 스스로를 속였다. 마지막 호세 아르카디오가 태어나, 그를 교황으로 키우겠다는 불굴의 의지를 지니게 된 우르술라는 결국 증손녀에 대한 걱정은 더 이상 하지 않게 되었다. 조만간에 무슨 기적이 일어날 수도 있고, 또 뭐든지 다 있는 이 세상에는 증손녀를 떠맡아 주기에 충분할 정도로 느긋한 남자도 있을 거라 믿으면서 증손녀가 팔자대로 살아가도록 했다. 아마란타는 미녀 레메디오스를 쓸모있는 여자로 만들려는 계획을 벌써 오래전부터 포기해 버렸다. 질녀가 재봉틀 손잡이를 돌리는 데는 도무지 흥미가 없다는 걸 안 그 아스라한 오후들 이후부터 쉽사리 질녀가 바보라는 결론에 도달했었다. "제비뽑기를 해서라도 널 데려가라고 해야겠어." 미녀 레메디오스가 남자들의 말에는 도무지 반응을 보이지 않자 화가 난 아마란타는 이렇게 말했다. 그 후로, 우르술라가 미녀 레메디오스더러 얼굴을 베일로 가리고 미사에 참석하라고 집요하게 권고했을 때, 아마란타는 신비감을 유발하는 그런 방법이 오히려 남자들의 마음을 동요시켜서, 결국 인내심을 가지고 그녀의 마음에서 여린 부분을 찾아낼 만큼 수완이 좋은 남자가 곧 나타날 거라 생각했다. 그러나 여러 가지 면에서 왕자님보다 더 탐이 나는 구혼자를 거절하는 미녀 레메디오스의 분별없는 처사를 보고 아마란타는 모든 희망을 버렸다. 페르난다는 미녀 레메디오스를 이해하려는 시도 같은 건 전혀 하지 않았다. 페르난다는 미녀 레메디오스가 그 유혈이 낭자한 카니발에 여왕 옷을 입고 나타났을 때 기가 막히게 아름답다고 생각했었다. 그러나 미녀 레메디오스가 손으로 음식을 먹는 꼬락서니와, 분위기 파악도 못하고 불쑥 튀어나오는 대답 이외의 것은 할 줄도 모르는 걸 보고 딱 한 가지 애석하게 생각했던 점은 집안의 바보들이 너무 오래 산다는 것이었다. 미녀 레메디오스가 실제로 이 세상에서 가장 총명한 인간이라고 계속해서 믿고 있던 아우렐리아노 부엔디아 대령이 그녀가 모든 사람을 조롱하기 위해 매 순간 놀랄 만한 재주로 그 사실을 증명하고 있다고 되풀이해서 말하긴 했지만, 다들 하느님이 알아서 할 거라며 내버려 두었다. 미녀 레메디오스는 너무 편안하게 잘 자고, 끝없이 목욕을 되풀이하고, 아무 때나 식사를 하고, 아무것도 생각하지 않은 채 오랫동안 말 없이 지내는 가운데 성숙한 여인으로 성장해 가면서 아무런 고뇌도 책임감도 느끼지 않은 채 고독의 사막을 방황하고 있었는데, 그러던 3월[8] 어느 오후, 마당에서 마사(麻絲)

---

8) 마콘도에서는 3월이 기적이나 경이로운 일이 일어날 수 있는 달로서, 신

로 만든 침대 시트를 접던 페르난다가 집안 여자들에게 도움을 청했다. 여자들이 침대 시트를 막 접기 시작했을 때, 아마란타는 미녀 레메디오스의 안색이 너무나 창백해 투명해 보일 정도라는 것을 깨달았다.

"어디 아프니?" 아마란타가 물었다.

침대 시트 한쪽 끝을 움켜쥐고 있던 미녀 레메디오스가 서글픈 미소를 지었다.

"전혀요. 이렇게 기분좋은 적은 단 한 번도 없었어요." 미녀 레메디오스가 대답했다.

미녀 레메디오스가 이 말을 막 마쳤을 때, 페르난다는 가느다란 광풍(光風)이 불어와 손에서 침대 시트를 낚아채서 활짝 펼치고 있다고 느꼈다. 아마란타가 입고 있던 페티코트의 레이스가 신비스럽게 떨리는 걸 느끼며 침대 시트가 땅에 떨어지지 않도록 붙잡으려고 애를 쓰고 있던 순간, 미녀 레메디오스가 공중으로 떠오르기 시작했다. 그 오묘한 바람이 어떻게 불어 가는지 알아내려고 침착하게 행동한 사람은 우르술라뿐이었는데, 그녀가 공중으로 올라가고 있던 침대 시트의 눈부신 날갯짓 사이로 손을 흔들며 작별 인사를 하는 미녀 레메디오스를 보면서 빛이 이끄는 대로 날아가도록 내버려 두고 있는 사이, 미녀 레메디오스를 실은 침대 시트는 풍뎅이와 달리아 냄새가 밴 공기를 버리고 떠나서는 오후 4시가 되어가는 공중을 날아올라, 인간이 상상할 수 있는 가장 높이 나는 새

문물을 가지고 왔던 집시들도 매년 3월에 마콘도에 찾아왔다.

도 쫓아가지 못할 만큼 높은 창공으로 영원히 사라져 버렸다.

물론, 외지인들은 미녀 레메디오스가 결국은 여왕벌이 될 수밖에 없는 거역할 수 없는 운명에 따랐는데도 가족들은 승천 운운하면서 그녀의 명예를 지키려 애들을 쓴다고 생각했다. 샘이 나서 죽을 지경이던 페르난다는 결국 그 기적을 인정했으며, 침대 시트를 되돌려 달라고 오랫동안 하느님께 계속해서 기도했다. 대부분의 사람들이 그 기적을 믿어, 촛불을 밝혀 놓고 구일 기도를 드리기까지 했다. 아우렐리아노 형제들에 대한 야만적인 학살 사건이 미녀 레메디오스의 승천으로 인해 경이로움을 느끼고 있던 마콘도 주민들을 경악시키지만 않았더라도, 마콘도 주민들은 오랫동안 다른 얘기는 하지 않고 그 기적에 대해서만 얘기했을 것이다. 아우렐리아노 부엔디아 대령은 아들들이 그런 식으로 학살될 거라는 징조 같은 건 전혀 포착하지 못했지만, 비극적인 최후를 맞이할 거라는 생각만은 희미하게나마 했었다. 외지인들이 몰려오는 그 혼잡함 속에서 마콘도를 찾아왔던 두 아들, 아우렐리아노 세라도르와 아우렐리아노 아르카야가 마콘도에 정착해 살겠다는 뜻을 내비쳤을 때, 아버지는 애써 말리려고 했다. 그는 하룻밤 사이에 위험한 곳으로 바뀌어 버린 마콘도에서 그들이 도대체 무엇을 하겠다는 것인지 이해하지 못하고 있었다. 그러나 아우렐리아노 센테노와 아우렐리아노 트리스테는 아우렐리아노 세군도의 동의하에 형제들이 자신들의 사업체에서 일을 하도록 했다. 하지만, 아우렐리아노 부엔디아 대령은 여전히 마음에 걸리는 것이 있어 그 결정에 찬성하지 않고 있었다. 마콘도에 최초로 나타난 자동차(울릴 때마다 개들을 놀래키던 경적이 달려 있는 오렌지색 컨버터블)를 탄 브라운 씨를 본 순간부터, 늙은 전사는 사람들이 비굴하게 호들갑을 떨어 대는 것을 보고 불쾌해했으며, 마콘도 사내들이 처자식을 남겨 둔 채 어깨에 엽총을 걸머지고 전쟁터로 떠났던 때와는 달리 기질에 뭔가 변화가 생겼다는 사실을 깨달았다. 네에를란디아 휴전 협정이 체결된 뒤 그 지방을 다스린 관리들은 결정권도 없는 시장들이었거나, 온순하고 지쳐 있던 마콘도 보수파 인물들 사이에서 뽑힌 장식용 판사들이었다. "이 정권은 아주 형편없는 자식들이 차지해 버렸어. 우린 수없이 전쟁을 치렀건만, 그건 모두 우리네 집을 파랗게 칠하지 않도록 하기 위해서였을 뿐이었다니까." 아우렐리아노 부엔디아 대령은 맨발에 목봉을 들고 지나가는 경찰관들을 볼 때마다 그렇게 말했다. 그러나 바나나 회사가 진출해 오자 마콘도 지방 공무원들은 권위적인 외지인들로 대체되었고, 브라운 씨는 그가 데려온 외지인들이, 그의 설명에 의하면, 그들의 신분에 걸맞는 권위를 향유하고, 더위나 모기, 그리고 마을에 무수히 산재한 불편하고 궁핍한 것들에 시달리지 않게 하려고, 전기를 통하게 해 놓은 그 닭장 안에서 살도록 했다. 과거의 경찰관들은 마체테를 든 자객들로 대체되었다. 아우렐리아노 부엔디아 대령은 작업실에 틀어박힌 채 이런 변화에 대해 생각했는데, 전쟁의 최종 결과가 나올 때까지 전쟁을 계속하지 않았던 것은 자신의 실수였다는 명확한 확신이 고독 속에서 침묵을 지키며 보낸 몇 해 만에 처음으로 그를 괴롭혔다. 그 무렵 어느 날, 사람들의 기억 속에서 사라졌던 마그니피코 비스발 대령의 형제 하나가 음료수를 마시려고 일곱 살 난 손자를 데리고 광장에 있는 노점상으로 갔다가 아이가 실수로 어느 경찰 간부와 부딪치는 바람에 음료수가 제복에 쏟아지고 말았는데, 그 야만인은 마체테를 휘둘러 어린아이를 갈기갈기 토막 내고, 말리려던 할아버지의 목을 단칼에 잘라 버렸다. 모든 마을 사람은 한 무리의 남자에 의해 자기 집으로 운반되어 가던 목 잘린 노인과, 한 여자가 머리카락을 움켜 쥔 채 질질 끌고 가던 노인의 잘린 머리와, 아이의 토막난 몸을 담아 피투성이가 된 자루가 지나가는 것을 보았다.

아우렐리아노 부엔디아 대령에게 그 사건은 극도의 회한을 유발했다. 갑자기, 젊었을 때, 미친 개에게 물렸다는 이유로 몽둥이에 두들겨 맞아 죽은 어느 여자의 시체 앞에서 느낀 것과 같은 분노가 치밀어 올랐다. 집 앞에 모여 있던 수많은 구경꾼을 본 그는 자기 자신에 대한 깊은 경멸감으로 인해 되찾은 예전의 그 쩌렁쩌렁한 목소리로 더 이상 마음속에 억누르고만 있을 수 없었던 증오를 그들에게 쏟아냈다.

"요 며칠 이내로 내 아들들을 전부 무장시켜 이 똥 같은 그링고 새끼들을 모조리 없애 버릴 거야." 그가 고함을 질렀다.

그 주일이 지나가는 동안 그의 열일곱 아들은 이마에 그려진 재의 십자가의[9] 중심을 겨냥했던 보이지 않는 범죄자들

---

9) 가르시아 마르케스는 외국 자본의 영향하에 있는 당국이 저지른 범죄를 교회가 동조하고 있다고 본다.

에 의해 해안 지방의 각기 다른 지역에서 토끼처럼 사냥당하고 말았다. 아우렐리아노 트리스테가 저녁 7시에 어머니 집에서 나오고 있을 때 어둠 속에서 튀어나온 총알 한 방이 그의 이마를 꿰뚫었다. 아우렐리아노 센테노는 양미간 사이에 얼음 찍는 갈쿠리가 손잡이 부분만 남겨 놓을 정도로 깊숙이 박힌 채, 공장에 자주 걸어 놓고 자던 해먹 안에서 발견되었다. 아우렐리아노 세라도르는 애인과 함께 영화 구경을 하고 애인을 부모 집까지 바래다준 다음 불이 환하게 밝혀진 터키인들의 거리를 통해 집으로 돌아오던 중, 신원이 끝까지 밝혀지지 않았던 괴한이 군중 속에서 쏜 권총 한 발을 맞고 버터가 끓고 있던 솥 안으로 쓰러져 버렸다. 그리고 채 몇 분이 지나지 않아, 누군가 아우렐리아노 아르카야가 어떤 여자와 함께 틀어박혀 있던 방 문을 두드리면서 소리쳤다. "어서 나와요, 사람들이 당신 형제들을 죽이고 있어요." 그와 함께 있던 여자가 나중에 들려준 얘기에 따르면, 아우렐리아노 아르카야가 침대를 박차고 나와 문을 열자마자 기다리고 있던 모젤 권총 한 방이 그의 두개골을 부숴 버렸다. 그 죽음의 밤에, 시체 넷을 위해 집에서 철야 준비가 진행되는 동안 페르난다는 아우렐리아노 세군도를 찾으려고 미친 여자처럼 마을을 싸돌아다녔는데, 멸종을 시키라는 명령이 대령의 이름을 가진 사람을 모두 포함시키고 있다고 믿고 있던 페트라 코테스는 이미 그를 옷장 속에 숨겨 놓았었다. 페트라 코테스는 그를 나흘 동안이나 옷장에서 내보내지 않았는데, 그때 해안 지방의 각기 다른 지역에서 보내온 전보를 통해 그녀는 보이지 않는 적들의 원한

이 이마에 재의 십자가를 그린 형제들만을 향하고 있다는 사실을 알게 되었다. 아마란타는 조카들에 대한 기록을 적어 둔 장부를 찾아 전보가 도착할 때마다 이름을 지워 갔는데, 결국은 맨 위 조카만 남게 되었다. 가족들은 짙은 피부와는 대조적으로 푸르고 커다란 눈을 지닌 대령의 큰아들을 생생하게 기억하고 있었다. 이름이 아우렐리아노 아마도르인 그는 목수였고, 산맥 기슭에 위치한 외진 마을에서 살고 있었다. 아우렐리아노 세군도는 두 주일을 기다려도 그의 죽음을 알리는 전보가 도착하지 않자 그가 자신에게 닥치던 위험을 모르고 있는 거라 생각하고는 조심하라고 이르기 위해 심부름꾼을 보냈다. 심부름을 갔던 사람은 아우렐리아노 아마도르가 안전하다는 소식을 가지고 돌아왔다. 그를 죽이기로 한 날 밤, 괴한 둘이 그의 집으로 찾아가 권총을 쏘아 댔지만 재의 십자가를 적중하지는 못했다. 아우렐리아노 아마도르는 마당 담을 뛰어넘어, 목재를 사느라 친분을 맺었던 원주민들 덕택에 속속들이 꿰고 있던 산 속 미로로 사라졌다. 그 후 그에 대한 소식은 알려지지 않았다.

아우렐리아노 부엔디아 대령에게는 그때가 어두운 나날들이었다. 공화국 대통령이 그에게 조전(弔電)을 보냈는데, 그 전보를 통해 사건의 철저한 규명을 약속하고, 죽은 사람들에게 경의를 표했다. 대통령의 명령에 따라 시장이 조화 네 개를 가지고 장례식에 참석해 조화를 관 위에 얹으려고 했지만, 대령은 시장을 길거리로 내동댕이쳐 버렸다. 장례식이 끝난 다음 대령이 공화국 대통령에게 과격한 전보 하나를 손수 써서 가져갔지만 전신수는 발송을 거부했다. 그러자 대령은 그 전보에 훨씬 더 공격적인 어구를 덧붙여 봉투에 넣어 편지로 발송했다. 아내가 죽었을 때 그랬고, 가장 좋은 친구들이 전쟁터에서 죽어 갈 때마다 수없이 그랬듯이, 그는 이번에도 슬픔을 느끼기보다는 무엇 때문인지 누구를 향한 것인지도 모를 분노와 맥빠진 무력감을 느꼈다. 대령은 적들이 식별할 수 있도록 아들들의 이마에 재로 지워지지 않는 십자가를 그려 준 안토니오 이사벨 신부를 공범자로 고발하기에까지 이르렀다. 이제는 생각을 논리 정연하게 연결시키지도 못하고, 설교를 하다가도 황당무계한 해석을 함으로써 신자들을 당황하게 만들던 노쇠한 신부는 어느 날 오후, 수요일에 쓰던 재를 담는 대접을 가지고 집으로 찾아와서는 그 재를 물로 씻어낼 수 있다는 것을 증명하기 위해 모든 가족에게 바르려고 했다. 그러나 비극의 공포가 너무나 깊숙이 박혀 있던지라 페르난다까지도 그 실험을 거부했으며, 그 이후로 재의 수요일에 성체 배령석에서 무릎을 꿇는 부엔디아 집안 사람은 단 하나도 볼 수가 없었다.

아우렐리아노 부엔디아 대령은 오랫동안 마음의 평정을 되찾지 못했다. 그는 작은 황금 물고기 만드는 일을 중단했으며, 식사도 제대로 하지 못했고, 담요를 질질 끌고 조용한 분노를 씹으면서 몽유병자처럼 온 집 안을 배회했다. 석 달이 지났을 무렵, 머리는 백발이 되고, 과거에 양 끝을 꼬부려 말아올렸던 팔자형 콧수염은 핏기 없는 입술 위로 흩어져 내렸지만, 반면에 그의 눈빛은 또다시, 그가 태어나는 것을 지켜보던 사람들을 놀래키고, 과거 한번 쳐다보기만 해도 의자를 움직였던,

두 개의 불꽃이 되어 있었다. 그는 젊었을 때 위난의 길을 통해 영광의 적막한 황무지까지 자신을 인도했던 그 예감을 고통으로 점철된 분노 속에서 소생시키려고 애를 썼지만 아무 소용이 없었다. 그는 무엇 하나, 누구 하나 털끝만큼의 애정도 불러일으켜 주지 않는 어느 낯선 집에 있는 것 같은 기분에 사로잡힌 채 방황하고 있었다. 한번은, 전쟁이 일어나기 전과거의 흔적을 발견하고자 멜키아데스의 방문을 열었지만, 그가 발견한 것이라고는 여러 해 동안의 방치로 인해 쌓인 부스러기와, 쓰레기와, 엄청난 잡동사니뿐이었다. 그 누구도 다시 읽은 적이 없는 책들의 표지와 습기가 차 눅눅해진 묵은 양피지에는 거무죽죽한 곰팡이가 피어 있었고, 가장 깨끗하고 밝았던 집 안 공기 속에는 썩어 버린 추억이 서린 역겨운 냄새가 감돌고 있었다. 어느 날 아침, 그는 밤나무 밑에서 죽은 남편의 무릎에 매달려 울고 있는 우르술라를 발견했다. 비바람을 맞으며 반 세기를 시달린 그 강인한 노인을 보지 않고 살았던 그 집 가족은 아우렐리아노 부엔디아 대령뿐이었다. "네 아버지께 인사드리렴." 우르술라가 그에게 말했다. 그는 밤나무 앞에 잠시 멈춰 섰지만, 그 텅 빈 공간 역시 그에게 아무런 애정도 유발하지 못한다는 걸 다시 한번 더 확인했다.

"아버지가 뭐라고 그러시나요?" 그가 물었다.

"아버지는 네가 죽을 거라 믿고서 아주 슬퍼하고 계신다." 우르술라가 대답했다.

"사람은 죽어야 할 때 죽는 게 아니라 죽을 수 있을 때 죽는 거라고 아버지께 말씀드려 주세요." 대령이 미소를 지었다.

죽은 아버지의 예감은 그의 마음속에 남아 있던 자부심의 마지막 불꽃을 되살렸으나, 그는 그것을 갑작스런 힘의 약동이라 착각했다. 그래서 그는 성 요셉 석고상 속에서 발견된 금화를 마당 어디쯤에 묻었는지 가르쳐 달라고 우르술라를 다그쳤다. "넌 절대로 찾지 못해." 그녀는 과거에 얻은 교훈을 떠올리고는 굳건한 태도로 그에게 말했다. 그리고 덧붙였다. "언젠가 그 돈 임자가 나타날 건데, 그 돈은 그 사람밖에 캐낼 수 없어." 지금까지 그렇게 욕심이 없던 한 남자가 왜 그토록 악착같이 돈을 탐내기 시작했는지는 아무도 모르고 있었는데, 그 돈은 급한 일을 처리하는 데 필요한 정도의 적은 액수가 아니라 얼마라고 말만 해도 아우렐리아노 세군도를 놀라 자빠지게 할 수 있을 정도로 엄청난 것이었다. 대령이 원조를 구하려고 옛날의 같은 당 동지들을 찾아갔지만 그들은 그를 만나지 않으려고 몸을 피했다. 그때 대령에게 이런 말이 들렸다. "자유파와 보수파의 유일한 차이점은 말이야, 자유파는 5시 미사를 드리러 가고, 보수파들은 8시 미사를 드리러 간다는 것뿐이야." 그럼에도 불구하고, 그는 너무나 열정적으로 요구를 하고, 열정적인 방법으로 간청을 하고, 자신의 권위 같은 것은 완전히 부숴 버리고, 남 모르게 부지런을 떨고, 말할 수 없을 정도로 끈덕지게 사방을 미끌어지듯 돌아다니면서 여기서 조금, 저기서 조금 모금을 한 끝에, 여덟 달 만에 우르술라가 땅에 묻어 놓은 것보다 더 많은 돈을 모을 수가 있었다. 그리고 나서 그는 전면전을 시작하는 데 도움을 요청하기 위해 병든 헤리넬도 마르케스 대령을 찾아갔다.

혜리넬도 마르케스 대령은, 비록 중풍에 걸려 앉아 지내는 흔들의자 위에서일망정, 어느 시점에서는 곰팡이가 끼어 있는 혁명의 줄을 움직일 수 있는 유일한 사람이었다. 네에를란디아 휴전 협정이 체결된 뒤 아우렐리아노 부엔디아 대령이 작은 황금 물고기를 만드는 은신처에 숨어 있는 사이에도 그는 혁명군이 패배할 때까지 자신에게 충성을 바친 혁명군 장교들과 계속해서 접촉했다. 그 장교들과 함께 매일 되풀이되는 굴욕과, 수없이 제출한 청원서, 진정서와, 항상 내일 다시 오라는 말과, 이제 거의 다 되었다는 대답과, 귀하의 경우를 신중하게 검토 중이라는 회신과의 슬픈 전쟁을 벌였다. 그것은 종신 연금을 급여해야 했지만, 절대로 급여하지 않았던 친애하고 친애하는 정부의 충실한 종들에 대항했던, 아무런 보상도 받지 못하고 실패로 끝난 전쟁이었다. 이십 년에 걸쳐 진행된 피비린내 나는 전쟁도, 영원히 연기되는 그 썩어 빠진 연금 전쟁만큼 많은 폐해를 유발하지는 않았다. 세 차례의 암살 위험을 피하고, 다섯 차례나 부상을 당하면서도 살아남고, 수많은 전투에서도 상처 하나 없이 빠져나온 혜리넬도 마르케스 대령조차도 기다림이라는 잔혹한 포위망에 걸려들어, 어느 셋집의 마름모꼴 전기 불빛 사이로 아마란타를 그리워하면서 노년의 비참한 패배 속으로 빠져들었다. 그가 소식을 주고받던 마지막 역전의 노병들은 자신들에게 옷깃에 달아 사용하도록 각자의 얼굴이 박힌 단추를 나누어 주고, 관 위에 씌울 수 있도록 피와 화약으로 더럽혀진 깃발을 되돌려 주었던, 공화국의 이름 없는 대통령 옆에서 무례하게도 얼굴을 뻣뻣하게 쳐든 채 사진으로 찍혀 어느 신문에 등장했다. 보다 품위 있는 다른 역전의 노병들은 굶주림으로 죽어 가고, 분노 속에서 살아남고, 영광이라는 허울 속에서 늙어 썩어 가면서도 정부가 베푸는 자비의 희미한 불빛을 기대하며 편지 한 통을 여태까지 기다리고 있었다. 그래서 아우렐리아노 부엔디아 대령이 헤리넬도 마르케스 대령에게 외국인 침략자에 의해 지탱되는 부패와 추문으로 얼룩진 정권의 모든 흔적을 뿌리째 뽑아 버릴 수 있는 결사적인 전쟁을 시작하자고 제안했을 때, 헤리넬도 마르케스 대령은 연민으로 인한 전율을 억누를 수 없었다.

"아, 아우렐리아노." 헤리넬도 마르케스 대령이 한숨을 내쉬었다. "난 자네가 늙은 줄은 이미 알고 있었네만, 이제 보니 겉보기보다 훨씬 더 늙었구먼."

13장

최근 몇 년 동안의 혼란을 겪어내느라 우르술라가 호세 아르카디오를 교황으로 키우는 데 신경을 쓸 겨를이 거의 없었을 때, 호세 아르카디오는 신학교로 떠날 준비를 서둘러야 했다. 엄격한 페르난다와 비탄에 젖어 있던 아마란타 사이에서 자란 여동생 메메도 거의 동시에 클라비코드의 대가로 길러줄 수녀 학교로 보낼 나이에 이르렀다. 우르술라는 무기력한 교황 견습생의 영혼을 단련시키던 자신의 방법론이 과연 효과가 있었는지에 대한 심각한 회의로 고통스러워하고 있었으나, 그 잘못을 자신의 휘청거리는 노령이나 사물의 윤곽을 겨우 어슴푸레하게 구분할 수밖에 없는 안개가 낀 것 같은 눈 탓으로 돌리지 않고, 규정할 수는 없으나 시간이 지남에 따라 점진적으로 쇠퇴해 가는 것이라고 모호하게 인식하고 있던 그 무엇 탓으로 돌렸다. "요즘 세월은 이제 옛날과는 다르게 흐른 단 말이야." 우르술라는 매일매일의 현실이 손가락 사이로 빠져 달아나는 듯한 기분을 느끼면서 자주 이렇게 말했다. 예전에는 아이들이 성장하려면 오랜 세월이 걸린다고 생각했었다. 그것을 확인하기 위해서는 큰아들 호세 아르카디오가 집시들을 따라 떠나기까지 걸린 시간과, 온몸에 뱀처럼 문신을 하고 천문학자 같은 말을 하면서 돌아오기 전까지 일어난 모든 일과, 아마란타와 아르카디오가 원주민 말을 잊고 스페인 말을 배우기 전까지 집에서 일어난 일들을 기억하는 수밖에 없었다. 불쌍한 호세 아르카디오 부엔디아가 밤나무 밑에서 태양과 이슬을 받으며 겪어야 했던 일과, 아우렐리아노 부엔디아 대령이 수많은 전쟁을 치른 뒤 죽어 가는 몸으로 집에 실려오기 전이자 오십 살이 채 안 된 아들 때문에 수많은 고통을 겪은 후, 남편의 죽음으로 인해 겪어야 했던 슬픈 일 등, 그 모든 것을 생각해야만 했다. 예전에는 작은 동물 모양의 캐러멜을 만들며 하루를 꼬박 보내고 나서도, 아이들을 돌보고, 피마자 기름으로 만든 물약을 필요로 하는 아이들의 눈 흰자위를 까뒤집어 볼 시간이 남아 있었다. 반면에 이제는 다른 일은 전혀 하지 않고 새벽부터 저녁까지 호세 아르카디오를 궁둥이에 달고 다니는데도 짓궂은 시간이 왜 그리 빨리 지나가는지 일을 반도 채 마치지 못했다. 사실 자기 나이가 몇 살인지조차 이미 까먹었을 정도로 늙었으면서도 늙음에 대해 저항했고, 사방으로 돌아다니며 걸리적거리고, 온갖 일에 참견을 해 대고, 외지인들만 나타나면 전쟁 동안에 비가 멈출 때까지만 보관해 달라고 성 요셉의 석고상을 맡긴 일이 없느냐고 물어 대면서 그들을 귀찮게 했다. 우르술라가 언제부터 시력을 잃기 시작했는지 정확히 아는 사람은 아무도 없었다. 말년에 이르러 이제 침대에서 일어날 수조차 없었을 때도, 그저 나이가 들어 기력을 잃은 것처럼 보였을 뿐이지 완전히 장님이 되어 있다는 사실은 아무도 몰랐다. 우르술라는 그 사실을 호세 아르카디오가 태어나기 전에 알았었다. 처음에는 일시적인 시력 감퇴인 줄 알고 남몰래 골수로 만든 시럽을 마시고, 눈에 벌꿀을 발랐지만, 이내 자신이 대책 없는 암흑 속으로 빠져들고 있음을 깨달아 가기 시작했는데, 마침내는 마콘도에 처음으로 전기가 들어왔을 때도 그 광채만 볼 수 있을 뿐 전기라는 발명품이 구체적으로 어떤 것인지 확실히 알지 못했다. 자신이 장님이 되었다는 사실을 밝힌다는 것은 곧 자신이 쓸모없는 사람이 되었다는 것을 공공연하게 알리는 것이 될 것 같아 그 사실을 아무에게도 얘기하지 않았다. 백내장의 후유증으로 아무것도 볼 수 없게 되었을 때라도 기존의 기억을 이용해 계속해서 물건을 볼 수 있도록 물건들 사이의 거리와 사람들의 목소리를 알아내는 공부를 조용히 집요하게 했었다. 나중에는 예기치 않게 냄새도 도움이 된다는 사실을 발견했는데, 어둠 속에서는 부피나 색보다는 훨씬 더 설득력 있는 힘으로 구분되었고, 그녀를 체념으로 인한 수치심으로부터 결정적으로 구원해 주었다. 그녀는 방 안의 어둠 속에서도 바늘에 실을 꿰고, 옷에 단춧구멍을 낼 수 있었고, 우유가 언제 끓을 것인지도 알아냈다. 각각의 물건이 있는 장소를 어찌나 확실하게 알고 있었던지 때때로는 자기가 장님이라는 사실을 그녀 자신도 잊었다. 한번은 결혼반지를 잃어버린 페르난다가 집 안을 온통 뒤집어 놓았는데, 우르술라가 아이들의 침실 까치발에서 찾아냈었다. 다른 사람들이 신경을 쓰지 않고 사방을 돌아다니는 동안에 우르술라는 단순히 그들이 갑자기 자기와 절대 부딪치는 일이 없도록 네 가지 감각을 동원해 그들을 감시했는데, 마침내 집안 식구들이 각자 자기도 모르는 사이에 날마다 같은 길을 반복해서 다니고, 같은 행동을 반복하고, 같은 시각에 거의 같은 말을 반복한다는 사실을 발견했다. 그리고 그들이 매일매일의 자잘한 습관에서 벗어날 때만 무언가를 잃게 된다는 사실도 알아냈다. 그래서 페르난다가 반지를 잃어버리고는 낙담해 있다는 말을 들었을 때, 우르술라는 그날 페르난다가 한 행동 가운데 다른 날과 달랐던 점은 전날 밤에 메메가 빈대 한 마리를 발견해 페르난다가 아이들 침대 메트리스를 햇볕에 내다 말린 것뿐이라는 사실을 생각해 냈다. 메트리스 청소를 할 때 아이들도 도왔기 때문에 우르술라는 페르난다가 반지를 아이들의 손이 닿지 않는 유일한 장소인 침실 까치발에 빼 두었으리라 생각했던 것이다. 반면에 페르난다는 잃어버린 물건을 찾는 일이란 일상의 습관 때문에 더 어려워진다는 사실을 모른 채, 자기가 일상적으로 지나다니는 길에서만 반지를 찾아 댔는데, 그래서 흔히들 잃어버린 물건을 찾는 데는 그토록 힘이 드는 법이다.

호세 아르카디오를 키우는 일은 집안에서 일어나는 세밀한 변화를 인지하고 있으려는 우르술라의 힘든 과업에 도움이 되었다. 아마란타가 침실에 있는 성상들에 옷을 입히고 있다는 사실을 알았을 때 우르술라는 짐짓 아이에게 색깔들의 차이에 대해 가르쳐 주는 척했다.

"자, 자, 성 라파엘 천사가 어떤 색 옷을 입고 있는지 내게 말해 보렴." 우르술라가 호세 아르카디오에게 물었다.

그런 식으로 아이는 우르술라가 자신의 눈으로 확인할 수 없는 정보를 그녀에게 주었기 때문에 호세 아르카디오가 신학교로 떠나기 훨씬 전에 우르술라는 이미 옷감의 감촉만으로도 성상들이 입고 있는 옷이 무슨 색깔인지 알 수 있게 되었다. 때때로는 예기치 않은 사태가 벌어지기도 했다. 어느 날 오후 우르술라는 베고니아가 있는 복도에서 뜨개질을 하고 있던 아마란타와 부딪치고 말았다.

"제발, 길 좀 잘 보고 다니세요." 아마란타가 종알거렸다.

"네가 자리를 잘못 잡고 앉아 있어 그런 거야." 우르술라가 대답했다.

우르술라로서는 맞는 말이었다. 그러나 그날 우르술라는 그 누구도 모르고 있던 사실을 하나를 발견하게 되었는데, 그것은 일 년이 지나감에 따라 태양이 감지할 수 없을 정도로 천천히 궤도를 바꾸어 가고 있으며, 그에 따라 복도에 앉아 있는 가족들이 자신들도 모르는 사이에 조금씩 조금씩 위치를 바꾸고 있다는 점이었다. 그래서 그날부터 우르술라는 아마란타가 앉아 있는 정확한 자리를 알아내기 위해 날짜를 기억해야만 했다. 비록 손의 떨림이 갈수록 눈에 띄고 발이 무거워져서 썩 자유롭지는 않았다 해도 우르술라는 그 작은 몸을 그 어느 때보다도 더 바삐 움직였다. 그녀는 집안의 모든 무게를 혼자 다 떠맡았을 때 못지않게 부지런했다. 그럼에도 불구하고, 노령의 헤아릴 수 없는 고독 속에서 집안의 가장 무의미한 사건까지도 조사할 수 있는 통찰력을 갖추었고, 과거에는 바빠서 보지 못했던 사실을 처음으로 명확하게 보게 되었다. 가족들이 호세 아르카디오를 신학교에 보낼 준비를 할 무렵 우르술라는 이미 마콘도 설립 이후의 집안 내력을 소상히 개괄했으며, 자손들에 대해 쭉 지녀 왔던 생각을 완전히 고쳐 버렸다. 우르술라는, 자신이 예전에 생각했던 것처럼, 아우렐리아노 부엔디아 대령이 혹독한 전쟁에 시달려 가족들에 대한 애정을 잃어버린 것이 아니라, 원래부터 그 누구를 결코 사랑해 본 적도 없었고, 아내 레메디오스나 그의 삶을 스쳐 갔던 셀 수 없이 많은 하룻밤의 여자들도 결코 사랑하지 않았으며, 그의 아들들은 훨씬 더 사랑하지 않았다는 사실을 깨달았다. 그리고 그가, 모든 사람이 생각했던 것처럼 이상주의를 추구하기 위해 그토록 많은 전쟁을 치렀다거나, 모든 사람이 생각했던 것처럼 전쟁에 지쳐서 무한한 승리를 포기한 것이 아니라, 항상 같은 이유, 즉 죄받아 마땅한 그 특유의 오만 때문에 이기기도 하고 지기도 했다고 추측했다. 그래서 우르술라는, 아들을 위해서라면 자신의 목숨까지 바칠 수도 있는, 그런 아들이 사랑을 하는 데는 무능한 남자에 불과할 뿐이라는 결론에 도달했다. 아직 그가 우르술라의 배 속에 있을 때인 어느 날 밤, 우르술라는 뱃속에서 아이가 우는 소리를 들었다. 그 울음소리가 어찌나 분명하게 들리던지 옆에서 자다가 깨어난 호세 아르카디오 부엔디아는 자기 아이가 복화술사(複話術師)가 될 거라는 생각으로 기뻐했다. 다른 사람들은 그 아이가 예언가가 될 거라 예견했다. 하지만, 우르술라는 그 깊은 신음 소리는 아이가 무시무시한 돼지 꼬리를 달고 태어나리라는 첫 조짐이라고 믿으며 벌벌 떨었고, 아이가 뱃속에서 죽게 해 달라고 하느님께 빌었다. 그러나 우르술라는 나이가 들면 생기는 통찰력으로 아이가 어머니의 배 속에서 우는 것은 복화술이나 예언가적 능력을 나타내는 것이 아니라 아이가 사랑하는 데 무능하다는 명백한 조짐이라는 사실을 터득했고, 그래서 자신의 견해를 사람들에게 자주 얘기했다. 아들에 대한 이미지를 그렇게 격하시키고 나니, 그동안 느끼지 못하고 있던 아들에 대한 연민의 정이 한꺼번에 갑자기 솟아났다. 한편으로, 자신의 가혹한 마음에 자기 스스로도 놀라고, 모진 슬픔을 못 이겨 스스로 고통스러워했던 아마란타는 이 세상에 존재한 여자들 가운데 가장 부드러운 여자였다는 사실이 우르술라의 마지막 조사에서 명확하게 밝혀졌고, 또 아마란타가 피에트로 크레스피를 부당한 고문을 가하는 것처럼 냉정하게 대한 것은, 모든 사람이 생각했던 것처럼 그렇게 복수를 하려는 의지 때문이 아니었고, 또 헤리넬도 마르케스 대령에게 일부종사하기를 차일피일 미루어 결국은 그의 인생을 망치게 한 것은, 모든 사람이 생각했던 것처럼 자신이 겪은 고통에서 비롯된 심술 때문이 아니라, 그 두 가지 사건이 그녀 자신의 측정할 수 없는 사랑과 극복하기 어려운 두려움 사이에서 결사적인 투쟁을 벌이다 결국은 자신의 고통스러운 마음속에 항상 지니고 있던 그 비이성적인 두려움이 승리를 거두어 버린 결과라는 사실을 우르술라는 연민 섞인 통찰력으로 이해했다. 우르술라가, 단 한 번도 자기의 젖을 먹지 못한 채 땅 흙과 담벼락 석회를 긁어 먹고 자랐으며, 자신의 피가 아니라 무덤 속에서도 뼈가 계속 달그락거리는 소리를 내는 그 낯선 사람들의 낯선 피가 핏줄 속에 흐르고 있던 레베카, 성미가 급하고 특이한 위를 지닌 레베카만이 그 누구도 속박할 수 없는 진정한 용기, 우르술라 자신이 가문의 핏줄 속에 흐르기를 바랐던 그 용기를 지닌 유일한 여자였음을 깊이 이해함으로써 뒤늦은 후회와 갑작스럽게 밀어닥친 감탄으로 인해 솟아오르는 해묵은 애정을 느끼며 그녀의 이름을 부르고 그녀를 회고하기 시작한 것도 바로 그때였다.

"레베카야. 우리가 정말 널 불공평하게 대했구나!" 우르술라가 벽을 쓰다듬으면서 말했다.

집에서는 단순히 우르술라가 정신이 나간 것이라 생각했는데, 특히 그녀가 가브리엘 천사처럼 오른팔을 쳐들고 다니게 된 이후로는 더욱더 그렇게 생각했다. 하지만, 페르난다는 지난 한 해 동안 집안에서 돈을 얼마나 썼는지 우르슬라가 척척 맞히는 것을 보고는, 정신 착란의 그늘 안에는 통찰의 햇빛이 비추고 있다는 사실을 깨달았다. 아마란타는, 어머니가 부엌에서 수프 냄비를 흔들고 있다가 누가 자기 말을 듣고 있는 줄도 모른 채 불쑥, 마콘도를 찾아왔던 첫 번째 집시들에게서 가족이 자기에게 사 준 옥수수 빻는 기계가 호세 아르카디오가 예순다섯 번째 세계 일주를 하기 전에 사라져 버렸는데, 여태 필라르 테르네라의 집에 있을 거라고 하는 말을 들었던 어느 날, 페르난다와 비슷한 생각을 갖게 되었다. 역시 거의 백 살이 다 되었으나, 과거에 웃음소리로 비둘기들을 놀래켰듯이 지금은 아이들을 깜짝깜짝 놀라게 하는, 그 믿어지지 않을 정도로 뚱뚱한 몸에도 불구하고 튼튼하고 민첩한 필라르 테르네라는 노인들의 주의력이 카드 점을 쳐서 조사하는 것보다 더 정확하다는 사실을 경험으로 알기 시작했기 때문에 우르술라가 정확히 알아낸 것에 대해 그리 놀라지 않았다.

하지만, 호세 아르카디오에게 성직에 대한 의지를 확고하게 심어 줄 시간이 모자란다는 사실을 깨달았을 때 우르술라는 낙담하고 망연자실했다. 그래서 자기의 직관으로도 명확하게 파악할 수 있는 것조차 눈으로 직접 보려고 애쓰다가 실수를 범하기 시작했다. 어느 날 아침에는 병에 담긴 잉크를 장미 향수로 착각하고 아이의 머리에다 부어 버렸다. 무슨 일이든지 참견하려는 그 고집 때문에 수없이 많은 충돌을 일으켰는데, 갑자기 기분이 확 나빠지면 정신이 아득해지는 걸 느끼고는, 결국은 거미줄로 만든 네글리제처럼 자신을 휘감고 있던 암흑을 떨구려 애썼다. 자신의 우둔함이 몸이 늙고 눈이 보이지 않기 시작함으로써 생긴 것이 아니라 나이를 많이 먹음으로써 발생되는 오류라는 생각이 떠오른 것은 바로 그 무렵이었다. 그녀는 예전에, 그러니까 옥양목 한 야드를 잴 때 터키인들이 쓰던 그 속임수[10]를 하느님이 세월에 대해서는 쓰지 않

---

10) 베를 실제보다 더 짧게 잘라 팔아 이문을 남기는 교묘한 상술을 말한다.

던 시대에는, 사물들이 달랐다고 생각했다. 이제는 아이들이 예전보다 더 빨리 자랐을 뿐만 아니라, 사람의 감정도 다른 방식으로 변해 있었다. 미녀 레메디오스의 육체와 영혼이 승천하자마자 분별없는 페르난다는 미녀 레메디오스가 침대 시트를 가져갔다고 구석에서 투덜거리며 돌아다녔다. 아우렐리아노 세군도는 아우렐리아노 형제들의 몸이 무덤 속에서 채 식기도 전에, 마치 죽은 형제들이 기독교인이 아니라 그저 개에 지나지 않는다는 듯이, 또 그토록 많은 골머리를 썩히고, 그토록 많은 작은 동물 모양의 캐러멜을 팔아 마련한 그 미치광이들의 집이 타락의 쓰레기장으로 변하도록 예정되어 있기라도 한 듯이 벌써 집에 다시 불을 환하게 밝히고, 술주정꾼들을 잔뜩 불러 모아 아코디언을 켜고, 샴페인에 푹 젖어 있었다. 우르술라는 호세 아르카디오의 짐을 꾸리는 동안 이런 생각을 하면서 차라리 그 즉시 무덤 속에 드러누워 자기 몸 위에 흙을 뿌리도록 하는 편이 더 낫지 않을까 자문하기도 했으며, 하느님께서는 인간에게 그 많은 슬픔과 고통을 치르게 하시는데, 혹시 인간이 쇳덩이로 만들어졌다고 믿고 계시는 거냐고 주저없이 하느님에게 물었다. 그녀는 묻고 또 물으면서 자신의 혼돈스러운 생각을 휘저어 나갔고, 밖으로 뛰어나가 외국인처럼 횡설수설 떠벌이고 싶은 억누를 수 없는 욕망과, 완전히 체념해 버리고, 온갖 것에 한꺼번에 똥을 싸 갈기고, 인고의 한 세기 내내 꾹 억누르고 있어야만 했던 무수한 상소리를 가슴속으로부터 한껏 퍼부어 대겠다고 수도 없이 갈망했다가 수도 없이 연기시켰던 그 순간을 갖고 싶다는, 한순간의 반역을 꾀하고 싶다는, 억누를 수 없는 욕망을 느꼈다.

"빌어먹을!" 우르술라가 고함을 질렀다.

트렁크에 옷을 꾸려넣고 있던 아마란타는 우르술라가 전갈에 물린 것으로 믿었다.

"어디 있어요?" 아마란타가 깜짝 놀라 물었다.

"뭐 말이냐?"

"전갈 말이에요." 아마란타가 다 안다는 듯이 말했다.

우르술라는 손가락 하나를 가슴에 갖다 댔다.

"여기." 우르술라가 말했다.

목요일 오후 2시, 호세 아르카디오가 신학교로 떠났다. 우르술라는 칼라에 빳빳하게 풀을 먹이고 구리 단추를 단 푸른색 코르덴 옷 속에서 더위로 헐떡거리며, 풀죽은 모습에 심각한 표정을 지으면서도 그녀가 가르쳐 준 대로 눈물 한 방울 흘리지 않던 그를 떠나보낼 때 새겨 둔 그 모습을 두고두고 떠올려야 했다. 그는 우르술라가 집에서 그의 자취를 뒤쫓을 수 있도록 머리에 뿌리곤 했던, 코를 찌르는 듯한 장미 향수 냄새를 식당에 남겼다. 송별 점심 식사를 하는 동안 식구들은 짐짓 즐거운 듯 말하고 행동함으로써 초조감을 감추려고 했으며, 안토니오 이사벨 신부의 농담에도 과장되게 열의를 내보이며 맞장구를 쳐 주었다. 그러나 모서리에 은장식을 박고, 벨벳을 씌운 트렁크를 가져왔을 때는 집에서 관을 꺼내 놓기라도 한 것 같은 분위기였다. 그 작별 행사에 참석하지 않은 사람은 아우렐리아노 부엔디아 대령뿐이었다.

"이게 우리 집에 마지막으로 필요했던 거로구먼. 그 교황이란 것이!" 아우렐리아노 부엔디아 대령이 툴툴거렸다.

석 달 후, 아우렐리아노 세군도와 페르난다가 메메를 학교로 데려다주고 가져온 클라비코드가 자동 피아노 자리를 차지하게 되었다. 아마란타가 자신의 수의를 짓기 시작한 것도 그 무렵이었다. 바나나 열기는 이미 진정되어 있었다. 마콘도의 원주민들은 이방인들에 의해 구석으로 밀려나 과거 자신들의 불안정한 생활 방편에 간신히 매달려 있었으나, 어찌 되었든, 조난을 당했다가 살아남았다는 심정으로 일종의 안도감마저 느끼고 있었다. 집에서는 계속해서 점심 식사를 하러 오는 손님을 받았는데, 몇 년 후 바나나 회사가 그곳을 떠나기 전까지는 과거의 일상을 회복할 수 없었다. 하지만 그 즈음에 집안을 좌지우지한 사람은 페르난다였기 때문에 전통적인 친절의 개념에 급격한 변화가 있었다. 우르술라는 어둠 속으로 물러나 있었고, 아마란타도 수의 짓는 일에 푹 빠져 있어서, 지난날의 여왕 견습생은 손님을 가려서 초대하고, 손님에게는 자기 부모에게서 배웠을 법한 엄격한 규칙을 강요할 수 있었다. 그 엄격한 규칙은 외지인들이 손쉽게 번 돈을 제멋대로 낭비하던 그런 천박함이 난무하던 마을에 있는 그 집을 옛관습을 되살려 지키는 교두보로 만들었다. 그녀에게 올바른 사람이란, 더 말할 것도 없이, 바나나 농장과는 아무런 관계가 없는 사람을 뜻했다. 바나나 열풍이 불어닥치던 무렵의 아수라장 속에서 그 멋진 싸움닭들을 처분하고 바나나 회사의 십장이 된 호세 아르카디오 세군도까지도 그녀의 차별적인 질시의 희생물이었다.

"호세 아르카디오 세군도가 그 외지인들의 옴을 옮겨 가지고 다니는 한, 다시는 이 집에 발을 들여놓지 못할 거예요." 페르난다가 말했다.

집안 사정이 그 정도로 빡빡해지자 결국 아우렐리아노 세군도는 페트라 코테스의 집에 있는 게 더 편안하다고 느꼈다. 처음에 그는 아내의 짐을 덜어 준다는 핑계로 장소를 옮겨 요란법석한 파티를 벌였다. 그러고 나서는 가축들이 새끼를 덜 친다는 핑계로 곡식 창고와 마구간을 옮겼다. 마지막으로, 정부의 집이 덜 덥다는 핑계로 업무를 처리하던 작은 사무실을 그 집으로 옮겼다. 페르난다가 남편이 아직 멀쩡하게 살아 있으면서도 생과부가 되었음을 깨달았을 때는 모든 것을 원상 복귀하기에는 너무 늦어 있었다. 아우렐리아노 세군도는 집에서 식사를 하는 일도 거의 없었는데, 계속해서 유지했던 한 가지 겉치레, 즉 아내와 함께 잠을 자는 정도의 행위만으로는 그 누구를 설득시킨다는 게 역부족인 상태였다. 그런데 어느 날 밤, 그는 실수로 그만 페트라 코테스의 침대에서 아침을 맞고 말았다. 그가 생각했던 바와는 달리 페르난다는 조금도 그를 나무라지 않았고, 원망 섞인 한숨도 내쉬지 않았으나, 그날로 그의 옷을 담은 트렁크 두 개를 정부 집으로 보내 버렸다. 길 잃은 남편이 부끄러움을 이기지 못해 결국은 머리를 떨군 채 집으로 돌아오려니 믿고서 모든 사람이 트렁크를 볼 수 있도록 대낮에 길 한복판을 가로질러 가라는 지시를 해서 보냈다. 그러나 그 영웅적인 행동은 페르난다가 남편의 성격뿐만 아니라 자기 부모가 살았던 곳과는 판이하게 다른 그곳 사회의 특징을 잘못 이해하고 있다는 사실을 다시 한번 증명한 것에 불과했는데, 한길을 지나가던 그 짐을 본 사람들은 결국, 모든 내력을 속속들이 알고 있던 한 집안 역사의 자연스러운 결말이라고들 한결같이 중얼거렸고, 아우렐리아노 세군도는 사흘 동안이나 요란법석한 잔치를 벌임으로써 자신에게 자유가 부여된 것을 축하했다. 페르난다가 부인으로서 크게 불리했던 점은, 발등을 덮는 칙칙한 드레스를 입고, 커다란 구식 메달들을 달고, 장소에 맞지 않는 자부심만 지닌 쭈글거리는 중년에 이르기 시작했던 반면에, 화사한 천연 비단 옷에 파묻혀, 눈은 제 권리를 되찾았다는 기쁨으로 재규어처럼 이글이글 타오르던 정부는 두 번째 청춘기를 맞아 활짝 피어나고 있는 것처럼 보였다는 것이다. 아우렐리아노 세군도는, 페트라 코테스가 특별히 자기를 사랑했던 게 아니라, 쌍둥이 형제인 아르카디오 세군도와 혼돈함으로써 두 사람과 번갈아 가며 자는 동안, 마치 서로 다른 두 남자인 것처럼 사랑을 해 대던 한 남자를 갖게 되는 행운을 하느님이 자신에게 선물해 주었다고 생각했던 당시인 그 예전처럼, 청춘의 혈기를 지닌 채 다시 그녀에게 빠져들었다. 되살아난 그의 정욕이 어찌나 불같았던지, 식사를 하려고 식탁에 마주 앉았다가도 눈길이 마주치면 아무 말 없이 밥그릇을 덮어 두고 곧장 침실로 가서 허기진 배를 움켜쥔 채 죽도록 사랑을 나눈 적도 한두 번이 아니었다. 아우렐리아노 세군도는 은밀하게 육덕 좋은 프랑스 창녀들을 찾아갔을 때 보아 둔 물건들을 보고 깨달은 바가 있어, 페트라 코테스에게 호화로운 천개가 달린 침대를 사 주고,

창문에 벨벳 커튼을 달고, 침실 천장과 벽에는 커다란 수정 거울을 달았다. 당시 그는 훨씬 더 요란법석한 파티를 벌이고 낭비벽도 심해져 있었다. 그는 매일 11시에 도착하는 기차 편으로 샴페인과 브랜디 박스들을 계속해서 받아 댔다. 역에서 돌아오는 길에 원주민이건 외국인이건, 아는 사람이건 앞으로 알 사람이건, 계급을 구분하지 않고, 사람이라면 만나는 족족 집으로 끌고 와서는 즉석에서 쿰비암바[11] 춤 파티를 벌였다. 이상한 언어로만 대화를 하는, 미꾸라지처럼 요리조리 잘도 피하는 브라운 씨까지도 아우렐리아노 세군도가 보낸 유혹의 손길에 말려들어 페트라 코테스의 집에서 여러 번 정신을 잃을 만큼 취했고, 그가 가는 곳마다 따라다니던 독일산 맹견들에게 아코디언의 연주에 따라 그가 제멋대로 씹어 대던 텍사스 노래에 맞춰 춤을 추도록 하기까지 했다.

"낳아라, 소들아. 삶이 짧으니 어서 낳으라니까." 파티의 흥이 고조되면 아우렐리아노 세군도가 소리를 질렀다.

그때보다 그의 혈색이 좋아지고, 사람들의 사랑을 받고, 그의 가축들이 엄청나게 새끼를 친 적은 없었다. 끝없이 계속되는 요란법석한 파티에서 수많은 소와 돼지와 닭이 도살당했기 때문에, 엄청난 피로 마당 흙이 검은색으로 변하고, 질퍽거렸다. 그곳은 뼈다귀와 내장의 영원한 안식처, 찌꺼기의 쓰레기장이 되었고, 가이나소[12]가 손님들에게 달려들어 눈알을 쪼

---

11) 콜롬비아 지역에서 유행하는 춤이다.
12) 남아메리카에 서식하는 새인 콘도르 일종으로 콘도르보다 더 작다.

아대지 못하게 하려고 쉴새없이 다이너마이트 통을 불사르고 있어야만 했다. 아우렐리아노 세군도는 세계를 두루 여행하고 돌아왔을 때의 호세 아르카디오만큼이나 왕성한 식욕으로 인해 이내 뚱뚱해지고, 피부는 자줏빛이 되고, 거북이처럼 느려졌다. 그의 무절제한 폭식과, 무한한 낭비 능력과, 그 유래를 찾아볼 수 없을 정도의 환대에 대한 명성은 늪 지대 건너편까지 퍼져 나가, 해안 지방에서 명성이 자자한 대식가들을 불러들였다. 페트라 코테스 집에서 열리는, 그 어리석기 짝이 없는, 많이 먹고 참기 대회에 참가하기 위해 각지에서 전설적인 대식가들이 도착했다. 어느 불운한 토요일, '암코끼리'라는 별명으로 전국적으로 알려져 있던 몸집이 거대한 여자 카밀라[13] 사가스투메가 나타나기까지 아우렐리아노 세군도는 무적의 대식가였다. 그들의 대결은 화요일 동틀 녘까지 계속되었다. 처음 24시간 동안 송아지 한 마리와 유카, 냐메, 구운 플라타노[14]를 집어넣고 나서, 샴페인 한 상자 반까지 들이마신 아우렐리아노 세군도는 승리를 확신하고 있었다. 스타일이 더 전문가적이라는 게 확실했지만, 집 안을 꽉 메운 잡다한 군중에게는 덜 감동적이었던 그 침착한 상대보다 그는 더 고무되어 있고, 활기에 차 있는 것처럼 보였다. 아우렐리아노 세군도가 승

---

13) 확실치는 않지만, 카밀라(Camila)라는 이름은 스페인어 '코밀로나 (comilona: 여자 대식가)'에서 비롯되었다고 유추해 볼 수도 있는데, 그녀가 몸집이 거대한 여자였다는 것도 당시에는 흔한 일이었다.
14) 유카, 냐메, 플라타노는 앞에서도 밝힌 바와 같이 아메리카에서 생산되는 식용 농작물들을 가리킨다.

리를 해야겠다는 조바심으로 흥분해 먹을 것을 우적우적 씹어 먹은 반면에, 그 '암코끼리'는 외과 의사만큼이나 숙련된 솜씨로 고기를 잘라서는 모종의 즐거움을 맛보기까지 하면서 서두르지 않고 먹었다. 그 '암코끼리'는 몸이 우람하고 단단했지만, 장승처럼 거대한 몸집에 반해 여성적인 부드러움이 압도하고 있었고, 너무나 아름다운 얼굴에 아주 곱고 잘 가꾼 손, 그리고 가히 거부할 수 없는 매력을 지니고 있었기 때문에 아우렐리아노 세군도는 그녀가 집으로 들어서는 모습을 보고 낮은 목소리로 식탁에서가 아니라 침대에서 시합을 벌이면 더 좋겠다고 말했다. 나중에 그녀가 고상한 예법을 단 한 가지도 어기지 않으면서 송아지의 우둔살을 먹어 치우는 모습을 보았을 때, 그는 저렇게 섬세하고 매력적이고 식욕이 왕성한 코끼리 같은 여자야말로 어떤 의미에서는 이상적인 여자라고 말했다. 그의 말은 틀리지 않았다. '암코끼리'가 마콘도에 도착하기 전에 퍼졌던, 그녀가 수리처럼 탐욕스럽기로 유명하다는 이야기는 근거가 없는 것이었다. 그녀는 소문처럼 소백정이나, 그리스 곡마단의 수염난 여자가 아니라, 어느 음악 아카데미의 원장이었다. 그녀는, 이미 한 가정의 존경받는 어머니가 되어 있을 때, 자식들이 식욕을 돋우기 위한 인위적인 자극이 아닌 영혼의 절대적인 안정 상태를 통해 음식물을 더 잘 섭취할 수 있게 하려고 방법을 찾다가 먹는 법에 대해 배웠다. 시범을 통해 보여 준 그녀의 이론은 누구든 자기 의식 속에 들어 있는 모든 것을 완벽하게 정돈해 놓으면 피곤함 때문에 멈출 때까지 쉬지 않고 먹을 수 있다는 원리에 기초하고 있었다.

그래서 그녀는 시합에 대한 흥미 때문이 아니라 교육적인 이유 때문에, 원칙도 없는 대식가라는 소문이 전국적으로 퍼져 있는 한 남자와 겨루기 위해 학교와 가정을 내팽개쳤던 것이다. 아우렐리아노 세군도를 처음 본 순간부터, 그녀는 그가 위 때문이 아니라 성격 때문에 시합에서 지리라는 것을 단박에 알아차렸다. 첫날 밤이 끝나갈 무렵, '암코끼리'는 계속해서 침착한 상태를 유지하고 있었지만, 아우렐리아노 세군도는 쉼없이 떠들고 웃어 대면서 기운을 빼고 있었다. 두 사람은 네 시간만 잤다. 잠에서 깨어나자 각각 오렌지 쉰 개를 짠 주스와, 커피 80킬로그램과, 날달걀 서른 개를 먹어 치웠다. 오랜 시간 동안 잠도 자지 않은 채 각자 돼지 두 마리와 플라타노 한 다발과, 샴페인 네 상자를 집어넣느라 두 번째 날 동이 텄을 무렵, '암코끼리'는 아우렐리아노 세군도가 완전히 무책임하고 무모한 방법으로 먹긴 했지만, 자기가 지니고 있는 것과 똑같은 방법을 그 자신도 모르는 사이에 발견하지 않았나 생각했다. 그러니까, 그는 생각했던 것보다는 더 위험한 적수였던 것이다. 하지만 페트라 코테스가 구운 칠면조 두 마리를 식탁에 놓았을 때, 아우렐리아노 세군도는 배가 꽉 차기 일보 직전이었다.

"자신이 없으면 더 이상 먹지 마세요. 우린 무승부니까요." '암코끼리'가 그에게 말했다.

그녀는 자신이 상대방의 죽음을 주도하고 있다는 후회감 때문에 이제는 한 입도 더 먹을 수 없다는 사실을 알고서 진심으로 그렇게 말했던 것이다. 그러나 아우렐리아노 세군도는 그것을 새로운 도전이라고 풀이하고는 자신의 불가사의한 능력을 넘어설 때까지 칠면조를 삼켜 버렸다. 그리고 의식을 잃고 말았다. 입으로 게거품을 내뿜고 고통스러운 신음 소리와 더불어 숨을 헐떡거리면서 뼈다귀가 쌓여 있는 접시에 얼굴을 처박고 쓰러졌던 것이다. 그는 암흑 속에 있는 자신을 사람들이 탑 꼭대기에서 깊이를 알 수 없는 낭떠러지로 집어던지고 있다는 기분을 느꼈고, 마지막으로 정신이 반짝 돌아왔던 순간에, 그 끝없는 추락 끝에는 죽음이 기다리고 있다는 사실을 깨달았다.

"날 페르난다에게 데려가 줘." 그는 겨우 이 말밖에 할 수 없었다.

그를 자기 집으로 데려다 준 친구들은 그가 정부의 침대에서는 죽지 않겠다는 약속을 부인에게 지켰다고 믿었다. 페트라 코테스가 그가 관 속에서 신고 싶어 하던 에나멜 코팅 반장화를 구두약으로 닦아 놓고서 전해 줄 사람을 찾고 있을 때 아우렐리아노 세군도가 위험한 상태에서 벗어났다는 전갈이 왔다. 실제로 그는 한 주일도 채 못 되어 완전히 회복되었고, 보름 후에는 전례가 없을 정도로 요란법석한 잔치를 열어 자신의 소생을 축하했다. 그는 계속해서 페트라 코테스의 집에서 살았으나 이제는 운명이 상황을 바꾸어 그를 정부의 남편이자 부인의 정부로 만들어 놓았기라도 한 것처럼 매일 페르난다를 찾아갔고, 가끔씩은 가족과 식사를 하기 위해 집에 머물렀다.

그것은 페르난다에게는 휴식이었다. 버림받음으로써 유발

된 권태 속에서 그녀의 유일한 취미는 낮잠 시간에 클라비코드 연습을 하는 것과 아이들에게서 온 편지를 읽는 것뿐이었다. 그녀가 보름에 한 번씩 아이들에게 보내는 자상한 편지 속에는 단 하나의 진실도 없었다. 자신의 고통을 아이들에게 숨기고 있었던 것이다. 페르난다는 베고니아 위를 비추는 불빛과, 오후 2시의 숨막히는 더위와, 종종 길거리에서 전해지는 파티의 불꽃들에도 불구하고 갈수록 자기 부모가 살았던 식민지풍 저택과 비슷하게 되어 가고 있던 그 집의 쓸쓸한 분위기를 아이들에게는 교묘하게 숨기고 있었다. 페르난다는 살아 있는 세 유령과, 클라비코드를 연주하고 있는 동안 가끔씩 응접실로 찾아와 어둠 속에서 뭔가를 탐색하듯 주의를 기울이며 앉아 있던 호세 아르카디오 부엔디아의 죽은 유령 사이에서 홀로 방황했다. 아우렐리아노 부엔디아 대령은 그림자와 같은 존재였다. 헤리넬도 마르케스 대령에게 장래성 없는 전쟁을 제의하기 위해 마지막으로 길을 나선 이후 그는 밤나무 밑으로 소변을 보러 갈 때만 겨우 작업실에서 나올 뿐이었다. 삼 주일에 한 번씩 찾아오는 이발사 이외에는 손님도 맞지 않았다. 그는 뭐가 됐든지 페르난다가 하루에 한 번씩 가져다주는 것을 먹었고, 예전과 같은 열정으로 계속해서 작은 황금 물고기를 만들었다고는 해도, 사람들이 그 물고기를 귀금속이 아니라 역사적인 유물로 생각하고 사 간다는 사실을 알게 된 다음부터는 물고기 파는 일도 그만두었다. 그리고 결혼하던 날부터 침실을 장식하고 있던 레메디오스의 인형들을 마당에 내다가 불태워 버렸다. 항상 촉수를 곤두세우고 있던 우르술라는 아들이 무슨 짓을 하는지 알았지만, 그의 행동을 말릴 수는 없었다.

"네 마음이 돌과 같구나." 우르술라가 그에게 말했다.

"이건 마음과는 상관없는 일이에요. 방 안이 온통 좀벌레 투성이가 되어 가잖아요." 그가 말했다.

아마란타는 자신의 수의를 짓고 있었다. 페르난다는 왜 그녀가 가끔 메메에게 편지를 쓰고 선물까지 보내면서도 호세 아르카디오에 대한 얘기는 꺼내려고조차 하지 않는지 이해할 수가 없었다. "그 애들은 이유도 모른 채 죽게 될 거예요." 페르난다가 우르술라를 통해서 물어보았더니 아마란타가 그렇게 대답했는데, 그 대답은 페르난다의 마음속에 영원히 풀 수 없는 수수께끼로 남았다. 키가 크고, 검(劍)처럼 길고 엄격하고 날카롭고, 자부심이 강하고, 언제나 레이스가 달린 풍성한 페티코트를 입고, 세월과 나쁜 기억을 거부하는 품격을 지닌 아마란타는 이마에 처녀성을 상징하는 재의 십자가를 달고 다니는 것 같았다. 사실 그녀의 처녀성은 자신의 손과, 잘 때에도 풀어놓지 않고, 스스로 빨아서 다리미질을 하는 검은 붕대 속에 담겨 있었다. 그녀의 삶은 자신의 수의를 짓는 데서 다 지나가고 있었다. 실제로, 낮에는 짓다가 밤에는 다시 풀어 버린다고 말할 수도 있을 것인데, 그것은 그런 식으로 고독을 이겨 내겠다는 희망에서가 아니라, 그와는 반대로, 오히려 고독을 누리기 위해서인 듯싶었다.

남편으로부터 버림받았던 시절에 페르난다가 지니고 있던 가장 큰 걱정거리는 메메가 첫 방학을 맞아 집에 왔다가 집에 아우렐리아노 세군도가 없다는 걸 알게 되는 것이었다. 그러나 아우렐리아노 세군도가 과식으로 인해 의식을 잃은 사건이 그 두려움에 종지부를 찍어 주었다. 메메가 집으로 돌아왔을 때, 부모는 딸이 아버지 아우렐리아노 세군도가 계속해서 가정적인 남편이라고 믿도록 해야 할 뿐만 아니라, 집안의 슬픔을 눈치채지 못하도록 하기로 뜻을 모았다. 해마다 두 달 동안 아우렐리아노 세군도는 모범적인 남편 역을 연기하고, 아이스크림과 비스킷을 곁들인 파티를 열어 주었는데, 그 쾌활하고 명민한 여학생은 클라비코드를 연주해 흥을 돋우었다. 그때부터 메메가 어머니의 성격을 거의 물려받지 않았음이 분명히 드러났다. 메메는 오히려 피에트로 크레스피에 대한 은밀한 열정이 마음의 행로를 결정적으로 뒤틀어 놓기 전인 열두 살이나 열네 살 때, 아직 삶의 고통을 알지 못한 채 춤 스텝을 밟으며 집안에 활기를 불어넣고 다니던 아마란타의 복사판 같았다. 그러나 메메는 아마란타와는 달리, 모든 식구와는 달리, 아직 집안의 고독한 운명을 드러내지 않은 채 세상과 완벽하게 어울리는 것 같았는데, 오후 2시에 응접실에 틀어박혀 엄격한 규율에 따라 클라비코드 연습을 할 때조차도 그랬다. 자신이 도착함으로써 유발될 젊은이들끼리의 소란스러운 놀이를 일 년 내내 꿈꾸었던 메메는 집을 마음에 들어 했는데, 아버지의 놀기 좋아하는 기질과 무절제하게 친절을 베푸는 성격을 어느 정도는 닮았다는 것이 명백했다. 그 불길한 유산(遺産)의 첫 조짐은 세 번째 방학 때 드러났는데, 당시 메메는 집에서 일주일을 보낼 요량으로 아무런 예고도 없이 제멋대로 수녀 넷과 급우 예순여덟 명을 데리고 나타났다.

"이게 웬 날벼락이야! 이 앤 제 아빠만큼이나 경솔하다니까!" 페르난다가 한탄을 했다.

이웃집에서 침대와 해먹을 빌리고, 식사 시간에는 아홉 개의 조를 짜서 교대로 먹도록 하고, 화장실을 사용하는 시간을 정하고, 푸른 제복을 입고 남자용 반장화를 신은 여학생들이 하루 종일 이곳저곳 싸돌아다니지 않도록 걸상 마흔 개를 빌려야만 했다. 떠들썩한 여학생들은 아침 식사를 끝내자마자 점심을 먹기 위해 줄을 서야 했고, 그러고 나서는 저녁을 먹기 위해 줄을 서야 했으며, 한 주일 동안에 농장에 나가 볼 기회는 단 한 번뿐이었기 때문에 사실, 완전히 실패한 초대였다. 해질 무렵이 되면 수녀들은 몸을 움직일 수도, 더 이상의 지시를 내릴 수도 없을 만큼 지쳐 있었던 반면에 지칠 줄 모르는 소녀 부대는 여전히 마당에서 곡조도 안 맞는 교가를 불러대고 있었다. 어느 날인가는 가장 복잡한 곳에서 뭔가 도와주려고 애를 쓰고 있던 우르술라를 소녀들이 하마터면 짓밟을 뻔했다. 또 하루는 여학생들이 마당에서 놀고 있다는 사실을 염두에 두지 않은 아우렐리아노 부엔디아 대령이 밤나무 밑에서 오줌을 누어 수녀들이 한바탕 소동을 벌이기도 했다. 하마터면 아마란타가 사람들을 공포로 떨게 할 뻔했는데, 수녀들 가운데 하나가 아마란타가 수프에 소금을 치는 순간 부엌으로 들어와서는 다른 것은 다 놔두고 하필이면 손에 쥐고 있는 그 하얀 가루가 무어냐고 묻고 싶은 생각밖에 들지 않았던 것이다.

"비소예요." 아마란타가 대답했다.

그들 손님이 도착한 날 밤에는 여학생들이 잠자리에 들기 전에 모두들 변소에 가려다가 서로 뒤엉켰고, 새벽 1시가 되었을 때까지도 마지막 여학생이 변소에 들어가고 있었다. 그래서 페르난다가 요강 일흔두 개를 샀지만 변소 앞에는 손에 요강을 든 소녀들이 요강을 비울 차례를 기다리면서 동틀 녘부터 길게 줄을 서야 했기 때문에 한밤중의 소동이 아침 소동으로 바뀌었을 뿐이었다. 비록 그들 가운데 몇은 열병에 걸리고, 또 많은 수가 모기에 물려 감염이 되었다 해도, 대부분은 그 열악한 환경에 대해 꺾을 수 없는 저항력을 보여 주었고, 가장 뜨거운 시각에도 마당에서 뛰어다녔다. 마침내 손님들이 떠난 다음, 꽃이 짓이겨지고, 가구가 망가지고, 벽이 그림과 낙서로 뒤덮였지만, 페르난다는 그들이 떠났다는 홀가분함 때문에 그렇게 엉망진창으로 만들어 놓은 그들을 용서했다. 페르난다는 빌려온 침대와 의자를 모두 되돌려 주고, 요강 일흔두 개는 멜키아데스의 방에 넣어 두었다. 과거에는 그 주위로 집안의 정신적인 삶이 맴돌았던, 굳게 닫힌 그 방은 그때부터 '요강방'이라는 이름으로 알려졌다. 아우렐리아노 부엔디아 대령은 그 이름이 가장 어울린다고 생각했는데, 그 이유는 그를 제외한 나머지 가족이 멜키아데스의 방은 먼지가 쌓이지도 않고 파손된 곳도 없을 거라며 계속해서 신기해하고 있었던 반면에, 그 방이 이미 쓰레기장으로 변해 있을 거라 생각하고 있었기 때문이었다. 아무튼, 어느 편이 맞는지는 대령에게 별로 중요하지 않았지만, 그가 그 방의 운명이 어떻게 되었는지 정확히 알아맞혔다면, 그것은 페르난다가 그 방에 요강을 넣어 두기 위해 오후 내내 왔다 갔다 하면서 그의 일을 방해했기 때문에 가능했었다.

그 며칠 사이 호세 아르카디오 세군도가 다시 집에 모습을 드러냈다. 그는 아무에게도 인사를 하지 않은 채 복도를 지나가 대령과 얘기를 나누기 위해 작업실 안으로 들어갔다. 우르술라는 그를 눈으로 볼 수는 없었음에도 불구하고, 십장들이 신고 다니는 그의 구둣발 소리를 분석했는데, 어렸을 때는 둘이 똑같이 생긴 것을 이용해 함께 기발한 장난을 쳤건만 이미 그 어떤 공통된 기질도 찾기 힘들게 된 쌍둥이 동생을 포함한 집 가족과 그 사이에는 치유할 수 없는 거리감이 생겨 있음을 깨닫고는 놀랐다. 몸이 날씬한 그는 근엄한 표정으로 생각에 잠겨 있었고, 사라센 사람처럼 슬픈 분위기를 풍겼으며, 가을빛을 띤 얼굴에는 우울한 광채가 감돌았다. 그는 어머니 산타 소피아 델 라 피에닷을 그 누구보다 많이 닮아 있었다. 우르술라는 가족에 관한 얘기를 할 때 걸핏하면 그를 잊어버리는 자신의 습관에 대해 자책했으나, 그가 다시 집에 와 있다는 것을 느끼고, 대령이 한참 일할 시각에 그를 작업실로 받아들였다는 것을 눈치채고는 자신의 지난 기억을 반추해 보았는데, 그 결과 아우렐리아노라고 불려야 할 아이는 다른 아이가 아니라 바로 그였기 때문에, 그가 유년 시절 어느 땐가 자기 쌍둥이 형과 바뀌었다는 자신의 믿음이 틀림없다고 생각했다. 그의 삶에 대해 자세히 아는 사람은 아무도 없었다. 한때 그는 일정한 거처도 없이, 필라르 테르네라의 집에서 싸움닭을 기르고, 가끔씩은 그 집에서 밤을 지내기도 했지만, 거의 대부분은 프랑스 창녀들의 방에서 밤을 지냈다고들 알려졌었다. 그는 우르술라의 태양계 안에서 방황하는 하나의 행성처럼 애정도, 야망도 없이 표류했다.

사실, 호세 아르카디오 세군도는 헤리넬도 마르케스 대령이 그로 하여금 총살형을 집행하는 광경을 보게 하기 위해서가 아니라, 사형수의 그 애처럽고도 약간은 조롱하는 듯한 미소를 남은 삶 동안에 잊지 않게 하기 위해 그를 병영으로 데려간 그 새벽 이후로는 그 집의 구성원이 아니었으며, 결코 다른 집의 구성원도 될 수 없었다. 그날 새벽 그가 본 것은 그의 가장 오래된 기억일 뿐만 아니라 유년 시절의 유일한 기억이었다. 다른 기억, 즉 눈부신 창문 앞에서 신기한 얘기를 들려주던, 시대에 뒤떨어진 조끼를 입고 까마귀 날개처럼 생긴 차양이 달린 모자를 쓴 노인에 대한 기억은 어느 시절에 있었던 것인지 확실히 알지 못하고 있었다. 그 노인에 대한 기억은, 실제로 그의 삶의 방향을 결정해 주었고 늙어 가면 갈수록 시간의 흐름이 그 기억을 더욱 가까이 데려오는 것처럼 그의 머릿속에 더욱 또렷하게 되돌아오던 그 사형수에 관한 기억과는 달리 결코 교훈을 주지도 향수를 불러일으키지도 않는 희미한 기억이었다. 우르술라는 아우렐리아노 부엔디아 대령이 은둔 생활을 포기하도록 하는 데 호세 아르카디오 세군도를 이용하려 애썼다. "영화 구경이라도 가라고 설득 좀 해 보려무나. 그 애가 영화를 좋아하지 않는다 해도, 적어도 맑은 공기를 마실 기회는 될 거야." 우르술라가 호세 아르카디오 세군도에게 말했다. 그러나 그가, 대령 못지않게 그녀의 부탁에 대단히 무감각하며, 그 두 사람 다 애정이라고는 조금도 받아들이지 않는 단단한 껍질을 둘러쓰고 있다는 사실을 우르술라가 깨닫는 데는 그리 오랜 시간이 걸리지 않았다. 두 사람이 오랜 시간 작업실에 틀어박혀서 무슨 얘기를 나누었는지는 우르술라도, 그 누구도 몰랐지만, 우르술라는 집안에서 그 두 사람만이 친화력에 의해 유대를 맺고 있는 것처럼 보이는 유일한 가족일 거라 생각했다. 사실, 호세 아르카디오 세군도도 대령을 폐쇄적인 삶에서 끌어낼 수 없었을 것이다. 여학생들이 몰려온 사건으로 대령은 인내의 한계를 초월해 버렸던 것이다. 그는 좀벌레의 입맛을 끌 만한 레메디오스의 인형을 모두 없애 버렸어도 좀벌레가 침실에서 극성을 부린다는 핑계로 작업실에다 해먹을 걸어 매고 나서는 용변을 보러 마당으로 나갈 때를 제외하고는 작업실을 떠나지 않았다. 우르술라는 그와 하찮은 얘기나마 나눌 기회조차 얻지 못했다. 우르술라는, 그가 음식 따위는 거들떠보지도 않은 채 작은 황금 물고기 만드는 일을 다 끝낼 때까지 작업대 한쪽 끝에 내버려 두고는, 수프가 식어 기름기가 떠 있건 말건 고기가 식건 말건 전혀 상관하지 않는다는 것을 알고 있었다. 그는 늙은 몸으로 전쟁을 일으켜야겠다며 헤리넬도 마르케스 대령에게 도움을 요청했다가 거절당한 이후부터 점점 더 굳어져 갔다. 그는 자기 자신안에 빗장을 채운 채 틀어박혔고, 가족들은 결국 그를 죽은 사람이나 마찬가지라 생각하게 되었다. 그가 서커스단 하나가 행진하는 것을 보려고 대문간에 모습을 나타냈던, 어느 10월

12일까지는 그에게서 아무런 인간적인 반응도 볼 수 없었다.
아우렐리아노 부엔디아 대령에게 그날의 거동은 자신이 만년
에 했던 모든 거동과 맞먹는 것이었다. 새벽 5시, 그는 담벼락
너머에서 시끄럽게 울어 대는 두꺼비와 귀뚜라미 소리에 잠을
깼다. 보슬비는 토요일부터 계속해서 내리고 있었지만, 그는
어찌 되었든 뼛속까지 파고드는 차가운 기운을 통해 비가 오
고 있다는 것을 느꼈을 것이기 때문에 정원의 나뭇잎 사이에
조용히 드리우는 빗발 소리를 들을 필요도 없었을 것이다. 그
는 언제나 그렇듯이 양털 담요를 둘러쓰고, 먼지가 끼고 시대
에 뒤떨어져 있어 그 자신이 '고트족 속바지'[15]라고 부르면서
도 편해서 여태 걸치고 다니던 길다란 생면직 속바지를 입고
있었다. 목욕을 할 생각이었으므로 몸에 끼는 바지를 입고도
후크 단추를 채우지도 않았고, 셔츠 칼라에 항상 꽂고 다니던
황금 단추도 꽂지 않았다. 그러고는 담요를 길다란 두건처럼
머리부터 덮어쓰고 축 처진 콧수염을 손가락으로 쓰다듬은
뒤 오줌을 누려고 마당으로 나갔다. 아직 해가 뜨려면 시간이
많이 남아 있었기 때문에 호세 아르카디오 부엔디아는 보슬
비로 인해 썩은, 야자나무로 만든 지붕 밑에서 아직 졸고 있었
다. 그러나 대령은, 지금까지 아버지를 단 한 번도 본 적이 없
었다시피, 아버지의 환영을 보지도 못했고, 대령이 아버지의
보이지 않는 신발에 끼얹고 있던 뜨거운 오줌 줄기에 놀라 잠
에서 깨어난 아버지의 환영이 대령에게 했던 이해하기 어려운

---

15) 보수파들이 입는 옷이다.

구절도 듣지 못했다. 대령은 추위나 습기 때문이 아니라 10월의 답답한 안개 때문에 목욕을 뒤로 미루기로 했다. 작업실로 돌아가던 길에 그는 산타 소피아 델 라 피에닷이 불을 붙이고 있던 화로의 그을음 냄새를 맡고는 부엌으로 들어가 설탕을 타지 않은 커피 한 대접을 얻어 가려고 커피가 다 끓기를 기다렸다. 아침마다 그러했듯이 산타 소피아 델 라 피에닷이 오늘이 무슨 요일이냐고 묻자, 그는 10월 11일, 화요일[16]이라고 대답했다. 그는, 그 순간이나 그녀 일생의 그 어느 순간에도 완전하게 존재한 적이 없었던 여자처럼 보이는, 화로 불빛을 받아 얼굴이 황금빛으로 변한, 그 침착한 여자를 바라보면서, 전쟁이 한창 진행되던 어느 해 10월 11일, 함께 자던 여자가 이미 죽어 있을 거라는 써늘한 확신으로 퍼뜩 잠에서 깨어났던 일을 불현듯 기억해 냈다. 실제로 여자는 죽어 있었는데, 여자가 한 시간 전에 오늘이 무슨 요일이냐고 물었기 때문에 그는 그 날짜를 잊지 않고 있었던 것이다. 그런 기억에도 불구하고, 이번에도 역시 그는 자신이 예감 능력을 어느 정도까지 잃어버렸는지를 의식하지 못했고, 커피가 끓는 동안, 어둠 속에서 실수를 해 그의 해먹으로 왔기 때문에 이름도 전혀 모르고, 평생 얼굴도 보지 못했던 그 여자를 향수 같은 것은 추호도 느끼지 않은 채 순전히 호기심으로 계속 생각했다. 그럼에도 불구하고, 그는 같은 식으로 그의 삶에 접근했던 수많은 여자에 대한 기억이 없었기 때문에, 첫 번째 교접의 그 황홀

---

16) 불길한 징조는 '화요일', '시월의 비' 등에서 다양하게 표출된다.

경 속에서 자신이 흘린 눈물에 빠질 정도로 펑펑 울어 댔고, 죽기 채 한 시간 전에 죽을 때까지 그를 사랑하겠노라고 맹세한 여자가 바로 그 여자라는 사실을 기억하지 못했다. 그는 김이 모락모락 피어오르는 대접을 들고 작업실로 들어가 양철통에 담아둔 작은 황금 물고기들을 헤아려 보기 위해 불을 켠 후로는 그 여자뿐만 아니라 다른 어떤 여자에 대해서도 다시는 생각하지 않았다. 황금 물고기는 열일곱 개였다. 그는 황금 물고기를 팔지 않기로 작정한 이후로는 계속해서 하루에 두 개씩 만들었고, 스물다섯 개가 되면 다시 새롭게 만들기 위해 그것들을 도가니에 넣어 녹였다. 그는 아침 내내, 온 정신을 쏟으며, 아무 생각도 하지 않고, 아침 10시에 빗줄기가 굵어져서 누군가 집 안에 물이 들어오지 않도록 문들을 닫으라고 소리를 지르며 작업실 앞으로 지나가는 것도 의식하지도 못한 채, 우르술라가 그의 점심을 가지고 들어와 불을 껐을 때까지 자기 자신에 대해서조차 의식하지 못한 채 일에 열중했다.

"비 한번 억세게 내리는구나!" 우르술라가 말했다.

"10월이잖아요." 그가 대꾸했다.

그렇게 말하면서도, 그는 그날 만든 첫 황금 물고기 눈에 루비를 박아 넣던 참이었으므로 눈길을 들지 않았다. 그는 루비를 눈에 박아넣고 나서 다른 것들과 함께 양철통에 담아 놓고는 수프를 먹기 시작했다. 그러고 나서 한 접시에 함께 차려온 양파를 넣고 삶은 고기와, 흰 쌀밥과, 얇게 썰어 튀긴 플라타노를 아주 천천히 다 먹었다. 그의 식욕은 상황이 좋거나 나쁨을 가리지 않고 언제나 똑같았다. 점심을 먹고 나자 식곤증이 몰려왔다. 그는 일종의 과학적인 미신에 따라, 식사를 하고 나서 음식이 소화되는 데 필요한 두 시간이 지나기 전에는 절대 일을 하지도 책을 읽지도 목욕을 하지도 육체 관계를 하지도 않았는데, 그것은 아주 뿌리 깊은 믿음이어서 부하들이 소화 불량에 걸리지 않게 하려고 전투 중 작전을 연기한 일도 여러 번 있었다. 아니나 다를까, 그는 해먹에 누워 장도칼로 귀지를 후벼 내다가 몇 분 후에 잠이 들었다. 그는 담벼락을 하얗게 칠한 어느 빈 집으로 들어갔는데, 자기가 첫 번째로 그 집에 들어갔던 사람이라는 우려 때문에 불안해하는 꿈을 꾸고 있었다. 그는 꿈속에서 그 꿈과 똑같은 꿈을 어제도 꾸었으며 최근 몇 년 동안 그 꿈을 자주 꾸었다는 걸 기억했고, 계속해서 꾸는 그 꿈은 꿈속에서만 기억되는 것이었기 때문에 잠에서 깨어나면 그 꿈의 이미지가 기억 속에서 지워진다는 사실을 알았다. 잠시 후, 현실 속에서 이발사가 작업실 문을 두드렸을 때, 아우렐리아노 부엔디아 대령은 자신이 몇 초 동안 깜빡 잠이 들었지만 꿈까지 꿀 시간은 없었을 거라 생각하며 잠에서 깨어났다.

"오늘은 그만두지. 우리 금요일에 만나자고." 그가 이발사에게 말했다.

그는 희끗희끗한 털이 군데군데 섞여 있는 수염이 사흘 동안이나 자랐으나, 금요일이 되면 이발을 하게 되겠고, 그때 수염도 한꺼번에 깎을 예정이었기 때문에 당장 면도를 할 필요는 없다고 생각했다. 원치 않은 낮잠으로 배어난 끈끈한 땀 때문에 겨드랑이의 임파선 상처가 다시 쓰라렸다. 하늘은 말끔하게 걷혔으나 아직 해는 나지 않고 있었다. 소리가 날 정도로 트림을 하자 수프의 신맛이 혀에 되돌아왔는데, 그것은 담요를 어깨에 덮어쓰고 변소로 가라는 신체 기관의 명령 같은 것이었다. 그는 습관적으로 작업을 재개해야 할 시간이 되었음을 알아차릴 때까지, 커다란 나무 상자로부터 올라오던 발효된 짙은 똥 냄새를 맡으며 쪼그리고 앉은 채 필요 이상의 시간 동안 변소에 머물렀다. 변소에서 잠시 대기하는 동안 그는 오늘이 화요일이며, 바나나 회사의 농장에서 봉급을 주는 날이라 호세 아르카디오 세군도가 작업실에 들르지 않았다는 생각을 다시금 했다. 그런 기억은, 최근 몇 년 동안의 모든 기억이 그랬듯이, 자신도 느끼지 못하는 사이에 전쟁에 대해 생각하게 만들었다. 그는 헤리넬도 마르케스 대령이 언젠가 그에게 이마에 흰 별이 박힌 말 한 마리를 구해 주겠다고 약속했지만 그 후로 그에 관한 얘기는 단 한 번도 꺼낸 적이 없었다는 사실을 기억해 냈다. 곧이어, 여기저기 흩어져 있는 단편적인 사건들이 머리를 스쳐 지나갔지만, 그 불가피한 추억으로 인해 감정의 상처를 전혀 받지 않기 위해서는, 다른 것은 생각할 여지가 없다는 사실을 핑계삼아 냉정하게 생각하는 법을 배워야 했기 때문에, 그 사건들에 대해서는 판단을 내리지는 않은 채 회상만 했다. 작업실로 돌아가던 길에 그는 축축하던 공기가 건조해지는 것을 느끼고는 목욕을 하기에 좋을 때라고 생각했으나, 목욕탕에는 이미 아마란타가 자리를 잡고 있었다. 그래서 그는 그날의 두 번째 물고기를 만들기 시작했다. 그가 물고기에 꼬리를 매달고 있을 때 해가 쨍쨍한 햇빛을 내뿜으며 격렬한 힘으로 구름을 뚫고 나왔다. 사흘 동안 보슬비에 씻긴 공중에는 날개미가 가득했다. 그때, 오줌을 누고 싶은 생각이 간절했지만 물고기를 다 만들 때까지 참으려 했다는 사실을 깨달았다. 4시 10분에 마당으로 나가면서 멀리서 들려오는 나팔소리와 큰 북이 울리는 소리와 아이들의 환호성 소리를 들었고, 청년기 이후 처음으로 일부러 향수의 함정에 발을 내딛었고, 아버지에 이끌려 얼음을 구경하러 갔던, 집시들이 와글거리던 그 신기한 오후를 회상했다. 산타 소피아 델 라 피에닷이 부엌에서 하고 있던 일을 팽개쳐두고 대문간으로 달려 나갔다.

"서커스단이에요!" 그녀가 소리쳤다.

아우렐리아노 부엔디아 대령은 밤나무가 있는 곳으로 가지 않고, 역시 대문 쪽으로 가서 서커스단의 행진을 보고 있던 구경꾼들 틈에 섞여들었다. 황금빛 옷을 입은 여자가 코끼리 목덜미에 앉아 있는 것을 보았다. 슬퍼 보이는 단봉 낙타도 보았다. 네덜란드 여자처럼 차려입고 국자로 냄비를 두드리며 행진의 박자를 맞추고 있는 곰도 보았다. 행렬 끝에서 재주를 부리는 어릿광대들도 보았는데, 모든 것이 다 지나가고 뻥 뚫린 환한 공간으로 변한 길거리와, 날개미가 가득 찬 하늘과, 허전한 마음을 부여잡고 있는 일부 구경꾼만 남았을 때, 다시 비참한 고독과 얼굴을 맞대게 되었다. 그러고 나서, 서커스를 생각하면서 밤나무 쪽으로 갔고, 오줌을 누면서도 계속 서커스 생각을 하려 했지만, 이제는 기억을 되찾을 수가 없었다. 그는 병아리처럼 두 어깨 사이에 머리를 처박고 이마를 밤나무에 기댄 채 꿈쩍도 하지 않고 있었다. 다음 날 아침 11시에 쓰레

기를 버리려고 뒤마당으로 나갔던 산타 소피아 델 라 피에닷
이 가이나소들이 날아 내려오는 것을 보고 의아하게 여겼을
때까지 가족들은 모르고 있었다.

14장

메메의 마지막 방학은 아우렐리아노 부엔디아 대령의 상을 치르는 기간과 겹쳤다. 문을 닫아건 집 안에는 파티를 벌일 여지가 없었다. 소곤소곤 대화를 하고, 침묵을 지키며 식사를 하고, 하루에 세 번 로사리오 기도를 바쳤으며, 낮잠 시간의 더위 가운데서 연습하던 클라비코드 소리까지도 음울하게 울려퍼졌다. 대령에 대한 은근한 적대감에도 불구하고, 정부(政府)가 죽은 적을 장엄하게 추모하는 것에 깊은 인상을 받아 상을 엄숙하게 치르자고 강요한 사람은 페르난다였다. 아우렐리아노 세군도는 약속한 바에 따라 딸의 방학 기간에는 집으로 돌아와 잤고, 그 사이에 페르난다가 법적인 아내의 권위를 되찾기 위해 무슨 수라도 썼는지, 다음 해에 메메는 갓 태어난 여동생을 만났으며, 그 아기는 엄마의 반대에도 불구하고 아마란타 우르술라라는 이름이 붙여졌다.

메메는 이미 공부를 다 마쳤다. 메메가 클라비코드 연주자임을 보증하는 졸업장은, 공부를 다 마친 것을 축하하기 위해 열린 파티에서 17세기 민요풍 곡들을 훌륭한 솜씨로 연주함으로써 인정받았고, 그 연주회와 더불어 탈상을 했다. 사람들은 메메의 예술성보다는 특이한 이중성에 놀랐다. 경망스럽고 약간은 어린애 같기까지 한 성격을 보면 메메가 진지한 행동을 하리라고는 전혀 생각되지 않았지만, 일단 클라비코드 앞에 앉으면 다른 소녀로 변했는데, 그처럼 예기치 못한 성숙한 태도 때문에 그녀는 어른스러운 분위기를 풍겼다. 언제나 그런 식이었다. 사실, 그녀는 연주자로서 확실한 자질을 지니고 있지는 않았지만 어머니를 거스르지 않기 위해 규율을 엄격히 지켜 가장 높은 점수를 받았다. 부모가 메메에게 음악이 아닌 다른 공부를 시켰더라도 그 결과는 똑같았을 것이다. 페르난다의 엄격한 성격과 남의 눈을 의식해 결정하는 습관으로 인해 메메는 아주 어렸을 때부터 애를 먹었기 때문에 어머니의 완고한 성격과 충돌하지 않으려고 클라비코드 공부보다 훨씬 더 고된 희생도 마다하지 않았을 것이다. 졸업식이 거행되는 동안, 메메는 요란한 고딕체 대문자들이 쓰인 양피지가 복종심 때문이 아니라 편리해서 받아들였던 약속으로부터 자신을 해방시켜 주고 있다는 느낌을 받았고, 그때부터는 제 아무리 고집 센 페르난다라 할지라도 수녀들까지 박물관의 화석처럼 여기는 그까짓 악기에 대해서는 다시 신경을 쓰지 않을 거라 생각했다. 메메가 집 응접실에서뿐만 아니라, 마콘도에서 열린 모든 자선 파티와 학교 기념식과 국가 기념 행사에서 마콘도 사람들 절반 정도를 졸게 만든 다음에도 어머니는 마콘도에 갓 도착한 사람들 가운데 딸의 재능을 이해할 만한 능력이 있다고 생각되는 사람이라면 모두 계속해서 집으로 초청했기 때문에 처음 몇 년 동안 메메는 자신의 계산이 빗나갔다고 생각했다. 아마란타가 죽은 후 가족이 또 한 번 초상을 치르느라 집 안에 칩거했을 동안에만 메메는 클라비코드의 뚜껑을 닫아 잠근 뒤 열쇠를 옷장 서랍에 넣어 두고 고의로 잊고 지낼 수가 있었는데, 그때만은 페르난다도 언제 누구 잘못으로 열쇠가 없어졌느냐며 찾아 대느라 고생하는 일이 없었다. 메메는 학교에서 공부할 때와 같은 극기심으로 연주회를 견뎌 냈다. 그것은 자신의 자유를 위한 대가였다. 페르난다는 메메의 고분고분한 태도가 너무나도 마음에 들고, 딸의 예술이 훌륭하다고 받는 칭찬이 너무나도 자랑스러웠기 때문에 딸이 집 안이 꽉 차도록 친구들을 데려오거나, 오후를 농장에서 보내는 걸 반대하지 않았고, 안토니오 이사벨 신부가 강론을 하는 도중에 좋다고 승인한 영화라면 아우렐리아노 세군도나 다른 믿을 만한 부인과 함께 보러 가는 걸 반대하지 않았다. 그런 휴식의 순간에 메메의 진짜 취향이 드러났다. 그녀의 행복은 규율의 반대편 끝에, 시끄러운 파티에, 연인들에 대한 잡담에, 친구들과 숨어 오랜 시간을 지내는 데 있었는데, 메메와 친구들은 그런 것을 통해 담배를 배우고, 남자들 문제에 관한 이야기를 나누었으며, 한번은 사탕수수로 만든 럼주를 세 병이나 마시고 취해 결국은 모두들 발가벗고 자신들의 몸 이곳저곳을 자로 재보고 서로 비교하기도 했다. 메메는 감초 뿌리를 씹으며 집 안으로 들어가서는 술을 마셨다는 사실을 전혀 노출시키지 않은 채, 페르난다와 아마란타가 서로 말 한 마디 나누지 않고 식사를 하던 식탁에 앉은 그날 밤을 절대로 잊지 못하리라. 메메는 어느 친구의 침실에서 우습기도 하고 두렵기도 해 눈물을 흘리면서 조마조마하게 두 시간을 보내는 동안, 정신이 회까닥 돌아 버린 상태에서 그동안 부족했던 용기가 불끈 솟아나는 것 같은 특이한 경험을 했는데, 그전까지만 해도 그런 용기가 없어 학교에서 도망치지도 못했고, 또 학교에서 도망치고 싶다거나 클라비코드는 관장기로나쓸 수 있을 거라는 등등의 말은 어머니에게 꺼내지도 못했다. 식탁 머리 쪽에 앉아 원기를 북돋아 주는 묘약처럼 싸르르 위속으로 내려가는 닭고기 수프를 마시고 있던 메메는 그때 페르난다와 아마란타가 현실적인 문제 때문에 서로 으르렁거리는 분위기에 휩싸여 있다는 사실을 알아차렸다. 메메는 그녀들의 으스대는 모습과, 영혼의 빈곤과, 대단한 여자들이나 되는 듯 착각하고 있는 것을 비웃어 주고 싶은 마음을 가까스로 참느라 무진 애를 써야만 했다. 두 번째 방학 때부터 메메는 아버지가 체면치레를 하려고 집에 와서 살고 있을 뿐이라는 사실을 알았는데, 어머니 페르난다에 대해서는 익히 알고 있는 바였고, 그 후 방학을 이용해 정부 페트라 코테스에 대해서도 알아감에 따라 아버지의 판단이 옳았다고 생각하게 되었다. 메메는 자신이 차라리 정부의 딸이었으면 하고 바라기도 했다. 술기운에 몽롱해진 메메는 그 순간에 자기 생각을 털어놓았더라면 그 두 사람이 얼마나 놀랐을까 하고 고소한 상상을 해보았는데, 그런 망나니짓을 해 버렸더라면 참 좋았을 거라는 상상을 너무나 강하게 했기 때문에 그만 페르난다가 눈치를 채고 말았다.

"무슨 일이니?" 페르난다가 물었다.

"아무것도 아녜요. 제가 두 분을 얼마나 사랑하고 있는지를 지금에서야 겨우 깨달았거든요." 메메가 대답했다.

아마란타는 메메의 말 속에 증오심이 깔려 있다는 것을 알고는 놀랐다. 하지만 페르난다는 그 말에 너무나 감동한 나머지 그날 밤 메메가 머리가 깨질 듯한 두통으로 잠에서 깨어나 쓴 물까지 토하면서 곧 숨이 넘어가는 모습을 보고는 안쓰러운 마음에 미쳐 버릴 것만 같았다. 페르난다는 메메에게 비버(海狸) 기름 한 병을 먹이고, 가슴에는 찜질포를 놓아 주고, 머리에는 얼음 봉지를 얹어 주었고, 메메를 두 시간 동안이나 진찰한 후, 메메가 여성 특유의 혼란 상태에 빠져 있다는 애매한 진단을 내린 엉뚱한 신임 프랑스 의사의 처방에 따라 오일 동안 식이 요법을 시키고 외출을 금지했다. 메메는 자신이 만용을 부려 풍기를 문란시키고, 그처럼 비참한 상태에 빠졌기 때문에 모든 것을 참는 수밖에 달리 방도가 없었다. 이제 완전히 소경이 되었지만, 아직 활기가 왕성하고 판단력이 명철한 우르술라만이 메메에 대한 정확한 진단을 지니고 있었다. "내가 보기에는, 이 증상은 술꾼들에게 일어나는 것과 같은 거야." 우르술라는 생각했다. 그러나 우르술라는 그런 생각을 떨쳐 버렸을 뿐만 아니라, 그런 경박스런 생각을 한 자신을 꾸짖기까지 했다. 메메가 쇠약해져 있는 것을 본 아우렐리아노 세군도는 양심의 가책을 느꼈고, 이제부터는 메메에게 신경을 더 써야겠다고 다짐했다. 그렇게 해서 부녀 사이에는 즐거운 동지적 관계가 싹텄는데, 그로 인해 그는 요란법석한 파티에서 느꼈던 고통스런 고독으로부터 잠시 해방되었고, 메메도 이제는 피할 수 없다고 보였던 가정 불화를 유발하지 않은 채 페르난다의 보호로부터 자유롭게 되었다. 그 당시 아우렐리아노 세군도는 메메와 함께 지냈는데, 메메를 영화관이나 서커스장에 데려가려고 모든 약속을 다 미루었고, 한가한 시간의 대부분을 메메를 위해 할애했다. 최근에 그는 구두 끈도 묶을 수 없을 만큼 엄청나게 몸이 불어 행동이 거추장스러운 데다, 닥치는 대로 먹어 치워야만 만족을 느끼는 엄청난 식성 때문에 성격이 우울해지기 시작했다. 그러나 딸이라는 존재를 발견함으로써 옛날의 쾌활한 성격을 되찾았고, 메메와 함께 지내는 즐거움으로 자신의 낭비벽을 서서히 고쳐 나갔다. 메메는 바야흐로 꽃다운 시절을 맞이하고 있었다. 예전의 아마란타도 그랬다시피, 그리 아름답지는 않았지만, 대신에 상냥하고, 성격이 소탈했으며, 처음 본 순간부터 좋은 인상을 주는 미덕을 지니고 있었다. 메메가 페르난다의 고지식하고 깐깐한 성격과 인색함을, 제대로 숨길 줄 모르는 마음에 상처를 줄 만큼 현대적인 정신을 지니고 있었음에도 불구하고 아우렐리아노 세군도는 메메를 지원하는 데 즐거움을 느끼고 있었다. 메메가 어렸을 때부터 사용해 왔고, 성상들의 무서운 눈이 소녀 시절에 느꼈던 무서움증을 계속해서 유발하는 그 침실에서 메메를 벗어나게 해 주어야겠다고 작정한 사람도 아우렐리아노 세군도였는데, 그는 메메가 사용할 새 방을 뻬드라 꼬떼스의 방과 똑같이 꾸미고 있다는 사실을 알아차리지 못한 채, 으리으리한 침대와 커다란 화장대를 들여놓고, 벨벳 커튼으로 장식했다. 또 메메에게는 돈을 전혀 아끼지 않았는데, 메메 자신이 아버지의 호주머니에서 직접 돈을 꺼내 가기도 했기 때문에 메메에게 돈을 얼마나 주는지도 모르고 있었고, 바나나 회사의 매점에 최신 화장 도구가 도착하는 대로 무엇이든지 알아서 사다 주었다. 메메의 방은 손톱을 다듬는 데 쓰는 경석 받침대, 머리카락을 마는 기구, 이빨 광택기, 시선을 촉촉하게 만드는 점안액, 갖가지 새로운 화장품, 미용 기구로 가득 차서 페르난다는 딸 방에 들어설 때마다 딸의 화장대가 프랑스 창녀들의 화장대와 똑같을 거라는 생각이 들어 기겁을 했다. 하지만, 페르난다는 그 당시 변덕스럽고 병약한 어린 아마란타 우르술라의 뒤치닥거리를 하고, 얼굴도 모르는 의사들에게 애절한 편지를 써 보내느라 시간을 쪼개 살아가고 있었다. 그래서 그녀는 아버지와 딸 사이에 형성된 공범 관계를 알아차렸을 때, 아우렐리아노 세군도로부터 메메를 페트라 코테스의 집에는 절대로 데리고 가지 않겠다는 한 가지 약속만은 받아 냈다. 그러나 페트라 코테스도 정부(情夫)와, 전혀 알고 싶지도 않은 그의 딸 사이에 형성된 동지 의식에 짜증이 나 있는 상태였으므로 그런 약속은 무의미한 것이었다. 페트라 코테스는 메메가 원하기만 한다면 페르난다가 할 수 없었던 일도 능히 해낼 수 있을 거라는 사실을 본능적으로 알아채기라도 한 것처럼 알 수 없는 두려움에 시달리고 있었다. 그것은 죽는 날까지 변치 않으리라 생각하고 있던 아우렐리아노 세군도와의 사랑을 메메가 앗아 갈 수도 있다는 것이었다. 아우렐리아노 세군도는 처음으로 정부의 화난 얼굴과 악의적인 야유를 참아야 했고, 길거리를 오락가락하던 그의 트렁크가 자칫하면 본처 집으로 되돌아가게 될지도 모른다는 두려움이 들기까지 했다. 그러나 그런 일은 없었다. 사실, 페트라 코테스가 자기 정부에 대해 알고 있는 것만큼 한 남자에 대해 잘 아는 여자는 없었는데, 그녀는 만약 아우렐리아노 세군도가 뭔가 싫어하는 내색을 한다면 기존의 것들을 고치고 옮김으로써 삶이 복잡하게 될 것이기 때문에, 트렁크가 옮겨진 곳에 그대로 있을 것이라는 사실을 알고 있었다. 그래서 트렁크는 원래 있던 자리에 그냥 머물러 있었고, 페트라 코테스는 딸이 아버지에게 쓸 수 없는 자신만의 무기들의 날을 갈면서 그를 재정복하는 데 힘썼다. 하지만 메메가 아버지의 사생활에 간여할 마음을 전혀 갖고 있지 않았기 때문에 그것도 다 불필요한 수고였는데, 설령 메메가 아버지의 일에 간여를 했다 해도, 그것은 정부에게 더 유리한 것이었으리라. 사실, 메메는 그 누구를 귀찮게 할 만큼 한가하지가 않았다. 메메는 수녀들에게서 배운 대로 스스로 자기 침실을 쓸고, 침대를 정리했다. 아침이면 복도에서 수를 놓고, 아마란타의 낡은 손재봉틀로 바느질을 해가며 자기 옷을 만드는 데 열중했다. 자신이 매일 희생을 하면 페르난다도 안심을 할 거라는 사실을 알고 있던 메메는 다른 사람들이 낮잠을 자는 동안에도 두 시간씩 클라비코드 연습을 했다. 메메는 이와 같은 이유 때문에, 비록 신청 횟수가 갈수록 줄어들기는 했어도, 성당의 자선 바자회에서나 학교의 파티에서 연주회를 계속하고 있었다. 해 질 녘이 되면, 몸치장을 하고, 수수한 옷을 걸치고, 딱딱한 편상화(編上靴)를 신었는데, 아버지와 함께 특별히 할 일이 없을 때는 친구들 집으로 가서 저녁 식사 때까지 놀았다. 그 시각이 되면 아우렐리아노 세군도는 그녀를 영화관에 데려가기 위해 거의 예외 없이 친구들 집으로 그녀를 찾아갔다.

메메의 친구들 가운데에는 전기 장치를 해 놓은 거대한 닭장 같은 철조망을 뚫고 나와 마콘도의 여자아이들과 친해진 미국 소녀 셋이 있었다. 그들 가운데 하나가 패트리시아 브라운이었다. 아우렐리아노 세군도의 호의를 고맙게 여긴 브라운 씨는 메메에게 자기 집 문을 개방했고, 그링고들과 마콘도 주민들이 교제를 할 수 있는 유일한 행사인 토요일 댄스 파티에 그녀를 초대했다. 그 사실을 안 페르난다는 아마란타 우르술라와 얼굴도 모르는 의사들을 잠시 잊고서 멜로드라마에 나오는 사람처럼 반응했다. "생각 좀 해 봐라, 무덤 속의 대령께서 어떻게 생각하실지." 페르난다가 메메에게 말했다. 물론, 페르난다는 우르술라가 자기 말을 거들어 주기를 바라고 있었다. 그러나 장님이 된 그 노파는, 모든 사람이 기대하고 있던 바와는 달리, 메메가 항상 확고한 분별력만 유지하고 또 개신교로 개종만 하지 않는다면 댄스 파티에 참석해 제 나이 또래의 미국 소녀들과 우정을 돈독히 하는 건 나무랄 일이 전혀 아니라고 생각했다. 메메는 그런 고조할머니의 생각을 십

분 이해하고는 댄스 파티가 열린 다음날에는 미사에 참석하기 위해 평소보다 더 일찍 잠자리에서 일어났다. 하지만 페르난다의 반대는 메메가 미국 사람들이 자신의 클라비코드 연주를 듣고 싶어 한다는 소식을 전함으로써 그녀의 마음을 누그러뜨렸을 때까지 지속되었다. 그 악기는 한 번 더 집에서 꺼내져 브라운 씨 집으로 옮겨졌는데, 그 젊은 연주자는 실제로 그 어느 때보다도 더 진지한 갈채와 열광적인 찬사를 받았다. 그다음부터 그들은 메메를 토요일 댄스 파티뿐만 아니라 일요일이면 수영장에서 열리는 수영 파티에도 초대하고, 일주일에 한 번씩 열리는 오찬회에도 초대했다. 메메는 전문가처럼 수영을 배우고, 테니스도 배우고, 파인애플을 곁들여 버지니아산 햄을 먹는 법도 익혔다. 춤도 추고, 수영도 하고, 테니스도 치다 보니 메메는 곧 영어로 얘기를 나눌 정도가 되었다. 딸의 진보적인 변화에 흠뻑 고무된 아우렐리아노 세군도는 떠돌이 세일즈맨에게서 원색 화보가 무수하게 들어 있는 여섯 권짜리 영어 백과사전을 사 메메에게 주었고, 메메는 틈이 나면 사전을 읽었다. 메메는 전에 친구들과 어울려 연인들에 대한 잡담을 하고 밀실에 틀어박혀 특이한 경험을 하는 데 두었던 관심을 독서로 돌렸는데, 그것은 독서를 규율로서 강요받았기 때문이 아니라 이미 다 알려져 있는 것들을 비밀스럽게 이야기하는 데에는 이미 완전히 흥미를 잃어버렸기 때문이었다. 회고해 보면 과거에 술에 취한 일은 마치 어린애들의 모험 같았는데, 그 일이 너무 재미있었다는 생각에 아우렐리아노 세군도에게 얘기하자 그가 오히려 더 재미있어했다. "만약 네 어머니가 그 사실을 안다면." 그는 메메가 자신에게 비밀 얘기를 털어놓을 때마다 항상 하던 식으로, 숨이 곧 넘어갈 듯 웃으며 메메에게 말했다. 그는 메메에게서 그녀가 첫사랑에 빠지면 그 얘기를 여느때처럼 숨김없이 자신에게 해 줄 것을 이미 다짐받았었는데, 그에 따라 메메는 휴가를 보내려고 부모와 함께 마콘도에 왔던 어느 빨간 머리 미국 소년이 맘에 들었다는 얘기를 그에게 했다. "오, 이런! 만약 네 어머니가 그 사실을 안다면!" 아우렐리아노 세군도가 웃으면서 말했다. 하지만, 메메는 그 소년이 이미 자기 나라로 돌아갔고, 이제는 생사에 대한 소식도 없다는 얘기도 했다. 메메의 사려 깊은 처신은 집안에 평화를 정착시켰다. 그러자 아우렐리아노 세군도는 페트라 코테스를 위해 더 많은 시간을 바쳤고, 비록 이제 그의 몸과 마음은 예전과 달리 요란법석한 파티를 열 여력이 없었다 해도, 그런 파티를 열 기회만 되면 이미 키 몇 개를 구두끈으로 묶어 놓은 낡은 아코디언의 덮개를 벗겨 냈다. 집안에서는 아마란타가 언제 끝날지도 모르는 수의를 짓고 있었고, 우르술라는 노쇠해져서 암흑 속 깊은 곳으로 질질 끌려들어가고 있었는데, 그녀가 그곳에서 계속 보고 있었던 것은 밤나무 밑에 있는 호세 아르카디오 부엔디아의 환영뿐이었다. 페르난다는 자신의 권위를 확고히했다. 당시에 페르난다가 아들 호세 아르카디오에게 매달 보내던 편지에는 거짓말이 한 줄도 들어 있지 않았지만, 그녀의 대장에 양성 종양이 생겼다는 진단을 내리고, 그녀에게 정신 감응 수술을 할 준비를 시키고 있던, 얼굴도 모르는 의사들과 편지를 주고받았다는 사실만은 숨기고 있었다.

아마란타의 갑작스런 죽음이 새로운 소동을 불러오지만 않았더라도 지쳐 있던 부엔디아가(家) 저택에 오랫동안 평화와 일상적인 행복이 가득 찼을 것이라고 할 수도 있었을 것이다. 아마란타의 죽음은 예기치 않았던 사건이었다. 비록 몸이 늙었고, 그동안 그 어떤 사람과도 교류하지 않은 채 살아왔다고는 해도, 아마란타는 아직 눈에 띄게 굳세고 곧았으며, 언제나 그랬듯이 반석처럼 단단한 건강을 유지했었다. 그녀가 헤리넬도 마르케스 대령을 확실하게 거절하고 나서 방에 틀어박혀 울었던 그날 오후부터 무슨 생각을 했는지는 아무도 몰랐다. 그녀가 밖으로 나왔을 때는 눈물이 다 말라 있었다. 그녀는, 미녀 레메디오스가 승천했을 때도, 아우렐리아노 형제들이 떼죽음을 당했을 때도, 사람들이 아우렐리아노 부엔디아 대령의 시체를 밤나무 밑에서 찾아냈을 때야 비로소 자신이 그를 사랑했다는 사실을 보여 줄 수 있었다고는 해도 이 세상에서 가장 사랑했던 사람이었던 아우렐리아노 부엔디아 대령이 죽었을 때조차, 남에게 눈물을 보인 적이 없었다. 아마란타는 대령의 시체를 염하는 작업을 거들었다. 그에게 전사의 장식품이 달린 군복을 입혀 주고, 면도를 해 주고, 머리를 빗겨 주고, 그가 영광을 누리던 시절에 스스로 했던 것보다 더 멋지게 그의 팔자형 수염에 기름을 발라 가지런히 다듬어 주었다. 사람들은 아마란타가 원래 장례 의식에 익숙하다는 것을 익히 알고 있었기 때문에, 그녀의 정성 어린 행위에 특별한 사랑의 감정이 개입되어 있으리라고는 아무도 생각하지 않았다. 페르난다는 사람들이 가톨릭과 삶과의 관계를 이해하지 못한 채, 가톨릭이 종교가 아니라 마치 장례 관습을 규정해 놓은 것이나 된다는 듯이 단지 죽음과의 관계만을 이해한다고 비난했다. 아마란타가 그런 미묘한 가톨릭 옹호론을 이해하기에는 자신의 잡다한 추억 속에 너무 깊이 얽혀 있었다. 그녀는 생생하게 살아 있는 자신의 모든 추억을 간직한 채 노년에 이르렀다. 피에트로 크레스피의 왈츠를 듣고 있을 때는, 세월이 흘러도, 속죄를 해도 아무 소용이 없다는 듯이, 소녀 시절과 마찬가지로 울고 싶은 욕망을 느꼈다. 습기 때문에 썩어 가고 있다는 이유로 그녀 자신이 쓰레기 취급을 했던 자동 피아노의 음악 테이프가 그녀의 기억 속에서 계속 돌아가면서 해머를 두들겨대고 있었다. 그녀는 조카 아우렐리아노 호세와 나누던 질펀한 정욕을 떠올림으로써 그 음악 테이프를 기억에서 지워 버린 후 헤리넬도 마르케스 대령의 차분하고 남성적인 보호 아래 피신하려고 애를 썼지만, 신학교로 보내기 삼 년 전의 어린 호세 아르카디오를 목욕시키면서 할머니가 손자에게 하는 것이 아니라, 프랑스 창녀들이 그렇게 했다고들 하듯이, 그리고 그녀가 열두 살 때인가 열네 살 때인가 무도복 바지를 입고 마술 지팡이로 박절기의 박자를 맞추는 피에트로 크레스피를 보고는 자신이 그에게 그렇게 하기를 원했던 바와 같이, 마치한 여자가 한 남자에게 하듯이 손자를 애무하던, 노령에서 비롯된 그런 무모한 행위들까지 떠올려 보았어도 그 음악 테이프를 부숴 버릴 수가 없었다. 때로는 삶의 궤적에 그런 비참한 흔적을 남긴 것이 가슴 아팠고, 때로는 너무나 화가 나서 바늘로 손가락을 찔러 대기도 했지만, 그녀를 죽음으로 질질 끌어가던 향기롭고도 고통스러운 사랑에의 도취가 그녀를 가장 아프게 만들고, 가장 화나게 하고, 가장 쓰라리게 만들었다. 아우렐리아노 부엔디아 대령이 숙명적으로 전쟁을 생각했던 것처럼 아마란타는 레베카를 생각했다. 그러나 오빠가 자신의 추억을 단절시켰던 반면에, 아마란타는 달구기만 했을 뿐이었다. 그녀가 여러 해 동안 하느님께 빌었던 소원은 자신에게 레베카보다 먼저 죽음의 벌을 내리지 말아 달라는 것이었다. 레베카의 집 앞을 지나갈 때마다, 그리고 집이 점점 황폐해져 가는 걸 볼 때마다 아마란타는 하느님이 기도를 들어주고 있다고 생각하며 즐거워했다. 어느 날 오후, 복도에서 바느질을 하던 아마란타는 문득 사람들이 레베카의 죽음에 대한 소식을 자기에게 전해 줄 때, 자기는 그 자리에서, 그렇게 같은 자세로, 같은 햇빛을 받으며 있을 것이라는 확신을 갖게 되었다. 아마란타는, 편지를 기다리는 사람처럼, 그 자리에 앉아 레베카가 죽었다는 소식이 오기만을 기다렸고, 그 당시 가만히 있으면 기다리는 것이 더 길고 초조하게 느껴질까 봐 이미 달았던 단추를 뜯어내 다시 달았다. 그 당시 아마란타가 실제로는 레베카를 위해 아름다운 수의를 짓고 있었다는 사실을 아는 사람은 집안에 아무도 없었다. 나중에, 아우렐리아노 트리스테가 피부가 터서 갈라지고, 삐쩍 마른 머리에 노르스름한 머리카락 몇 가닥이 달린 유령 같은 모습으로 변한 레베카를 보았다는 얘기를 했을 때, 아마란타는 그가 묘사한 그 유령의 모습이 자기가 오래전부터 상상해 온 것과 같았기 때문에 전혀 놀라지 않았었다. 아마란타는 레베카의 시체를 복원시켜서 손상된 얼굴을 파라핀으로 되살려 주고, 성상들의 머리에 씌워져 있는 머리카락으로[17] 가발 하나를 만들어 주겠다고 이미 마음 먹고 있었다. 시체에 아마포 수의를 입혀 근사하게 차려 놓은 뒤 자줏빛 테를 두른 우단으로 안을 덧댄 관에 넣어 멋진 장례식을 치른 후 구더기에게 제공할 예정이었다. 아마란타는 심한 증오심에 휩싸인 채 그 계획을 짰는데, 사랑하는 마음으로 짰어도 같은 방식이었을 거라 생각하고는 몸을 부르르 떨었으나, 그런 혼동 상태에서도 당황하지 않고 치밀하게 세부적인 사항을 완성시켜 나가, 결국에는 죽음의 의식에서는 전문가 정도가 아니라 대가의 경지에 이르게 되었다. 그러나 이 무시무시한 계획을 짜면서 아마란타가 잊고 있던 것 한 가지는, 하느님께 아무리 간청해도 자신이 레베카보다 먼저 죽을 수도 있다는 것이었다. 실제로 그렇게 되고 말았다. 그러나 수년 전에 아마란타에게만 특별히 사신(死神)이 나타났기 때문에, 그녀는 마지막 순간에 패배감을 느낀 게 아니라, 반대로 모든 쓰라린 감정으로부터 해방되었다고 느꼈다. 아마란타는 메메가 학교로 떠난 지 얼마 되지 않은, 불타는 듯 더운 어느 정오에 복도에서 자신과 함께 바느질을 하고 있던 사신의 모습을 보았다. 그녀는 사신을 즉각 알아보았는데, 푸른 옷을 입고, 머리가 긴, 약간은 고풍스런 느낌이 드는 외양에, 예전에 부엌에서 일을 도와주던 필라르 테르네라와 약간

---

17) 실제로는 미녀 레메디오스의 머리카락이다.

은 닮은 여자였기 때문에 사신에게서 공포감 같은 것은 전혀 느끼지 않았다. 페르난다도 여러 번 그 자리에 있었지만, 사신의 모습이 너무나도 실제적이고 인간적이었음에도 불구하고 그 모습을 보지 못했는데, 어떤 때는 사신이 아마란타더러 바늘에 실을 꿰어 달라고 부탁하기도 했다. 사신은 아마란타에게 언제 죽을 것인지, 레베카보다 먼저 죽을 것인지조차도 말해 주지 않은 채 돌아오는 4월 6일부터 수의를 짓기 시작하라는 명령을 내렸다. 그리고 아마란타가 원하는 바대로 수의를 섬세하고 훌륭하게 짓되, 레베카의 수의를 지을 때처럼 성실하게 지으라고 했고, 수의를 다 완성하는 날 해질 무렵에 그 어떤 고통도, 두려움도, 비통함도 느끼지 않고 죽을 거라고 알려 주었다. 그 후, 아마란타는 될 수 있으면 최대한으로 시간을 벌려는 생각에서 최상품 아마 원사를 사들여 몸소 천을 짜기 시작했다. 어찌나 공을 들였던지 천을 짜는 데만 사 년이 걸렸다. 그리고 나서 자수를 놓기 시작했다. 피할 수 없는 그 날이 다가옴에 따라, 기적이 일어나지 않는 한 수의 짓는 일을 레베카가 죽은 뒤까지 연장할 수 없다는 사실을 깨달아 갔으나, 그 같은 깨달음이 오히려 자신의 계획이 수포로 돌아갈지도 모른다는 생각을 수용하는 데 필요한 평온을 부여해 주었다. 왜 아우렐리아노 부엔디아 대령이 작은 황금 물고기를 만들었다 녹이고 다시 만드는 일을 부질없이 되풀이했는지를 이해했던 것도 바로 그때였다. 세상사는 그녀의 피부에서만 머물렀을 뿐, 그녀의 내면은 모든 고뇌로부터 해방되어 있었다. 아마란타는 새로운 빛 아래에서 기억을 정화시키고 우주를 재창조하는 게 가능하고, 해 질 녘이면 피에트로 크레스피에게서 풍기던 라벤더 향기를 회상하면서도 몸서리를 치지 않는 게 가능하고, 사랑과 증오가 아니라 고독에 대한 심오한 이해심을 통해 레베카를 고통의 수렁에서 구해 주는 게 아직 가능했을 때인 수년 전에 그런 진리를 깨닫지 못했다는 사실이 가슴 아팠다. 어느 날 밤, 메메가 그녀에게 했던 말에 증오가 담겨 있었다는 걸 느꼈음에도 그 증오가 그녀의 기분을 나쁘게 하지 않았기 때문이 아니라, 그녀가 젊은 시절에 그랬던 것처럼 너무나도 청순한 듯이 보였지만 그럼에도 불구하고 이미 증오로 인해 훼손되어 있는 또다른 젊음 속에 그녀의 젊은 시절이 그대로 투영되어 있었기 때문에 당황하지 않았다. 그러나 그 당시 그녀는 자신의 운명을 너무나도 깊이 수용하고 있었기 때문에, 그 운명을 바꿀 수 있는 모든 가능성이 사라졌다는 것이 확실했어도, 마음이 전혀 동요되지 않았다. 아마란타의 유일한 목적은 수의를 완성하는 것뿐이었다. 처음에 그랬던 것처럼 쓸데없이 자잘한 데 신경을 쓰느라 시간을 끄는 대신 일을 서둘렀다. 일이 끝나기 일주일 전에는 2월 4일 밤에 마지막 바느질이 끝날 거라 계산했고, 속마음은 털어놓지 않은 채 메메에게 그다음 날로 예정되어 있던 클라비코드 연주회를 하루 앞당기는 것이 어떠냐고 제안했는데, 메메는 그녀의 제안을 수용하지 않았다. 그래서 아마란타는 수의를 완성시키는 기한을 사십팔 시간 더 연장할 방도를 찾았는데, 2월 4일 밤에 태풍이 불어 발전기를 부숴 버림으로써 사신이 자신에게 기쁨을 주고 있다고까지 생각했다. 그러나 그다음 날 아침 8시에 아마란타는 이 세상의 그 어느 여자도 결코 하지 못했던 훌륭한 작업의 마지막 땀을 놓고는, 지극히 차분하게 자신이 그날 해 질 녘에 죽을 거라고 선언했다. 아마란타는 그 사실을 식구들뿐만 아니라 온 마을 사람들에게 알렸는데, 그 이유는 그렇게 세상에 마지막 호의를 베품으로써 인색했던 한 삶을 고칠 수 있다는 생각이 들었고, 죽은 사람들에게 편지를 전해주는 데는 자기보다 더 적합한 사람이 없다고 생각했기 때문이었다.

아마란타 부엔디아가 죽은 사람들에게 전해 줄 편지를 가지고 황혼 무렵에 떠난다는 소식이 마콘도에 퍼지자 그날 오후 3시, 응접실에는 편지로 가득 찬 커다란 상자 하나가 놓였다. 편지를 쓰고 싶지 않은 사람들은 아마란타에게 전해 줄 말을 남겼고, 아마란타는 수취인의 이름과 사망 날짜를 수첩에 적었다. "걱정하지 말아요. 내가 그곳에 가면 우선 그분이 어디 계시는지 물어봐 찾아가지고 당신 안부를 전해 드릴 거니까요." 아마란타가 발신인들을 안심시켰다. 그것은 희극 같았다. 아마란타는 그 어떤 마음의 동요도 내비치지 않았고, 고통스러워하는 모습은 단 한순간도 내보이지 않았으며, 맡은 바 일을 완수했다는 생각에 약간의 활기까지 내비치고 있었다. 아마란타는 전과 다름없이 꼿꼿하고 날씬했다. 광대뼈가 굳어 있지 않고, 이빨 몇 개가 빠지지 않았더라면, 아마 실제보다 훨씬 덜 늙어 보였을 것이다. 아마란타는 편지를 역청 바른 상자에 넣으라고 조치하고, 습기로부터 잘 보존시키려면 무덤 안에 어떻게 넣어야 하는지 그 방법을 지시했다. 아침에 그녀는 관을 짜는 목수를 불렀고, 응접실에 서서 옷을 맞출 때처럼 몸 치수를 쟀다. 생애 마지막 순간에 그토록 정력적으로 활동하는 모습을 본 페르난다는 아마란타가 모두를 우롱하고 있다고 믿었다. 부엔디아 가문 사람들은 병에 걸리지 않고 죽는다는 사실을 경험으로 알고 있던 우르술라는 아마란타가 이미 자신의 죽음에 대한 전조를 보았다는 걸 의심하지 않았으나, 어찌 되었든, 편지를 배달하되 한시라도 빨리 도착하기를 바라는 조바심 때문에 정신이 돌아 버린 발신인들이 아마란타를 산 채로 묻어 버리지나 않을까 하는 두려움으로 걱정이 되었다. 그래서 우르술라는 집 안으로 몰려 들어온 사람들에게 고래고래 고함을 지르며 그들을 몰아내는 데 진력했는데, 오후 4시가 되자 다 몰아낼 수 있었다. 그 시각에 아마란타는 자신의 물건을 가난한 사람들에게 모두 나누어 주었고, 거친 나무판지로 만든 엄숙한 관 위에는 죽을 때 갈아입을 옷과 코르덴으로 만든 초라한 슬리퍼만 남겨 두었다. 아우렐리아노 부엔디아 대령이 죽었을 때 그가 작업실에서 신던 덧신밖에 남아 있지 않아 새신발을 사 신겨야 했던 일이 생각난 아마란타는 그렇게 미리 챙기는 걸 잊지 않았다. 5시 조금 못 미쳐 연주회에 가려고 메메를 데리러 왔던 아우렐리아노 세군도는 집 안에 장례식을 치를 준비가 되어 있는 것을 보고는 깜짝 놀랐다. 그 시각에 생기가 있어 보이는 사람이 있었다면, 바로 침착성을 유지하고 있던 아마란타뿐이었는데, 그녀는 티눈을 깎는 여유까지 부렸다. 아우렐리아노 세군도와 메메는 그녀에게 장난기 어린 작별인사를 하고, 돌아오는 토요

일에는 아마란타의 부활을 축하하는 요란법석한 파티를 열어
주겠다고 약속했다. 아마란타 부엔디아가 죽은 사람에게 전해
줄 편지를 받고 있다는 소문을 들은 안토니오 이사벨 신부는
그녀를 위한 종부 성사용 성체를 들고 5시에 도착했지만, 죽
기로 된 아마란타가 목욕탕에서 나올 때까지 15분 이상이나
기다려야 했다. 옥양목 잠옷을 입고 풀어 헤친 머리카락을 어
깨에 드리운 아마란타가 나타나자, 노쇠한 신부는 그녀가 장
난을 치고 있다고 생각하고는 복사를 내보내 버렸다. 하지만,
신부는 내친김에 아마란타가 거의 이십 년 동안 게을리했던
고해를 들을 기회를 잡아야겠다고 생각했다. 아마란타는 이
제 자기 양심이 깨끗해졌으니 정신적인 도움은 전혀 필요없다
고 간단하게 대꾸했을 뿐이었다. 페르난다는 기겁을 했다. 남
들이 듣건 말건 개의치 않은 채 아마란타가 도대체 얼마나 무
시무시한 죄를 저질렀기에 고해를 통해 부끄러운 일을 밝히는
것보다 불경스럽게 죽는 걸 더 원하는지 모르겠다며 큰 소리
로 혼자 떠들어 댔다. 그러자 아마란타는 자리에 드러누웠고
우르술라더러 자신이 처녀라는 사실을 사람들에게 증명해 달
라고 우겼다.

"누구든 그릇된 생각을 품으면 안 되는 법이에요. 아마란타
부엔디아는 이 세상으로 올 때와 똑같은 상태로 떠날 겁니다."
우르술라는 페르난다가 듣도록 큰 소리로 말했다.

아마란타는 다시 일어나지 않았다. 그녀는 정말로 병이라도
앓는 사람처럼 긴 방석을 깔고 누워, 관 속에서 그렇게 하라고
사신이 일러 준 대로 머리를 길게 땋아 귀 위로 똬리를 틀었

다. 그러고 나서 우르술라에게 거울을 가져다 달라고 해서는 사십 년이 넘는 기간 동안 처음으로, 늙음과 고통으로 황폐해진 자신의 얼굴을 바라보았는데, 얼굴이 자신이 상상했던 이미지와 너무나 닮아 적이 놀랐다. 우르술라는 침실이 조용해지자 이미 날이 저물어가기 시작했다는 걸 알아차렸다.

"페르난다에게 작별 인사를 하려무나. 일 분의 화해는 평생 동안의 우정보다 더 값진 것이란다." 우르술라가 아마란타에게 간청했다.

"이제 그럴 필요가 없어요." 아마란타가 대답했다.

즉석 무대에 불이 밝혀지고 연주회의 제2부가 시작되었을 때 메메는 아마란타를 생각하지 않을 수가 없었다. 곡을 반쯤 연주했을 때, 누군가 귓속말로 그녀에게 소식을 전했고, 연주회는 중단되었다. 집으로 돌아온 아우렐리아노 세군도는 검은 붕대로 손을 감고 멋진 수의로 몸을 감싼 늙은 처녀의 초라하고 핏기 없는 시체를 보기 위해 수많은 사람을 헤집고 들어가야만 했다. 아마란타는 응접실의 커다란 편지 상자 곁에 놓여 있었다.

아마란타의 초상을 치르느라 구 일 동안 철야를 한 우르술라는 다시는 자리에서 일어날 수 없었다. 산타 소피아 델 라 피에닷이 그녀의 시중을 들었다. 산타 소피아 델 라 피에닷은 음식과 몸을 씻는 데 필요한 비하 열매[18] 삶은 물을 그녀의

---

18) 비하(또는 '아치오테')라는 식물의 열매를 삶은 물은 열을 내려 주고 원기를 북돋아 주는 효과가 있다.

침실로 가져가서는 마콘도에서 일어난 일을 모두 알려 주었다. 아우렐리아노 세군도는 자주 우르술라를 찾아가고, 옷을 가져다주었는데, 그녀가 그 옷을 매일의 삶을 위해 가장 필요한 물건과 함께 침대 가까운 곳에 늘어놓았기 때문에 얼마 지나지 않아 우르술라의 손이 닿는 곳에는 세상에 필요한 것들이 다 모이게 되었다. 우르술라는 자기를 꼭 닮은 아마란타 우르술라에게 지대한 애정을 느껴 글 읽는 법을 가르쳐 주었다. 사람들은 우르술라의 총명함과, 혼자서 일을 처리해 나가는 능력을 보고는 그녀가 백 년 동안의 삶의 무게에 의해 자연스럽게 늙었다고는 생각했지만, 비록 시력이 나빠진 듯 행동하는 게 명백했어도 완전히 장님이 되었다고 의심하는 사람은 아무도 없었다. 당시 우르술라는 집안이 어떻게 돌아가는지 감시하기 위해 수많은 시간을 투자하고 내면의 침묵을 지키고 있었기 때문에, 메메가 말없이 겪고 있던 괴로움을 가장 먼저 눈치 챈 사람도 우르술라였다.

"아가, 이리 오너라. 이제 우리끼리만 있으니까, 네게 일어난 일을 이 불쌍한 할미에게 얘기해 봐라." 우르술라가 메메에게 말했다.

메메는 살짝 미소를 머금을 뿐 쉽사리 얘기를 꺼내려 하지 않았다. 우르술라는 억지로 얘기를 시키지는 않았지만, 메메가 다시는 찾아오지 않자 자기가 생각하던 게 옳았다는 걸 깨달았다. 우르술라는 메메가 다른 때보다 일찍 채비를 갖추고, 밖으로 나갈 시각을 기다리는 동안에는 잠시도 차분하게 있지 못하고, 그녀의 침실과 벽 하나를 사이에 두고 있는 자기 침실 침대 위에서 밤새 뒤척거리고, 나비 한 마리가 팔랑거리는 소리에도 시달리고 있다는 것을 알고 있었다. 한번은 메메가 아우렐리아노 세군도를 만나러 갈 거라고 말하는 걸 들었는데, 나중에 아우렐리아노 세군도가 집에 와서 딸을 찾았을 때 페르난다가 딸을 조금도 의심하지 않았을 정도로 생각이 짧은 것을 보고 우르술라는 놀랐다. 메메가 무슨 은밀한 문제를 지니고 있고, 다급한 약속이 있으며, 초조한 마음을 억누르고 있다는 게 아주 명백했는데, 한참이 지난 어느 날 밤, 메메가 극장 안에서 어느 사내와 키스하는 장면을 보고 온 페르난다가 집안을 발칵 뒤집어 놓았다.

당시 뭔가에 완전히 정신이 팔려 있던 메메는 우르술라가 고자질을 했다며 그 탓을 우르술라에게 돌렸다. 실제로, 고자질은 자기 스스로 한 것이나 다름없었다. 오래전부터 메메가 가장 둔감한 사람이라도 눈치챌 만한 흔적을 남기고 다녔음에도 페르난다가 그 사실을 눈치채는 데 너무나 많은 시간이 걸렸다면, 그녀 역시 얼굴도 모르는 의사들과의 은밀한 관계 때문에 눈이 멀어 있었기 때문이었다. 하지만 페르난다도 결국은 메메의 깊은 침묵과, 갑작스런 신경질과, 변덕스러운 마음과, 이유 없는 반발을 눈치채게 되었다. 페르난다는 은밀하지만 용의주도하게 딸을 감시했다. 딸이 항상 어울리는 친구들과 함께 외출을 하게 하고, 토요일 파티에 가기 전에 옷 입는 걸 도와주고, 딸이 경계를 할 만한 주제 넘은 질문은 절대로 하지 않았다. 메메가 거짓말을 해 가면서 딴짓을 하고 있다는 증거를 이미 많이 포착하고 있었지만, 결정적인 기회가 올 때까지 아직 의구심을 내비치지 않고 있었다. 어느 날 메메가 아버지와 함께 영화 구경을 가겠다고 페르난다에게 알렸다. 그리고 잠시 후, 페르난다는 페트라 코테스의 집 쪽에서 들려오는, 요란법석한 파티의 폭죽 소리와 아우렐리아노 세군도가 연주하고 있음에 틀림없는 아코디언 소리를 들었다. 페르난다는 옷을 갈아입고 극장으로 가서, 채광창으로 스며드는 어두운 빛 속에서 딸을 발견했다. 예감이 적중했다는 사실로 인해 망연자실한 페르난다는 딸과 키스를 하고 있는 사내를 제대로 볼 수는 없었지만, 관객들이 귀가 멍멍할 정도로 야유를 하고 폭소를 퍼부어 대는 가운데 들려오는 그 사내의 떨리는 목소리를 들을 수 있었다. "미안해, 자기." 페르난다는 이 말을 듣고는 단 한 마디 말도 없이 메메를 극장에서 끌어내, 수치심을 심어 주기 위해 일부러 왁자지껄한 터키인들의 거리를 통해 집으로 끌고 와서는 침실에 가두고 열쇠를 채워 버렸다. 다음 날 오후 6시, 한 사내가 딸을 찾아왔는데, 목소리가 귀에 익었다. 페르난다가 집시들을 본 적이 있었더라면 그렇게까지는 놀라지 않았겠지만, 그는 검고 우울한 눈에 얼굴이 창백한 젊은이였는데, 꿈꾸는 듯한 그의 분위기는 페르난다보다 조금 덜 모진 마음을 가진 여자라면 누구나 딸이 왜 그렇게 되었는지 이해하기에 충분할 정도였다. 그는 아주 후줄그레한 아마포 옷을 입고, 하얀 양철을 겹겹이 덧대 아무렇게나 기운 구두를 신었으며, 지난 토요일에 산 맥고모자를 손에 들고 있었다. 평생 그 순간만큼 겁이 났던 적이 없을 테지만, 그는 비굴함에 빠지지 않을 정도의 품위와 자제력을 지녔고, 거친 노동으로 거칠어진 손과 갈라 터진 손톱만 빼고는 기품이 있는 청년이었다. 그럼에도 불구하고, 페르난다는 그가 노동자 신분이라는 것을 단박에 알아차렸다. 그는 단 한 벌밖에 없는 일요일용 외출복 차림이었는데, 셔츠 속 피부는 바나나 회사에 나돌던 옴에 걸려 상해 있었다. 페르난다는 그에게 말도 꺼내지 못하게 했다. 그리고 노란 나비떼가 집 안으로 들어오려고 했기 때문에 잠시 후에 곧 닫아야 했던 문 안으로 발도 들여놓지 못하게 했다.

"돌아가요. 댁은 뼈대 있는 집안 사람들을 찾아다닐 이유가 전혀 없어요." 페르난다가 그에게 말했다.

그의 이름은 마우리시오 바빌로니아[19])였다. 마콘도에서 태어나고 자란 그는 바나나 회사 자동차 정비 공장의 견습공이었다. 메메는 어느 날 오후 패트리시아 브라운과 함께 농장으로 드라이브를 나가려고 차를 찾으러 갔다가 우연히 그를 만났다. 마침 운전수가 몸이 아팠기 때문에, 둘은 그 남자에게 운전을 맡겼으며, 그가 어떻게 차를 운전하는지 가까이서 보고자 했던 메메는 운전석 옆자리에 앉을 수 있었다. 직업 운전수들과는 달리 마우리시오 바빌로니아는 메메에게 실질적인 기술을 가르쳐 주었다. 당시는 메메가 브라운 씨 집을 드나들기 시작했을 때였는데, 그때만 해도 아직 여자들이 차를 운전하는 것을 천박하다고들 생각했었다. 그래서 메메는 운전에

---

19) 그의 성(姓)은 타락과 죄악의 도시이자 현자들과 마법사들의 도시인 바빌로니아와 관계가 있다. 따라서 마우리시오 바빌로니아는 집시들과도 유사하다고 할 수 있다.

대한 이론적인 정보만 듣고 만족할 수밖에 없었으며, 그 후로는 마우리시오 바빌로니아를 여러 달 동안 다시 만나지 못했다. 나중에, 메메는 드라이브를 하는 동안 거친 손을 제외한 그의 남성미에 마음이 끌렸음을 깨달았으나, 패트리시아 브라운에게는 약간은 오만하기까지 한 그의 자신감이 거슬렸다고 말했다. 아버지와 함께 처음으로 영화를 보러 간 토요일에 메메는 자신들로부터 조금 떨어진 곳에 앉아 있던, 그 아마포로 만든 외출복을 입은 마우리시오 바빌로니아를 다시 보았는데, 그는 그녀를 보기 위해서라기보다는 자기가 그녀를 보고 있다는 걸 그녀가 알아채도록 하기 위해서인 것처럼 그녀를 보러 고개를 돌리느라 영화에는 별 신경을 쓰지 않고 있는 것 같았다. 메메는 그의 천박한 행동이 거슬렸다. 마침내 마우리시오 바빌로니아가 다가와 아우렐리아노 세군도에게 인사를 했고, 그제야 메메는 그 남자가 전에 아우렐리아노 트리스테의 원시적인 발전소에서 일했기 때문에 두 사람이 서로 아는 사이이며, 그가 아랫사람 같은 태도로 아버지를 대하고 있다는 것을 알아차렸다. 그런 사실을 알고 나서야 그의 오만함에 대한 거부감이 누그러졌다. 단둘이서는 만난 일도 없었고, 인사말 이외에 말은 단 한 마디도 나눈 적이 없었지만, 그날 밤, 메메는 물에 빠진 자신을 그가 구출해 주는 꿈을 꾸었는데, 고마운 마음이 들기는커녕 도리어 화가 났었다. 그것은 그가 원하고 있던 기회를 그에게 주어 버린 꼴이 되었기 때문이었는데, 메메는 마우리시오 바빌로니아뿐만 아니라 자신에게 관심을 가진 그 어떤 남자에 대해서도 자신이 주도권을 잡기를 원하고 있었다. 그런 꿈을 꾸고 난 메메는 너무 화가 치밀었으면서도, 그가 밉다는 생각이 들기보다는 한시라도 빨리 그를 만나 보고 싶은 생각이 들었다. 한 주일을 지내는 동안 초조감이 점점 더해 갔고, 토요일에는 더 이상 참을 수가 없을 정도가 되어, 마우리시오 바빌로니아가 영화관에서 그녀를 보고 인사를 했을 때, 마음속에 품은 생각이 입 밖으로 나오려는 것을 그가 눈치채지 못하도록 하기 위해 무진 애를 써야 했다. 쾌감과 분노가 뒤엉킨 묘한 기분으로 정신이 몽롱한 가운데 메메는 처음으로 그에게 손을 내밀었고, 바로 그때서야 마우리시오 바빌로니아도 머뭇머뭇 그녀의 손을 잡았다. 메메는 자신이 순간적인 충동을 이기지 못했음을 후회했으나, 그의 손 역시 땀이 나 있고 경직되어 있다는 사실을 알았을 때 그 후회는 즉시 잔인한 만족감으로 변했다. 그날 밤, 메메는 그가 바라는 것은 헛되다는 얘기를 그에게 말해 버리기 전에는 자신의 마음이 단 한순간도 편치 않으리라는 사실을 깨달았으며, 그렇게 초조한 마음을 가누지 못한 채 그 주를 보냈다. 메메는 패트리시아 브라운이 정비 공장으로 차를 가지러 가는 데 자기를 데려가도록 온갖 쓸데없는 계책을 다 써 보았다. 결국, 그 무렵 마콘도에서 휴가를 보내려고 와 있던 빨간 머리 미국 소년을 이용하기로 했고, 신형 자동차들의 모델을 보겠다는 핑계로 자기를 정비 공장으로 데려가도록 했다. 마우리시오 바빌로니아를 만난 순간부터 메메는 스스로를 속여 버렸고, 실제로 자신이 마우리시오 바빌로니아와 단둘이만 있고 싶은 욕망을 참지 못하고 있다는 걸 깨달았는데,

자신이 오는 것을 본 순간 그가 이미 자신의 속마음을 알아챘음에 틀림없다는 생각이 들자 화가 치밀었다.

"새로 나온 차들을 구경하러 왔어요." 메메가 말했다.

"핑계가 참 그럴듯하군요." 그가 말했다.

메메는 마우리시오 바빌로니아가 오만함의 불길 속에서 이글이글 타오르고 있다는 것을 알고서 그에게 모욕을 줄 방법을 찾는 데 혈안이 되어 있었다. 그러나 그는 그녀에게 시간적인 여유를 주지 않았다. "진정하세요. 남자 하나 때문에 여자 하나가 미치는 건 이번이 처음이 아니니까요." 그가 나지막한 목소리로 메메에게 말했다. 메메는 자존심이 무척 상해 자동차 구경은 하지도 않고 정비 공장을 도망쳐 나왔으며, 너무 분한 나머지 온 밤이 다 새도록 침대에서 뒤척거리며 울었다. 메메가 실제로 흥미를 느끼기 시작했던 그 빨간 머리 미국 청년은 기저귀 찬 애송이처럼 여겨졌다. 마우리시오 바빌로니아가 나타나는 곳에 노랑나비가 앞장선다는 것을 메메가 알게 된 것도 그 무렵이었다. 메메는 전에, 무엇보다도 정비 공장에서, 그 나비들을 본 일이 있었지만, 페인트 냄새를 맡고 몰려든 것이려니 생각했었다. 한번은 영화관 안 어둠 속에서 머리 위로 나비가 날아 다니는 것을 느낀 적도 있었다. 그러나, 제아무리 많은 사람 속에 들어 있다 해도 그녀만은 식별해 낼 수 있는 마우리시오가 그림자처럼 그녀를 쫓아다니기 시작했을 때, 노랑나비가 그와 모종의 관계가 있다는 생각을 하게 되었다. 마우리시오 바빌로니아는 연주회의 청중 속에, 영화관에, 대미사에 항상 모습을 드러냈는데, 그때마다 나비가 그가 있는 곳을 가르쳐 주고 있었기 때문에 그를 찾기 위해 여기저기를 두리번거릴 필요가 없었다. 한번은 숨이 막힐 정도로 너울거리는 나비 때문에 아우렐리아노 세군도가 신경질을 부리는 것을 보고, 메메는 이미 약속했던 바대로 자신의 비밀을 아버지에게 얘기할까 하는 충동을 느꼈으나, 그때는 아버지가 예전처럼 "네 엄마가 그걸 안다면 뭐라 할까."라고 말하면서 너털웃음을 터뜨리지는 않을 거라는 예감이 들었다. 어느 날 아침 메메와 함께 장미나무의 가지를 치고 있던 페르난다가 뭔가에 놀랐는지 비명을 지르며 메메를 잡아 끌었는데, 메메가 있던 곳은 미녀 레메디오스가 승천한 바로 그 자리였다. 갑작스러운 날갯짓 소리를 듣고 당황한 페르난다에게 순간적으로 미녀 레메디오스의 기적이 딸에게 되풀이될 것 같은 생각이 들었던 것이다. 날갯짓 소리의 주인공은 바로 나비였다. 햇빛 속에서 갑자기 솟아난 듯한 나비들을 본 메메는 가슴이 두근거렸다. 그 순간 마우리시오 바빌로니아가 패트리시아 브라운이 보내는 선물이라며 꾸러미 하나를 들고 집 안으로 들어섰다. 메메는 부끄러움을 삼키고, 울렁거리는 마음을 진정시킨 채, 흙을 만져서 손이 더러워졌으니 꾸러미를 층계 난간에 두라는 부탁을 자연스런 미소로 대신했다. 페르난다는 불과 몇 달 전에 집에서 내쫓아 버린 그를 언제 본 적이 있었는지 정확히 기억나지는 않았지만, 단 한 가지 생각났던 것은 담즙 색을 띄고 있는 그의 피부였다.

"아주 특이한 남자야. 얼굴을 보아하니 꼭 죽을 사람 같아." 페르난다가 말했다.

메메는 어머니가 나비들 때문에 그런 느낌을 받았을 거라고 생각했다. 메메는 장미나무를 다 손질하고 나서 손을 씻고 꾸러미를 침실로 가져가 풀어 보았다. 다섯 개의 상자가 하나씩 포개져 있는, 일종의 중국식 장난감이었는데, 마지막 상자 안에는 겨우 글씨를 쓸 줄 아는 누군가가 어렵사리 그려 놓은 것 같은 글이 적혀 있는 카드가 들어 있었다. '토요일에 영화관에서 만나요.' 메메는 그 상자를 페르난다의 호기심이 미칠 수 있는 층계 난간에 그토록 오랜 시간 방치해 두었다는 생각을 하고는 뒤늦게 아찔함을 느꼈는데, 마우리시오 바빌로니아가 기발한 착상과 대담성으로 아부한다는 생각이 들긴 했지만 그녀 자신이 약속을 지켜 주리라 기대하는 그의 순진한 마음만은 감동적이었다. 그때부터 메메는 토요일 밤에 아우렐리아노 세군도와 약속이 되어 있다는 사실을 기억해 두고 있었다. 하지만, 한 주일이 지나는 동안 활활 타오르는 조바심의 불길에 휩싸여 버렸던 메메는 토요일에 극장에 데려다주기만 하면 영화는 혼자 볼 테니 영화가 끝날 때 데리러 와 달라고 아버지를 설득했다. 조명이 켜져 있는 동안 밤의 나비 한 마리가 머리 위에서 너울거렸다. 그리고 일이 벌어졌다. 조명이 꺼지자 마우리시오 바빌로니아가 옆자리에 앉았다. 자신이 불안의 늪 속에서 허우적거리고 있다고 느낀 메메는, 어둠 속에서 겨우 분간할 수 있는, 자동차 기름 냄새를 풍기는 그 남자만이 꿈속에서처럼 자신을 구해 줄 수 있으리라 기대하고 있었다.
　"만일 오지 않았더라면, 다시는 날 만나지 못했을 거예요." 그가 말했다.

무릎 위로 그의 손 무게를 느끼는 순간 메메는 자신들이 이제 외로움과는 거리가 멀어지고 있다고 생각했다.

"내 맘에 거슬리는 게 있다면 말이에요, 당신은 해서는 안될 말만 꼭 골라서 한다는 거예요." 메메가 미소를 지었다.

메메는 그 남자에게 미쳐버리고 말았다. 잠도 오지 않고, 입맛도 잃고, 고독 속으로 너무 깊이 빠져들어 아버지까지도 거추장스러운 존재로 변해 있었다. 페르난다를 헷갈리게 하려고 이런저런 거짓 약속을 복잡하게 꾸며 대고, 친구들의 시야에서도 사라졌으며, 언제 어디서든 마우리시오 바빌로니아와 함께 있기 위해 다른 약속들도 어겼다. 처음에는 그의 거칠고 촌스러운 점에 짜증이 났었다. 정비 공장 뒤에 있는 황량한 들판에서 처음으로 단둘이 만났을 때, 그는 메메를 짐승처럼 거칠게 다뤄 기진맥진하게 만들었다. 그것 역시 하나의 애정 표현이었다는 것을 메메가 알게 되기까지는 어느 정도의 시간이 걸렸는데, 그녀가 마음의 평정을 잃고, 몸을 양잿물로 닦아 낸 뒤에도 머리를 멍하게 만들 정도로 강력하게 남아 있던 기름 냄새에 푹 젖어들고 싶은 바람으로 이성을 잃은채 단지 그를 위해서만 살아간 것도 그 무렵이었다. 아마란타가 죽기 불과 얼마 전, 한 남자에게 미쳐 있던 상태에서 갑자기 잠깐 동안 제정신을 차린 메메는 불확실한 미래 앞에서 두려움으로 몸을 떨었다. 그때 그녀는 카드 점을 치는 여자가 있다는 얘기를 듣고 몰래 그 여자를 찾아갔다. 필라르 테르네라였다. 필라르 테르네라는 메메가 안으로 들어서는 것을 본 순간부터 무엇 때문에 자기를 찾아왔는지 단박에 알아차렸다.

"앉아라. 부엔디아 집안 사람의 미래를 알아보는 데 카드 같은 건 필요없다." 필라르 테르네라가 메메에게 말했다. 메메는 백 살 먹은 그 점쟁이가 바로 자기 증조할머니인지 모르고 있었고, 평생 몰랐을 것이다. 필라르 테르네라가 사랑에 빠짐으로써 생긴 불안감은 침대 위에서만 해소시킬 수 있는 법이라고 노골적으로 밝힌 뒤에도 역시 메메는 그녀가 자기 증조할머니라는 사실을 믿지 않았을 것이다. 필라르 테르네라가 밝힌 것은 마우리시오 바빌로니아의 관점과도 같았으나, 메메는 그것이 노동자 특유의 불순한 판단에서 나온 것이라 간주하고서 믿으려 하지 않았다. 그 당시 메메는 남자들이란 일단 식욕을 채우고 나면 조금 전의 배고픔을 부인하는 성질이 있다는 걸 알고 있었으므로, 한 가지 형태의 사랑은 다른 형태의 사랑을 말살한다고 생각하고 있었다. 필라르 테르네라는 메메의 잘못된 생각을 고쳐 주었을 뿐만 아니라 자신이 메메의 할아버지인 아르카디오, 그리고 아우렐리아노 호세를 잉태했던 낡은 아마포 침대를 빌려주겠다고 제안했다. 거기다가, 겨자 찜질 증기 요법을 통해 원치 않는 임신을 예방하는 방법도 가르쳐 주었으며, 불의의 사고를 당했을 때, '양심의 가책까지' 함께 쏟아내 버리게 해 주는 물약도 처방해 주었다. 필라르 테르네라와의 면담은 메메에게 술에 취해 있던 그날 오후에 경험한 것과 같은 용기를 불어넣어 주었다. 하지만, 아마란타의 죽음으로 인해 메메는 결심의 실행을 뒤로 미루었다. 구 일간 철야를 하는 동안 메메는 집으로 밀려든 수많은 조문객 틈에 끼여 있던 마우리시오 바빌로니아 곁을 한순간도 떠나지 않았다. 곧이어 긴 애도 기간과 의무적인 칩거 기간이 이어져, 두 사람은 한동안 떨어져 지냈다. 그 기간은 엄청난 내적 불안과, 억누를 수 없을 정도의 초조감, 그리고 억압된 갈망으로 점철된 나날이었기 때문에 메메는 외출할 수 있게 된 첫날 오후에 곧장 필라르 테르네라의 집으로 갔다. 메메가 어찌나 유연한 솜씨와 뛰어난 직관을 이용해 반항도 하지 않고, 부끄러움도 느끼지 않고, 형식에 얽매이지 않는 다양한 방법으로 마우리시오 바빌로니아에게 몸을 바쳤던지 마우리시오 바빌로니아보다 더 의심이 많은 남자였더라면 메메가 지닌 잠자리 솜씨와 직관으로 미루어 메메가 경험이 엄청 많은 여자라고 착각할 수도 있었을 것이다. 단지 어머니의 엄격함으로부터 해방된 딸의 모습을 보려는 마음에서 딸의 알리바이를 아무런 의심도 하지 않고 보증해 준 아우렐리아노 세군도의 순진한 공모 덕분에 메메는 석 달이 넘는 기간 동안 매주 두 번씩 사랑을 나누었다.

페르난다가 극장에서 두 사람을 덮친 날 밤 양심의 가책으로 괴로워하던 아우렐리아노 세군도는 메메가 자신에게 털어놓기로 약속한 비밀을 털어놓을 거라 믿고서 페르난다가 침실에 가둬 둔 메메를 만나러 갔다. 그러나 메메는 모든 것을 부인했다. 메메가 자기 자신에 대해 지나친 확신을 지니고 있고, 자신의 고독에 너무나 집착해 있었으므로 아우렐리아노 세군도는 이제 자신과 딸 사이에는 그 어떤 유대도 존재하지 않으며, 두 사람 사이의 동지애나 공범 의식은 과거의 환상에 불과했다는 느낌을 갖게 되었다. 그는 과거 고용주로서의 권위를 내세워 마우리시오 바빌로니아의 의지를 꺾을 수 있을 거라 믿고서 그와 얘기를 나눌까도 생각했지만, 페트라 코테스가 그런 것은 여자들이 알아서 처리할 문제라고 설득하는 바람에 이러지도 못하고 저러지도 못하고 망설이면서 딸이 그와 헤어지는 고통을 감수하는 날 연금이 풀릴 거라는 실낱 같은 희망을 품고 있었다.

메메는 고통스러워하는 기미를 전혀 내비치지 않았다. 오히려, 우르술라는 옆방으로부터 메메가 평화롭게 잠들어 숨소리가 고르고, 차분하게 거동하고, 규칙적으로 식사를 하고, 소화를 잘 시켜 건강한 상태에 있다는 낌새를 느낄 수 있었다. 메메가 거의 두 달 동안 벌을 받고 났을 때, 우르술라의 마음에 걸렸던 것은, 메메가 남들처럼 아침에 목욕을 하는 것이 아니라, 저녁 7시에 한다는 것뿐이었다. 언젠가는, 전갈을 조심하라고 메메에게 주의를 주고 싶은 생각도 들었지만, 메메가 자신의 비밀을 밀고한 사람이 바로 우르술라라고 믿고서 뜨악하게 대했으므로, 고조할머니의 잔소리 따위로 메메의 심사를 뒤틀리게 하고 싶지 않아 그만두고 말았다. 해 질 녘이면 노랑나비들이 집 안으로 날아들었다. 매일 밤 목욕탕에서 방으로 돌아가는 길에 메메는 살충제 분무기를 뿌려 대며 결사적으로 나비를 죽이는 페르난다를 볼 수 있었다. "이건 불길한 징조야. 밤에 나비를 보면 액운이 낀다는 얘길 평생 듣고 살아왔는데, 참." 페르난다가 말했다. 어느 날 밤, 메메가 목욕탕에 있는 사이 페르난다가 우연히 메메의 침실에 들어갔는데, 방 안에는 숨도 제대로 쉬지 못할 만큼 나비가 꽉 들어차 있었다. 나비를 내쫓으려고 아무 헝겊이나 손에 잡히는 대로 집어들었을 때 바닥으로 굴러떨어진 찜질 요법용 겨자 반죽과 딸의 밤 목욕을 연결지어 본 페르난다는 공포로 심장이 얼어붙는 것 같았다.

이번에는 처음과는 달리 적당한 기회가 올 때까지 기다리지 않았다. 그다음 날 페르난다는 자기와 마찬가지로 고원 지대에서 새로 부임해 내려온 시장을 점심에 초대해서는, 암탉을 도둑맞고 있는 것 같은 느낌이 드니 밤이면 뒤뜰에 경비원 한 명을 배치해 달라고 부탁했다. 그날 밤 경비원은, 최근 몇 달 동안 거의 매일 밤 그랬듯이, 발가벗은 몸으로 전갈과 나비들 사이에서 사랑의 갈증으로 몸서리를 치고 있던 메메가 기다리는 목욕탕으로 들어가려고 기왓장을 들어내던 마우리시오 바빌로니아를 쓰러뜨렸다. 그의 척추에 박힌 총알 한 방은 그를 평생 동안 침대에 가둬 버렸다. 그는 자신을 한순간도 편안하게 내버려 두지 않았던 노랑나비와 추억에 시달리고, 암탉 도둑이라는 멸시를 공공연하게 받으며, 신음 소리 하나 없이, 불평 한 마디 없이, 변명 한 마디 해 보지 않고, 고독 속에서 늙어 죽었다.

15장

　마콘도에 치명적인 타격을 주게 될 사건들은 메메 부엔디
아의 아들을 집으로 데려왔을 때 그 조짐이 보이기 시작했다.
당시 마콘도 전체의 상황이 워낙 불확실했으므로 그 누구도
다른 사람의 개인적인 스캔들에 신경 쓸 마음 상태가 아니었
는데, 페르난다는 아이를 세상에 절대로 존재하지 않는 것처
럼 키우기에 적당한, 그런 분위기에 편승했다. 아이를 데려왔
을 때 거절할 상황이 못 되었기 때문에 페르난다는 아이를 받
아들일 수밖에 없었다. 그간의 진실이 밝혀졌을 때, 그 아이
를 목욕탕 욕조 속에 집어넣어 질식시켜 버려야겠다는 내밀
한 결심을 실행할 만한 용기가 부족했던 페르난다는 자기 의
지와 달리 평생 동안 아이를 보살펴야만 했다. 페르난다는 아
이를 아우렐리아노 부엔디아 대령의 옛 작업실에 가두어 버

렸다. 그리고 아이가 바구니에 담겨[20] 물에 떠내려오는 걸 그녀가 발견했다는 얘기를 산타 소피아 델 라 피에닷으로 하여금 믿게 만들었다. 우르술라는 아이의 근본도 모른 채 죽어야 했다. 페르난다가 아이에게 밥을 먹이는 동안 작업실로 들어온 어린 아마란타 우르술라 또한 물에 떠내려온 바구니에 관한 얘기를 곧이들었다. 메메의 비극을 페르난다가 비이성적인 방식으로 처리한 것 때문에 부인과의 사이가 결정적으로 멀어진 아우렐리아노 세군도는 페르난다가 한눈을 파는 사이에 감금 상태에서 탈출한 아이가, 인간이 아니라 백과사전에서 정의하고 있는 식인종처럼 벌거벗은 몸에, 머리는 헝클어지고, 맨드라미[21]처럼 이상하게 생긴 성기를 드러내 놓고 순식간에 복도에 나타났을 때까지, 그러니까, 아이를 집으로 데려온 지 삼 년이 지났을 때까지 손자의 존재에 대해 모르고 있었다.

사실, 페르난다는 자신의 돌이킬 수 없는 운명의 몹쓸 장난을 눈치채지 못하고 있었다. 아이의 출현은 페르난다가 집에서 영원히 몰아냈다고 믿었던 수치가 되돌아온 것이나 마찬가지였다. 척추가 부러진 마우리시오 바빌로니아가 실려 나가자마자, 페르난다는 치욕의 모든 흔적을 모조리 제거해 버릴 계

---

20) 모세의 전설에서 차용했다.

21) '비름과(amarantáceo) 식물', 또는 '칠면조의 볏'을 가리키기도 한다. '색비름(amaranto)'에서 차용한 이름인 '아마란타(Amaranta)'는, 따라서, 아우렐리아노의 성기와 은유적으로 연결되어 있다. 다시 말하면 아우렐리아노의 성기는 색비름의 이삭꽃처럼 생기고, 아마란타(Amaranta)를 지향하고 있기 때문에 아마란타적(amarantáceo)이다. 여기서 독자는 언어의 유희를 통한 은유적 의미의 연결 고리를 찾아볼 수 있다.

획의 가장 세밀한 항목까지 이미 다 짜 놓고 있었다. 그 계획에 대해 남편과 상의하지도 않은 채 그다음 날 짐을 꾸렸고, 딸이 갈아입을 만한 옷 세 벌을 작은 가방에 쑤셔 넣고는, 기차가 도착하기 반 시간 전에 딸을 데리러 침실로 갔다.

"가자, 레나타." 페르난다가 메메에게 말했다.

페르난다는 메메에게 아무런 설명도 하지 않았다. 메메 또한 어머니가 설명해 주기를 기다리지도, 원하지도 않고 있었다. 당시 메메는 어디로 가는지 알지도 못했을 뿐만 아니라, 도살장으로 데려간다 해도 개의치 않았을 것이다. 메메는 뒷마당에서 울린 총성과 동시에 들려온 마우리시오 바빌로니아의 고통스런 비명을 듣고 난 뒤부터 다시는 말을 하지 않고, 평생 동안 하지 않기로 작정했다. 어머니가 침실에서 나오라고 명령했을 때, 메메는 머리를 빗지도 세수를 하지도 않고, 계속해서 그녀를 뒤따르던 노랑나비조차도 의식하지 못한 채 몽유병자처럼 기차에 올랐다. 페르난다는 메메의 돌덩이 같은 침묵이 단호한 결심으로 인한 것인지, 아니면 비극에서 받은 충격으로 벙어리가 된 것인지 전혀 알지 못했고, 알아낼 노력조차 하지 않았다. 메메는 마법에 걸린 옛 지역을 지나가는지조차도 거의 의식하지 못했다. 메메는 기찻길 양쪽으로 끝없이 이어진 그늘진 바나나 숲을 보지 않았다. 그링고들의 하얀 집들도, 먼지와 더위에 빛이 바랜 정원도, 짧은 바지에 파란 줄무늬가 있는 셔츠를 입고 현관에서 카드 놀이를 하고 있는 여자들도 보지 않았다. 바나나 송이들을 실은 채 먼지가 이는 길을 가던 노새들이 끄는 마차들도 보지 않았다. 자신들의 탐스런 유방으로 기차를 타고 가는 승객들의 오금을 저리게 할 양으로 투명한 강물 속에서 송어처럼 팔딱거리고 있는 여자들도, 마우리시오 바빌로니아의 노랑나비가 너울거리던, 현관에는 창백하고 여윈 아이들이 각자의 요강 위에 앉아 있고 임신한 여자들이 기차가 지나갈 때 욕지거리를 퍼붓는, 그 우중충하고 초라한 노동자들의 움집들도 보지 않았다. 학교에서 돌아오고 있을 때는 축제에 참가하러 갈 때처럼 마음을 들뜨게 하던 아련한 풍경은 이제 메메의 마음에 그 어떤 감동도 주지 않은 채 마음에서 떠나가 버렸다. 농장의 펄펄 끓는 듯한 습기층을 다 지나칠 때까지도 창밖을 내다보지 않았는데, 기차는 스페인 범선의 시꺼먼 뼈대가 아직도 남아 있는 양귀비 무성한 들판을 지나, 거의 한 세기 전에 호세 아르카디오 부엔디아의 환상이 깨졌던, 그때와 똑같은 투명한 공기와 똑같은 거품이 이는, 더러운 바닷물 쪽으로 나아갔다.[22]

오후 5시에 기차가 늪 지대의 종착역에 도착하자 메메는 페르난다를 따라 기차에서 내렸다. 두 사람은 껠껠거리는 말 한 마리가 끄는 커다란 박쥐처럼 보이는 작은 마차에 올라 어느 황량한 도시를 지나갔는데, 도시의 소금기로 인해 틈새가 벌어진, 끝없이 이어지는 길거리에서는 페르난다가 소녀 시절 낮잠 시간에 들었던 것과 같은 피아노 연습곡 소리가 들려왔다. 그리고, 모녀는 나무 물바퀴가 불에 타는 듯한 소리를 내고,

---

22) 메메의 여행은 본래의 순수와 고요로 회귀함을 의미한다.

녹슨 철판이 난로 주둥이처럼 반짝반짝 빛나는 어느 증기선에 탑승했다. 메메는 선실에 틀어박혀 있었다. 페르난다는 하루에 두 번씩 음식 접시 하나를 메메의 침대 곁에 가져다 놓았고, 하루에 두 번씩 손도 대지 않은 음식 접시를 도로 가져갔는데, 이는 메메가 굶어 죽겠다고 결심했기 때문이 아니라 음식 냄새까지도 역겨웠고 위가 물까지도 거부했기 때문이었다. 메메 자신도 그 당시 자신의 출산력이 겨자 반죽의 증기를 농락해 버렸다는 사실을 모르고 있었고, 그래서 페르난다도 거의 일 년이 지나 아이를 데려왔을 때까지 그 사실을 몰랐다. 숨막힐 듯한 선실 안에서, 쇠붙이 벽들이 떠는 소리와 배 바퀴에 의해 휘저어진 진흙에서 풍기는 지독한 냄새 때문에 정신이 몽롱해진 메메는 날짜조차 제대로 셀 수가 없었다. 무척 오랜 시간이 흐른 후, 마지막 노랑나비가 선풍기 날개에 부딪혀 찢겨 죽었을 때 메메는 마우리시오 바빌로니아가 죽었다는 것을 돌이킬 수 없는 사실로 받아들였다. 하지만, 그녀는 스스로 포기함으로써 굴복당할 여자는 아니었다. 그녀는 아우렐리아노 세군도가 이 세상에 존재한 여인들 가운데 가장 아름다운 여인을 찾다가 길을 잃었던 신기루의 고원을 노새 등을 타고 어렵사리 지나가는 동안에도, 원주민들의 길을 따라 산맥을 넘을 때도, 돌이 깔린 비좁은 골목길을 따라 서른두 개의 교회 종탑에서 죽은 자들을 위한 종소리가 울려 퍼지는 음울한 도시에 들어섰을 때도 계속해서 마우리시오 바빌로니아를 생각하고 있었다. 그날 밤 모녀는 사람이 살지 않은 식민지풍 저택으로 들어가 잡초가 무성한 어느 방바닥에 페르난다가 깔아 놓은 널빤지 위에서 창문에서 잡아 뜯은 커튼 조각으로 몸을 감싸고 잠을 잤는데, 커튼 조각은 몸을 뒤챌 때마다 바삭바삭 찢어졌다. 메메는 오래전 어느 크리스마스 이브에, 납으로 만든 궤짝 속에 담겨 집으로 운반되었던 검은 옷을 입은 그 기사가 지나가는 것을 불면의 공포 속에서 보고는 자신들이 어디에 와 있는지 알게 되었다. 다음 날 미사에 참례하고 난 후, 페르난다가 메메를 어느 음침한 건물로 인도했을 때, 어머니가 자주 들려주던 이야기를 기억하고 있던 메메는 그곳이 어머니가 여왕이 되기 위한 교육을 받은 수도원이라는 것을 즉시 알아차렸고, 그때서야 자신들의 여행이 끝났음을 이해했다. 페르난다가 옆 사무실에서 어떤 사람과 얘기를 나누는 동안 메메는 여전히 자잘한 검은 꽃무늬가 새겨진 나사(羅絲) 드레스를 입고, 고원 지대의 얼음에 젖어 불어 터진 딱딱한 편상화(編上靴)를 신고 있었기 때문에 추위로 벌벌 떨면서 식민지 시대 대주교들의 커다란 유화들이 상하좌우로 즐비하게 걸려 있는 응접실에서 기다렸다. 메메가 스테인드 글래스에서 흘러내리는 노란 빛을 받으며 마우리시오 바빌로니아를 생각하면서 응접실 한가운데에 서 있을 때, 아주 아름다운 수련 수녀가 메메가 갈아입을 옷 세 벌이 들어 있는 작은 가방을 들고 사무실에서 나왔다. 수녀는 메메 옆을 지나가면서 발걸음을 멈추지 않은 채 메메의 손을 잡았다.

"갑시다, 레나타." 수녀가 메메에게 말했다.

메메는 수녀의 손에 이끌려 따라갔다. 페르난다가 수녀와 보폭을 맞추려고 종종걸음을 치던 메메를 마지막으로 보았을 때, 메메 뒤로 수녀원의 쇠창살 문이 막 닫히고 있었다. 아직도 메메는 마우리시오 바빌로니아와 그의 몸에서 나던 기름 냄새와 그의 주변을 맴돌던 나비를 생각하고 있었으며, 이름까지 바뀌어 크라코비아[23)의 어느 음침한 병원에서 늙어 죽게 된 먼 훗날 가을 아침까지 평생을 단 한마디 말도 하지 않은 채 매일같이 그를 생각했을 것이다.

페르난다는 무장 경관이 호위하는 기차를 타고 마콘도로 돌아왔다. 여행하는 동안 승객들 사이에 긴장감이 떠돌고, 철로 주변의 마을들에서 전투 준비가 진행되고, 다들 무언가 심각한 일이 일어날 거라고들 확신하고 있었기 때문인지 분위기가 산만해져 있다는 걸 느꼈지만, 마콘도에 도착해서 호세 아르카디오 세군도가 바나나 농장 인부들에게 파업을 선동하고 있다는 얘기를 듣게 되었을 때까지는 아무것도 모르고 있었다. "우리 집안도 빠짐없이 다 갖추게 됐군. 무정부주의자 한 사람을 갖게 되었으니 말이야." 페르난다가 혼잣말을 했다. 파업은 두 주일 후에 시작되었지만, 사람들이 두려워하던 극적인 결과는 없었다. 노무자들은 일요일에는 바나나를 수확하고 싣는 작업을 강요하지 않도록 해 주기를 바랐는데, 그들의

---

23) 폴란드의 도시. 메메의 이름이 바뀌고, 크라코비아에서 죽는 것은 메메가 가족으로부터 배제되었다는 것을 의미한다. 실제로 여기서부터 메메는 다시 등장하지 않는다. 부엔디아 가문 사람들은 코끼리처럼 죽을 때가 되면 고향 마콘도로 돌아온다. 부엔디아 가문의 사람들은, 크라코비아에서 죽은 메메와, 어디에서 죽은지 밝혀지지 않은 산타 소피아 델 라 피에닷을 제외하고, 모두 마콘도에서 죽는다.

요청이 너무나 정당한 것처럼 보였기 때문에, 노무자들의 뜻이 하느님의 율법과 통한다고 생각한 안토니오 이사벨 신부까지도 그들의 요청을 지지하며 개입했다. 그 운동의 승리는, 이어지는 몇 달 동안에 일어난 다른 운동들의 승리와 마찬가지로, 마을을 프랑스 창녀들로 채우는 일 말고는 아무짝에도 쓸모가 없는 사람으로 낙인이 찍혀 있던 호세 아르카디오 세군도를 일약 유명 인사로 만들었다. 그는 엉터리 선박 회사를 차린답시고 싸움닭을 경매에 붙여 팔아 버릴 때만큼이나 충동적인 결단으로 바나나 회사 인부들의 십장 자리를 내팽개치고 인부들 편에 서 버렸다. 그는 곧 공공 질서에 반하는 어느 국제적인 음모의 끄나풀이라 손가락질을 받게 되었다. 음울한 소문에 의해 흐려졌던 한 주일이 지나가던 어느 날 밤, 어느 비밀 모임을 끝내고 나오던 그는 정체불명의 남자가 쏜 권총 네 발을 기적적으로 피했다. 그다음 몇 달 동안은 분위기가 어찌나 긴장되어 있었던지 우르술라까지도 컴컴한 방구석에서 그 긴장을 느꼈으며, 과거에 아들 아우렐리아노가 호주머니에 반역을 상징하는 동종 요법 알약을 넣고 다니던 위태위태한 시절을 다시 한번 더 살아가고 있다는 기분을 느꼈다. 우르술라는 호세 아르카디오 세군도에게 그 사건의 전례에 대해 알려 주기 위해 그를 만나 이야기를 해 보려고 애를 썼지만, 암살 사건이 일어난 날 밤 이후로는 그의 행방이 묘연하다고 아우렐리아노 세군도가 알려 주었다.

"아우렐리아노와 똑같구나. 마치 세상이 돌고 있는 것 같다니까." 우르술라가 소리쳤다.

페르난다는 그 무렵의 불안한 상황과는 담을 쌓고 지냈다. 남편의 동의 없이 메메의 운명을 결정해 버렸다는 이유로 남편과 격렬한 말다툼을 하고 나서부터는 바깥 세계와 접촉하지 않은 채 살고 있었던 것이다. 아우렐리아노 세군도는 필요하다면 경찰의 도움을 얻어서라도 딸을 구할 준비가 되어 있었지만, 페르난다는 메메가 자원해서 수녀원에 들어갔다는 사실을 증명하는 서류를 그에게 보여 주었다. 사실, 메메는 이미 수녀원 쇠창살 문 안에 들어선 다음 그 서류에 서명했는데 어머니에게 끌려왔을 때도 그랬다시피 별 관심 없이 시키는 대로 했을 뿐이었다. 아우렐리아노 세군도는 마우리시오 바빌로니아가 암탉을 훔치려고 뒤뜰로 숨어들었으리라는 얘기를 전혀 믿지 않았던 것처럼 내심 그 증거의 신빙성을 믿지 않았지만, 아무튼, 아내가 제시한 위 두 가지 궁색한 변명은 그의 양심의 가책을 완화시키는 데 소용되었으며, 그래서 그는 별 고민도 하지 않은 채 페트라 코테스의 그늘로 되돌아갔고, 그곳에서 다시 요란법석한 파티와 엄청난 먹어 치우기 행사를 재개했다. 마을의 불안한 분위기와도 동떨어져 있고, 우르술라의 무시무시한 예언도 듣지 않고 있던 페르난다는 완성된 계획의 너트들을 마지막으로 죄었다. 페르난다는 이제 막하위 성직자로 서품 받으려던 아들 호세 아르카디오에게 장문의 편지를 써 보내 그의 여동생 레나타가 황열병에 걸려 하느님의 평화 속에서 숨을 거두었다고 알렸다. 그러고 나서는 산타 소피아 델 라 피에닷에게 아마란타 우르술라를 돌봐 달라고 하고, 그동안 메메 사건 때문에 엉망이 되어 버렸던, 얼굴도 모르는 의사들과의 편지 왕래를 재개하는 데 온 힘을 쏟았다. 그녀가 가장 먼저 한 것은 연기되었던 정신 감응 수술 날짜를 확정하는 일이었다. 그러나 얼굴도 모르는 의사들은 마콘도에서 사회적 소요 상태가 계속되는 동안에는 수술을 하는 것이 신중하지 않다는 답장을 보내왔다. 마음이 워낙 조급해지고 그곳 사정에 너무나 어두웠던 페르난다는 다시 편지를 써서 그런 소요 사태는 일어나지 않았으며, 그 모든 것은, 과거에 투계와 선박 운항에 미친 적이 있듯이 그즈음에는 노동조합 바람에 휩쓸려 싸돌아다니고 있는 시숙(媤叔)의 광증 때문이라고 설명했다. 의사들과 아직 합의가 이루어지지 못한 어느 찌는 듯한 수요일, 팔에 바구니를 든 늙은 수녀가 문을 두드렸다. 문을 열어 준 산타 소피아 델 라 피에닷은 선물이려니 생각하고 예쁜 레이스 헝겊을 덮은 바구니를 수녀의 팔에서 벗겨 내려 했다. 그러나 수녀는 그 바구니를 아무도 모르게 도냐 페르난다 델 가르피오에게 직접 전해 주어야 한다는 지시를 받았다며 그녀의 손을 제지했다. 바구니 안에 든 것은 메메의 아들이었다. 과거 페르난다의 정신적 지도자는 편지에서 그 아이가 두 달 전에 태어났으며, 아이 어머니가 입을 꼭 다문 채 자신의 뜻을 밝히지 않았으므로 아이의 이름을 할아버지의 이름을 따서 아우렐리아노라고 지을 수밖에 없었노라고 설명하고 있었다. 페르난다는 운명의 장난에 속으로는 부글부글 끓어올랐지만 그래도 수녀 앞에서 감정을 숨길 힘은 지니고 있었다.

"바구니에 담겨 물에 떠내려 오는 걸 우리가 발견했다고 말할 거예요." 페르난다가 미소를 지었다.

"그런 얘긴 아무도 믿지 않을 건데요." 수녀가 말했다.

"성경에 나오는 얘기를 믿는다면, 그와 똑같은 내 얘기를 믿지 않을 이유가 없다고 봐요." 페르난다가 대답했다.

수녀는 돌아갈 기차를 기다리는 동안 집에서 점심을 먹었고, 신중히 처신하라는 요구를 받았기 때문에 아이에 대한 얘기는 다시 꺼내지 않았지만 페르난다는 수녀가 자신의 수치를 목격한 달갑지 않은 증인이라고 생각하며 나쁜 소식을 가져오는 심부름꾼을 목매달아 죽이던 중세의 관습이 없어져 버렸음을 아쉬워했다. 수녀가 돌아가자마자 아이를 욕조에 집어넣어 질식시켜 버리겠다고 페르난다가 결심한 것은 그때였지만 그런 짓을 할 만큼 마음이 모질지 못했던 그녀는 하느님의 무한한 자비를 입어 자신이 그런 장애를 뛰어넘을 때까지 끈기 있게 기다리는 편이 더 낫겠다고 생각했다.

새로 태어난 아우렐리아노가 한 살이 되었을 때, 마을의 긴장은 아무런 예고도 없이 폭발하고 말았다. 그때까지 비밀리에 잠적해 있던 호세 아르카디오 세군도와 노동조합의 다른 지도자들은 어느 주말에 갑자기 나타나, 바나나 재배 지역 마을들에서 시위를 선동했다. 경찰은 시위대가 질서를 지키는지 감시만 하기로 합의했다. 그러나 월요일 밤이 되자 주모자들이 집에서 끌려 나와 발에 5킬로그램짜리 족쇄가 채워진 채 도청 소재지에 있는 감옥으로 보내졌다. 그들 가운데는 호세 아르카디오 세군도와, 멕시코 혁명에서 대령으로 활동하다가 마콘도로 망명해, 아르테미오 크루스 동지의 영웅적인 행동을 직접 목격했다고 말하던 로렌소 가빌란[24]도 끼여 있었다. 그럼에도 불구하고 그들은 정부와 바나나 회사 중 어느 편이 감옥에 있는 죄수들에게 먹을 것을 대 주느냐 하는 문제에 대해 합의점을 찾지 못하는 바람에 채 석 달도 못 되어 자유의 몸이 되었다. 이번에 노무자들의 불만은 노무자 숙소의 비위생성과, 의료 서비스의 기만성, 그리고 작업 조건의 악랄함에 기초하고 있었다. 더 나아가, 그들은 보수를 현금으로 받는 게 아니라 회사 매점에서 버지니아산 햄을 사는 데 이외에는 쓸모가 없는 배급표로 받고 있다고 주장하고 있었다. 호세 아르카디오 세군도는 배급표 제도가 회사 소유 과일 선박들의 비용을 대기 위한 회사 측의 책략이었다고 발설해 투옥되었는데, 사실, 그 배들은 매점에서 팔 상품을 싣고 오지 않으면 뉴올리언스에서 바나나 선적 항구까지 빈 배로 돌아와야만 했다. 그 외 회사 측 과실은 공공연히 알려진 것들이었다. 회사 소속 의사들은 환자의 진찰은 하지 않고 진료실 앞에 길게 줄을 세워 놓았고, 간호사 하나는 환자들이 말라리아를 앓건, 임질에 걸렸건, 변비에 걸렸건 가리지 않고 혀에 황화동(黃化銅) 빛깔의 알약을 하나씩 놓아 주었다. 모든 병에 그 알약을 주었기 때문에 아이들은 여러 차례 줄을 서서는 알약을

---

24) 아르테미오 크루스는 멕시코 혁명을 다룬 카를로스 푸엔테스의 소설 『아르테미오 크루스의 죽음』의 주인공이고, 로렌소 가빌란은 그의 동료다. 로렌소 가빌란은 실제로 1913년 12월에 소령이 되고, 1927년 11월에 대령으로 진급했는데, 그가 마콘도에 도착한 것은 1928년 파업이 발발했을 때의 일이었으므로 시간적 순서에는 전혀 부리가 없다.

받아 삼키지 않고 있다가 빙고 게임에서 불러주는 숫자를 표시하는 데 사용하기 위해 집으로 가져갔다. 회사 노무자들은 비참한 숙소에 짐처럼 쟁여 있었다. 회사 기사들은 변소를 짓는 대신 크리스마스 무렵에 막사촌으로 휴대용 변기를 가져가 오십 명당 하나씩 나누어 주고는 변기를 더 오랫동안 사용하기 위해서는 어떻게 해야 하는지 사람들 앞에서 시범을 보여 주었다. 과거에는 아우렐리아노 부엔디아 대령을 따라다녔지만 이제는 바나나 회사의 손아귀에 들어간, 검은 옷을 입은 늙은 변호사들은 노무자들의 이런 요구 사항들을 마술이라도 부리는 듯한 솜씨로 일축했다. 노무자들이 만장일치로 청원서를 작성했을 때도, 그 변호사들이 바나나 회사에 공식적으로 접수하기까지는 많은 시간이 흘렀다. 노무자들이 합의한 사항에 대해 알게 된 브라운 씨는 즉시 유리로 만든 호화 객차를 기차에 연결해 회사 고위 간부들과 함께 마콘도에서 사라졌다. 하지만, 노무자 여러 명이 사라졌던 회사 간부들 가운데 하나를 그다음 토요일에 어느 매음굴에서 찾아냈는데, 노무자들은 간부를 함정에 빠뜨리겠다며 자진하고 나선 여자와 함께 벌거벗은 몸으로 있던 그 간부더러 자신들의 청원서 사본에 서명하도록 했다. 그러나 그 불행한 변호사들은 법정에서 그 남자가 회사와는 전혀 관계가 없는 사람이라고 주장했으며, 자신들의 주장이 추호도 의심받지 않게 하려고 그를 사기꾼이라는 죄목을 붙여 투옥시켰다. 그 얼마 후, 브라운 씨는 신분을 숨긴 채 삼등칸을 타고 가다 붙잡혔고, 노무자들은 그더러 청원서의 또다른 사본에 서명하게 했다. 그다음 날, 그는 머리를 검은색으로 염색하고 스페인어를 유창하게 지껄여 대면서 재판관들 앞에 출두했다. 변호사들은 그 남자가 앨라배마주 프레스빌에서 태어난 바나나 회사 관리자 미스터 잭 브라운이 아니라, 마콘도에서 태어나 마콘도에서 다고베르토 폰세카라는 이름으로 영세를 받은 선량한 약초 판매상임을 증명했다. 그런 일이 있고 나서 얼마 되지 않아 노무자들이 또 다시 들고 일어나자 변호사들은 양국 영사와 외무 장관의 공증을 받은 브라운 씨의 사망 증명서를 공공 장소에 내걸었는데, 그 증명서에는 브라운 씨가 지난 6월 9일 시카고에서 소방차에 치여 죽었다고 적혀 있었다. 그런 어처구니없는 말장난에 지쳐 버린 노무자들은 마콘도 당국을 거부했고, 불만 사항을 들고 상급 재판소로 올라갔다. 그곳에서 법률 곡예사들은 바나나 회사가 상근 직원을 한 사람도 채용하고 있지 않으며, 채용한 적도 없고, 앞으로도 절대 채용하지 않을 것인 바, 그저 가끔씩 임시 노무자를 고용했기 때문에 노무자들의 항소는 아무런 법적 효력을 지니지 못한다고 증명했다. 그래서 버지니아산 햄이나, 만병통치 알약이나, 크리스마스 때 나눠 준 휴대용 변기에 대한 것은 꾸며 낸 이야기가 되어 버렸으며, 법정의 결정에 의해 바나나 농장에는 상근 직원이 없었다고 판정되었고, 그 사실은 엄숙한 선고문으로 발표되었다.

대규모 파업이 일어났다. 경작은 도중에 중단되었고, 바나나는 나무에서 썩어 떨어졌고, 차량 120량이 연결된 기차들은 지선(支線)에서 멈춰 있었다. 마을들에는 할 일이 없이 노는 노무자들이 넘쳐났다. 터키인들의 거리는 여러 날 계속해서 토요일처럼 계속 붐벼 댔고, 하콥 호텔의 당구장은 이십사 시간 동안 영업을 해야 했다. 군대가 공공 질서 유지 임무를 맡았다는 소식이 전해졌을 때 호세 아르카디오 세군도는 그 당구장에 있었다. 그가 비록 예감 같은 걸 믿는 사람은 아니었다 해도 그 소식은 헤리넬도 마르케스 대령이 그에게 사형 집행 장면을 보도록 허락한 그 아득한 옛날 아침부터 그가 기다려 왔던 죽음의 통보처럼 들렸다. 그러나 그 불길한 예감에도 불구하고 그는 침착성을 잃지 않았다. 당구는 생각한 대로 잘되어 공이 빗나가지 않고 잘 맞았다. 잠시 후, 북 두드리는 소리와 요란한 나팔 소리와 사람들의 고함 소리와 우왕좌왕하는 소리가 그에게 당구 게임뿐만 아니라 사형이 집행되었던 그 새벽부터 혼자서 해오던 침묵의 외로운 놀이도 이제 끝이 났음을 알려 주고 있었다. 그래서 그는 길거리를 내다보았고, 그들을 보았다. 군인 삼 개 연대가 노 저을 때 치는 북소리에 발을 맞춰 열지어 행진하면서 지축을 뒤흔들고 있었다. 머리가 여럿 달린 용처럼 씩씩거리는 그들의 콧김이 한낮의 투명한 공기를 냄새 고약한 증기로 가득 채우고 있었다. 그들은 키가 작고 뚱뚱하고 거칠었다. 말처럼 땀을 흘렸고, 햇빛에 그을린 가죽 안에서 나는 것 같은 냄새를 풍겼으며, 고원 지대 남자들의 특성인, 과묵하고 속내를 드러내지 않는 침착성을 지니고 있었다. 그들이 다 지나갈 때까지는 한 시간 이상이 걸렸다 해도, 그들은 모두 한 어머니에게서 태어난 형제들처럼 똑같이 생겼고, 모두 배낭과 물통의 무게와, 대검을 꽂은 소총을 메고 있다는 수치심과, 맹목적인 복종으로 인한 짜증과 명예심을 한결같이 어리석게 견뎌내고 있었기 때문에, 몇 개 안되는 분대가 동그란 원을 따라 뱅뱅 돌고 있다고 생각될 수도 있었을 것이다. 아무것도 볼 수 없는 우르술라는 침상에서 그들이 지나가는 소리를 듣고는 양손의 검지를 겹쳐 십자가를 만든 손을 들어 올렸다. 산타 소피아 델 라 피에닷은 방금 다리미질을 끝낸, 수놓은 식탁보 위에 상체를 굽혀 기댄 채 잠시 현실 세계를 돌아보고는 아들 호세 아르카디오 세군도를 생각했는데, 그 순간 그는 하콥 호텔 문을 통해 무표정한 얼굴로 행렬 후미의 병사들이 지나가는 것을 바라보고 있었다.

계엄령이 선포되어 군대가 쟁의의 중재자 역할을 떠맡게 되었지만, 화해를 도모하려는 시도는 전혀 하지 않았다. 군인들은 마콘도에 도착하자마자 총을 한편에 내려놓고는 바나나를 잘라 기차에 싣고 수송을 시작했다. 그때까지 기다리기로 했던 노무자들은 일할 때 쓰는 마체테 이외에는 별다른 무기도 없이 숲으로 뛰어들어가 그 파괴 행위를 파괴하기 시작했다. 노무자들은 농장 가옥들과 매점을 불태우고, 군인들이 기관총을 발사하면서 재개한 기차의 운행을 저지하기 위해 철로를 파괴하고, 전신과 전화 케이블을 잘랐다. 도랑들은 피로 물들었다. 전기 장치를 해 놓은 거대한 닭장 같은 철조망 안에서 여전히 살아 있던 브라운 씨는 군대의 보호하에 자신과 동포들의 가족과 함께 마콘도에서 빼내져 안전 지대로 인도되었다. 상황이 여태까지 볼 수 없었던 처절한 내란으로 번질 위험에 처해 있을 때 정부는 노무자들에게 마콘도로 집합하라는 명령을 내렸다. 그 소집령에 따르면, 도의 민·군 총책임자가

쟁의를 조정하기 위해 돌아오는 금요일에 마콘도에 도착할 거라는 것이었다.

호세 아르카디오 세군도는 금요일이 되자 아침부터 역 앞에 모여 있던 군중 속에 섞여 있었다. 이에 앞서, 그는 노조 지도자 회의에 참석했고, 가빌란 대령과 함께 군중 속에 섞여 들어가 사태의 진전에 따라 군중을 지휘하라는 임무를 부여받았다. 군대가 작은 광장 둘레에 기관총좌(座)를 설치했고, 철망으로 담을 두른 바나나 농장이 대포로 보호되고 있다는 사실을 알고 나서부터는 기분이 좋지 않았으며, 입천장에 짭짤한 반죽 같은 것이 붙어 있는 것 같은 느낌이 들었다. 12시가 가까워 오자, 노무자들과 여자들과 아이들이 섞인 3000명이 넘는 사람이 오지 않는 기차를 기다리며 역 앞 공터를 넘쳐 흘러, 군대가 기관총을 줄지어 세워 놓고 가로막고 있는 옆길들로 빽빽하게 밀려들었다. 그때만 해도 역 앞은 기차를 맞이하러 나온 풍경이라기보다는 흥겨운 장터 같았다. 터키인들의 거리에서 튀김류를 파는 노점들과 마실 것을 파는 천막들이 옮겨 왔고, 사람들은 기다리는 지루함과 작열하는 태양을 기분 좋게 견디고 있었다. 3시가 조금 못 되어 공무용 기차는 내일이나 되어야 올 것 같다는 소문이 퍼졌다. 피로해진 군중은 실망감으로 한숨을 내쉬었다. 그때, 중위 하나가 기관총좌 네 개가 군중을 향해 설치되어 있는 역사 지붕으로 올라가서는 조용히 하라는 신호를 보냈다. 호세 아르카디오 세군도 옆에는 아주 뚱뚱한 여자 하나가 네 살과 일곱 살 정도 되어 보이는 아이 둘을 데리고 맨발로 서 있었다. 여자는 작은 아이를 들어 올리고 나서 생면부지의 호세 아르카디오 세군도에게 큰 아이가 사람들이 하는 얘기를 들을 수 있도록 들어 올려 달라고 부탁했다. 호세 아르카디오 세군도는 아이를 들어 올려 목말을 태웠다. 여러 해가 지난 다음 그 아이는, 비록 아무도 자기 말을 믿어 주지 않았을지라도, 중위가 축음기의 확성기에 대고 도의 민·군 총책임자가 공포한 포고령 제4호를 읽는 것을 보았다는 얘기를 두고두고 했다. 포고령은 카를로스 코르테스 바르가스 장군과 그의 참모 엔리케 가르시아 이사사 소령이 서명했는데, 팔십 단어로 된 세 개 항목에서 파업에 가담한 노무자들을 '불량배 패거리'로 규정하고, 그들을 사살할 권한을 군대에 부여하고 있었다. 중위가 귀가 멍멍할 정도의 항의성 야유가 난무하는 가운데 포고령을 읽고 났을 때, 대위 하나가 역사 지붕에서 중위와 교대를 하더니 확성기를 받아들고 할 얘기가 있다는 시늉을 했다. 군중은 다시 조용해졌다.

"신사 숙녀 여러분, 5분 안에 돌아가시기 바랍니다." 대위는 피로가 약간 배어 나오는 낮은 목소리로 느릿느릿하게 말했다.

한층 더 커진 야유와 고함소리는 해산 제한 시간 5분의 시작을 알리는 나팔 소리를 파묻어 버렸다. 아무도 자리를 뜨지 않았다.

"자 5분이 다 지났습니다. 1분이 더 경과하면, 발포하겠습니다." 대위는 아까와 똑같은 목소리로 말했다.

호세 아르카디오 세군도는 식은땀을 흘리며 어깨에서 아이를 내려 여자에게 되돌려 주었다. "이 개자식들 정말 쏘겠어."

여자가 중얼거렸다. 호세 아르카디오 세군도는 여자가 방금 전에 한 말을 메아리처럼 그대로 되풀이해서 외치고 있는 가빌란 대령의 쉰 목소리를 즉각 알아차렸기 때문에, 그녀의 말에 뭐라 대꾸할 틈도 없었다. 긴장과, 신비할 정도로 깊은 침묵에 도취된 호세 아르카디오 세군도는 죽음의 매력에 사로잡힌 군중을 움직이게 할 수 있는 것이 전혀 없다고 확신하고서 발뒤꿈치를 들어 앞에 서 있는 사람들의 머리 위로 고개를 쳐들고는, 평생 처음으로 목소리를 높였다.

"이 개자식들아! 그 1분, 우리가 너희에게 주겠다!"

그의 고함 소리가 끝날 무렵 두려움보다는 일종의 환각을 불러일으키는 사건 하나가 벌어지고 말았다. 대위가 사격 개시 명령을 내렸고, 열네 개의 기관총좌가 동시에 그의 명령에 응답했던 것이다. 그렇지만 모든 것이 어릿광대극처럼 보였다. 드르륵드르륵 숨가쁘게 울리는 총성이 들리고, 불꽃이 뿜어져 나오는 것이 보였지만, 순간적으로 살아 있는 화석이 되어 버린 것처럼 보이는 밀집한 군중 사이에서는 최소한의 가벼운 반응도, 말소리 하나도, 한숨 소리조차도 감지되지 않았기 때문에 마치 기관총에 눈속임을 위한 폭죽이 장착되어 있는 것처럼 보였다. 그러나 갑자기 역 한쪽에서 죽음의 비명 소리 하나가 그 마법의 정적을 깨뜨렸다. "아아아악, 어머니!" 지진과 같은 힘, 화산이 폭발하는 것 같은 숨소리, 하늘을 무너뜨리고 지축을 뒤흔드는 듯한 포효가 엄청난 폭발력과 더불어 군중 한가운데서 터져 나왔다. 호세 아르카디오 세군도는 겨우 한 아이를 들어 올릴 틈밖에 없었는데, 그사이 아이들의 어머니는 한 아이를 데리고 공포에 젖어 원심 분리 되고 있던 군중 속으로 휩쓸려 들어갔다. 수많은 세월이 흐른 후, 그 아이는, 이웃들이 계속해서 자기를 미친 늙은이로 치부했다 할지라도, 그 당시 호세 아르카디오 세군도가 자기를 머리 위로 번쩍 치켜 올려서는, 마치 군중의 공포 위로 둥실 떠가듯, 거의 날다시피 해서 가까운 옆길로 미끄러져 갔다는 얘기를 곧잘 했었다. 아이는 가장 좋은 위치에 자리하고 있었기 때문에 그 순간 광분하는 군중이 모퉁이에 도달하기 시작하고, 줄지어 늘어선 기관총이 불을 뿜어 대기 시작하는 것을 볼 수 있었다. 여러 사람이 동시에 소리쳤다.

"바닥으로 엎드려! 바닥으로 엎드려!"

앞줄에 있던 사람들은 기관총탄에 일소되어 이미 땅에 엎드려 있었다. 그러나 살아난 사람들은 땅바닥에 엎드리는 대신 작은 광장으로 달아나려 했는데, 그때 공포에 휩싸인 군중이 흡사 용이 쳐 대는 꼬리질을 피하듯 총알을 피해 빽빽한 파도처럼 한쪽으로 몰려가다가 반대편 길에서 용이 쳐 대는 꼬리질을 피하듯 빽빽한 파도처럼 이쪽으로 밀려오고 있던 군중과 맞부딪쳤는데, 그쪽에서도 역시 기관총들이 쉬지 않고 발사되고 있었다. 군중은 기관총의 지칠 줄 모르고 계속되는 규칙적인 가위질에 의해 가장자리가 양파 껍질 벗겨지듯 차근차근 동그랗게 잘려 나가고 있었기 때문에 진원지를 향해 점점 줄어들고 있는 거대한 소용돌이를 타고 빙빙 돌면서 가운데에 갇히게 되었다. 아이는 신비하게도 군중의 물결이 미치지 않는 어느 빈 공간에서 두 팔을 양옆으로 쫙 벌린 채 무릎을 꿇고 앉아 있는 여자를 보았다. 호세 아르카디오 세군도는 아이를 그곳에 내려놓자마자 얼굴이 피범벅이 되어 쓰러졌고, 곧이어 시끌벅적 무질서하게 밀려들던 군중은 빈 공간과, 무릎을 꿇은 여자와, 건기의 드높은 하늘빛과, 우르술라 이구아란이 수없이 많은 동물 형태 캐러멜을 팔았던 창녀 같은 세상을 휩쓸어 가 버렸다.

호세 아르카디오 세군도가 정신을 차렸을 때 그는 어둠 속에서 하늘을 보고 누워 있었다. 그는 자신이 끝없이 길고 고요한 기차에 실려 가고 있으며, 피가 말라붙어 머리카락이 떡이 되어 있고, 온 뼈마디가 쑤시고 있다는 걸 알아차렸다. 견딜 수 없을 정도로 졸음이 밀려 왔다. 공포와 전율에서 벗어났으니, 여러 시간 동안 잠을 자야겠다고 마음먹고는 덜 아픈 쪽으로 몸을 돌렸는데, 그때 비로소 자신이 시체들 위에 누워 있다는 것을 깨달았다. 기찻간에는 가운데 통로 외에는 빈자리가 없었다. 시체들의 체온이 한결같이 가을철의 석고상처럼 차가웠고, 입 주위에 있는 거품이 한결같이 말라붙어 있었으며, 기차에 시체들을 쌓아 올린 사람들이 바나나 송이를 운반할 때와 같은 순서와 방향으로 차곡차곡 쌓아 올릴 정도의 시간이 있었던 것으로 보아 학살이 벌어진 지 꽤 여러 시간이 흘렀음에 틀림없었다. 호세 아르카디오 세군도는 악몽으로부터 달아 나려고 몸을 질질 끌면서 이 찻간에서 저 찻간으로 기차가 달리는 방향으로 나아갔으며, 잠든 마을들을 지날 때마다 길고 가느다란 나무 판지들 사이로 섬광처럼 비쳐 들어오는 불빛을 통해, 퇴짜 맞은 바나나처럼 바다로 던져질, 남자들 시체와, 여자들 시체, 그리고 어린아이들 시체를 보았다. 그가 시체들 가운데서 알아볼 수 있었던 사람은 광장에서 음료수를 팔던 여자와, 아비규환을 뚫고 나아가려고 휘둘러 대던 그 모렐리아[25]산(産) 은으로 만든, 버클이 달린 허리띠를 아직도 손에 감아쥐고 있는 가빌란 대령뿐이었다. 첫 찻간까지 간 그는 어둠 속으로 뛰어내려 철로 옆 고랑에 엎드린 채 기차가 다 지나갈 때까지 기다렸다. 그렇게 기다란 기차는 평생 본 일이 없었는데, 화차가 거의 200량이나[26] 연결된 것으로서, 앞, 뒤, 그리고 가운데에 하나씩 달려 있는 기관차가 기차를 끌고 있었다. 불이 하나도 켜져 있지 않고, 심지어는 빨간색, 파란색 표시등조차 켜져 있지 않은 기차는 깜깜한 밤 속을 야간 제한 속도 내에서 소리 없이 미끄러지고 있었다. 화차 지붕 위에 설치된 기관총을 움켜쥔 기관총수들이 시꺼먼 짐꾸러미처럼 보였다.

자정이 지나자 갑자기 폭우가 쏟아졌다. 호세 아르카디오 세군도는 자신이 뛰어내린 곳이 어디쯤인지는 모르고 있었지만 기차가 갔던 방향과 반대쪽으로 가면 마콘도에 닿으리라는 것쯤은 알고 있었다. 세 시간을 걸은 끝에, 몸이 뼛속까지 흠뻑 젖고 머리가 깨질 듯 아픈 상태에서 새벽 여명 속에 떠오르고 있는 인가 몇 채를 발견했다. 그는 커피 냄새에 이끌려, 어린아이를 안고 있는 여자가 화로 위로 허리를 굽힌 채

---

25) 멕시코 미초아칸주의 수도로, 멕시코 독립전쟁의 중심지였다.
26) 바나나 수송용 기차는 보통 화차 120량을 연결한 것이 정상인데, 200량을 연결하면 그 길이가 무려 4킬로미터에 달하므로 현실성이 없다.

서 있는 부엌으로 들어갔다.

"안녕하세요. 난 호세 아르카디오 세군도 부엔디아요." 그가 피로에 절은 목소리로 말했다.

그는 자신이 살아 있다는 것을 그녀에게 확인이라도 시키려는 듯 또박또박 이름과 성까지 다 말했다. 그녀는 문께에 머리와 옷은 온통 피투성이가 되어 있고, 그 음산한 몰골이 죽은 사람이나 진배 없는 깡마른 형상 하나가 있는 것을 보고 유령이라고 생각했기 때문에 그가 자기 이름을 제대로 일러 준 것은 잘한 일이었다. 그녀는 그를 알아보았다. 그의 옷을 난로에 말릴 동안 몸을 감쌀 담요를 가져왔고, 피부가 찢어진 것에 불과한, 몸의 상처를 닦도록 물을 데웠고, 머리를 감싸도록 깨끗한 기저귀를 주었다. 그러고 나서는 부엔디아 집안 사람들이 커피를 어떻게 마시는지 들어 알고 있었으므로 그에게 설탕을 타지 않은 커피 한 잔을 주고, 그의 옷을 불 가까이에 펼쳤다.

호세 아르카디오 세군도는 커피를 다 마실 때까지 한마디 말도 하지 않았다.

"3000명은 되었을 겁니다." 그가 중얼거렸다.

"뭐가요?"

"죽은 사람들 말이에요. 역 앞에 모였던 사람은 다 죽었을 겁니다." 그가 확실하다는 투로 말했다.

여자는 딱하다는 눈초리로 그를 찬찬히 뜯어보았다. "여긴 죽은 사람이 없는데요. 당신 삼촌인 대령께서 활약하시던 그 시대 이후론 마콘도에 아무 일도 일어나지 않았어요." 여자가 말했다. 호세 아르카디오 세군도는 집에 도착하기 전에 부엌세 군데를 더 들렀는데, 모두 똑같은 얘기를 했다. "죽은 사람은 없어요." 역 근처 작은 광장으로 가보았지만, 차곡차곡 쌓여 있는 튀김 가게 좌판들만 있을 뿐 그곳 역시 학살이 일어난 흔적이라고는 조금도 찾아볼 수 없었다. 추적추적 비가 내리고 있는 거리에는 인적이 없었고, 집들은 문을 닫아 걸어 안에 사람이 사는지도 모를 지경이었다. 미사 시간을 알리는 첫 번째 종소리가 울렸을 때야 비로소 사람이 살고 있다는 사실을 알 수 있었다. 그는 가빌란 대령의 집 대문을 두드렸다. 전에 여러 번 본 적이 있던 임신한 여자가 그의 면상에서 문을 닫아 걸었다. "떠났어요. 자기 나라로 돌아간대요." 그녀가 겁에 질린 목소리로 말했다. 전기 장치를 한 철조망을 두른 닭장 같은 회사 주택 단지의 정문은 여느 때처럼 우비와 고무 모자를 착용한 지방 경찰관 둘이 경비하고 있었는데, 빗속에 드러난 경찰관의 모습이 마치 비석처럼 보였다. 변두리의 좁은 골목길에서는 서인도 제도의 흑인들이 토요일 영가를 합창하고 있었다. 호세 아르카디오 세군도는 마당의 담을 뛰어넘은 다음 부엌을 통해 집 안으로 들어갔다. 산타 소피아 델라 피에닷이 아주 나지막한 소리로 말했다. "페르난다에게 들키지 않도록 해라. 방금 전에 잠에서 깨어나 있단다." 그녀는 묵계 하나를 완수하기라도 하듯 아들을 '요강 방'으로 데리고 가서, 멜키아데스가 쓰던 헐거워진 침상을 정리해 주고, 오후 2시에 페르난다가 낮잠을 자는 틈을 이용해 먹을 것 한 접시를 창문으로 들여보내 주었다.

아우렐리아노 세군도는 비 때문에 오도가도 못하고 집에

서 잠을 자야 했는데, 오후 3시가 되었을 때까지도 비가 멎기를 계속해서 기다리고 있던 참이었다. 그는 산타 소피아 델 라 피에닷이 몰래 전해 준 얘기를 듣고 당장 멜키아데스의 방에 있는 형을 찾아갔다. 그 역시 학살 사건이라든가 시체를 싣고 바다 쪽으로 간 기차에 대한 형의 악몽을 믿지 않았다. 전날 밤, 역을 떠나라는 명령에 따라 노무자들이 역마차를 타고 평화롭게 각자의 고향으로 돌아갔다는 사실을 알리는 정부의 특별 포고령이 발표되었다. 포고령은 노조 지도자들이 위대한 애국심을 발휘해 자신들의 요구 사항을 두 가지 것으로 국한시켰다는 내용 또한 밝혔는데, 그것은 의료 서비스의 개혁과 숙소에 변소를 짓는 것이었다. 나중에 퍼진 얘기에 따르면, 군 당국자들이 노무자들의 동의를 받아낸 후 그 사실을 브라운 씨에게 보고하러 갔더니, 그가 새로운 요구 조건을 수용했을 뿐만 아니라 쟁의의 해결을 축하하기 위한 공공 연회를 사흘 동안 열 돈을 내놓겠다고 제의했다는 것이다. 군 당국자들이 그 합의서의 서명일을 언제로 발표할 거냐고 그에게 물었을 때에야 비로소 그는 창문을 통해 번개가 번쩍대는 하늘을 쳐다보더니 아주 애매한 표정을 지었다.

"비가 그치면 할 거요. 비가 오는 동안 우린 모든 활동을 중지하잖소." 그가 말했다.

석 달 전부터는 비가 오지 않는 건기였다. 그러나 브라운 씨가 결심한 바를 발표하자 갑자기 바나나 재배 지역 전체에 폭우가 쏟아지기 시작했고, 바로 그 폭우가 마콘도로 돌아오고 있던 호세 아르카디오 세군도를 덮쳤던 것이다.

한 주일이 지난 후에도 계속해서 비가 내렸다. 정부가 사용 가능한 모든 매스컴을 총동원해 전국적으로 수천 번이나 되풀이해 유포한 공식 발표는 결국, 사망자가 한 명도 없었고, 만족한 노무자들은 모두 가족을 찾아 돌아갔으며 바나나 회사는 비가 그칠 때까지 작업을 중단한다는 내용을 믿게 만들었다. 끝없이 계속되는 폭우 때문에 야기된 공공 재난에 대한 긴급 대책을 발효시킬 필요가 있을 거라는 예측 때문에 계엄령이 계속되었지만 군인들은 영내에 머물러 있었다. 낮이면 군인들은 물이 벙벙하게 찬 길을 돌아다니며 바짓가랑이를 무릎까지 걷어 올린 채 아이들과 함께 배가 조난당하는 놀이를 했다. 밤이 되고 통행금지가 실시되면, 그들은 총 개머리판으로 문을 부수고 들어가서는 용의자들을 잠자리에서 끌어내 다시는 돌아오지 못할 여행길로 데려가 버렸다. 포고령 제4호와 관련된 불량배, 살인자, 방화범, 소요자에 대한 색출과 처형은 계속되었지만, 군사 당국은 그 사실을 희생자의 가족들에게도 숨기고 있었기 때문에 사령부 사무실은 소식을 찾아나선 친척들로 넘쳐나고 있었다. "꿈을 꾸신 게 틀림없습니다. 마콘도에선 아무 일도 일어나지 않았고, 현재도 일어나지 않고 있으며, 앞으로도 절대 일어나지 않을 겁니다. 여긴 살기 좋은 마을입니다." 장교들은 그렇게 주장했다. 이렇게 해서, 그들은 노조 지도자들을 몰살시킬 수 있었다.

살아남은 사람은 호세 아르카디오 세군도뿐이었다. 2월 어느 날 밤 문을 두드리는 소리가 들렸는데, 총 개머리판으로 두드리고 있음에 틀림없었다. 외출을 하려고 비가 멎기를 계속해서 기다리던 아우렐리아노 세군도는 한 장교가 이끄는 군인 여섯에게 문을 열어 주었다. 비에 흠뻑 젖은 그들은 말 한마디 없이 이 방 저 방 돌아다니며 옷장이란 옷장은 다 열어 보면서 응접실에서 곡식 창고까지 죄다 뒤졌다. 방에 불이 켜지자 잠에서 깨어난 우르술라는 군인들이 방을 뒤지는 동안 숨 한번 내쉬지 않았으나 십자가 형태로 겹쳐진 양손의 검지를 군인들이 움직이는 방향으로 움직이고 있었다. 산타 소피아 델 라 피에닷이 멜키아데스의 방에서 자고 있던 호세 아르카디오 세군도에게 다급한 사정을 어렵사리 알려 주었지만 그는 도주를 시도하기에는 때가 너무 늦었다는 걸 깨달았다. 그래서 산타 소피아 델 라 피에닷은 다시 방문을 닫았고, 그는 셔츠를 입고 신발을 신은 다음 나무 침상에 걸터앉아 군인들이 오기를 기다렸다. 그때 군인들은 은세공 작업실을 수색하고 있었다. 장교는 부하들을 시켜 자물쇠를 열게 하고는, 재빨리 플래시를 비춰가며 작업대와 산(酸)이 담긴 플라스크들과 주인이 놓은 자리에 계속해서 그대로 놓여 있는 도구들이 들어 있던 유리장을 쓱 둘러보더니, 그 방에는 아무도 살고 있지 않다고 믿는 눈치였다. 그럼에도 불구하고, 장교는 빈틈없는 태도로 아우렐리아노 세군도에게 세공사냐고 물었고, 그는 그 방이 아우렐리아노 부엔디아 대령이 쓰던 작업실이었다고 설명했다. "아하." 장교는 그렇게 말한 다음 방 안의 불을 켜고는 부하들에게 철저히 조사할 것을 명령했고, 미처 녹여지지 않은 채 플라스크 뒤 양철통 안에 숨겨져 있던 열여덟 개의 작은 황금 물고기는 군인들의 눈길을 벗어나지 못했다. 장교는 작업대에서 그것들을 하나씩 하나씩 살펴보더니 태도가 완전히 부드러워졌다. "허락을 해 주신다면 제가 하나 가져가고 싶은데요. 한때는 이것들이 반역의 한 상징이었지만, 지금은 역사적인 유물이거든요." 그가 말했다. 그는 소심한 구석이라고는 전혀 없는 어리디어린 젊은이였는데, 그때까지는 눈에 띄지 않았지만, 천성적으로 다정다감한 사람이었다. 아우렐리아노 세군도는 그에게 작은 황금 물고기를 주었다. 장교는 어린아이처럼 눈을 반짝거리며 그것을 셔츠 주머니에 넣고는 다른 것들을 원래 있던 자리에 두려고 깡통 속에 도로 집어넣었다.[27]

"이건 가격을 매길 수 없을 만큼 값진 기념품이지요. 아우렐리아노 부엔디아 대령은 우리의 가장 위대한 분들 가운데 한 분이셨습니다." 장교가 말했다.

하지만, 갑작스럽게 드러난 그의 인간적인 면모도 그의 직업 의식을 바꾸어 놓지는 않았다. 자물쇠를 다시 채운 멜키아데스의 방 앞에서 산타 소피아 델 라 피에닷은 마지막 한 가지 희망에 매달렸다. "약 백 년 동안 그 방에는 아무도 살지 않았어요." 그녀가 말했다. 장교는 방문을 열게 해서, 플래시로 방 안을 이리저리 훑어보았는데, 플래시 불빛이 호세 아르카디오 세군도의 얼굴을 스쳐 지나가는 순간 호세 아르카디오 세군도의 이글거리는 눈을 본 아우렐리아노 세군도와 산타

---

27) 이제 황금 물고기들은 열일곱 개가 되었는데, 이 숫자는 아우렐리아노 부엔디아 대령의 열일곱 아들과 일치한다.

소피아 델 라 피에닷은 초조감이 극도에 달해서 이제는 모든 걸 포기해야만 마음이 차분해질 것 같은 순간이 도래했음을 깨달았다. 그러나 장교는 플래시를 비추며 계속해서 방 안을 검사했고, 찬장에 차곡차곡 넣어 둔 일흔두 개의 요강이 발견되자 갑자기 흥미를 보이는 기색이 완연해졌다. 그가 방 안에 불을 켰다. 호세 아르카디오 세군도는 어느 때보다도 더 엄숙한 태도로 생각에 잠긴 채 나갈 준비를 하고 침상 가에 걸터 앉아 있었다. 방 안 깊숙한 곳에는 제본의 올이 풀린 책들과 양피지 두루마리들이 놓인 선반들, 깨끗하고 정리가 잘 된 책상, 안에 담긴 잉크가 아직도 원래 상태를 유지하고 있는 잉크병들이 있었다. 아우렐리아노 부엔디아 대령만이 느끼지 못했던 방 안 공기는 아우렐리아노 세군도가 유년 시절에 본 것과 똑같이 깨끗하고, 똑같이 투명하고, 똑같이 먼지도 없고, 신선도도 그대로 유지하고 있었다.

그러나 장교는 요강에만 흥미를 느꼈다.

"이 집에 몇 사람이 살죠?" 그가 물었다.

"다섯인데요."

장교가 그 말뜻을 알아듣지 못했음에 틀림없다. 장교는 아우렐리아노 세군도와 산타 소피아 델 라 피에닷이 계속해서 바라보고 있는 곳, 즉 호세 아르카디오 세군도 쪽에 여전히 눈길을 주고 있었는데, 호세 아르카디오 세군도는 장교가 자기 쪽을 바라보면서도 자기 모습을 보지 못하고 있다는 걸 알아차렸다. 잠시 후 장교는 불을 끄고 문을 닫았다. 장교가 병사들에게 하는 얘기를 들은 아우렐리아노 세군도는 그 젊은 장교가 아우렐리아노 부엔디아 대령이 그 방을 보았던 것과 같은 눈으로 그 방을 보았다는 걸 이해했다.

"방엔 적어도 백 년 동안 아무도 안 산 게 확실해. 뱀까지 있겠던걸." 장교가 병사들에게 말했다.

문이 닫혔을 때, 호세 아르카디오 세군도는 이제 자신의 전쟁이 끝났다는 확신을 갖게 되었다. 몇 년 전, 아우렐리아노 부엔디아 대령이 그에게 전쟁의 매력에 대해 얘기하면서 자신이 직접 경험한 것들 가운데 수많은 예를 뽑아 그 매력에 대해 보여 주려고 애를 쓴 적이 있었다. 그는 대령의 얘기를 믿었다. 그러나 군인들이 그를 쳐다보면서도 실제로는 보지 못한 그날 밤, 지난 몇 달 동안의 긴장과, 감옥의 비참함과, 역 앞에서의 공포와, 시체를 가득 실은 기차에 대해 생각하면서 아우렐리아노 부엔디아 대령이 광대나 바보에 불과했다는 결론에 이르렀다. 그는 대령이 전쟁에서 느낀 것을 설명하기 위해서라면 단 한 단어로 충분했을 텐데 그토록 많은 말들을 늘어놓을 필요가 있었는지 이해할 수가 없었다. 그 단어는 바로 '두려움'이었다. 아무튼, 멜키아데스의 방에서 불가사의한 광선과, 빗소리와, 남의 눈에 보이지 않는다는 사실에서 비롯되는 흥분으로 보호를 받으면서 그 전까지의 삶에서는 단 한 순간도 맛볼 수 없었던 편안함을 느꼈는데, 집요하게 남아 있던 단 한 가지 두려움은 자신이 생매장당하지 않을까 하는 것이었다. 그는 끼니때마다 음식을 가져오는 산타 소피아 델 라 피에닷에게 그런 사실을 얘기했고, 그녀는 아들이 완전히 죽은 다음 땅에 묻히는 것을 자기 눈으로 확인하기 위해서라도 자신의 힘을 넘어서는 한도까지 살아남도록 투쟁하겠노라고 아들에게 약속했다. 그 모든 공포에서 해방된 호세 아르카디오 세군도는 당시 멜키아데스의 양피지를 여러 번에 걸쳐 재독하는 데 혼신의 힘을 기울였지만 더 열심히 읽으면 읽을수록 더 이해가 되지 않았다. 두 달이 지났을 무렵에는 빗소리조차도 새로운 형태의 침묵으로 인식될 정도로 익숙해졌기 때문에 그의 고독을 어지럽힌 것은 산타 소피아 델 라 피에닷이 방을 드나드는 소리뿐이었다. 그래서 그는 어머니에게 앞으로는 음식을 창문 턱에 놓고 문은 아주 잠가 달라고 부탁했다. 나머지 집안 식구들은 호세 아르카디오 세군도에 대해 까맣게 잊어버렸고, 페르난다도 군인들이 왔을 때 그를 바라보면서도 실제로는 보지 못했다는 사실을 알게 된 뒤로는 그를 집 안에 두고 있어도 불편하지 않았다. 그렇게 갇혀 지낸 지 여섯 달이 되었을 무렵 군대가 마콘도를 떠난 것을 본 아우렐리아노 세군도는 비가 그칠 때까지만이라도 말벗을 얻고자 문에 채운 자물쇠를 열었다. 문을 열자마자 마룻바닥에 죽 늘어져 있는, 각각 여러 번 사용된 요강에서 풍기는 악취가 코를 찔렀다. 그사이 대머리가 된 호세 아르카디오 세군도는 구역질 나는 악취가 진동하는 방 안 공기에는 아랑곳하지 않은 채 이해할 수 없는 양피지를 읽고 또 읽고 있었다. 신성한 광채가 그를 둘러싸고 있었다. 문이 열리는 소리를 듣고 호세 아르카디오 세군도가 흘낏 시선을 들었는데, 그 시선만 보고도 동생은 증조할아버지의 돌이킬 수 없었던 운명이 형의 시선에 다시 되풀이되어 있다는 것을 깨달았다.

"3000명도 넘었어. 모두 역 앞에 모여 있던 사람들이었다는 걸 난 지금도 확신하고 있다니까." 호세 아르카디오 세군도가 한 말은 이것뿐이었다.

16장

    비는 사 년 십일 개월 이틀 동안 내렸다. 부슬비라도 내릴 때면 날씨가 개이는 것을 축하하기 위해 모두들 정장을 차려 입고 병에서 회복되어 가는 사람 같은 얼굴 표정을 짓기도 했지만, 이내, 잠깐 비가 걷히는 듯하는 것은 오히려 더 억센 비가 쏟아지려는 징조라고 해석하게들 되었다. 하늘은 구멍이라도 뚫린 듯 요란스런 폭풍우를 퍼부어 댔고, 북쪽에서 내려온 태풍은 지붕을 날려 버리고 벽을 무너뜨리고 바나나 농장에 있는 나무의 마지막 뿌리 밑동까지 죄다 뽑아 버렸다. 우르술라가 똑똑히 기억하고 있는 불면증이 만연하던 시절에도 그랬다시피, 장마 자체가 사람들에게 지루함을 이길 수 있는 방책을 제시해 주고 있었다. 아우렐리아노 세군도는 게으름에 빠지지 않으려고 가장 애쓴 사람들 가운데 하나였다. 브라운 씨의 말로 인해 폭풍우가 시작된 날 밤, 그는 갑자기 일이 생겨 집에 들렀는데 폭풍우가 쏟아지자 페르난다는 벽장에서 찾아낸 반쯤 부서진 우산을 들려 주며 쓰고 가라고 했다. "우산은 필요 없소. 비가 갤 때까지 여기 있겠소." 그가 말했다. 물론 그것이 불가피한 약속은 아니었지만, 그는 자기가 한 말을 곧이곧대로 지켜야 할 형편이었다. 옷이 모두 페트라 코테스의 집에 있었기 때문에 입고 왔던 옷을 사흘에 한 번씩 벗었고, 빨래가 다 되는 동안은 내의 바람으로 기다려야 했던 것이다. 그는 지루함을 떨쳐 버리기 위해 집 안에 널려 있는 고장난 물건을 수리하는 일에 정신을 쏟았다. 경첩을 조이고, 자물쇠에 기름을 치고, 노커 나사를 조이고, 걸쇠 높이를 조절했다. 몇 달 동안 집 안에서는 호세 아르카디오 부엔디아가 살던 시절에 집시들이 빠뜨리고 갔음 직한 연장통을 들고 돌아다니는 그의 모습이 눈에 띄었는데, 마지못해 하는 그 운동 때문인지, 겨울의 지루함에 질렸기 때문인지, 아니면 강제적으로 음식을 절제했기 때문인지는 아무도 몰랐지만, 아무튼 그의 불룩한 배는 가죽 자루처럼 조금씩 조금씩 쭈그러들고, 기분 좋은 거북 같던 그의 얼굴은 핏기가 더 가시고, 이중 턱도 덜 두드러져서, 마침내 후피 동물 같던 면모가 많이 사라졌고, 이제는 다시 제 손으로 구두끈을 맬 수 있게 되었다. 그가 도어 핸들을 달고 시계를 떼어내는 것을 지켜본 페르난다는 아우렐리아노 부엔디아 대령이 작은 황금 물고기를, 아마란타가 단추와 수의를, 호세 아르카디오가 양피지를, 그리고 우르술라가 추억을 가지고 그랬듯이, 그 역시 다시 분해하기 위해 만드는 그 해로운 버릇에 빠져 들어가고 있는지도 모른다고 자문해 보았다. 그러나 그건 확실하지 않았다. 가장 좋지 않았던 점은 장마가 모든 것을 다 변화시키고 있다는 것이었는데, 가장 건조한 기계도 삼 일마다 기름을 치지 않으면 기어들 사이에 꽃이 피어났으며, 금자수의 실이 녹이 슬고, 젖은 옷에는 사프란 이끼가 돋아났다. 공기가 어찌나 축축했는지, 물고기가 문으로 들어와서는 방 안 공기 속을 헤엄쳐 창문을 통해 나갈 수 있을 정도였다. 어느 날 아침 우르술라는 자신이 조용한 혼미 상태에서 소진되어 가고 있다고 느끼면서 잠에서 깨어났는데, 들것에 실려 가도 좋으니 자기를 안토니오 이사벨 신부에게 데려가 달라는 부탁을 받아 놓은 산타 소피아 델 라 피에닷이 우르술라를 옮기려다가 보니 등에 거머리가 다닥다닥 붙어 있었다. 그녀는 거머리가 우르술라 몸의 피를 다 빨아먹기 전에 하나씩 뜯어내 숯불에 태워 죽였다. 집에서 물을 빼내고 개구리와 달팽이를 몰아내기 위해서는 도랑을 팔 필요가 있었는데, 그래야만 바닥을 말리고, 침대 다리 밑에 고여 놓은 벽돌을 빼내고, 구두를 신은 채 돌아다닐 수 있었다. 아우렐리아노 세군도는 관심을 두고 있던 자자분한 일에 정신이 팔려 있었기 때문에 흔들의자에 앉아 때이른 어둠을 응시하며 전율 같은 건 느끼지 않은 채 페트라 코테스를 생각했던 어느 날 오후까지는 자신이 늙어 가고 있다는 사실을 모르고 지냈다. 페르난다의 무미건조한 사랑으로 돌아가는 데는 전혀 거리낄 것이 없는 데다 그녀가 나이를 먹어 감에 따라 원숙미까지 풍기고 있었으나, 그는 다급하게 솟구치던 욕정을 장마 때문에 모두 잊어버렸고, 식욕 부진 때문에 사람이 맹맹하고 차분해졌다. 예전에는, 그런 식으로 일년 내내 비가 내린다면 그동안 무슨 일을 하며 지낼까 상상하면서 즐거워했었다. 그는 페트라 코테스의 침실 지붕을 아연판으로 덮어서, 그 당시 빗방울 떨어지는 소리를 들으면 솟아오르던 페트라 코테스에 대한 깊은 친밀감을 오롯하게 맛보고 싶다는 이유만으로 바나나 회사가 들여와 널리 보급시키기 훨씬 전에 마콘도에 최초로 아연판을 가져온 사람들 가운데 하나였다. 그러나 방탕한 청춘의 그런 광적인 추억까지도, 마치 그가 마지막 요란법석한 파티에서 마지막 욕정까지 다 소비해 버리기라도 한 것처럼, 또 그 욕정을 고통도 후회도 없이 회고할 수 있는 경이로운 특권을 부여받은 것처럼, 그를 차분하게 만들어 버렸다. 장마가 앉아서 사색할 수 있는 기회를 주고, 펜치와 기름병을 끊임없이 움직이는 일이, 그동안 할 수는 있었지만 실생활에서는 하지 않았던 여러 가지 유용한 일을 뒤늦게라도 하고 싶다는 생각을 일깨워 주었다고 생각될 수도 있었겠지만, 첫 번째 것도 나중 것도 사실이 아니었는데, 그 이유는 한곳에 정주해 집안일을 돌보고 싶다는 끈질긴 유혹이 그가 마음을 고쳐먹거나 그동안의 행동을 뉘우치는 데서 기인한 것이 아니었기 때문이다. 지리한 장마가 포크질을 해서 파헤쳐 버린 그 유혹은, 사실, 그가 멜키아데스의 방에서 날아다니는 양탄자와, 배와 선원을 통째로 집어 삼키는 고래에 대한 신기한 우화를 읽은 멀고 먼 옛날부터 찾아왔었다. 어느 날 페르난다가 잠깐 한눈을 파는 사이에 숨겨

두었던 어린 아우렐리아노가 복도에 나타남으로써 할아버지가 그의 출생에 관한 비밀을 알게 된 것도 바로 그 무렵이었다. 할아버지가 아이에게 이발을 시켜 주고, 옷을 입혀 주고, 사람을 무서워하지 말라고 가르치고 났을 때 아이의 튀어나온 광대뼈와 놀란 듯한 시선과 고독한 분위기는 영락없이 아우렐리아노 부엔디아처럼 보였다. 그렇게 되자 페르난다는 마음이 편안해졌다. 그녀는 자신의 오만함이 얼마나 큰지 오래전부터 알고는 있었지만, 그 오만함을 고칠 수 있는 방법을 생각하면 할수록 그 방법이 덜 이성적으로 보였기 때문에 해결 방법을 발견하지 못하고 있었던 것이다. 아우렐리아노 세군도가 이렇게 할아버지로서 크게 기뻐하며 손자를 받아들였듯이 아이를 데려왔을 당시에도 그랬을 거라는 사실을 진작에 알았더라면 그렇게 혼자 속으로 끙끙 앓거나 오랜 시간을 끌며 숨길 필요도 없이 지난해부터 바로 그 치욕에서 벗어날 수 있었을 것이다. 이미 젖니들을 갈았던 아마란타 우르술라에게는 조카 아우렐리아노가 장마철의 지루함을 달래 주는 빤질빤질한 장난감과도 같았다. 그때 아우렐리아노 세군도는 메메가 옛날에 사용하던 침실에 메메가 떠난 후로는 아무도 손대지 않은 영어 백과사전이 있다는 사실을 생각해 냈다. 그는 아이들에게, 특히 동물 삽화를 비롯해, 여러 가지 삽화들을 보여 주었고, 나중에는 먼 나라의 지도와 사진을, 그리고 유명한 사람들의 사진도 보여 주었다. 그는 영어도 읽을 줄 모르고, 가장 유명한 도시와 사람들 입에 가장 많이 오르내리는 유명한 사람들만 겨우 구별할 수 있을 정도였으므로 아이들의 꺼질 줄 모르는 호기심을 채워주기 위해 이름과 전설을 지어낼 수밖에 없었다.

페르난다는 남편이 정부에게 돌아가려고 장마가 그치기만을 기다리고 있는 게 틀림없다고 믿고 있었다. 장마가 시작된 후 처음 몇 달 동안은, 혹시 남편이 자기 침실로 미끄러지듯 들어옴으로써, 아마란타 우르술라를 낳은 이후 자신의 몸이 남편을 만족시켜 주지 못할 상태에 있다는 사실이 남편에게 밝혀지는 수치를 겪게 될까 봐 두려워하고 있었다. 빈발하는 우편 사고 때문에 중단되었지만, 그녀가 얼굴도 모르는 의사들과 편지 교환에 그토록 열중한 것도 실은 그 때문이었다. 폭풍우로 인해 열차들이 탈선했다는 소식이 알려졌을 때, 얼굴도 모르는 의사들의 편지 가운데 하나를 받고서야 그녀는 편지를 주고받은 지 처음 몇 달 동안 자신이 보낸 편지들이 도중에 분실되고 있었다는 사실을 알게 되었다. 그 후, 미지의 상대들과의 접촉이 두절되었을 때 그녀는 그 피비린내 나는 카니발에서 남편이 썼던 호랑이 가면을 쓰고서 가짜 이름으로 바나나 회사 의사들의 진료를 받아 볼까 하는 생각을 진지하게 했었다. 그런데 장마에 관한 달갑잖은 소식을 들고 가끔씩 집에 들르던 많은 사람 가운데 하나가 그녀에게 회사가 진료소를 비가 오지 않는 고장으로 옮기기 위해 부수고 있다고 전했다. 그때 그녀는 희망을 버렸다. 비가 개서 우편 업무가 정상화되기를 기다리는 수밖에 없다고 단념한 그녀는, 당나귀가 먹는 풀을 먹고 사는 기이한 사람으로, 마콘도에는 하나밖에 없는 그 프랑스인 의사의 손에 몸을 내맡기느니 차라리 죽는

게 더 낫겠다고 생각했기 때문에, 그 사이 자신의 비밀스런 고통을 영감에 의존하는 치료법을 통해 다스리고 있었다. 그녀는 병을 다스릴 만한 일시적인 처방법을 우르술라가 알고 있을 거라 믿고서 우르술라를 찾아갔다. 그런데 사물을 제 이름으로 부르지 않는 의뭉스러운 습관을 지니고 있던 그녀는 가능하면 부끄러움을 적게 느끼고 싶어서 몸 앞부분에 있는 것을 뒷부분에 있는 것으로 말하고, '낳는 것'을 '싸는 것'으로 대체하고, 또 '월경'을 '속쓰림'으로 바꾸어 말했기 때문에 우르술라는 당연히 자궁이 아니라 장에 문제가 생긴 것으로 결론짓고, 공복에 감홍(甘汞)[28] 적당량을 먹도록 권했다. 그런 냄새나는 고약한 병에 걸리지 않은 사람이라면 전혀 부끄러워할 만한 것도 아닌 그런 고통 때문이 아니었다면, 그리고 얼굴도 모르는 의사들과 교환한 편지들이 중간에 분실되지만 않았더라면, 일평생이 온통 비가 오는 날과 마찬가지였던 페르난다에게 장마는 전혀 중요하지 않았을 것이다. 그녀는 하루의 스케줄을 바꾸지도 않았고, 생활 관습도 포기하지 않았다. 식사를 할 때 식구들의 발이 젖지 않도록 식탁이 여태 벽돌 위에 올려져 있고 의자들이 널판지 위에 놓였을 때조차도, 그녀는 재난을 핑계 삼아 지금까지 지켜 온 관습을 소홀히 할 수는 없는 법이라 생각하고 있었기 때문에, 계속해서 식탁에 아마포 식탁보를 씌우고 중국산 식기를 사용했으며 저녁 식사 때는 촛대에 불을 켰다. 식구들 가운데 거리를 내다보는 사

---

28) 설사약으로 쓰이던 것이다.

람은 이제 아무도 없었다. 페르난다는 문이란 닫기 위해서 만들어진 것이고, 바깥에서 무슨 일이 일어나고 있는지 알고 싶어 하는 것은 창부들이나 하는 짓이라고 생각하고 있었기 때문에, 다들 페르난다의 말에 따랐더라면 비가 오기 시작했을 무렵부터뿐만 아니라 그 훨씬 이전부터도 문을 열고 거리를 내다보는 일이 결코 재발되지 않았어야 했다. 하지만, 그녀가, 그때 반쯤 열린 창문 사이로 본 것 때문에 슬픔에 젖게 됨으로써 오랫동안 자신의 나약한 의지를 후회했다고는 할지라도, 헤리넬도 마르케스 대령의 장례 행렬이 지나가고 있다는 말을 듣고 맨 먼저 밖을 내다본 사람은 바로 그녀였다.

그토록 쓸쓸하게 보이는 장례 행렬은 없었을 것이다. 관은 바나나 잎으로 지붕을 만든 우마차에 실려 있었으나 비가 너무 세게 내리치고 거리가 너무나 질퍽거렸기 때문에 바퀴는 굴러갈 때마다 진흙탕에 빠졌고, 지붕은 금방이라도 무너져 내릴 것만 같았다. 관 위로 쏟아지는 음산한 빗줄기가 관을 덮고 있던 피와 화약으로 더럽혀진 군기를 흠뻑 적셔 가고 있었는데, 군기는 가장 뛰어난 역전의 노병들이 받기를 실제로 거절한 바 있던 것이었다. 관 위에는 헤리넬도 마르케스 대령 자신이 비무장으로 아마란타의 재봉실에 들어가기 위해 응접실 옷걸이에 걸어 두던, 구리와 비단으로 만든 솔장식이 달린 군도 역시 놓여 있었다. 몇 사람은 맨발이었고, 모두 바지를 무릎까지 걷어 올린 채 우마차 뒤를 따르고 있었는데, 네에를란디아 협정 체결 당시의 전사들로서 최근까지 살아남은 사람들은 한 손에는 소를 모는 지팡이를 다른 손에는 비를 맞아 색이 바랜 종이 화환을 들고 진흙탕을 첨벙거리고 있었다. 여태까지 '아우렐리아노 부엔디아 대령가(街)'로 불리던 거리에 유령처럼 나타나서는 거리를 지나면서 모두 대령의 집을 바라보며 광장 모퉁이를 돌아갔던 그들은 진흙탕에 처박혀 꿈쩍도 하지 않는 우마차를 끌어내기 위해 다른 사람들의 도움을 청해야만 했다. 우르술라는 산타 소피아 델 라 피에닷의 부축을 받아 대문께로 나갔다. 우르술라가 너무나도 주의 깊게 장례 행렬의 움직임을 뒤쫓고 있었으므로 모두들 그녀가 실제로 보고 있는 줄로만 알았는데, 무엇보다도 성 가브리엘 대천사[29)처럼 치켜든 손이 우마차의 흔들림을 따라 움직이고 있었기 때문에 더욱더 그렇게 보였었다.

"잘 가게, 사랑하는 아들 헤리넬도! 먼저 가 있는 내 가족에게 안부 전하고, 장마가 그치면 우리가 만나게 될 거라고 말해 주게!" 그녀가 외쳤다.

아우렐리아노 세군도는 그녀를 부축해 침대로 데려가서는, 그녀를 대할 때면 항상 그렇듯이 격식을 차리지 않는 태도로, 그녀가 한 이별사의 의미를 물었다.

"말한 그대로야. 난 죽으려고 비가 그치기만을 기다리고 있을 뿐이야." 그녀가 말했다.

거리의 상태를 본 아우렐리아노 세군도는 깜짝 놀랐다. 그제서야 가축들이 어떻게 되었을지 걱정이 된 그는 방수 처리된 아마포를 둘러쓰고서 페트라 코테스의 집으로 갔다. 그녀

---

29) 성모에게 그리스도의 수태를 알린 대천사다.

는 물이 허리까지 차 오른 마당에서 죽은 말 하나를 끌어내려고 버둥대고 있었다. 아우렐리아노 세군도가 작대기를 들고 그녀를 도와 밀어내자 부풀어 오른 사체가 종처럼 한 바퀴 빙글 돌더니 흙탕물에 밀려 떠내려갔다. 비가 내리기 시작한 때부터 페트라 코테스는 죽은 가축을 마당에서 끌어내는 일만 했다. 처음 몇 주 동안, 그녀는 아우렐리아노 세군도에게 전갈을 보내 황급히 조치를 취해 달라고 했으나, 그는 그렇게 서둘 것이 없고, 또 상황이 그렇게 다급한 것도 아니니 비가 그친 다음에나 생각할 문제라고 대답했다. 그녀는 축사가 물에 잠기고 있으므로 가축들이 먹을 것도 없는 높은 지대 쪽으로 밀려가서 재규어 밥이 되거나 병에 걸려 죽어갈 처지에 있다는 말을 전했다. "그냥 내버려 둬. 비가 개면 또 태어날 거야." 아우렐리아노 세군도는 페트라 코테스에게 이렇게 대답했다. 페트라 코테스는 가축이 떼거리로 죽는 것을 지켜보면서 진흙탕에 빠져 죽은 것들을 겨우 토막 낼 수 있었다. 예전에는 마콘도에서 가장 크고 튼실하다고 여겨졌던 그 재산이 장마로 인해 인정사정없이 멸종되어 고약한 냄새만 남아 있는 모습을 속수무책 바라보고 있었다. 아우렐리아노 세군도가 사정이 어떤지 보러 가기로 결정했을 때는 죽은 말과 무너진 외양간 부스러기 틈새에 끼여 있던 삐쩍 마른 노새밖에 볼 수 없었다. 페트라 코테스는 돌아온 그를 그다지 놀라지도 기뻐하지도 원망하지도 않은 채 바라보고는 빈정대는 듯한 미소를 살짝 띠었을 뿐이다.

"때 한번 자알 맞춰 오는군요!" 그녀가 말했다.

그녀는 뼈밖에 남아 있지 않을 정도로 늙어 있었고, 육식 동물처럼 날카롭던 눈은 비를 너무 많이 보았기 때문인지 슬프고 온순하게 바뀌어 있었다. 아우렐리아노 세군도는 그녀 집에 머무는 것이 자기 가족이 살고 있는 집에 머무는 것보다 편하게 느껴져서가 아니라 방수 처리된 아마포를 다시 걸치기로 결심을 하는 데 그만한 시간이 다 필요했기 때문에 석 달 이상을 그녀 집에서 묵었다. "서둘 것 없소. 몇 시간만 지나면 비가 갤 테니 기다려 봅시다." 그는 자기 집에서도 했던 말을 되풀이했다. 첫 주일이 흐르는 동안 그는 세월과 장마 때문에 정부의 건강이 쇠약해졌다는 사실을 알아 갔고, 그녀의 무절제하게 쾌락을 추구하는 정욕과, 그녀의 사랑이 짐승들에게 야기한 그 광적인 번식력을 상기하면서 차츰차츰 그녀를 예전과 같은 모습으로 보아 가고 있었는데, 두 번째 주의 어느 날 밤에는 욕정 반 흥미 반으로 자극적인 애무를 해 그녀를 깨웠다. 페트라 코테스는 별 반응이 없었다. "그냥 자요. 이젠 이런 걸 할 때가 아니잖아요." 그녀가 중얼거렸다. 아우렐리아노 세군도는 천장 거울에 비친 자기 모습을 바라보고, 시든 핏줄 다발에 일렬로 연결되어 있는 실패들과 같은 페트라 코테스의 척추뼈를 보고 나서는 시절 때문이 아니라 자신들이 이미 그런 짓을 할 나이가 아니라는 그녀의 말이 맞다고 생각했다.

아우렐리아노 세군도는 우르술라뿐만이 아니라 마콘도 주민 모두가 비가 그치면 죽겠다며 기다리고 있었으므로 트렁크를 들고 집으로 돌아왔다. 그는 거리를 지나면서, 비를 바라보는 것 외에는 할 일이 전혀 없는 상태에서는 시간을 몇 달 몇 년으로 나눠보고 하루하루를 각각의 시간으로 나눠 보는 것이 무익했기 때문에, 멍한 시선에 팔짱을 낀 채 시간이 통째로 거침없이 흘러가고 있다고 느끼면서 응접실에 앉아 있는 사람들의 모습을 보았다. 아이들이 아우렐리아노 세군도를 환호하며 반겼고, 그는 아이들을 위해 천식을 앓고 있는 것 같은 아코디언을 다시 연주했다. 그러나 연주는 백과사전만큼 아이들의 관심을 끌지 않았기 때문에 아이들은 다시 메메의 침실에 모이게 되었고, 아우렐리아노 세군도는 상상력을 동원해 비행선을 구름 속에서 잠자리를 찾고 있는 날아다니는 코끼리로 바꿔 놓았다. 그러던 어느 날 그는 백과사전 속에서 낯선 복장을 하고 있었으나 친근한 분위기를 풍기는 남자가 말을 타고 있는 사진을 보았는데, 면밀히 살펴본 후에 그것이 아우렐리아노 부엔디아 대령의 사진이 틀림없다는 결론에 이르렀다. 그 사진을 페르난다에게 보이자 그녀 역시 그 기사의 모습이 실제로는 대령뿐만 아니라 가족 모두와 꼭 닮았다고 했는데, 실제로는 타타르족 전사였다. 그는 그렇게 로다스섬의 거인과 뱀으로 마술을 부리는 사람들에 관한 이야기 속에 파묻혀 시간을 보냈는데, 마침내 아내가 곡식 창고에는 소금에 절인 고기 6킬로그램과 쌀 한 자루밖에 안 남았다고 그에게 알려 왔다.

"지금 날더러 어떻게 하란 말이오?" 그가 물었다.

"난 몰라요. 그건 남자들이 할 일이잖아요." 페르난다가 대답했다.

"그래, 비가 그치면 뭔가 되겠지." 아우렐리아노 세군도가 말했다.

점심을 고기 한 조각과 약간의 쌀밥으로 떼워야 했으면서
도 그는 여전히 가정적인 문제보다 백과사전에 더 몰입해 있
었다. "이젠 뭔가 하게 될 거요. 평생 비가 올 순 없는 일이잖
소." 그는 이렇게 말했다. 그가 곡식 창고의 절박한 문제들로부
터 더 멀어지면 멀어질수록 페르난다의 노여움은 더 커져 갔
고, 마침내 우발적으로 해대던 불평과 아주 가끔씩 하던 하소
연이 억누를 수 없이 풀린 격류를 타고 넘쳐흘렀는데, 노여움
의 표출은 어느 날 아침에 기타의 단조로운 저음처럼 시작되
더니, 하루가 지나감에 따라 그 톤이 갈수록 풍부하고 웅장하
게 높아갔다. 이튿날 아침 식사가 끝날 때까지 그녀가 불평을
하고 있다는 사실을 깨닫지 못하고 있던 아우렐리아노 세군도
는 그제서야 비로소 당시 빗소리보다도 더 유려하고 컸던 그
윙윙거리는 소리에 어안이 벙벙해졌는데, 페르난다는 바늘로
들쑤셔 놓은 것 같은 집안을 지탱하느라 자신은 콩팥이 으
스러지고 있는 사이 게으름뱅이요, 우상 숭배자요, 난잡한 남
자요, 하늘에서 빵이 비오듯 쏟아지기만을 기다리면서 하늘
을 보고 벌렁 드러누워 있곤 하는 남편과 더불어 미치광이들
이 사는 어느 집에서 하녀 노릇이나 하기 위해 여왕의 교육을
받았다는 생각에 고통스러워하며 저택 안을 싸돌아다녔는데,
그 집 안엔 하느님이 일어나서 주무실 때까지 할 일이 태산처
럼 쌓여 있고, 참아야 하고 고쳐야 할 일이 수도 없이 많아서,
하루 일과가 끝나면 유리 가루가 잔뜩 들어간 것처럼 따끔거
리는 눈으로 침대로 들어갔지만, 그럼에도 불구하고, 그 누구

한 사람 페르난다, 좋은 아침입니다, 페르난다, 잘 잤어요라는 인사 한마디 건네는 법이 없고, 빈말이라도, 안색이 왜 그렇게 창백하냐, 자고 일어나면 귀가 왜 그렇게 불그죽죽하게 변했냐고 물어보는 사람 하나 없고, 나머지 식구들에게서 그런 말이 나오기를 물론 기대도 하지 않지만, 어찌 되었든, 다들 항상 자기를 장애물이나 냄비를 불에서 내릴 때 쓰는 행주 쪼가리나, 벽에 그려져 있는 익살스런 인형 그림쯤으로 생각하고, 항상 자기를 사이비 여신자라 부르고, 위선자라 부르고, 암도마뱀처럼 교활한 여자라고 부르면서 자기에 대해 구석에서 흉이나 보고 다니고, 삼가 명복을 빌겠는데, 아마란타까지도 큰소리로 페르난다 자신을, 그따위 말을 사용하다니 은총이 가득하신 하느님께서 용서하시길, 직장(直腸)과 관자놀이도 제대로 분간 못하는 여자들 가운데 하나라고 했지만, 페르난다 자신은 모든 일은 성부(聖父)의 뜻이라고 생각하고 포기하며 견디어 왔으나 아 글쎄, 무지막지한 호세 아르카디오 세군도가 자기 가문의 파멸은 그 카차카, 정말 억장이 무너지는 소리지만, 그 오만한 카차카, 노무자를 죽이기 위해 정부가 보낸 그 카차코들[30]과 같은 기질을 지닌 자의 딸, 그 사악한 남자의 딸에게 자기 집 문을 열어 주었기 때문이라고 말했을 때는 더 이상 참을 수 없었는데, 그가 말하는 그 여자는 다름아

---

30) 고원 지대, 즉 콜롬비아 수도인 보고타와 그 부근 지역 출신 남자들을 지칭한다. 카차카는 그 지역 출신 여자를 지칭한다. 다시 말하면 카차카는 페르난다를, 카차코는 페르난다의 아버지를 비롯한 그 지역 사람들을 지칭한다.

니라 바로 알바 공작의 대녀(代女)이자, 엄청난 가문의 여자였기에 대통령의 부인조차도 두렵게 여길 만한 부인이고, 이베리아 반도의 내로라하는 열한 개의 성(姓)을 사용할 수 있는 귀족의 딸인 자기를 지칭하고 있었고, 나중에 남편이라기보다는 오히려 정부(情夫)처럼 뜸하게 찾아오는 남편이 열여섯 벌의 식기 앞에서 그 많은 수저와 포크, 나이프와 스푼을 사용하는 것은 기독교인이 아니라 지네라고 하면서 금방이라도 숨이 넘어갈 듯 웃어 댔을 때도 안색 하나 까딱하지 않는, 천박한 작자들이 살고 있는 그 마을에서 유일하게 죽을 수밖에 없는 인간이었고, 백포도주는 낮에 마시고 적포도주는 밤에 마신다고 믿었던, 삼가 명복을 비는 바이지만, 산골 깡촌 출신의 여자였던 아마란타와는 달리, 백포도주는 언제, 어느 쪽에서, 어느 잔에, 적포도주는 언제, 어느 쪽에서, 어느 잔에 따라야 하는지 눈을 감고서도 알 수 있는 유일한 여자였고, 해안 지역 전체에서 황금 변기에만 용변을 본 사람으로 자부할 수 있는 유일한 사람이었기 때문에, 나중에, 삼가 명복을 비는 바이지만, 아우렐리아노 부엔디아 대령이 예의 그 공제 비밀 결사 회원 같은 심술궂은 태도로 페르난다 자신이 똥이 아니라, 참 희한한 단어라는 생각이 들겠지만, 별똥별을 싸지 않는다면, 황금 변기에 똥을 싸는 그 특권이 도대체 어디서 왔느냐고 물었고, 경솔하게도 자기 침실 안에서 대변을 본 자기 딸 레나타가 실제로 그 변기가 많은 금으로 만들어졌고, 여러 가지 문장이 새겨져 있었지만, 그 안에 든 것은 단순한 똥, 인간의 똥이고, 더욱이 다른 똥보다 더 못한 것은, 원 참, 내 딸이 그렇게 말했다니, 그 똥이 카차카의 똥이기 때문이라고 대답했는데, 딸의 말을 듣고 페르난다 자신은 그 밖의 식구들에게는 이제 기대 같은 건 전혀 하지 않았으나, 어찌 되었든, 페르난다 자신은, 잘했든 못했든, 방종하고 교만한 마음을 지니고 있던 남편이, 전혀 거리낄 것도 없고 고통스러운 것도 없던, 심심풀이로 장례용 종려 화환을 만들던 자기를 친정 아버지 집에서 끌어낸 그 무거운 책임을 짊어졌던 사람이고, 하느님 앞에서 결혼한 자신의 동반자이고, 자기 삶을 그렇게 만든 장본인이고, 자기에게 합법적으로 손해를 끼친 사람이었으므로, 그리고 자기 대부(代父)가 대녀의 손이 설령 클라비코드를 연주하지 않는다고 해도, 이 세상 허드렛일을 하기 위해 만들어진 것이 아니라는 사실만을 말하기 위해 자신이 직접 서명하고 봉납에 반지를 눌러 찍은 편지를 보냈기 때문에 남편으로부터는 좀 더 나은 대우를 받기를 기대할 권리를 지니고 있었음에도 불구하고, 분별없는 남편은 온갖 훈계와 경고를 해서는 자기를 친정에서 끌어내 더워서 숨조차 쉴 수 없는 그 지옥 같은 구렁텅이로 데려와 놓고는 오순절 단식을 채 끝내기도 전에, 그렇고 그런 여자라는 걸 알기 위해서는 엉덩이만 봐도, 그래 이미 말했다시피, 그 암말 같은 엉덩이를 흔들어 대는 것만 봐도 충분한, 궁중에 있건 돼지 우리에 있건, 식탁에 있건, 잠자리에 있건, 국가의 귀부인으로서 하느님을 두려워하고, 하느님의 율법에 복종하고, 하느님의 뜻에 따르는, 그래서 물론 하느님이 다른 여자들에게 시키시던 그런 곡예도 방랑 생활도 시키실 수 없었던 그런 여자인 페르난다 자신과는 완전히 다른, 물론, 프랑스 창녀들처럼 무슨 짓이든지 하던, 그렇지만 잘 생각해 보면, 적어도 문에다 빨간색 등 하나 정도는 내거는 등 그런 추잡한 짓을 하겠다는 솔직함 정도는 지니고 있던 프랑스 창녀들보다 더 나쁜, 그 불행한 정부(情婦)와 녹작지근하게 노닥거리기 위해 툭 하면 들고 나가는 트렁크와 그 망나니 같은 아코디언을 들고 집을 나갔는데, 사실 있는 그대로 생각해 보면, 남편이란 작자는, 도냐 레나타 아르고테[31]와, 무덤에 들어간 후에도 살이 썩지 않고, 신부(新婦)의 드레스처럼 매끄러운 살결과 에메랄드처럼 초롱초롱하고 투명한 눈을 간직할 수 있는 특권을 하느님으로부터 직접 받은 그런 사람들 가운데 하나인, 성스러운 남자요, 위대한 기독교인 가운데 하나요, 성묘단(聖墓團)[32]의 기사였던 돈 페르난도 델 카르피오 사이에서 외동딸로 태어나 금지옥엽처럼 자란 자기에게 더 이상 필요 없는 존재라는 것이었다.

"살이 썩지 않는다는 건 사실이 아니오. 당신 아버지가 여기로 운반되어 왔을 땐 이미 썩어 가고 있었소." 아우렐리아노 세군도가 끼어들었다.

그는 온종일 참을성 있게 그녀의 불평을 듣다가 마침내 그녀가 내뱉은 말 가운데 실언 하나를 찾아 그녀를 다그쳤던 것

---

31) 페르난다 아버지가 스페인의 대단한 가문, 즉 대 시인인 '루이스 데 공고라 이 아르고테' 또는 인본주의자 '곤살로 데 아르고테 이 몰리나'의 후손임을 암시하고 있다.
32) 예루살렘에 있는 그리스도의 묘를 지키는 단체로 가장 오래된 기사단이다.

이다. 페르난다는 그의 말에 신경을 쓰지는 않았지만 목소리가 낮아졌다. 그날 밤, 저녁 식사를 하는 동안에도 짜증을 유발하는 그녀의 불평 소리가 빗소리를 압도했다. 아우렐리아노 세군도는 고개를 떨군 채 식사도 제대로 하지 않고서 일찌감치 침실로 물러나왔다. 이튿날 아침 식사 시간에 페르난다는 잠을 설친 듯한 얼굴로 부들부들 떨고 있었는데, 그동안의 분노를 완전히 떨군 것처럼 보였다. 그럼에도 불구하고, 남편이 달걀 반숙 하나를 혼자 다 먹으면 안 되겠느냐고 물었을 때, 그녀는 그저 지난주부터 달걀이 다 떨어졌다고 대꾸하는 것으로는 모자랐던지 이 집안 남자들은 팔짱을 낀 채 시간을 보내다가 나중에 식탁에서는 종달새 간을 달라고 할 정도로 뻔뻔스럽다고 악의에 찬 비방을 해 댔다. 아우렐리아노 세군도는 항상 하던 대로 백과사전을 보기 위해 아이들을 데리고 메메의 침실로 들어갔는데, 페르난다는 아우렐리아노 세군도가 아무것도 모르는 철부지 아이들에게 아우렐리아노 부엔디아 대령의 사진이 백과사전에 실려 있다고 말하려고 괜히 진지한 표정을 짓고 있다고 궁시렁거리는 소리를 아우렐리아노 세군도가 들을 수 있도록 별다른 일도 없으면서 괜히 메메의 침실로 들어가 침실을 정돈하는 척했다. 오후에, 아이들이 낮잠을 자는 동안 아우렐리아노 세군도가 복도에 앉자, 페르난다는 그곳까지 쫓아가서는 시끄러운 말파리처럼 한없이 윙윙거리는 소리를 내며 남편의 약을 올리고, 남편을 괴롭히고, 남편 주변을 맴돌았는데, 먹을 것이라곤 이제 돌멩이밖에 남아 있지 않는 형편임에도 남편이 여자들 덕분에 살아가는 데 익숙해져 있고, 고래 이야기를 듣고도 곧이들었던 요나[33]의 아내 같은 여자와 결혼했다고 생각하는, 분첩의 솜보다 더 유약한, 얼빠진 인간이요, 공짜 밥이나 얻어먹는 인간이요, 아무 쓸모가 없는 인간인데, 바로 꼭 그런 인간이기 때문에 페르시아의 술탄처럼 앉아 비를 바라보고 있다는 말도 물론 빠뜨리지 않았다. 아우렐리아노 세군도는 두 시간이 넘도록 마치 귀머거리인 양 무감각하게 그녀의 잔소리를 들었다. 해가 뉘엿해졌을 때까지 그녀의 말을 가로막지 않고 있던 그는 결국, 큰 북소리처럼 자기 머리를 들볶는 그 방방거리는 소리를 더 이상 참지 못했다.

"이제 제발 입 좀 다물어요." 그가 간청했다.

그럼에도 불구하고, 페르난다는 오히려 언성을 높였다. "난 입을 다물 이유가 없어요. 내 얘길 듣기 싫은 사람이 가면 되잖아요." 그녀가 말했다. 그러자 아우렐리아노 세군도는 자제력을 잃어버렸다. 그는 마치 기지개를 켤 것처럼 천천히 일어서더니 분노를 완벽하게 조절해 차근차근 드러내면서 베고니아와 양치류와 오레가노 화분을 하나씩 들어서는 바닥에 내팽개쳐 박살을 냈다. 페르난다는 사실 그때까지 자신의 잔소리 속에 그토록 무시무시한 힘이 내재되어 있었다는 사실을 확실히 깨닫지 못했기 때문에 깜짝 놀랐으나, 그의 분노를 누그러뜨리기 위해 뭔가를 시도하기에는 이미 때가 늦어 있었

---

33) 고래에 잡아 먹혀 고래 뱃속에서 삼 일을 보냈다고 하는 헤브루의 예언자이다.

다. 걷잡을 수 없는 해방감에 도취된 아우렐리아노 세군도는 서두르지 않고 선반 유리를 하나씩 깨부수고, 그릇들을 꺼내 바닥에 내동댕이쳐 산산조각 내고 말았다. 그러고 나서 그는 체계적으로, 차분하게, 집을 지폐로 온통 도배를 했을 때와 같이 느긋하게, 보헤미아산 크리스털 제품과, 손으로 그린 꽃병, 장미를 가득 실은 배들에 탄 아가씨들을 그려 놓은 그림 액자와 금도금 테를 두른 거울, 그리고 응접실에서 곡식 창고에 이르기까지 깨질 수 있는 것이면 모조리 벽에 내던져 잇달아 부쉈고, 마지막으로 부엌의 항아리를 깨뜨렸는데, 항아리는 마당 한복판에서 둔탁한 폭발음을 내며 파열되었다. 그러고 나서 그는 손을 씻고, 방수 처리된 아마포를 뒤집어썼고, 자정이 되기 전, 딱딱한 고기 염포 몇 타래와 쌀과 바구미 먹은 옥수수 여러 포대, 말라 비틀어진 플라타노 몇 송이를 들고 돌아왔다. 그 이후로 다시는 먹거리가 부족하지 않았다.

아마란타 우르술라와 꼬마 아우렐리아노는 그 우기를 행복한 시절로 기억해야 했다. 페르난다가 엄격하게 대했음에도 불구하고 두 아이는 마당 진흙탕을 첨벙거리고 돌아다니며 도마뱀을 잡아 토막 냈으며, 산타 소피아 델 라 피에닷이 방심한 틈에 나비 날개 가루를 수프 속에 넣어 못 쓰게 만드는 장난을 쳤다. 우르술라는 두 아이의 가장 재미나는 장난감이었다. 그들은 우르술라를 낡아빠진 커다란 인형으로 여기고는 갖가지 색깔의 천조각으로 몸을 치장하고 얼굴에 그을음과 아치오테를[34] 발라 이 구석 저 구석으로 끌고 다녔는데, 전정 가위로 두꺼비의 눈알을 파내던 그들은 언젠가는 그녀의 눈알을 파낼 뻔하기도 했다. 아이들에게 그녀의 오락가락하는 정신 상태만큼 큰 즐거움을 주는 것은 어디에도 없었다. 그녀가 차츰차츰 현실 감각을 잃어 가고 있었고, 현재 시간을 먼 과거 시대와 혼동하곤 했으며, 마침내 언젠가는 일 세기 전에 죽은 증조모 페트로닐라 이구아란이 죽었다며 삼 일간이나 하염없이 울며 보냈던 것으로 짐작건대, 장마가 시작된 지 삼 년째가 되던 해에는 아닌 게 아니라 그녀의 머릿속에 뭔가 발생했음에 틀림없었다. 그녀는 너무나도 터무니없는 혼돈 상태에 빠져들어, 꼬마 아우렐리아노를 얼음 구경을 시켜 주려고 데려갔을 때의 대령이라 믿고, 또 당시 신학교에 있던 호세 아르카디오를 집시들과 함께 가출한 장남이라 믿었다. 그녀가 가족에 대해 워낙 많은 얘기를 했기 때문에, 그 말을 들은 아이들은 아주 오래전에 죽은 사람들뿐만 아니라 각각 다른 시대에 살았던 사람들이 그녀를 가상으로 방문하는 연극을 꾸밀 줄도 알게 되었다. 아이들이 해 주는 대로 머리카락을 재로 덮고, 얼굴을 빨간 손수건으로 가리고 침대 위에 앉아 있는 우르술라는 아이들이 친척들의 특징을 마치 실제 만난 적이 있었다는 듯이 하나도 빠뜨리지 않고 미주알고주알 묘사해 주면 행복해했다. 우르술라는 자기가 태어나기 전의 사건들에 관해 조상들과 더불어 얘기를 나누었고, 그들이 전해 주는 소식을 듣고 즐거워했으며, 대화 상대자들보다도 훨씬 늦게 사망한 사람들을 그리워하며 대화 상대자들과 함께 울었

---

34) '아치오테(또는 비하)'라는 식물의 씨에서 추출한 붉은색 염료를 말한다.

다. 아이들은 우르술라가 죽은 사람들의 가상 방문을 받는 과정에서 전쟁 중에 장마가 지나갈 때까지 맡아 달라며 실물 크기의 성 요셉 석고상을 가지고 온 사람이 누구인지 알아내려는 질문을 줄곧 했다는 사실을 그리 오래지 않아 알아차렸다. 덕분에 아우렐리아노 세군도는 우르술라만이 알고 있는 어디엔가 묻혀 있는 황금을 생각해 냈으나, 정신 착란의 미로 속에서도 비밀을 지키려는 작은 총기만은 간직하고 있는 것처럼 보이는 그녀가 매장된 황금의 진짜 소유주라고 증명하는 사람에게만 비밀을 털어놓겠다고 했기 때문에 자신에게 떠올랐던 교활한 질문이나 책략도 아무 쓸모가 없었다. 그녀가 너무나 교묘하고, 정확했기 때문에 아우렐리아노 세군도가 함께 요란법석한 파티를 벌이던 패거리 가운데 하나를 선동해 그 황금의 주인이라 꾸며 댔을 때도 그녀는 아주 세밀하고 교묘한 유도 심문을 통해 그를 혼란시켜 버렸다.

우르술라가 그 비밀을 무덤까지 가져갈 거라 믿었던 아우렐리아노 세군도는 안마당과 뒤뜰에 배수로를 만든다는 핑계로 굴착 인부들을 고용해 자신이 직접 쇠막대기와 온갖 금속 탐지기로 땅속을 뒤지는 등 석 달 동안 철저하게 탐사했지만 황금처럼 보이는 것은 단 하나도 찾아내지 못했다. 나중에는 카드점이 굴착 인부들보다 더 믿을 만하다는 희망으로 필라르 테르네라를 찾아가 호소했지만, 그녀는 우르술라 자신이 카드 패를 떼지 않는 한 무슨 짓을 해도 소용이 없다고 그에게 설명했다. 그 대신 그녀는 금화 7214개를 나눠 담고 구리줄로 주둥이를 묶은, 천막용 천으로 만든 자루 세 개가 우르술라의 침대를 중심으로 반경 120미터 원 안에 매장되어 있다고 정확하게 가르쳐 줌으로써 보물의 존재를 명확하게 확인해 주었으나 비가 그쳐서 햇빛이 쨍쨍거리는 6월이 세 번 돌아와 진흙탕이 먼지로 변하기 전까지는 황금이 발견되지 않을 거라 경고했다. 아우렐리아노 세군도는 그때가 8월이었으므로 점괘의 조건을 충족시키기 위해서는 적어도 삼 년은 더 기다릴 필요가 있었음에도 불구하고 점괘의 내용이 너무 방대하고 주눅이 들 정도로 애매모호해 무당이 꾸며 낸 얘기처럼 들렸기 때문에 자신의 사업을 계속 추진하기로 했다. 첫 번째로 놀라움을 유발시킨 것은, 비록 그것이 동시에 그의 혼란을 가중시킨 것이기도 했지만, 우르술라의 침대에서 뒤뜰 담벽까지의 거리가 정확하게 120미터가 된다는 사실을 확인한 것이었다. 측량을 하는 것을 본 페르난다는 그가 쌍둥이 형처럼 머리가 엄청 돌아 버리지나 않았을까 걱정했는데, 그가 굴착 인부들에게 도랑을 1미터 더 깊게 파라고 명령했을 때는 그 걱정이 더욱 심해졌다. 그의 증조부가 문명 세계와 통하는 길을 찾고 있을 때 지녔던 것과 비교될 만큼[35] 광적인 탐험열에 들떠 있던 아우렐리아노 세군도는 이제 몸에 남아 있던 마지막 지방층마저 다 빠져 버렸는데, 그의 홀쭉한 몸뿐만 아니라 세상 일에 무관심한 분위기와 생각에 몰두해 있는 태도에서는 과거 제 쌍둥이 형과 닮았던 그 모습이

---

35) 비교될 만하지만, 그 의미는 정반대다. 호세 아르카디오가 마콘도를 설립했다면, 아우렐리아노 세군도는 집과 마콘도를 부수는 데 일조한다. 하지만, 후자는 죽음의 시각이 가까워짐에 따라 쌍둥이 형제와 바뀌어 버린 자신의 진짜 이름(호세 아르카디오)과 정체성을 되찾아가고 있다.

다시 두드러지고 있었다. 그는 이제 아이들 일에는 신경을 쓰지 않았다. 머리에서 발끝까지 흙투성이가 된 몸으로 아무 때나 부엌 구석에서 식사를 했는데, 산타 소피아 델 라 피에닷이 이따금 던지는 질문에 제대로 대꾸도 하지 않았다. 그가 그 일을 할 수 있으리라고는 꿈에도 생각해 본 적이 없었던 페르난다는 그가 그런 식으로 일을 하고 있는 것을 보고는 그의 무모함은 근면이고, 그의 욕심은 헌신이고, 그의 고집은 인내심이었다고 믿으며 전에 남편의 게으름을 증오하며 책망했던 것에 대해 마음속으로 후회했다. 그러나 그 무렵 아우렐리아노 세군도는 그녀를 동정하거나 그녀와 화해할 상태가 아니었다. 마당과 뒤뜰을 모두 파헤친 다음 그가 죽은 나뭇가지와 썩은 꽃으로 뒤범벅이 된 수렁 속에 머리까지 파묻은 채 마당의 흙을 앞으로, 뒤로 파 뒤집고, 집 동쪽 복도의 토대를 너무 깊이 파낸 결과, 어느 날 밤에는 급기야 땅이 흔들리고 땅속에서 엄청나게 삐걱거리는 소리가 들려 식구들은 지진이 발생한 것으로 생각하고 깜짝 놀라 잠에서 깨어났는데, 그 소리는 방 세 개가 붕괴되고 있는 데서 나왔으며, 복도에서 페르난다의 침실까지 등골이 오싹할 만한 균열이 생겨 버렸다. 그런 일에도 불구하고 아우렐리아노 세군도는 발굴 작업을 단념하지 않았다. 이미 마지막 희망마저 사라져 버렸고, 약간의 의미가 있는 것처럼 보였던 것이라고는 카드 점의 예언밖에 없었는데도, 그는 손상된 토대를 수리하고 균열된 부분을 회반죽으로 메꾸고 나서 서쪽 벽을 파들어 갔다. 이듬해 6월의 둘째 주가 되었어도 여전히 그 일을 계속했는데, 그 무렵부터 빗발이 잦아들기 시작하고, 구름이 높아졌으며 금방이라도 날씨가 갤 것 같았다. 비가 그쳤다. 어느 금요일 오후 2시, 희미하고, 빨갛고 벽돌 가루처럼 까칠까칠한, 그리고 시원한 물에 버금갈 정도로 상쾌한 태양이 빛났고, 십 년 동안 다시는 비가 내리지 않았다.

　마콘도는 폐허가 되어 있었다. 거리의 웅덩이들 속에는 부서진 가구와 빨간 창포꽃으로 뒤덮인 짐승 뼈와, 찾아왔을 때처럼 경망스럽게 마콘도를 떠난 외지 유랑민들이 남기고 간 마지막 기억이 남아 있었다. 바나나 열풍으로 그토록 급히 세워진 집들은 빈 껍데기만 남아 있었다. 바나나 회사는 시설을 철거했다. 철조망으로 둘러싸인 옛 도시에는 부스러기만 남아 있었다. 목조 가옥과 차분하게 카드놀이를 하는 가운데 오후가 지나갔던 선선한 테라스는 몇 년 후 마콘도를 지표면에서 지워버리게 될 불길한 폭풍의 전조처럼 보였던 바람에 의해 날아가 버린 것 같았다. 그 탐욕스러운 바람이 남겨 둔 인간의 유일한 흔적은 삼색 제비꽃 속에 묻혀 있는 자동차에 남아 있던 패트리시아 브라운의 장갑뿐이었다. 마콘도 건설 당시 호세 아르카디오 부엔디아가 탐험하고, 그 후 바나나 농장들이 번창했던 그 마법의 지역은, 썩은 그루터기들만 남아 있는 습지로 변했고, 습지의 머나먼 지평선에는 그로부터 몇 해 동안 조용히 거품이 이는 바다가 보였다. 장마가 그친 후 첫 번째 일요일에 마른 옷을 입고 마을의 모습을 보러 나간 아우렐리아노 세군도는 너무 슬픈 나머지 제정신을 차릴 수 없었다. 바나나 회사가 몰고 온 대혼란이 마콘도를 뒤흔들어 버리기 전부터 이미 마콘도에 살고 있던 사람들 가운데 장마로부터 살아남은 사람들이 오랫동안의 장마 끝에 처음으로 비친 햇살을 즐기며 거리 한복판에 앉아 있었다. 그들의 피부에는 장마가 남긴 수초의 푸른색과 집 구석구석의 냄새가 아직까지 남아 있었으나 그들이 태어났던 마을이 원래대로 되었다는 사실 때문에 마음속 깊이 만족스러워하는 것 같았다. 터키인들의 거리도 과거 일상 용품을 주고 구아카마야를 교환해 가면서 세상을 떠돌아다니던, 슬리퍼를 신고 귀고리를 한 아라비아인들이 수천 년 동안 간직해 오던 방랑 습관을 버리는 데 안성맞춤인 장소를 발견했던 당시의 거리로 되돌아와 있었다. 기나긴 장마를 거치는 동안, 시장의 상품들은 조각조각 부서지고 있었고, 가게 문에 펼쳐 놓았던 피륙에는 곰팡이가 슬어 있었으며, 카운터는 흰개미에게 갈아 먹히고, 벽은 습기로 망가져 있었으나, 삼대째를 이어온 아라비아인들은 자신들의 아버지와 할아버지들이 불면증과 아우렐리아노 부엔디아 대령의 서른두 번의 전쟁이 끝난 후에 그랬던 것처럼, 그들과 같은 장소에서 같은 태도로, 말없이 침착하게, 세월의 흐름이나 재해에도 아랑곳하지 않은 채, 너무나 활기차게, 또는 너무나 무기력하게 앉아 있었다. 도박장의 탁자, 튀김 가게의 식탁, 사격장, 꿈을 해몽하고 미래를 점치던 골목의 잔해 앞에서 그들이 보인 강한 활력에 무척 놀란 아우렐리아노 세군도는 항상 그렇듯 격식을 차리지 않은 채, 그런 비바람을 피하기 위해 어떤 수단을 썼느냐, 도대체 어떻게 해서 익사를 모면했느냐고, 한 사람 한 사람에게, 집집마다 찾아다니며 물었고, 그들은 그에게 능글맞은 웃음과 꿈을 꾸는 듯한 시선을 보내며, 미리 상의하지도 않았지만, 모두 한결같이 대답했다.

"헤엄을 쳤지요."

페트라 코테스는 아마도 아라비아인과 같은 마음을 지닌 채 마콘도에서 태어난 유일한 사람이었을 것이다. 그녀는 비바람에 휩쓸린 가축 우리와 마구간의 마지막 부스러기들까지 다 보았으나 집을 다시 일으켜 세울 수 있었다. 장마가 끝나기 바로 전해에 그녀가 아우렐리아노 세군도에게 심부름꾼을 보내 빨리 돌아오라고 재촉하자, 그는 언제 돌아갈지는 모르겠으나 어쨌든 금화 한 궤짝을 가져가서 침실 바닥에 깔아 주겠노라고 대답했다. 그때 그녀는 자신으로 하여금 그 불운을 이겨내게 할 수 있는 힘을 스스로 찾으면서 마음의 불을 살렸고, 마음에 사무친 정당한 분노를 발견했으며, 그 분노와 더불어 정부(情夫)가 탕진하고, 장마가 송두리째 앗아 간 재산을 재건하겠다고 맹세했다. 그 결의가 어찌나 굳셌던지, 아우렐리아노 세군도가 마지막 전갈을 받은 지 여덟 달 뒤에 정부의 집으로 되돌아와 보니 그녀는 눈이 움푹 들어가 있고, 피부는 옴에 걸려 부스럼 투성이이고, 온몸이 창백하고, 머리가 헝클어진 모습으로 제비뽑기용 종이쪽지에 숫자를 적고 있었다. 어안이 벙벙한 상태의 아우렐리아노 세군도가 너무나 빼빼 마르고 근엄했기 때문에 페트라 코테스는 자신을 찾아온 그 남자가 자신의 평생 정부가 아니라 그의 쌍둥이 형인 줄 착각할 정도였다.

"당신의 뼈를 경품으로 내놓을 생각인 모양인데, 돌았군." 그가 말했다.

그러자 그녀는 그에게 침실로 가 보라고 말했고, 아우렐리아노 세군도는 침실 안에서 노새 한 마리를 보았다. 노새는 여주인과 마찬가지로 피골이 상접해 있었으나 주인 못지않을 만큼 활기차고 당차 보였다. 페트라 코테스는 자신의 분노를 양식 삼아 노새를 키웠는데, 풀도 옥수수도, 풀뿌리도 없을 때는 노새를 침실로 데려가 옥양목 침대 시트, 페르시아 카펫, 우단 침대 커버, 벨벳 커튼, 호화로운 침대의 금실과 비단 술로 장식한 천개(天蓋)를 먹였다.

17장

우르술라는 장마가 그치면 죽겠다는 약속을 지키기 위해 많은 노력을 기울여야 했다. 장마 동안에는 아주 드물게 드러나던 그녀의 통찰력이 장미나무를 고사시키고, 늪을 굳게 만들고, 녹슨 양철 지붕과 수백 년 된 아몬드나무를 영원히 덮어 버린 뜨거운 흙먼지를 마콘도 위로 뿌리는 열풍이 불기 시작한 팔월 이후부터는 더 자주 드러났다. 우르술라는 자신이 삼 년 이상이나 아이들의 장난감이 되었다는 사실을 알고는 속이 상해 울어 댔다. 물감을 더덕더덕 칠한 얼굴을 씻고, 아이들이 온몸에 걸쳐 놓은 색색의 누더기와, 마른 도마뱀과 두꺼비, 아라비아산 염주와 낡은 목걸이 따위를 벗어 던져 버렸고, 다시 가정사로 되돌아가기 위해 아마란타가 죽은 뒤 처음으로 그 누구의 도움도 받지 않고 침대에서 일어났다. 그녀의 가슴에서 솟아나는 불굴의 활력은 암흑 속에서도 그녀를 인도하고 있었다. 그녀의 비틀거리는 거동에 신경을 쓰고, 대천사처럼 언제나 머리 높이 쳐들고 있던 팔에 부딪힌 사람들은 그녀가 가까스로 몸을 움직일 수 있다고 생각했지 장님이라고는 생각하지 않았다. 그녀가 집을 처음으로 보수할 때부터 정성 들여 가꾸어 온 화단이 비 때문에 엉망이 되고, 아우렐리아노 세군도의 발굴로 짓이겨지고, 또 벽과 시멘트 바닥에 금이 가고, 가구가 헐거워지고 빛이 바랬으며, 문짝이 떨어져 있고, 가족이 그녀가 젊었을 때는 생각할 수조차 없었을 절망감과 비탄에 사로잡혀 있다는 것을 알기 위해 눈으로 직접 볼 필요까지는 없었다. 그녀는 텅 빈 침실들을 더듬더듬 돌아다니면서 흰개미가 나무를 갉아먹으며 계속해서 내는 천둥 소리, 옷장 속에서 좀이 내는 가위질 소리, 장마 통에 그 수가 늘어나 집 토대 밑을 파들어 가고 있던 커다란 붉은개미가 집을 황폐화시키는 소란스런 소리를 들었다. 어느 날 그녀는 성자상들이 들어 있는 트렁크를 열었는데, 그 안에 들어 있던 옷을 다 망쳐 놓고는 밖으로 튀어나온 바퀴벌레를 없애는 데에는 산타 소피아 델 라 피에닷의 도움을 청해야만 했다. "이렇게 나태하게 살 수는 없다. 이런 식으로 가다간 우리까지 벌레 먹이가 되겠어." 우르술라는 이렇게 말했다. 이때부터 그녀는 단 한순간도 쉬지 않았다. 날이 채 밝기도 전에 일어나서는 아이들을 포함해 써먹을 수 있는 사람은 모두 동원했다. 많지는 않지만 아직 입을 만한 옷가지는 햇빛에 내다 말리고, 기습적으로 살충제를 뿌려 바퀴벌레를 제거하고, 문과 창문에 있는 흰개미의 통로를 긁어 내고, 개미가 들어 있는 개미집을 생석회로 막았다. 예전의 모습을 되찾겠다는 열의는 마침내 그녀로 하여금 잊혀졌던 방들을 찾아다니도록 만들었다. 그녀는 호세 아르카디오 부엔디아가 현자의 돌을 찾다가 정신 이상이 된 방에서 잡동사니와 거미집을 제거했고, 군인들에 의해 들쑤셔졌던 은세공실을 정돈했으며, 마지막으로는 멜키아데스의 방이 어떤 상태로 있는지 살펴보기 위해 방 열쇠를 가져오라고 부탁했다. 자신이 죽었다는 실제적인 흔적이 드러나기 전까지는 아무도 들여보내지 말라는 호세 아르카디오 세군도의 뜻에 따라 산타 소피아 델 라 피에닷은 우르술라가 그 방에 접근하지 못하도록 온갖 핑계를 갖다 댔다. 그러나 아무리 깊이 박혀 있고 쓸모가 없는 구석이라도 벌레들에게 내맡겨 둘 수 없다는 결심이 너무나 견고했던 우르술라는 자기 앞을 가로막는 장애물은 모두 제거했으며, 삼 일 동안이나 끈덕지게 주장한 결과 방문을 열게 하고 말았다. 방 안의 악취를 맡고 정신이 아득해진 그녀는 쓰러지지 않으려고 기둥을 붙잡고 있어야 했으나 그 방에는 여학생들이 사용한 요강 일흔두 개가 간수되어 있다는 사실과 장마가 시작된 처음 며칠 가운데 어느 날 밤에 군대의 순찰대원들이 호세 아르카디오 세군도를 찾아 집을 샅샅이 수색했지만 끝내 발견하지 못했다는 사실을 기억해 내는 데는 2초 이상이 걸리지 않았다.

"하느님 맙소사. 좋은 습관을 그렇게 열심히 가르쳐 놓았는데도 이렇게 돼지처럼 살고 있구나." 그녀는 마치 모든 것을 다 보았다는 듯이 말했다.

호세 아르카디오 세군도는 여전히 양피지를 읽고 있었다. 풀어헤쳐진 머리카락 속에서 보였던 것은 초록색 치석이 낀 가지런한 치아와 움직임 없는 눈동자뿐이었다. 그는 증조모의 목소리를 알아차리고 문 쪽으로 고개를 돌리더니 애써 미소를 띠면서 예전에 우르술라가 했던 말을 무의식중에 되풀이했다.

"시간은 흐르게 마련인데, 제가 뭘 바랐겠어요." 그가 중얼거렸다.

"그렇긴 하지만, 그토록 빨리 흐르진 않아." 우르술라가 말했다.

그 말을 하면서 그녀는 자신이 사형수 감방에 있던 아우렐리아노 부엔디아 대령으로부터 들은 것과 같은 대답을 하고 있다는 사실을 알아차렸고, 세월이 방금 전에 수긍했던 것처럼 그렇게 흘러가는 게 아니라 원을 그리며 되풀이되고 있다는 사실을 깨닫고는 다시 한번 더 몸서리를 쳤다. 그러나 그때 역시 스스로 체념해 버리지는 않았다. 호세 아르카디오 세군도를 마치 어린아이처럼 꾸짖었고, 그에게 목욕과 면도를 하고, 집을 재건하는 일을 마무리하는 데 힘을 쓰라고 재촉했다. 호세 아르카디오 세군도는 자신에게 평화를 주던 그 방에서 나간다는 생각만으로도 공포를 느꼈다. 매일 해가 질 무렵이면 시체를 싣고 마콘도에서 바다 쪽으로 떠나던, 화차 200량이 연결된 그 기차를 보고 싶지 않아 그렇게 틀어박혀 지냈는데 그 어떤 인간이 자신을 밖으로 내보낼 수 있었겠느냐고 소리를 질렀다. "역에 있던 사람들이 전부 다 죽어 실려갔단 말이에요. 3408명이었다니까요."[36] 우르술라는 이 말을 듣고 나서야 비로소 그가 그녀 자신이 처한 것보다도 훨씬 더 어두우며, 그의 증조부가 처했던 것과 마찬가지로 극복하기 어렵고 고독한 암흑 세계에서 살고 있음을 깨달았다. 그녀는 그를 그 방에 그대로 놔두고는, 식구들에게 방에 자물쇠를 채우지 말고, 매일 청소를 하고, 요강을 하나만 남겨 두고 나머지는 쓰레기장에 버리고, 증조부가 밤나무 아래서 오랫동안 감금 생활을 했을 때 그랬던 것처럼 그를 아주 깨끗하고, 보기좋게 보살피라고 시켰다. 처음에 페르난다는 우르술라가 그렇게 수선을 피우는 것을 노망의 발작이라 생각하며 치밀어 오르는 화를 가까스로 참았다. 그러나 그 무렵 로마에 있던 호세 아르카디오가 종신 서원을 하기 전에 마콘도에 들렀다 갈 생각이라고 그녀에게 알려 왔고, 그녀는 그 기쁜 소식에 고무되어 아들이 집 외관에 대해 좋지 않은 인상을 갖지 않게 하려고 밤부터 아침까지 하루에 네 번씩 꽃에 물을 뿌렸다. 그녀가 얼굴도 모르는 의사들과의 편지 교환을 서두르고, 양치류와 오레가노와 베고니아 화분들이 아우렐리아노 세군도의 모든 걸 끝장내 버리는 분노에 의해 다 부서져 버렸다는 사실을 우르술라가 눈치채기 훨씬 이전에 그것들을 복도에 다시 놓도록 그녀를 이끈 것도 바로 그런 자극이었다. 그 후 그녀는 은식기를 팔아 사기 접시와 백랍 수프 그릇과 국자, 그리고 알파

36) 사 년이 넘는 기간의 고독한 묵상의 결과 호세 아르카디오 세군도는 학살로 인해 죽은 사람의 숫자를 정확하게 셀 수 있었다.

카 식탁보 등을 사들임으로써 인디아 회사의 도자기와 보헤미아산 크리스털 제품으로 채워지던 선반을 더욱 초라하게 만들었다. 우르술라는 항상 더 앞서가려고 애썼다. "문이나 창문을 열어라. 자, 고기와 생선 요리도 하고, 가장 큰 거북이를 사고, 외지인들을 오라 해서 구석에 자리를 펴도록 하고, 장미나무에 오줌을 싸도록 하고, 먹고 싶을 때마다 식탁에 앉도록 하고, 트림도 맘대로 하게 하고, 하고 싶은 얘기도 맘대로 하게 하고, 사방에 신발로 진흙을 묻히게 하고, 우리와 더불어 하고 싶은 대로 하라고 해, 그게 바로 쓰러져 가는 집을 활기 있게 만드는 유일한 방법이니까." 우르술라가 소리쳤다. 그러나 그것은 헛된 꿈이었다. 그녀는 이미 너무 늙었으며, 작은 동물 모양 캐러멜의 기적을 다시 일으키기에는 나이가 너무 많았는데, 후손들 가운데 그 누구도 자신의 강인함을 물려받지 못했던 것이다. 집은 페르난다의 명령에 따라 여전히 닫혀 있었다.

트렁크를 다시 페트라 코테스의 집으로 가져간 아우렐리아노 세군도는 가족이 굶주려 죽지 않을 방도를 겨우 마련하고 있었다. 페트라 코테스와 그는 당나귀 제비뽑기 장사를 해 번 돈으로 다른 동물들을 샀고, 그것들을 이용해 초보적인 복권 사업을 시작할 수 있었다. 아우렐리아노 세군도는 더욱 매력적이고 그럴듯하게 보이도록 여러 가지 색깔의 물감을 사용해 직접 그린 복권을 집집마다 팔고 다녔는데, 많은 사람은 호의로 대부분의 사람은 동정심에서 복권을 사 주고 있다는 사실을 그가 알고 있는 것 같지는 않았다. 그럼에도 불구하고, 가장 인정 많은 구매자조차도 20센타보로 돼지 한 마리를, 32센타보로 송아지 한 마리를 손에 넣을 수 있는 기회를 노렸고, 부푼 희망을 지닌 채 매주 화요일 밤이면 무작위로 선출된 소년 하나가 자루에서 당첨 번호를 꺼내는 순간을 기다리면서 페트라 코테스 집 마당에 넘쳐났다. 복권 추첨은 얼마 지나지 않아 매주 열리는 정기적인 시장으로 변했는데, 해질 무렵이면 마당에는 튀김을 파는 탁자와 음료수를 파는 좌판이 설치되었으며, 복권에 당첨된 사람들 가운데 많은 수가 다른 사람들이 음악과 술을 준비한다는 조건으로 경품으로 받은 동물을 즉석에서 죽였기 때문에 아우렐리아노 세군도는 마음이 내키지는 않았으나 곧 다시 아코디언을 연주하면서 소규모 먹기 시합에도 끼어들었다. 예전의 요란법석한 파티를 모방한 그 소박한 놀이는 아우렐리아노 세군도로 하여금 자신의 기력이 얼마만큼 소진되었고, 쿰비아 춤꾼으로서의 재간이 어느 정도까지 고갈되었는가를 깨닫게 하는 데 효험이 있었다. 그는 전혀 딴사람이 되어 있었다. '암코끼리'의 도전을 받았을 무렵에 120킬로그램이나 나가던 체중은 78킬로그램으로 줄었고, 거북이처럼 천진스럽고 통통한 얼굴은 이구아나의 그것처럼 변해, 늘 권태와 피로에서 헤어나지 못하고 있었다. 그럼에도 불구하고, 페트라 코테스에게는 당시의 그가 그 어느 때보다 좋은 남자였는데, 그것은 아마도 그녀가, 그가 자기에게 쏟아부었던 동정과, 당시의 비참한 상황으로 인해 두 사람 사이에 복구되었던 연대감을 사랑이라 혼동했기 때문이었을 것이다. 누추한 침대는 이미 무절제한 사랑을 나누는 장소가 아니라 비밀스러운 은신처로 변했다. 침실 사방에 붙여 놓았다가 복권용 동물을 사기 위해 처분했던 거울과 노새가 먹어 치웠던 선정적인 능직(綾織)천과 벨벳으로부터 자유로워진 두 사람은 예전에 아무 생각 없이 헤프게 사용하던 시간을 계산을 뽑고 1센타보짜리 동전들을 이리저리 옮겨 놓는 데 이용하느라 잠을 이루지 못하는 순진한 두 노인처럼 아주 늦은 시각까지 깨어 있었다. 두 사람이, 이 돈은 페르난다를 기쁘게 해주기 위해, 저 돈은 아마란타 우르술라의 신발을 사기 위해, 또 이 돈은 세상이 뒤숭숭했던 시절부터 옷 한 벌을 산 적이 없는 산타 소피아 델 라 피에닷을 위해, 이 돈은 우르술라가 죽었을 때 관을 주문하기 위해, 이 돈은 석 달마다 1파운드당 1센타보씩 오르는 커피값으로, 이 돈은 갈수록 단맛이 떨어져 가는 설탕값으로, 이 돈은 장마 때문에 여태까지 젖어 있는 장작값으로, 또 이 돈은 복권을 만들 종이와 물감 값으로, 그래도 남는 저 돈은 복권이 거의 다 팔렸을 때 탄저병 증세가 있어 기적적으로 가죽만은 건질 수 있었던, 사월에 낳은 송아지 값을 벌충하는 데 사용하기 위해 동전을 쌓아 올렸다가 무너뜨리고, 이편 것을 떼내 저편으로 옮기는 동안 첫 닭이 홰를 쳐 두 사람을 놀래키는 경우도 가끔 있었다. 그 가난한 예식은 너무나 순수했고, 두 사람은 언제나 가장 좋은 부분을 페르난다에게 할당하고 있었는데, 양심의 가책이나 자비심 때문에 그렇게 한 것은 절대 아니었고, 페르난다의 안락이 자신들의 그것보다 더 중요했기 때문이었다. 비록 그 두 사람 가운데 그 누구도 인식하지 못하고 있었다고는 해도, 두 사람에게 실제로 떠오르던 생각은 두 사람이 페르난다를 갖고 싶어 했으면서도 끝내 갖지 못한 딸처럼 여기고 있었다는 것인데, 어떤 때는 페르난다에게 네덜란드제 식탁보를 사 주려고 자신들은 삼 일 동안이나 비스킷 부스러기로 끼니를 때우기도 했다. 하지만 두 사람이 제아무리 죽어라 일을 하고, 제아무리 많은 돈을 이리저리 굴려 보고, 제아무리 여러 가지 궁리를 했어도, 수호 천사들은 그들이 어떻게 해서라도 생활비를 맞춰 보려고 애를 쓰면서 동전들을 이리 나눠 보고 저리 나눠 보는 사이에 피곤해서 잠을 자고 있었다. 계산이 맞아떨어지지 않아 잠을 이루지 못하는 밤이면 그들은 세상에 무슨 일이 생겼기에 동물들이 그전처럼 그렇게 마구 출산을 해 주지 않는지, 왜 돈이 그렇게 손에서 술술 빠져나가 버리는지, 그리고 왜 얼마 전까지만 해도 쿰비아 춤 파티에서 돈다발을 불사르던 사람들이 암탉 여섯 마리가 경품으로 걸린 복권 한 매에 돈 12센타보 내는 것을 마치 인적이 드문 곳에서 날강도라도 만난 듯이 생각하느냐고 서로 물었다. 까놓고 말은 하지 않았으나 아우렐리아노 세군도는 내심 화근이 세상에 있는 것이 아니라, 수수께끼에 가득 찬 페트라 코테스의 마음속 어느 깊은 곳에 있다고 생각했는데, 동물들로 하여금 새끼를 낳지 않게 만들고 돈이 빠져나가게 만들었던 장마 기간에 그녀의 마음속에서 무언가 일어났던 게 틀림없었다. 그런 불가사의한 일에 마음을 쓰던 그는 그녀의 감정을 심도 있게 탐구해 보았고, 자신의 관심거리를 찾다가 사랑을 발견하게 되었는데, 이는 그녀로 하여금 자기를 사랑하도록 하기 위해 애를 쓰다가 결국은 자신이 그녀를 사랑하게 되었기 때문이었다. 페트라 코테스 또한 그의 애정이 증대되고 있다고 느낌으로써 그를 보다 깊이 사랑하기 시작했는데, 인생의 성숙기를 맞았던 그녀는 가난이 사랑의 하인이라는 젊은이들 사이의 미신을 다시금 믿게 되었다. 그 무렵 두 사람은 예전의 그 분별 없는 요란법석한 파티와 번쩍번쩍한 부와 그칠 줄 모르던 간통이 장애물이었음을 깨달았고, 함께 고독을 나눌 그 낙원을 발견하기까지 얼마나 많은 인생을 소비했는가를 생각하며 아쉬워했다. 생산성 없는 공범 의식으로 이루어진 오랜 세월을 보낸 끝에 정신없이 사랑에 빠진 그들은, 식탁에서건 침대에서건 서로 사랑하고 있다는 기적을 즐기면서 진한 행복감에 도취되기에 이르렀고, 쇠진한 늙은이가 되었을 때도 계속해서 토끼 새끼처럼 깡총깡총 뛰거나 개처럼 서로 아옹다옹했다.

복권 장사는 영 신통치 않았다. 처음에 아우렐리아노 세군도는 일주일에 삼 일은 과거 목장 사무실에 틀어박혀 경품으로 줄 빨간 새끼 암소와 푸른 새끼 돼지와 파란 암평아리 떼를 정교하게 그리는 데 소비했고, 페트라 코테스가 좋다고 한 '하느님 복권'이라는 이름을 인쇄용 서체를 능숙하게 모방해 본을 떠서 사업체의 간판을 만들었다. 그러나 시간이 흘러, 매주 이천 장까지 그린 다음부터는 너무 피곤하다는 생각이 들어 동물 그림과 그 이름과 숫자를 새긴 고무 도장을 주문했고, 그렇게 되자 일은 여러 가지 색 스탬프 잉크로 고무 도장을 찍기만 하는 것으로 줄어들었다. 마지막 몇 년 동안에는 숫자를 수수께끼로 바꾸어, 수수께끼를 맞추면 누구에게나 경품이 돌아갈 수 있도록 해야겠다는 생각도 했지만 방법이 너무 복잡하고,

또 수많은 의혹을 유발했으므로 한 번 만에 중지하고 말았다.

아우렐리아노 세군도는 복권의 평판을 높이느라 무척 분주했기 때문에 아이들을 만날 시간이 거의 없었다. 페르난다는 아마란타 우르술라를 학생 여섯 명 이상은 받지 않는 사립 학교에 넣었으나 아우렐리아노에게는 공립 학교에 다니는 것도 허용하지 않았다. 아우렐리아노를 방에서 나오게 하는 것만으로도 이미 너무 많은 것을 양보했다고 생각한 것이다. 더구나, 당시 학교 규칙은 가톨릭 의식에 따라 결혼한 부부 사이에서 출생한 적자만 받아들였고, 더구나 아우렐리아노를 집으로 보냈을 때 입은 배내옷에 핀으로 꽂혀 있는 출생 증명서에는 '기아(棄兒)'라고 기재되어 있었다. 그리하여 아우렐리아노는 산타 소피아 델 라 피에닷의 자애로운 감시와 우르술라의 오락가락하는 정신의 비호를 받으며 집 안에 틀어박힌 채 할머니들이 설명해 준 바에 따라 좁은 집 안 세계에 관해 배워 가고 있었다. 그는 준수하고 키가 컸으며 어른을 당황하게 할 만큼 호기심이 많았으나 그 나이 때 대령이 지녔던, 그 탐구심 넘치는, 그리고 가끔씩은 통찰력 있는 시선과는 달리, 그의 시선은 떨리고 약간은 멍해 보였다. 아마란타 우르술라가 유치원에 가 있는 동안 그는 마당에서 지렁이를 파내거나 벌레를 잡아 괴롭히고 있었다. 언젠가 페르난다는 그가 우르술라의 침상에 놓으려고 상자에 전갈을 넣는 것을 발견하고는 그를 과거 메메의 침실로 쓰이던 방에 가둬 버렸는데, 그는 거기서 백과사전의 삽화들을 되풀이해 바라보면서 고독한 몇 시간을 보냈다. 어느 날 오후 쐐기풀 가지로 집 안에 성수(聖水)를 뿌리고 다니다 그 침실에서 그를 만난 우르술라는 그와는 이미 여러 번 함께 있었는데도 누구냐고 물었다.

"전 아우렐리아노 부엔디아예요." 그가 대답했다.

"그래. 이제 네가 은세공 일을 배워야 될 때가 되었구나." 그녀가 말했다.

장마 끝에 불기 시작해 때때로 우르술라의 머리에 통찰력을 심어 주던 훈풍이 다 사라지고 나자 그녀는 또다시 꼬마 아우렐리아노를 아들과 혼동했다. 그리고 다시는 제정신을 차리지 못했다. 그녀는 침실에 들어가서 손님을 만날 때 입던 거추장스러운 치마와 유리 구슬이 달린 작은 저고리를 입은 페트로닐라 이구아란을 만났고, 다리가 좋지 않은 탓에 흔들의자에 앉아 공작 날개로 부채질하고 있는 트란킬리나 마리아 미니아타 알라코케 부엔디아 할머니와, 부왕청 경비대의 견장 달린 가짜 군복을 입은 증조할아버지 아우렐리아노 아르카디오 부엔디아와, 암소에 붙은 벌레들을 불태워 떨어지게 하는 기도문을 지어 냈던 아버지 아우렐리아노 이구아란과, 신앙심이 두터운 어머니와, 돼지 꼬리를 달고 태어난 사촌과, 호세 아르카디오 부엔디아와, 죽은 아들들을 만났는데, 그들은 모두 단순한 방문객이 아니라 초상집에서 경야를 하는 사람들처럼 벽에 바짝 붙여 놓은 의자에 앉아 있었다. 우르술라는 각기 다른 곳과 다른 시대에 일어난 사건들에 대해 언급하면서 다양한 이야기를 줄줄이 엮어 냈는데, 학교에서 돌아온 아마란타 우르술라와 백과사전에 싫증이 난 아우렐리아노는 죽은 사람들의 세계에 빨려들어 미로 속에서 길을 잃은 채 혼자 중얼거리면서 침대에 앉아 있는 그녀를 보았다. "불이야!" 언젠가 그녀가 질겁을 하며 소리를 질러 한순간 온 집 안에 공포감이 팽배했는데, 네 살 때 본 마구간의 화재를 상기하고 그렇게 소리를 질렀던 것이다. 그녀가 그런 식으로 과거를 현재와 혼동하기에 이르렀기 때문에, 죽기 전에 두세 차례 정신을 차렸을 때도 그녀가 현재 느끼고 있는 것을 얘기하고 있는지, 아니면 기억나는 것을 얘기하고 있는지 아무도 확실하게 알 수가 없었다. 그녀는 살아가면서 조금씩 조금씩 몸이 줄어들어 태아처럼, 미라처럼 되어갔고, 생애 마지막 몇 달 동안에는 잠옷 속에 말려든 작은 살구씨 같은 모습이 되어 버렸는데, 언제나 쳐들고 있던 팔은 결국 거미원숭이의 다리로밖에는 생각되지 않을 정도였다. 그녀가 며칠이고 꿈쩍도 하지 않은 때도 있어 산타 소피아 델 라 피에닷은 그녀가 살아 있는지 확인하기 위해 몸을 흔들어 보아야 했고, 스푼으로 설탕물을 떠먹이기 위해 그녀를 자기 무릎에 앉혔다. 우르술라는 흡사 방금 태어난 할머니 같았다. 아마란타 우르술라와 아우렐리아노가 그녀를 침실로 데려가고 데리고 나왔으며, 그녀가 아기 예수보다 약간 더 큰지 알아보려고 그녀를 제단에 눕히기도 했는데, 어느 날 오후 그녀를 곡식 창고의 어느 찬장에 숨겨 놓았다가 하마터면 쥐에게 잡혀 먹히게 할 뻔한 적도 있었다. 성지(聖枝) 주일에 페르난다가 미사에 참석하고 있는 사이, 아이들이 우르술라의 침실로 들어가 그녀의 목과 발목을 잡고 들어 올렸다.

"가엾은 고조할머니가 늙어서 돌아가셨네." 아마란타 우르술라가 말했다.

그러자 우르술라가 질겁을 했다.

"난 살아 있어!" 우르술라가 말했다.

"할머닌 숨도 쉬지 않으셔." 아마란타 우르술라가 웃음을 참으면서 말했다.

"내가 말을 하고 있잖아!" 우르술라가 외쳤다.

"말도 하지 않으시고, 마치 작은 귀뚜라미처럼 돌아가셨어." 아우렐리아노가 말했다.

그때 우르술라는 명백한 사실에 굴복하고 말았다. "오, 하느님. 그러니까 이게 바로 죽음이란 거로군요!" 우르술라가 나지막한 소리로 탄식했다. 그녀는 끝도 없는 기도를 다급하고 열성적으로 하기 시작해, 이틀 이상이나 지속했는데, 화요일에는 그 기도가 저택이 불개미에 의해 무너지지 않게 해 주고, 레메디오스의 은판 사진 앞에 있는 촛불이 절대로 꺼지지 않게 해 주고, 또 돼지 꼬리가 달린 아이가 태어났기 때문에 같은 부엔디아 혈족끼리는 그 누구도 결혼하지 않게 주의해 달라고 하느님께 잡다한 것을 간청하고 실제적인 충고를 하는 것으로 변질되었다. 아우렐리아노 세군도는 그녀가 어디에 황금을 숨겨 놓았는지 실토하도록 그녀의 정신 착란 상태를 이용하려 했으나, 그의 간청은 또다시 소용이 없었다. "주인이 나타나면, 하느님께서 주인에게 계시하셔서 찾게 해 놓으셨어." 우르술라가 말했다. 그 며칠 사이에 어떤 자연의 변조를 느낀 산타 소피아 델 라 피에닷은 조만간에 우르술라가 죽을 거라 확신하고 있었다. 그러니까, 장미꽃이 명아주 냄새를 풍겼고,

그녀가 이집트 콩이 든 바가지를 떨어뜨렸는데, 콩알들이 땅에서 완벽한 기하학적 무늬를 그리며 불가사리 모양을 이루었고, 어느 날 밤에는 오렌짓빛으로 반짝이는 원반들이 열을 지어 하늘을 나는 것을 보기도 했던 것이다. 우르술라는 죽은 몸으로 성 목요일 아침을 맞이했다. 바나나 회사가 있던 시절 여러 사람의 도움을 받아 마지막으로 그녀의 나이를 계산해 보았는데, 그 당시 그녀가 115세에서 120세 사이라고 결론지었다. 사람들은 그녀를 아우렐리아노가 담겨 온 광주리보다 약간 더 큰 상자에 넣어 매장했는데, 한편으로는 그녀를 기억하고 있는 사람이 많지 않은 탓도 있었지만 또다른 한편으로는 그날 정오 무렵에는 방향을 잃은 새들이 산탄처럼 벽에 부딪치거나 창문 철사망을 찢고 들어와 침실에서 죽었을 정도로 날씨가 찌는 듯 더웠기 때문에 아주 적은 수의 사람만이 장례식에 참석했다.

처음에는 새들이 병에 걸렸다고들 생각했다. 가정 주부들이 죽은 새를 너무 자주, 무엇보다도 낮잠 시간에, 기진맥진 쓸어담아 놓으면 남자들이 수레에 실어 강에 처넣었다. 백 살 먹은 안토니오 이사벨 신부는 부활절 주일 강론에서 새들의 죽음은 지난밤 자신이 직접 목격한 '방황하는 유태인'의 나쁜 영향에 의한 것이라고 단언했다. 신부는 그 유태인이 숫염소와 이교도 여자 사이에 태어난 잡종으로서, 끔찍한 짐승인데, 그가 내쉬는 숨은 공기를 뜨겁게 달구고, 그가 나타나면 갓 결혼한 부인들이 기형아를 임신하게 될 거라고 했다. 마을 사람들은 본당 신부가 나이 탓에 헛소리를 하고 있다고 생각했기 때문에 그 무시무시한 얘기에 귀를 기울인 사람은 별로 많지 않았다. 그러나 수요일 동틀 무렵, 여자 하나가 발톱이 갈라진 두 발 짐승의 발자취를 보았다며 모든 사람을 잠에서 깨웠다. 그 발자취가 너무나 확실하고 혼동의 여지가 없었기 때문에 그것을 보러 갔던 사람들은 신부가 언급한 것과 유사한, 무서운 짐승이 있다는 것을 의심하지 않았고, 각자의 마당에 덫을 설치하기로 뜻을 모았다. 그렇게 해서 그 짐승을 사로잡을 수 있었다. 우르술라가 죽은 지 두 주일이 지났을 때 페트라 코테스와 아우렐리아노 세군도는 이웃에서 들려오는 이상한 송아지 울음소리에 놀라 잠에서 깨어났다. 두 사람이 잠자리에서 일어났을 때는 이미 한 무리의 남자가 마른 나뭇잎으로 가려 놓은 구덩이에 설치한 쇠창살 박은 나뭇가지로부터 신음소리조차 내지 않고 있던 괴물을 떼어 내는 중이었다. 괴물은 키가 송아지보다 크지는 않았지만 황소만큼 무거웠고 상처에서는 끈적끈적한 푸른 피가 흐르고 있었다. 꺼칠꺼칠한 털로 덮여 있는 온몸에 자잘한 진드기가 잔뜩 붙어 있었으며, 가죽은 빨판상어 껍질 같은 것이 씌워져 있어 단단했으나, 신부의 설명과는 반대로, 인체와 닮은 부분이 인간의 것이라기보다는 오히려 병신이 된 천사처럼 보였는데, 손은 반들반들하고 민첩했으며, 눈은 크고 어두웠으며, 어깨뼈 부분에는 나무꾼의 도끼를 맞아 힘찬 날개들이 절단되어 굳은 것으로 보이는 상처가 있었던 것이다. 한 사람도 빠지지 않고 다 볼 수 있도록 괴물의 발목을 묶어 광장에 있는 어느 아몬드나무에 매달았는데, 동물 같은 형상으로 인해 강물에 버려야 할 동물인지 아니면 매장해야 할 인간인지 결정되지 않았기 때문에 부패하기 시작하자 모닥불을 피워 태워 버렸다. 새들의 죽음이 실제로 그 괴물 탓이었는지는 전혀 밝혀지지 않았지만, 신부가 예언한 바와는 달리 갓 결혼한 부인들이 기형아를 임신하지도 않았고, 무더위가 꺾이지도 않았다.

그해 말에 레베카가 죽었다. 평생 동안 그녀의 하녀였던 아르헤니다는 여주인이 삼 일 전부터 틀어박혀 있던 침실 문을 뜯으려고 당국에 도움을 요청했고, 사람들은 백선(白癬)으로 대머리가 되어 엄지손가락을 입에 문 채 새우처럼 몸을 웅크리고 쓸쓸하게 침대에 누워 있는 그녀의 모습을 발견했다. 아우렐리아노 세군도가 매장 일을 떠맡았고, 집을 팔기 위해 수리를 하려 했으나 집 안이 너무 처참하게 황폐화되어 있었기 때문에 페인트칠을 한 벽이 벗겨지고 그 어떤 회반죽을 발라도 독보리가 바닥을 뚫고 나오고 담쟁이덩굴이 기둥을 썩게 하는 것을 막을 수는 없었다.

홍수가 발생한 뒤부터는 매사가 그런 식이었다. 사람들의 게으름은 기억을 차츰차츰 가차없이 갉아먹어 가던 탐욕스러운 망각에 비하면 아무것도 아니었는데, 마침내는 그 무렵 새로 돌아온 네에를란디아 협정 체결 기념일에 아우렐리아노 부엔디아 대령에 의해 수차례 거부되었던 훈장을 결국 수여하기 위해 마콘도에 도착한 대통령의 사절단 일행이 대령의 후손 가운데 누군가를 만날 수 있는 곳을 가르쳐 줄 사람을 찾느라 오후 한나절을 허비할 지경에까지 이르렀다. 아우렐리아노 세군도는 훈장이 순금 메달일 거라 믿고서 받을 속셈이었으나 사절단이 수여식을 위한 포고문과 연설문을 다 준비해 놓고 있었을 때 페트라 코테스가 그런 수치스러운 짓은 하지 말라고 남편을 설득했다. 역시 그 무렵에 마콘도로 돌아온 멜키아데스의 지혜를 이어받은 마지막 집시들은 마을이 너무 몰락해 있고 주민들이 외부 세계로부터 너무 고립되어 있다는 것을 알아차리고는 또다시 자석을 바빌로니아 학자의 진짜 신발명품인 것처럼 끌고 이 집 저 집을 돌아다니고, 거대한 렌즈로 태양 광선을 응집시켰는데, 스튜 냄비가 떨어지거나 솥이 뒹구는 것을 보면서 입을 쩍 벌리는 사람도, 집시 여자가 의치를 끼우거나 떼어 내거나 하는 것을 구경하기 위해 50센타보를 내는 사람도 없지는 않았다. 브라운 씨가 지붕이 유리로 되고 주교(主敎)용 안락의자를 장착한 자신의 차량을 연결시켰던 일반 열차와, 통과하는 데만 오후 한나절이 걸리던 120량짜리 과일 수송 열차가 사라지고 난 다음 남아 있던 것이라고는 실어 오거나 실어 가는 사람 하나 없고, 한산한 역에는 거의 서지도 않는 낡고 노란 열차 하나뿐이었다. 새들의 기이한 떼죽음과 '방황하는 유태인'의 처형에 관한 보고를 받고 조사를 하러 온 교회 관계자는 안토니오 이사벨 신부가 어린이들과 함께 술래잡기를 하고 있는 것을 보고는 신부의 보고서가 노령에 의한 환각의 산물이라고 믿고서 그를 어느 양로원으로 데려가 버렸다. 얼마 지나지 않아 아우구스토 앙헬 신부가 파견되었는데, 고집이 세고, 겁이 없고, 무모한 성격으로 현대판 십자군 전사라고 부를 만한 그는 영혼들이 혼수 상태에 빠지지 않도록 하기 위해 하루에도 수차례에 걸쳐 직접

종을 쳐 대고, 잠꾸러기들을 미사에 참석시키기 위해 집집마다 돌아다니면서 깨워 댔으나, 일 년이 채 못 되어 공기 중에 퍼져 있던 나태와 모든 것을 노화시키고 훼방 놓는 뜨거운 먼지와 낮잠 시간의 견딜 수 없는 더위 속에서, 점심으로 먹는 미트볼이 유발하던 졸음에 굴복하고 말았다.

우르술라가 죽고 나자 집은 다시 방치되어 아마란타 우르술라처럼 과단성 있고 의지가 확고한 여자도 예전 상태로 되돌릴 수 없을 지경이 되었는데, 많은 세월이 흐른 후, 편견이 없고 명랑하고 세상에 확실하게 자리를 잡은 근대적인 여성으로 성장한 그녀는 집이 황폐해 가는 것을 막기 위해서 문들과 창문들을 열어젖히고, 정원을 복구하고, 대낮에도 복도를 기어 다니는 불개미를 퇴치했으며, 비록 허사였다고는 해도, 가문의 잊혀진 환대(歡待)의 정신을 되살리려고 애썼다. 페르난다의 은둔 생활에 대한 애착은 우르술라에 의해 유지되던 백년 동안의 도도한 흐름에 무너뜨릴 수 없는 제방 하나를 쌓아 버렸다. 그녀는 열풍이 그쳤을 때도 집 대문을 열지 않았을 뿐 아니라, 생매장과 다를 바 없는 생활을 하라는 아버지의 명령에 따라 십자가 모양의 널빤지를 박아 창문을 잠그도록 했다. 얼굴도 모르는 의사들과의 막대한 비용이 들인 편지 교환도 실패로 끝나고 말았다. 몇 번 연기한 후, 그녀는 약속한 날짜와 시각에 침실에 틀어박혀 흰 홑이불만 덮고 머리를 북쪽으로 둔 채 누웠고, 새벽 1시에 얼음처럼 차가운 액체에 적신 손수건 한 장이 얼굴을 덮는 것을 느꼈다. 그녀가 눈을 떴을 때는 창문에 햇빛이 비치고 있었고, 사타구니에서 시작해 흉골에 이르기까지 아치 형으로 엉성하게 꿰맨 자국을 몸에 지니고 있었다. 예정된 회복기가 채 끝나기도 전에 얼굴도 모르는 의사들로부터 당황스러워하는 기색이 역력한 편지 한 통을 받았는데, 그 의사들은 여섯 시간이나 검사를 했지만 그녀가 여러 번에 걸쳐 아주 빈틈없이 기술했던 증세에 상응하는 점을 하나도 발견하지 못했다고 쓰고 있었다. 실제로 사물의 이름을 제대로 말하지 못하는 그녀의 해로운 습관이 새로운 혼란의 원인을 제공했기 때문에 정신 감응술 외과 의사들이 발견한 것은 페서리 하나만 사용하면 교정할 수 있는 자궁 하수뿐이었다. 실망한 페르난다는 더 정확한 정보를 얻으려 애썼으나 미지의 상대방들은 그녀의 편지에 다시는 응답하지 않았다. 들어 본 적도 없는 단어의 무게 때문에 무척 답답해진 그녀는 페서리가 무엇인지 묻기 위해 부끄러움을 무릅쓰기로 결심했는데, 바로 그때 그 프랑스인 의사가 이미 석 달 전에 대들보에 목을 매달았고, 아우렐리아노 부엔디아 대령의 옛 전우가 마을 사람들의 뜻을 어겨가며 그를 매장했다는 사실을 알게 되었다. 그래서 그녀는 아들 호세 아르카디오에게 사정을 털어놓았고, 그가 로마에서 사용 설명 책자 한 권과 함께 페서리를 부쳐 오자 책자 내용을 암기한 후 자신의 고통이 무엇이었는지 아무도 알 수 없도록 변소에 내다 버리고 말았다. 한 집에 살고 있는 식구조차도 그녀에 대해서는 거의 관심이 없었기 때문에 그것은 불필요한 염려였다. 얼마 되지 않는 식구들이 먹을 음식을 조리하면서 외로운 노년 속에서 방랑하던 산타 소피아 델 라 피에닷은 호세 아르카디오 세군도의 뒷바라지를 거의 전적으로 담당하고 있었다. 미녀 레메디오스의 매력을 어느 정도 이어받은 아마란타 우르술라는 전에는 우르술라를 괴롭히는 데 허비하던 시간을 학교 숙제를 하는 데 썼는데, 그녀가 보여주기 시작한 정확한 판단력과 공부에 대한 헌신은 아우렐리아노 세군도의 마음에 메메가 불어넣은 것과 같은 밝은 희망을 되살려 놓았다. 그는 바나나 회사가 있던 시기에 생긴 관습에 따라 그녀가 공부를 마치도록 브뤼셀로 유학을 보내 준다는 약속을 했고, 그 꿈을 이루기 위해 홍수로 황폐해진 땅을 되살리는 일에 애를 썼다. 그 당시 그가 몇 번이나마 집에 모습을 나타낸 것도 모두 아마란타 우르술라 때문이었을 뿐, 시일이 지나감에 따라 페르난다에게 뜨악하게 구는 사람으로 변했고, 꼬마 아우렐리아노도 사춘기에 가까워짐에 따라 다시 무뚝뚝하고 내성적으로 변해 갔다. 아우렐리아노 세군도는 페르난다가 늙어지면 마음이 부드러워져서 아우렐리아노가 그 누구도 그의 출생 비밀에 관한 쓸데없는 의심을 품지 않을 것이 확실한 한 마을에서 사람들과 함께 어울려 살아가게 할 거라고 믿고 있었다. 그러나 아우렐리아노 자신은 은둔과 고독을 좋아하는 것처럼 보였고, 집 대문에서 시작되는 바깥 세상에 관해 알고자 하는 의구심 같은 건 전혀 드러내지 않고 있었다. 우르술라가 멜키아데스의 방을 개방하도록 했을 때, 그는 방 주위를 어슬렁거리며 반쯤 닫힌 문 틈으로 안을 들여다보았는데, 그가 어느 순간 호세 아르카디오 세군도와 상호간의 사랑에 기반한 유대를 갖게 되었는지는 아무도 몰랐다. 아우렐리아노 세군도가 두 사람 사이의 우정을 발견한 것은 그것이 싹튼 지 한참 후, 소년이 역에서 일어난 학살 사건에 대해 말하는 걸 들었을 때였다. 어느 날 누군가 식탁에서 바나나 회사가 떠나면서 마을이 폐허로 변했다고 한탄하자 아우렐리아노가 어른스런 말투로 성숙하게 반박하는 일이 발생했다. 일반적인 해석과는 달리, 그의 견해는 바나나 회사가 마콘도를 혼란스럽게 만들고 타락시키고 착취하기 전까지는 마콘도가 번성했고, 바른 길을 걸어온 곳이었는데, 회사 기사들이 노무자들과의 약속을 회피할 목적으로 홍수를 유발했다는 것이었다. 소년은, 페르난다에게는 예수가 율법학자에게 제시한 혹독한 비유처럼 생각되는 훌륭한 판단력을 동원해 어떻게 해서 군대가 역 앞에 모인 3000명이 넘는 노무자를 학살하고, 시체를 화차 200량이 연결된 열차에 실어 바다에 버렸는지 정확하고 설득력 있는 세부 사항을 제시하면서 기술했다. 대다수 사람들과 마찬가지로 아무 일도 일어나지 않았다는 정부 발표를 믿고 있던 페르난다는 소년이 아우렐리아노 부엔디아 대령의 무정부주의적인 본능을 이어받았다는 생각에 대경실색하며 입을 다물라고 명령했다. 그녀와는 달리 아우렐리아노 세군도는 쌍둥이 형의 얘기를 믿었다. 사실 모두에게서 미치광이 취급을 받고 있었음에도 불구하고, 호세 아르카디오 세군도는 그 당시 그 집에서는 정신이 가장 바른 사람이었다. 그는 꼬마 아우렐리아노에게 읽고 쓰는 법을 가르치고, 양피지에 대한 공부를 시키기 시작하고, 바나나 회사가 마콘도에 어떤 의미를 가지고 있는지에 대한 아주 개인적인 해석을 주입시켰는데, 수많은 세월이 흐른 후 세상에 발을 들여놓은 꼬마 아우렐리아노는 그의 해석이 역사가들이 인정하고 교과서들에 실려 있는 허위 사실과 완전히 반대되는 것이었기 때문에 그가 엉터리 얘기를 했다고 생각해야 했다. 두 사람은 열풍도 먼지도 더위도 미치지 않는 작은 외딴 방에서, 자신들이 태어나기 훨씬 전에 창문에 등을 기댄 채 할아버지와 세상에 대해 얘기하던 까마귀 날개처럼 생긴 챙이 달린 모자를 쓴 노인의 옛날 옛적 모습을 떠올렸다. 두 사람은 또 그 외딴 방은 늘 3월이며 월요일이란 사실을 동시에 발견했고, 또 호세 아르카디오 부엔디아가 가족이 전하는 바와 달리 그렇게 미치광이가 아니라 시간 역시 장애와 사고를 겪으며, 그래서 시간이 파편화될 수 있고, 방 하나에 영원화된 파편 하나를 남길 수도 있다는 사실을 밝혀 낼 정도로 탁월한 통찰력을 지닌 유일한 사람이었다는 것을 깨달았다. 더군다나, 호세 아르카디오 세군도는 양피지의 신비로운 글씨를 분류해 놓고 있었다. 그는 그것이 마흔일곱 자에서 쉰세 자 사이의 문자로 구성된 알파벳이라는 사실을 확신하고 있었는데, 문자들을 분리하면 작은 거미나 진드기처럼 보였으나 멜키아데스의 훌륭한 필체에서는 마치 철사줄에 널어놓은 옷가지들처럼 보였다. 백과사전에서 이와 비슷한 표를 본 적이 있다는 걸 기억해 낸 아우렐리아노가 호세 아르카디오 세군도의 것과 비교해 보려고 그것을 방으로 가져왔다. 둘 다 같은 것이었다.

수수께끼를 써넣은 복권을 착상했을 무렵, 아우렐리아노 세군도는 울고 싶은 마음을 억누르고 있기라도 한 것처럼 목구멍에 혹 하나가 돋아 있는 것 같은 느낌이 들어 잠에서 깨어나곤 했다. 페트라 코테스는 그런 현상을 어려운 상황을 겪어내느라 생겨난 많은 병 가운데 하나라고 해석하고는 일 년이 넘는 기간 동안 아침마다 그의 입천장을 벌꿀 바른 스펀지로 문질러주고, 무 시럽을 먹였다. 목구멍의 혹이 너무 심하게 압박하자 숨쉬는 것도 힘들어진 아우렐리아노 세군도는 필라르 테르네라가 혹시 병을 고칠 수 있는 약초를 알고 있지 않을까 해서 그녀를 찾아갔다. 작은 비밀 매음굴 하나를 운영하면서 백 살을 맞이했던 불굴의 할머니는 병을 고치는 미신 따위는 믿을 수 없다며 카드 점을 통해 알아보았다. 다이아몬드 퀸의 목이 스페이드 잭의 검에 찔려 부상당해 있는 것을 본 그녀는 페르난다가 남편의 사진을 바늘로 찌르는 좋지 않은 방법을 통해 남편이 집으로 돌아오도록 애를 쓰고 있으나, 그녀의 사이비 주술에 대한 어리석은 지식 때문에 그의 목 안에 종기가 생긴 것이라고 추정했다. 사진이라고는 결혼식 때 찍은 것들밖에 없었는데, 그 사본들이 가족 앨범에 완전하게 남아 있었기 때문에, 아우렐리아노 세군도는 아내가 방심하고 있는 틈을 타 온 집 안을 계속해서 뒤졌고, 마침내, 옷장 깊숙한 곳에서 작은 판매용 케이스에 하나씩 들어 있는 패서리 반 다스를 발견했다. 그 작고 빨간 고무 고리를 부적이라고 믿은 그는 필라르 테르네라에게 보여 주려고 그중 하나를 주머니에 넣었다. 그녀는 그것이 무엇인지 판정할 수 없었으나 아주 수상쩍게 보였기 때문에 어찌 되었든 반 다스를 전부 가져오게 해서 안뜰에 지펴 놓은 모닥불에 넣어 태워 버렸다. 그녀는 예상되는 페르난다의 저주를 풀기 위해 아우렐리아노 세군도에게 알을 품고 있는 암탉 한 마리를 물에 적셔 밤나무 밑에 생매장하라고[37] 지시했고, 아우렐리아노 세군도는 대단히 성실하게 그녀의 지시에 따랐는데, 파헤쳤던 땅을 마른 잎으로 가리자마자 벌써 호흡이 수월해지고 있다는 걸 느낄 수 있었다. 한편, 페르난다는 페서리가 없어진 것을 얼굴도 모르는 의사들의 보복이라 해석하고는 캐미솔 안쪽에다 조임줄이 달린 주머니 하나를 달아 아들이 보내온 새 페서리들을 숨겼다.

암탉을 묻은 지 여섯 달이 지났을 때, 아우렐리아노 세군도는 자정께 기침이 심하게 나고 게의 집게발이 목구멍 안을 조이는 듯한 기분이[38] 들어 잠에서 깨어났다. 그가 수상쩍은 그 페서리를 제아무리 많이 불사르고 저주를 풀기 위한 암탉을 제아무리 많이 물에 적신다 해도 자신이 죽어 가고 있다는 바로 그 서글픈 사실을 깨달은 것은 바로 그때였다. 그는 그 사실을 아무에게도 얘기하지 않았다. 아마란타 우르술라를 브뤼셀에 보내지도 못하고 죽게 되지나 않을까 하는 두려움으로 괴로워하며 그 어느 때보다도 더 열심히 일하고, 복권 추첨을 일주일에 한 번이 아니라 세 번씩이나 했다. 이른 아침부터, 영락없이 다 죽어 가는 사람처럼 조바심을 지닌 채 가장 멀리 떨어진 가장 가난한 마을들까지 복권을 팔러 돌아다니는 그의 모습이 보였다. "여기 하느님의 섭리가 계십니다. 이번 기회

---

37) 흔히 검은색 암탉을 교차로에 묻는 행위는 액운을 퇴치하는 방법으로, 전통적으로 가장 흔한 민간 요법이었다.
38) 후두암을 의미한다.

를 놓치지 마세요. 백 년마다 단 한 번씩만 오십니다." 그는 큰 소리로 외치며 다녔다. 밝고, 친절하고, 말주변 좋은 사람처럼 보이려고 감동적인 노력을 기울였으나 흐르는 땀과 핏기 없는 얼굴만 보아도 그가 간신히 서 있다는 것을 알 수 있었다. 집게발이 목 안을 조각내고 있는 듯한 통증을 가라앉히기 위해 이따금 남의 눈에 띄지 않는 공터를 찾아 잠시 앉아 있었다. 그는 축음기 옆에서 울먹거리고 있는 외로운 창부들을 행운이 찾아올 거라는 말로 위로하려 애쓰면서 자정 무렵까지도 사창가에 머물렀다. "이 번호는 넉 달 전부터 뽑히지 않았던 거예요. 기회를 놓치지 말아요. 인생은 생각하고 있듯이 그렇게 긴 것이 아니니까요." 그는 그녀들에게 복권을 내보이며 말했다. 사람들은 결국 그에 대한 존경심을 잃어버렸고, 죽기 전 몇 달은, 예전과는 달리 그를 돈[39] 아우렐리아노로 부르지 않고 면전에서도 돈 하느님으로 부르며 비아냥댔다. 그는 점차 목소리가 쉬어 가고, 말이 어눌해지더니 결국에는 개가 으르렁거리는 소리처럼 목소리가 잦아들었지만 페트라 코테스의 집 마당에서 추첨하는 경품에 대한 사람들의 기대를 허물어뜨리지 않게 하려는 의지는 여전히 지니고 있었다. 그럼에도 불구하고, 목소리가 나오지 않게 되고, 얼마 있지 않아 자신이 그 고통을 견디지 못하리란 사실을 깨달았을 때, 그는 돼지와 염소의 복권 판매 수입으로는 딸을 브뤼셀에 보낼 수 없을 거라는 사실을 이해해 가고 있었고, 그래서 홍수로 황폐해

---

39) 이름 앞에 붙이는 경칭이다.

지긴 했지만, 자본을 가진 사람이라면 복구할 수도 있는 토지를 이용해 근사한 추첨을 해야겠다는 생각을 품게 되었다. 흥미진진한 제안이었기 때문에 시장까지 포고문을 통해 선전을 해 주겠다고 나섰고, 매당 백 페소짜리 복권을 사기 위해 이곳저곳에서 계가 만들어지기까지 해서 일주일이 채 못 되어 복권이 바닥났다. 추첨이 있는 날 밤에 당첨자들은 바나나 회사의 경기가 좋았을 때 열던 파티에 버금가는 화려한 파티를 열었고, 아우렐리아노 세군도는 아코디언으로 그동안 잊고 지낸 프란시스코 엘 옴브레의 노래를 마지막으로 연주했으나, 이미 노래를 부를 수 없는 처지가 되어 있었다.

두 달 뒤 아마란타 우르술라는 브뤼셀로 떠났다. 아우렐리아노 세군도는 특별 복권 장사로 번 돈뿐 아니라 그전 몇 달 동안 절약해서 저축한 돈과 자동 피아노, 클라비코드, 그 밖에 고물이 다 된 잡동사니를 팔아서 만든 얼마 되지 않는 돈까지 딸에게 건네주었다. 그의 계산에 의하면, 그 돈은 공부를 마치는 데까지는 쓸 수 있는 것이어서 귀국하는 데 드는 여비만 마련하면 되었다. 브뤼셀이 타락의 도시 파리에 너무 가까이 있다는 이유로 겁을 먹고 있던 페르난다는 마지막 순간까지 딸의 유학을 반대했으나 수녀들이 뒷바라지하는 가톨릭 여학생 기숙사에 보내는 앙헬 신부의 소개장을 받고서야 마음을 누그러뜨렸고, 아마란타 우르술라도 공부가 끝날 때까지 계속 그곳에서 살겠다고 약속했다. 게다가, 신부는 아마란타 우르술라가 톨레도로 가는 한 무리의 프란시스코파 수녀들의 보호하에 여행할 수 있도록 선처해 주었는데, 거기서 수녀들은 그녀를 벨기에로 보내기 위해 신뢰할 만한 사람을 기다리기로 되어 있었다. 이런 협조가 가능하도록 부산하게 편지를 주고받는 사이 아우렐리아노 세군도는 페트라 코테스의 도움을 받아 가며 아마란타 우르술라의 짐을 꾸리는 일을 떠맡았다. 그들이 페르난다가 시집올 때 가져온 트렁크들 가운데 하나에 물건을 챙긴 날 밤, 모든 게 너무나 잘 정리되어 있어서 아마란타 우르술라는 대서양 횡단 중에 쓸 옷과 코르덴 슬리퍼가 어느 쪽에 들어 있으며, 배에서 내릴 때 입을 놋쇠 단추 달린 파란 코르덴 코트와 산양 가죽 구두가 어느 쪽에 들어 있는지 훤히 꿰고 있었다. 플랫폼을 통해 승선할 때 바다로 떨어지지 않으려면 어떻게 걸어야 좋은지도 알고 있었고, 절대로 수녀들 곁을 떠나지 않고, 식사하러 갈 때 외에는 선실 밖으로 나가지 않아야 되며, 항해 도중 낯선 사람이 말을 걸어오면 남자건 여자건 이유를 불문하고 대답을 해서는 안 된다는 것도 이미 알고 있었다. 배 멀미 약이 든 유리병과 앙헬 신부가 폭풍을 막아 주는 여섯 가지 기도문을 직접 써 준 노트도 지니고 있었다. 페르난다는 아마란타 우르술라가 돈을 보관할 허리띠를 천막용 천으로 만들어 주면서 잠을 잘 때도 벗어 놓을 필요 없이 몸에 잘 맞게 두르는 방법을 가르쳐 주었다. 또 잿물로 깨끗이 씻고, 알코올로 소독한 황금 요강을 아마란타 우르술라에게 들려주려고 애를 썼으나 아마란타 우르술라는 학교 친구들로부터 놀림감이 되기 싫다며 거절했다. 채 몇 달이 안 되어, 죽음의 시각에 다다른 아우렐리아노 세군도는 페르난다의 마지막 당부를 듣기 위해 결국 내리지는 못했지만 이등 열차의 먼지투성이 유리창을 내리려고 안간힘을 쓰던 아마란타 우르술라의 마지막 모습을 기억해야만 했다. 그녀는 브로치로 조화 팬지 꽃 가지 하나를 왼쪽 어깨 위에 꽂은 분홍색 비단 옷을 입고, 끈으로 매게 되어 있는 굽 낮은 산양 가죽 구두를 신고, 종아리 부분에 탄력 밴드가 달린 광택 있는 스타킹을 신고 있었다. 가냘픈 몸집에, 긴 머리카락을 늘어뜨린 그녀는 우르술라가 그 나이 또래 때 지녔던 명민한 눈을 지니고 있었는데, 울지도 웃지도 않은 채 작별을 고하던 그녀의 태도에는 우르술라와 같은 강한 성격이 드러나 있었다. 기차에 부딪치지 않으려고 페르난다에게 한쪽 팔을 의지한 채 점점 속도가 빨라지는 기차를 쫓아가던 아우렐리아노 세군도는 딸이 손가락 끝으로 키스를 보냈을 때 손으로 간신히 응답할 수 있었다. 부부는 타는 듯한 태양 아래서 결혼식 날 이후 처음으로 팔짱을 긴 채 열차가 지평선에 있는 까만 점 속으로 사라져 가는 모습을 바라보면서 꼼짝도 않고 서 있었다.

브뤼셀로부터 첫 번째 편지를 받기 전인 8월 9일, 멜키아데스의 방에서 아우렐리아노와 얘기를 나누던 호세 아르카디오 세군도가 불현듯 이렇게 말했다.

"3000명 이상이었는데, 죄다 바다에 버려졌다는 사실을 항상 기억하고 있거라."

그러고 나서 그는 양피지 위로 엎어지더니 눈을 뜬 채 숨을 거두었다. 같은 시각, 그의 쌍둥이 동생도 페르난다의 침대 위에서 목구멍을 갉아먹는 강철 게 때문에 오랫동안 겪어야 했던 무시무시한 고통의 끝에 도달했다. 그는 아내 옆에서 죽겠다는 약속을 지키기 위해 말도 못하고, 숨을 쉴 수가 없고, 거의 뼈밖에 안 남은 몸으로 이리저리 왔다 갔다 했던 트렁크들과 변변치 못한 아코디언을 가지고 일주일 전에 자기 집으로 돌아왔었다. 페트라 코테스는 그가 옷가지를 챙기는 걸 도와주고 나서 눈물 한 방울 흘리지 않고 그를 떠나보냈으나, 그가 관 속으로 가져가고 싶어 한 에나멜 코팅 반장화를 깜박 잊고 주지 않았다. 그가 죽었다는 소식이 들려오자 그녀는 검은 옷으로 갈아입고, 신문지 한 장에 반장화를 싸 들고 찾아가 페르난다에게 시체를 보게 해 달라고 부탁했다. 페르난다는 그녀를 집 문턱도 못 넘게 했다.

"내 입장이 좀 돼 봐요." 페트라 코테스가 간청했다. "그를 사랑할 만큼 했는데도 이런 모욕을 받아야 되는지 생각 좀 해 보라니까요."

"정부 주제에 견디지 못할 모욕이 어딨담. 그러니, 그 반장화를 정 신기고 싶으면, 차라리 그 많은 기둥서방들 가운데 하나가 죽길 바라지 그래요." 페르난다가 쏘아붙였다.

산타 소피아 델 라 피에닷은 무슨 일이 있어도 호세 아르카디오 세군도를 산 채로 묻게 하지 않겠다고 한 약속을 지키기 위해 그의 목을 식칼로 잘랐다. 시체들은 똑같이 생긴 두 개의 관에 넣어졌는데, 쌍둥이 형제는 소년 시절까지 그랬던 것처럼 죽어서 다시 쌍둥이 모습으로 돌아갔다. 아우렐리아노 세군도의 과거 요란법석한 파티 친구들은 그의 관 위에 '암소들아, 그만 낳아라, 인생은 짧다.'라는 글귀가 적힌 보랏빛 리본을 매단 화환을 얹었다. 페르난다는 이 불경스러운 짓에 노발대발 화를 내며 화환을 쓰레기통에 버리도록 했다. 장례식 마지막 순간의 그 혼란스런 분위기 속에서 시체 둘을 집에서 꺼냈던 술 취한 조객들은 관을 혼동해 두 사람을 각각 다른 무덤에 묻고 말았다.[40]

---

40) 쌍둥이 형제는 유년 시절에 각각 뒤바뀐 이름과 본성을 죽음을 통해 비로소 되찾게 된다.

18장

아우렐리아노는 오랫동안 멜키아데스의 방에서 나오지 않았다. 너덜거리는 책 속의 공상적인 전설들, 앉은뱅이 헤르만의 연구 요약문, 요괴학에 관한 메모들, 현자의 돌에 대한 비법들, 노스트라다무스의 세기(世紀)라는 책과 흑사병에 관한 연구를 암기해 버렸고, 그래서 그는 자기가 살고 있는 시대의 일은 아무것도 몰랐으나 중세 인간에 대해서는 기초적인 지식을 갖춰 사춘기를 맞이했다. 산타 소피아 델 라 피에닷이 아무때나 불쑥 그 방에 들어서면 그는 독서에 몰입해 있었다. 그녀는 동틀 녘에는 설탕을 타지 않은 커피 한 대접을, 정오에는 아우렐리아노 세군도가 죽은 뒤 그 집에서 식용되던 유일한 요리인 플라타노 튀김 조각을 곁들인 쌀밥 한 접시를 그에게 날라다 주었다. 그의 머리카락을 잘라 주거나 서캐를 잡아 주거나 잊혀진 트렁크들에서 발견하던 낡은 옷을 그의 몸에 맞게 고쳐 주었으며, 수염이 나기 시작했을 때는 아우렐리아노 부엔디아 대령의 면도칼과 비누 거품을 낼 때 사용하던 작은 바가지를 그에게 가져다주었다. 대령의 아들들 가운데 그 누구도, 아우렐리아노 호세조차도, 아우렐리아노만큼 대령을 많이 닮지 않았는데, 무엇보다도, 불룩 튀어나온 광대뼈며 단호하지만 약간 잔인하게 보이는 입술선은 더욱더 그랬다. 방에서 공부를 하고 있는 아우렐리아노 세군도를 보았을 때 우르술라가 느끼던 것과 마찬가지로 산타 소피아 델 라 피에닷 또한 아우렐리아노가 자주 혼잣말을 한다고 생각했다. 하지만 실제로는 멜키아데스와 얘기를 나누고 있었던 것이다. 쌍둥이 형제가 죽은 지 채 얼마 되지 않은 타는 듯이 더운 어느 정오에 그는 마치 자신이 태어나기 훨씬 이전부터 뇌리에 존재했던 기억이 형상화된 듯한 그 노인이 음울한 표정을 띠고 까마귀 날개처럼 생긴 모자를 쓴 채 창문으로 들어오는 빛을 등지고 서 있는 것을 발견했다. 아우렐리아노가 양피지의 알파벳을 막 분류하고 났을 때였다. 따라서 멜키아데스가 그 양피지가 어떤 언어로 쓰여 있는지 알아냈느냐고 물었을 때 그는 주저하지 않고 대답했다.

"산스크리트어입니다."

멜키아데스는 자신이 그 방에 돌아올 기회가 한정되어 있다고 밝혔다. 그러나 양피지가 한 세기를 맞이하고, 또 해독이 되려면 몇 년이 남았는데, 그동안 아우렐리아노가 산스크리트어를 배울 수 있으리라 생각한 멜키아데스는 궁극적인 죽음[41])의 초원으로 마음 편히 가고 있었다. 바나나 회사가 번창하던 시기에는 미래가 점처지고 꿈 해몽이 행해지던, 강까지 이어져 있는 그 골목에 카탈루냐 출신 학자[42])가 책 가게를 차렸는데 『산스크리트어 첫걸음』이란 책을 서둘러 사지 않으면 육 년 후에는 좀이 다 슬어 버릴 거라고 일러 준 사람도 바로 멜키아데스였다. 산타 소피아 델 라 피에닷은 그 기나긴 삶에서 처음으로 감정을 드러냈는데, 그녀는 아우렐리아노가 책 가게 선반의 두 번째 줄 오른쪽 끝에, 『해방된 예루살렘』[43])과 밀턴[44])의 시집 사이에 있는 그 책을 찾아 사 달라고 부탁했을 때 그가 어떻게 해서 그렇게 정확하게 알아냈을까 하는 생각에 깜짝 놀라고 말았다. 글씨를 읽을 줄 몰라 그가 말해 준 책 이름을 무작정 외워 버린 그녀는 작업실에 있는 열일곱 개의 작은 황금 물고기 가운데 하나를 팔아 돈을 마련했는데, 군인들이 집을 수색하던 날 밤에 그것들을 간수해 놓은 장소를 아는 사람은 그녀와 아우렐리아노뿐이었다. 아우렐리아노가 산스크리트어 공부에 진전을 보이고 있는 사이, 멜키아데스는, 정오의 밝은 빛 속에서 그 모습이 차츰차츰 흐려져 갔는

---

41) 죽음 속에 존재하는 죽음으로서, 프루덴시오 아길라르에게 공포감을 주는 죽음, 인간의 기억 속에서 완전히 사라져 버리는 죽음을 의미한다.

42) 콜롬비아에 망명해 가르시아 마르케스가 속한 '바랑키야 그룹'에 총체적인 영향을 미쳤고, 특히 가르시아 마르케스에게 중요한 영향을 미친 카탈루냐 출신 책 가게 주인 라몬 비니에스를 허구화한 것이다.

43) 토르쿠아토 타소의 서사시이다.

44) 첫 번째 인간의 몰락을 주제로 한 『실락원』을 지은 영국 시인(1608~1674)이다.

데, 갈수록 덜 자주 나타나고 더 멀어져만 갔다. 아우렐리아노가 마지막으로 그가 찾아왔음을 느꼈을 때 그는 거의 눈에 보이지 않는 존재가 되어 이렇게 중얼댔다. "나는 싱가포르의 모래 언덕(砂丘)에서 열병에 걸려 죽었느니라." 순간 방 안은 먼지와 더위, 흰개미와 불개미, 그리고 책과 양피지에 간직된 지혜를 톱밥으로 만들어 버린 좀들이 장악해 버렸다.

집에 먹을 것이 부족하지는 않았다. 불경스런 글귀를 적어 매단 화환을 가져왔던 친구들 가운데 하나가 아우렐리아노 세군도가 죽은 다음 날 남편에게 빚진 돈을 갚겠다고 페르난다에게 제의했다. 그때부터는 매 수요일마다 심부름꾼 하나가 먹을 것이 든 바구니를 가져왔고, 그것은 일주일치 양식이 되었다. 지속적으로 선심을 쓰는 행위는 자기를 모욕한 상대를 오히려 모욕하는 것이라 생각하던 페트라 코테스가 먹을거리를 보내고 있다는 사실을 아는 사람은 아무도 없었다. 하지만 페트라 코테스의 분노는 자신이 기대했던 것보다 훨씬 더 빨리 사라졌는데, 그녀는 자존심에서, 그리고 마지막으로는 연민 때문에 계속해서 먹을거리를 보냈다. 복권 나부랭이를 팔러 다닐 기력이 떨어졌을 때나 사람들이 제비뽑기에 대한 관심을 잃었을 때, 페르난다를 먹이기 위해 자주 끼니를 거르던 페트라 코테스는 페르난다의 장례 행렬이 지나가는 것을 눈으로 확인할 때까지 그 약속을 지켰다.

산타 소피아 델 라 피에닷으로서는 집 식구가 줄어든 것이 반 세기 이상의 노동 끝에 얻은 권리인 휴식일 수밖에 없었다. 순진무구한 성품을 지닌 미녀 레메디오스와 신비로운 엄숙함을 지닌 호세 아르카디오 세군도를 낳음으로써 가족에게 영향을 미쳤던, 은밀하면서도 무엇을 생각하는지 알 수 없는 그 여인은 지금까지 단 한차례도 탄식을 해 본 적이 없었다. 그녀는 자신들이 그녀의 아들이거나 손자인 것을 거의 기억하지 못하던 아이 몇을 양육하는 데 고독과 침묵의 일생을 바쳤고, 자신이 증조모라는 사실을 그녀 자신도 알지 못한 채 마치 자기 배에서 태어난 자식처럼 아우렐리아노의 뒷바라지를 맡아 했다. 그녀가 항상 곡식 창고 바닥에 깔린 돗자리 위에서 밤쥐들이 요란하게 떠드는 소리를 들으며 잠을 잤다는 것은 그 집 같은 집에서나 상상할 수 있는 일이었는데, 그동안 아무에게도 말하지 않았지만, 어느 날 밤에는 누군가가 어둠 속에서 자기를 노려보고 있다는 무시무시한 느낌이 들어 잠에서 깨어나 보니 독사 한 마리가 배 위를 기어가고 있었다. 우르술라에게 그 사실을 얘기했더라면 자기 침대에서 함께 자자고 했을 거라는 걸 그녀도 알고 있었지만, 당시는 빵 공장 때문에 다들 분주했고, 전쟁 통에 소란스러웠으며, 아이들을 뒷바라지하는 일로 다른 사람의 행복 같은 건 생각할 여유가 없었기 때문에 복도에서 큰 소리라도 치지 않으면 그 누구도 그 어떤 것에도 신경을 쓰지 않던 시절이기도 했다. 그녀가 단 한 번도 본 적이 없는 페트라 코테스만이 그녀에 대해 기억하고 있었다. 페트라 코테스는 복권 장사를 해서 번 돈이 영 신통찮았을 무렵에도 기적같이 그녀에게 외출용 고급 구두 한 켤레를 마련해 주었고, 그녀가 옷이 없어 못 입는 경우가 없도록 해 주었다. 사실, 페르난다가 집에 왔을 때 산타 소피아 델 라 피에닷을 평생 써먹을 수 있는 가정부라고 믿을 만했는데, 그녀가 시어머니라는 말을 수차례 들었음에도 그 사실이 도저히 믿기지 않았기 때문에 그런 사실을 잊어버리는 데 걸린 시간보다는 인식하는 데 걸린 시간이 더 길었다. 그러나 산타 소피아 델 라 피에닷은 그 비천한 조건에도 전혀 힘들어하지 않는 것 같았다. 오히려, 사춘기 때부터 살았고, 특히 바나나 회사가 있었을 때는 가정이라기보다는 병영처럼 보였던 그 거대한 집을 정돈하고 청소하면서 불평 한번 하지 않고 쉼없이 몸을 움직여 구석구석 돌아다니는 것을 좋아하고 있다는 인상까지 줄 정도였다. 그러나 우르술라가 죽자 산타 소피아 델 라 피에닷의 초인적인 근면함과 일에 대한 무시무시한 능력도 쇠퇴하기 시작했다. 그녀도 늙고, 쇠진한 상태에 있었을 뿐만 아니라, 그 집 또한 하룻밤 사이에 갑자기 노화의 위기에 빠져버렸던 것이다. 부드러운 이끼가 벽을 뒤덮었다. 이제 마당에 비어 있는 부분이 없게 되었을 때 잡초는 복도의 시멘트 바닥을 뚫고 올라오면서 바닥을 유리처럼 산산조각 내 버렸고, 그 틈새로 우르술라가 거의 한 세기 전에 멜키아데스의 의치가 들어 있는 컵에서 본, 그 작고 노란 꽃[45]이 비어져 나왔다. 이 자연의 무절제를 막을 시간도 방법도 없는 상태에서 산타 소피아 델 라 피에닷은 침실들을 돌아다니며 밤이 되면 되돌아오게 될 도마뱀을 몰아내면서 하루를 보냈다. 어느 날 아침에는 불개미가 파헤쳐진 집 토대를 떠나 마당을 가로질러 가더

---

45) 작고 노란 꽃은 쇠퇴와 죽음과 관계가 있다.

니 흙빛을 띠고 있는 베고니아가 있는 난간을 타고 올라가 집 안 깊숙한 곳까지 들어가는 것을 보았다. 처음에는 비로, 그 다음에는 살충제로, 그리고 마지막에는 석회로 불개미를 퇴치하려 했으나 다음 날이 되면 그 어떤 것에도 굴하지 않고 집요하게 그 길을 지나 다시 그 자리에 모습을 드러냈다. 페르난다는 자식들에게 보낼 편지를 쓰느라 도저히 막을 수 없을 정도로 급격하게 집이 파괴당하는 것도 모르고 있었다. 산타 소피아 델 라 피에닷은 잡초가 부엌으로 들어오지 못하도록 싸우고, 몇 시간 안에 또다시 만들어질 거미집을 벽에서 쓸어 내고, 흰개미 떼를 쓸어 내면서 홀로 싸워 나갔다. 하지만, 멜키아데스의 방 역시 하루에 세 차례나 비로 쓸어 내고 털어 낼 정도로 거미줄과 먼지투성이가 되어 있었는데, 그녀가 분노에 가까운 열정으로 방을 깨끗이 하려 했음에도 불구하고 예전의 아우렐리아노 부엔디아 대령과 그 젊은 군인만이 예상했던 부스러기와 비참한 분위기가 방을 위협하는 것을 보았을 때는 이제 그녀 자신도 어찌 해 볼 도리가 없다는 사실을 깨닫게 되었다. 그래서 그녀는 낡은 외출복을 입고, 우르술라의 낡은 신발과 아마란타 우르술라에게서 받은 면 양말을 신었고, 나중에 갈아입을 양으로 집에 남아 있던 옷 두세 벌을 넣은 작은 보따리 하나를 만들었다.

"포기하련다. 이 집은 보잘것없는 내 뼈다귀로는 감당할 수 없을 정도로 너무 커."

아우렐리아노가 그녀에게 어디로 가느냐고 묻자 그녀는 어디로 갈 건지 전혀 생각해 놓지 않았다는 듯이 어정쩡한 태도를 취했다. 그렇지만, 말년을 리오아차에 살고 있는 질녀와 함께 보낼 예정이라는 사실만은 확실히 하려고 애썼다. 하지만 그 말이 진실인 것 같지는 않았다. 부모가 사망하고 나서 그녀는 마을의 그 누구와도 접촉하지 않았고, 편지나 전갈을 받은 적도 없고, 친척에 관해 말을 한 적도 없었던 것이다. 그녀가 단돈 1페소 25센타보만 가지고 나가려고 했기 때문에 아우렐리아노는 작은 황금 물고기 열네 개를 들려 주었다.[46] 그는 방 창가에 서서, 그녀가 옷 보따리를 들고 세월의 흐름에 따라 구부정해진 허리에 다리를 끌면서 마당을 건너가는 것을 바라보았고, 밖으로 나간 후 빗장을 걸기 위해 문틈 사이로 손을 넣는 것을 보았다. 그 후 그녀에 대한 소식은 영영 알 수 없었다.

산타 소피아 델 라 피에닷의 가출을 알게 된 페르난다는 어느 날, 그녀가 뭔가 훔쳐가지나 않았는지 확인하려고 트렁크며 장롱이며 선반을 뒤지면서 하루 종일 투덜댔다. 난생처음으로 화로에 불을 지피려다 손가락에 화상을 입은 그녀는 아우렐리아노에게 커피 끓이는 법을 가르쳐 달라고 청해야 했다. 시간이 지나감에 따라 부엌 일을 맡게 된 사람은 바로 그였다. 잠자리에서 일어날 때면 아침 식사가 준비되어 있었기 때문에 아우렐리아노가 잘 덮어서 재에 묻어 놓은 잔 숯불에 얹어 놓은 식사를 가지러 가기 위해 나올 때를 제외하고는 침실을 벗어난 적이 없는 페르난다는 의자 열다섯 개가 비어 있는 식탁 끝에 외롭게 앉아 아마포 식탁보 위 가지 장식이 달

---

46) 이제 두 개가 남았다.

린 촛대들 사이에서 식사를 하기 위해 식탁으로 식사를 가져 갔다. 그런 상황에서도 페르난다와 아우렐리아노는 고독을 서로 나누려고 하지 않았을 뿐만 아니라 거미집이 장미나무를 눈처럼 하얗게 뒤덮고, 천장에 커버를 씌우고, 벽을 두툼하게 덮어 가는 사이에도 각자 자기 방만 청소하면서 계속해서 각자의 삶을 살아갔다. 페르난다가 집에 귀신들이 가득 차 있다는 인상을 받게 된 것은 그때였다. 물건들이, 특히 매일 쓰는 물건들이, 마치 스스로의 힘으로 움직이는 능력을 개발하기라도 한 것 같았다. 침대 위에 놓아 두었음에 틀림없는 가위를 찾는 데도 한참이 걸렸는데, 온갖 것을 다 뒤적거린 끝에 결국 나흘 동안 발도 들여놓지 않았다고 생각되는 부엌 까치발 위에서 찾아냈다. 식기를 넣어 두는 서랍에서 포크 한 개가 갑자기 사라졌는가 싶더니, 제단에서 여섯 개, 세탁장에서 세 개가 나왔다. 물건들이 그렇게 이동하는 현상은 그녀가 뭔가를 쓰려고 앉았을 때는 더욱더 절망적이었다. 오른쪽에 놓아 둔 잉크 병이 왼쪽에서 나타났고, 잉크 압지대(押紙臺)가 사라졌다가 이틀 후에 베개 밑에서 나왔고, 호세 아르카디오에게 쓴 편지가 아마란타 우르술라에게 쓴 편지와 뒤바뀌기도 해서 그녀는 편지를 바뀐 봉투에 잘못 넣지 않았는지 항상 마음을 졸였는데, 실제로 그런 일도 여러 번 있었다. 언젠가는 펜이 없어졌었다. 그런데 우체부가 가방 속에서 그것을 발견하고는 주인을 찾아 집집마다 돌아다니다가 보름 후에야 되돌려 주었다. 처음에 그녀는, 그런 현상을 페서리가 없어진 것과 마찬가지로 얼굴도 모르는 의사들의 수작이라고 믿고서 제발 자기를 그냥 내버려 두라고 간청하는 편지를 쓰기 시작했으나, 다른 할 일이 생겨 도중에 중단해야 했는데, 다시 방으로 돌아와 보니 쓰고 있던 편지가 보이지 않았을 뿐만 아니라 무엇 때문에 편지를 쓰고 있었는지조차도 잊어버린 상태가 되어 있었다. 한때는 아우렐리아노가 범인이라고 의심한 적도 있었다. 그를 감시하며, 그가 물건의 위치를 바꾸는 순간 그를 덮치려고 그가 지나가는 곳에 물건들을 놓아 보았으나 아우렐리아노가 부엌이나 화장실에 갈 때를 제외하고는 멜키아데스의 방을 나오지 않았고, 또 그가 그런 장난을 할 사람이 아니라는 사실을 곧 알게 되었다. 결국, 귀신들의 장난이라고 믿고서 물건들을 각각 쓰는 곳에 고정시키기로 결정했다. 가위는 긴 용설란 노끈으로 침대맡에 묶었다. 펜대와 잉크 압지대는 책상 다리에 묶었고, 잉크 병은 책상 위에서 항상 글씨를 쓰는 지점 오른쪽에 고무풀로 붙였다. 하지만 문제는 하루 이틀 사이에 해결되지 않아, 바느질을 시작한 지 몇 시간만 지나면 귀신이 노끈을 줄여 버리기라도 한 것처럼 가위를 묶어 둔 노끈이 짧아져 가위질을 할 수 없게 되어 있었다. 펜을 묶어둔 노끈의 경우도 마찬가지였고, 그녀의 팔도 마찬가지 현상이 일어나, 편지를 쓰기 시작하고 잠시 후면 잉크 병에 손이 닿지 않았다. 브뤼셀의 아마란타 우르술라도 로마의 호세 아르카디오도 그런 하찮은 불행에 대해서는 전혀 모르고 있었다. 페르난다는 두 사람에게 자신은 행복하게 살고 있다고 썼는데, 일상적인 문제가 상상 속에서 이미 해결되어 있었기 때문에 그 문제로 고통을 받지 않았던 자기 부모의 세계로 삶이 그녀를 다시 끌어오기라도 한 것처럼, 모든 곤경에서 벗어났다고 스스로 느끼고 있었으므로 실제로도 행복했다. 자식들과 편지를 주고받느라 시간 감각을 잃은 그녀는 특히, 산타 소피아 델라 피에닷이 집을 나간 이후로는 그 증세가 더욱 심해졌다. 그녀는 자식들이 돌아오기로 예정되어 있는 날짜를 기준으로해서 년, 월, 일을 계산하는 데 이미 익숙해져 가고 있었다. 그런데 자식들이 돌아온다는 날짜를 각각 몇 차례씩 연기해 버리자, 날짜가 혼동되고, 기한(期限)이 뒤섞여 버렸으며, 여정(旅程)이 다들 서로 엇비슷해져서 마침내는 시간이 어떻게 지나가는지도 잊어버리고 말았다. 그녀는 안달하기는커녕 날짜가 연기된 것에 진한 기쁨을 느꼈다. 호세 아르카디오가 종신 서원의 만과(晚課)를 치른다고 알려온 지 여러 해가 지난 후, 외교학을 공부하기 위해 고급 신학 공부가 끝나기를 기다리고 있다고 전해 왔을 때조차도 초조해하지 않았던 이유는 성베드로의 자리로 통하는 나선형 계단은 아주 높고 많은 장애가 있다는 것을 알고 있었기 때문이었다. 더욱이, 아들이 교황을 보았다는 것과 같은, 그러니까, 다른 사람들에게는 무의미하기만 한 소식을 들었을 때는 마음이 흥분되기까지 했다. 아마란타 우르술라가 우수한 성적 덕분에 아버지가 계산을 하면서 고려하지 않았던 특혜를 받아 수업 기간이 예정보다 연장되고 있다는 소식을 보냈을 때도 유사한 기쁨을 맛보았다.

산타 소피아 델 라 피에닷이 산스크리트어 문법책을 가져온 지 삼 년이 넘는 세월이 흘렀는데도 아우렐리아노는 겨우 첫 장을 번역했을 뿐이었다. 그것은 쓸모없는 작업은 아니었으나 스페인어로 번역해 놓은 것도 암호화된 운문으로 되어 있어 무슨 말인지 알 수 없었기 때문에 어디까지 계속될지 예측할 수 없는 긴 여정에서 겨우 첫걸음을 내디딘 것에 불과했다. 아우렐리아노 자신은 그 암호를 풀 수 있는 열쇠를 찾을 만한 기초가 부족했으나, 양피지 속에 들어 있는 뜻을 푸는 데 필요한 책이 카탈루냐 출신 학자의 책방에 있다는 말을 멜키아데스로부터 들은 적이 있던 그는 그것을 찾으러 가는 걸 허락받기 위해 페르난다와 얘기를 하기로 작정했다. 끊임없이 늘어 가는 부스러기가 가득 차 엉망진창이 되어 버린 방 안에서 그는 어떻게 부탁을 해야 가장 적당할지 그 방법을 궁리하고, 여러 가지 상황을 미리 설정하고, 제일 적절한 기회를 노렸으나, 숯불에서 식사를 꺼내고 있는 페르난다의 모습을 보았을 때는 그때가 그녀에게 말을 건넬 유일한 기회였는데도, 어려운 궁리 끝에 생각해 낸 부탁의 말이 목구멍에 걸려 나오지도 않았다. 그녀의 행동을 몰래 살폈던 것은 그때뿐이었다. 그는 그녀의 침실에서 들리는 발자국 소리에 귀를 기울였다. 그녀가 우체부로부터 자식들에게서 온 편지를 받고, 자기 편지를 건네주려고 문까지 나가는 발자국 소리를 듣고, 밤늦은 시각까지 다급하게 종이를 긁어 대는 펜 소리에 귀를 기울이고, 이윽고 전기 스위치를 끄는 소리와 어둠 속에서 기도를 읊조리는 소리를 들었다. 그렇게 하고 나서야만 그는 다음 날에는 기대하던 기회를 얻을 수 있으리라 믿으면서 잠이 들었다. 허락이 떨어지지 않는 일은 없을 거라는 생각으로 너무나도 가슴이 부푼 그는 어느 날 아침, 벌써 어깨까지 닿아 있던 머리카락을 자르고, 텁수룩한 수염을 깎고, 누가 물려준 것인지 알 수 없는 꽉 끼는 바지와 칼라를 떼었다 붙였다 할 수 있는 와이셔츠를 입고, 부엌에서 페르난다가 아침 식사를 가지러 나오기를 기다렸다. 그런데, 머리를 추켜세우고 돌처럼 무겁게 걷는 매일 보던 여자가 아니라, 누르스름한 담비 가죽을 걸치고, 금박 종이로 만든 왕관을 쓴, 천상의 아름다움을 지닌 노파 하나가 남모르게 울기라도 한 것 같은 처연한 모습으로 나타났다. 사실, 아우렐리아노 세군도의 트렁크들 속에서 좀먹은 여왕 의상을 발견한 뒤로 페르난다는 자주 그 옷을 입었다. 거울 앞에서 여왕으로 변한 자신의 모습에 도취해 있는 그녀를 본 사람이라면 그녀가 미쳤다고 생각할 수도 있었을 것이다. 하지만 그녀는 미쳐 있지 않았다. 단지, 옛날이 그리워 그렇게 차려입은 데 불과했던 것이다. 맨 처음 그 옷을 입은 순간, 그녀를 여왕으로 만들고자 집을 찾아온 군인들의 군화에서 나던 구두약 냄새를 다시 느꼈고, 잃어버린 꿈에 대한 향수와 더불어 자신의 영혼이 투명해졌기 때문에, 가슴이 뭉클해지고 눈에 눈물이 가득 고이는 것을 피할 수 없었다. 자신이 너무 늙고, 너무 쇠진되고, 인생의 가장 좋은 시절로부터 너무 멀리 떨어져 있음을 느낀 그녀는 가장 나빴던 시절로 기억되는 것까지 그리워했는데, 그제서야 비로소 복도에 있는 오레가노의 진한 향기와, 해질 무렵 장미나무에서 피어오르는 수증기, 그리고 외지에서 온 사람들의 짐승 같은 성질까지도 얼마나 필요했던 것인가를 깨달았다. 일상의 현실을 살아가면서 받았던 가장 강력한 타격에도 부서지지 않고 견디어 온 그녀의 완고하고 황폐한 마음도 처음으로 밀려온 향수 때문에 무너져 버렸다. 그녀는 흘러가는 세월이 자신을 황폐화시킬수록 쓸데없이 자주 슬픔에 젖는 습관이 생기게 되었다. 그녀는 고독 속에서 인간미를 띠어 갔다. 그럼에도 불구하고, 어느날 아침, 부엌에 들어간 그녀는 빼빼 마르고 창백한 어느 청년이 뭔가를 간청하는 듯한 눈빛을 보내며 내민 커피 한 대접을 마주했을 때, 빈정대는 듯한 손길로 대접을 내리쳐 산산조각을 내 버렸다. 그의 부탁을 들어주지 않았을 뿐만 아니라 그날부터 집 열쇠를 사용하지 않은 폐서리를 보관해 둔 주머니에 감춰 버렸다. 그것은 아우렐리아노가 마음만 먹으면 언제든지 들키지 않고 집을 나갈 수도 있고, 돌아올 수까지 있었기 때문에 불필요한 경계였다. 그러나 오랜 유폐 생활이나 바깥 세상에 대한 불확신, 그리고 뭐든 복종하는 버릇 때문에 그의 마음속에는 반항의 씨앗이 바싹 말라 있었다. 그래서 그는 양피지를 훑어보고 또 훑어보고, 침실에서 페르난다가 훌쩍이는 소리를 밤늦은 시각까지 들으며 다시 방에 틀어박혀 지냈다. 어느 날 아침, 그는 여느 때와 마찬가지로 화로에 불을 지피러 나갔는데, 불기 없는 재 위에는 전날 그녀를 위해 놓아둔 식사가 그대로 남아 있었다. 그녀의 침실을 들여다보니, 피부가 상아 껍질처럼 변해 버린 그녀가 담비 가죽으로 몸을 감싼 채 그 어느 때보다도 아름다운 모습으로 침대에 누워 있었다. 넉 달 뒤 호세 아르카디오가 집으로 돌아왔을 때도, 그녀는 그 자리에 그대로 있었다.

호세 아르카디오만큼 자기 어머니를 많이 닮은 남자를 생각한다는 것은 불가능했다. 그는 애처롭게 보이는 호박단(琥珀緞) 양복에 둥글고 딱딱한 칼라가 달린 와이셔츠를 입고, 넥타이 대신 리본이 달린 가느다란 비단 띠를 매고 있었다. 창백하고, 활기가 없었으며, 얼이 빠진 것 같은 시선에 입술이 파리해 보였다. 정수리 부분에서 반듯하게 양편으로 가르마를 탄, 윤기가 흐르고 매끄러운 까만 머리는 성자상에 씌워 놓은 가발과 흡사했다. 파라핀 같은 얼굴에 드러난 파란 수염 자국은 마음의 고뇌를 나타내고 있는 것 같았다. 핏기 없는 손에는 푸른 힘줄이 솟아올라 있고, 손가락은 마치 촌충 같았으며, 왼손 검지에는 무지개색 오팔을 박은 순금 반지를 끼고 있었다. 그에게 집 대문을 열어 주었을 때 아우렐리아노는 그가 누구일까 추측해 볼 것도 없이 아주 먼 곳에서 온 그 사람이라는 사실을 쉽사리 눈치챌 수 있었다. 그가 지나가는 곳마다 어렸을 때 어둠 속에서도 쉽사리 찾아낼 수 있도록 우르술라가 그의 머리에 발라 주던 꽃 향수 냄새가 온 집 안에 가득 찼다. 뭐라 딱 꼬집어 얘기할 수는 없었지만, 호세 아르카디오는 수년 동안 집을 떠나 있었음에도 여전히 지독한 슬픔과 외로움에 젖은 가을 소년 같은 분위기를 지니고 있었다. 그는 곧바로 어머니의 침실로 갔는데, 그곳은 아우렐리아노가 멜키아데스의 처방에 따라 시체를 보존하기 위해 할아버지의 관형로(管形爐)에 넉 달 동안 수은을 태운 곳이었다. 호세 아르카디오는 한마디도 묻지 않았다. 죽은 어머니의 이마에 키스를 하고 나서 어머니의 캐미솔 속에서 아직 사용하지 않은 페서리 세 개와 옷장 열쇠가 들어 있는, 조임줄이 달린 주머니 하나를 꺼냈다. 그는 활기 없는 외양과는 달리 직설적이고 과단성 있는 태도로 모든 일을 처리했다. 옷장에서 가문의 문장이 상감되어 있는 조그만 상자를 꺼냈는데, 백단 향이 나는 상자 속에는 페르난다가 그에게 숨겼던 무수한 진실을 적어 놓은 두툼한 편지가 들어 있었다. 그는 선 채 탐욕스럽게, 그러나 침착하게 편지를 읽어 가다가 석 장째에서 잠시 멈추더니 새삼스럽게 아우렐리아노의 얼굴을 뜯어보았다.

"그러니까, 네가 그 애비 없는 자식이구나." 그가 면도날처럼 싸늘한 목소리로 말했다.

"전 아우렐리아노 부엔디아인데요."

"네 방으로 가." 호세 아르카디오가 말했다.

그곳을 물러나온 아우렐리아노는 쓸쓸한 초상을 치르는 소리를 들었을 때도, 호기심에서라도 밖으로 나왔을 법도 하건만, 얼굴조차 내밀지 않았다. 부엌에서 그는 이따금 애절한 한숨을 숨이 끊어질 듯 길게 내쉬며 집 안을 돌아다니는 호세 아르카디오의 모습을 보거나, 한밤중이 지났는데도 폐허가 된 침실들을 돌아다니는 그의 발자국 소리를 들었다. 몇 달 동안 호세 아르카디오의 음성을 듣지 못했는데, 그것은 호세 아르카디오가 그에게 말을 걸어오지 않았기 때문만이 아니라, 그 자신이 그런 일이 일어나지 않기를 바라고 있었고, 또 양피지 이외의 것을 생각할 여유도 없었기 때문이기도 했다. 페르난다가 죽었을 때 그는 남아 있는 작은 황금 물고기 두 개 가운데 하나를 꺼내서는 필요한 책을 사기 위해 카탈루냐 출신 학자의 책방으로 갔었다. 가는 도중에 본 것들에는 전혀 관심이 없었는데, 그의 기억 속에 그것들에 비교할 만한 것이 많이 있었던 것도 아니고, 또 한산한 거리와 황폐한 집들도, 구경하고 싶어 안달하던 시절에 상상하던 것들과 다르지 않았기 때문이었다. 페르난다에게 허락을 받지는 못했으나, 꼭 한 차례, 단 한 가지 목적 때문에, 최소한도로 필요한 시간만을 쓰겠다고 스스로에게 허락을 받고서, 집과 예전에 꿈 해몽을 하던 골목 사이에 있는 열한 블록을 쉬지 않고 뛰어가서는 움직일 만한 공간조차 제대로 갖추고 있지 않은 협소하고 어두운 가게로 숨을 헐떡거리며 들어갔다. 그곳은 책방이라기보다는, 흰개미에게 갉아먹힌 선반과 거미줄이 친친 감긴 구석, 그리고 통로로 사용되어야 할 공간에까지 손때 묻은 책이 너저분하게 쌓여 있는 쓰레기장 같아 보였었다. 수북이 쌓인 메모장을 떠받치느라 역시 기진맥진해진 긴 탁자에서 책방 주인은 학교 공책에서 떼어 낸 종이에 약간은 혼동스러운 보랏빛 글씨체로 산문 하나를 계속해서 이어 가고 있었다. 아름다운 백발이 앵무새의 관모(冠毛)처럼 그의 이마 위로 내려와 있었고, 가늘지만 활기를 띠고 있는 파란 눈은 모든 책을 독파한 사람다운 평온함을 드러내고 있었다. 그는 팬츠 차림에 땀으로 뒤범벅이 되어 글을 쓰는 데만 몰두하느라 들어온 사람은 거들떠보지도 않았다. 아우렐리아노는 우스울 정도로 뒤죽박죽 쌓여 있는 책더미 속에서 필요한 책 다섯 권을 어렵지 않게 찾아냈는데, 책들은 멜키아데스가 일러 준 곳에 정확하게 있었다. 그가 말 한마디 없이 책 다섯 권과 작은 황금 물고기 하나를 카탈루냐 출신 학자에게 건네자 그것들을 이리저리 살펴보던 학자의 두 눈동자가 바지락처럼 오므라들었다. "머리가 돌았구먼." 그는 어깨를 쭈뼛거리며 자기 고향 말로[47] 이렇게 말하더니 책 다섯 권과 작은 황금 물고기를 아우렐리아노에게 되돌려 주었다.

"그냥 가지고 가게. 이 책을 맨 마지막으로 읽은 사람은 장님 이사악[48]이었을 건데, 그래서 자네가 무슨 일을 하고 있는지 잘 생각해 보게." 카탈루냐 출신 학자가 스페인어로 말했다.

호세 아르카디오는 직접 메메의 침실을 복구하고 나서 사람을 시켜 벨벳 커튼과 부왕 시대의 침대 천개를 장식한 자수를 세탁하거나 수선했고, 섬유질에다 거칠거칠하기까지 한 기름때로 인해 검게 변한 시멘트 욕조가 들어 있는 버려진 욕실을 다시 쓰기 시작했다. 그 두 곳은 그의 싸구려 물건과, 이국적인 분위기를 풍기는 낡은 물품과, 엉터리 향수와, 싸구려 보석 따위로 이루어진 그만의 제국으로 변했다. 나머지 장소에서 그의 눈에 거슬렸던 것은 집 안에 있는 제단의 성자상들뿐이었는데, 어느 날 오후 그는 그 상들을 마당에 지핀 모닥불에 재가 될 때까지 태워 버렸다. 그는 11시가 지난 시각까지 잠을 잤다. 황금색 용 무늬가 그려져 있는 후줄근한 가운을 걸치고, 노란 술장식이 달린 슬리퍼를 신고 욕실에 들어가서는 그 느긋한 태도와 지속 시간으로 보아 미녀 레메디오스가 행하던 의식을 생각나게 하는 의식을 거행했다. 목욕을 하

---

47) 책 가게 주인의 고향인 카탈루냐에서는 스페인어와 다른 언어, 즉 '카탈란'을 쓴다.
48) 동로마 제국의 황제(1155~1204)다.

기 전에는 하얗고 조그만 병 세 개에 든 소금을 욕조에 뿌렸다. 그는 표주박으로 물을 끼얹지 않고, 향기 나는 물속으로 곧장 들어가서는 천장을 보고 누운 채 청량감과 아마란타에 대한 기억을 음미하며 두 시간이나 물에 떠 있었다. 집으로 돌아온 지 채 며칠이 되지 않았을 때, 그는 마을에서 입기에는 너무 더운 데다 그가 지니고 있던 유일한 옷인 그 호박단 옷을 벗어 버리고, 춤 교습 시간에 피에트로 크레스피가 입던 것과 아주 유사한, 꽉 끼는 바지와 심장 근처에 자기 이름 머릿글자를 수놓은, 살아 있는 누에고치로 짠 비단 셔츠로 갈아입었다. 그는 일주일에 두 차례, 옷을 다 벗어 욕조에서 세탁했는데, 갈아입을 옷이 없었으므로 세탁한 옷이 다 마를 때까지 가운 하나만 걸치고 있었다. 집에서는 단 한 번도 식사를 하지 않았다. 낮잠 시간의 더위가 한풀 꺾이면 거리로 나가서는 밤이 이슥해지기 전에는 돌아오지 않았다. 그 당시 그는 수코양이 같은 숨소리를 내고, 아마란타를 생각하면서 고뇌에 찬 배회를 계속했다. 그가 그때까지 집에 대해 간직하고 있던 기억으로는 아마란타와 밤에 켜 놓은 램프 빛에 드러난 성자들의 무시무시한 시선, 그 두 가지였다. 로마의 눈부신 8월, 그는 잠을 자고 있는 동안에도 여러 번 눈을 떴고, 타국 생활로 인한 갈증에 젖어 있던 그로서는 가장 이상적인 여인이 되어 버린 아마란타가 레이스로 만든 페티코트를 입고 손에 붕대를 감은 채 알록달록한 대리석 연못에서 솟아나오는 것을 보았다. 아마란타의 이미지를 전쟁의 피로 물든 늪지에 묻어 버리려 애쓰던 아우렐리아노 호세와는 달리, 그는 교황이 되고

자 한다는 헛된 거짓말로 어머니에게 즐거움을 주면서 욕정의 수렁 속에 빠진 채 아마란타의 이미지를 살아 있는 것으로 간직하고자 애썼다. 하지만 그에게도 페르난다에게도, 자신들이 편지를 통해 서로의 환상을 교환하고 있다는 생각은 전혀 들지 않았다. 로마에 도착하자마자 곧 신학교를 떠났던 호세 아르카디오는, 어머니의 흥분된 편지에 언급되던, 그리고 트라스테베레의 어느 다락방에서 두 친구와 공유하던 가난과 불결한 생활로부터 그를 구원해 줄, 그 막대한 유산을 잃지 않기 위해 계속해서 신학의 역사(聖徒傳)와 교회법을 배워 갔다. 그는, 자신의 죽음이 임박했음을 예감하고 보낸 페르난다의 마지막 편지를 받자마자 허울좋은 영화(榮華)를 추구하느라 마지막까지 지니고 있던 찌꺼기를 가방 하나에 꾸려 넣고는, 이민자들이 식은 마카로니와 구더기가 들끓는 치즈를 먹으면서 도살장의 소처럼 어깨를 움츠리고 있던 선창 안에서 대서양을 건넜다. 자신의 불행에 대해 자세하고 길게 개괄한 것에 불과한 페르난다의 유서를 그가 채 읽어 보기도 전에, 집 안의 낡은 가구와 복도에 솟아 있던 잡초는 이미 그가 절대로 도망칠 수 없는 덫에 걸려들어 있으며, 다이아몬드처럼 영롱한 로마의 봄 빛과 그 잊을 수 없는 공기로부터 영원히 멀어져 있다는 사실을 그에게 깨우쳐 주었다. 천식 때문에 진을 빼는 불면의 밤이면, 그는 노망한 우르술라가 호들갑을 떨며 세상의 무서움에 대해 알려 주던 어두컴컴한 집 안을 배회하며 자신의 불행의 깊이를 재고 또 쟀다. 우르술라는 어둠 속에서 그를 잃어버리는 일이 없게 하려고 해가 진 다음부터 저택을 배회하기 시작하는 죽음의 유령으로부터 안전할 수 있는 유일한 장소라면서 그에게 자기 침실 한 구석을 지정해 주었다. "네가 무슨 잘못을 저지르든지 성인들께서 내게 다 말씀해 주신 단다." 우르술라가 그에게 말하곤 했다. 유년 시절 공포의 밤들은 그 침실 구석으로 국한되긴 했으나, 그는 고자질쟁이 성자들의 감시하는 듯한 차가운 시선을 받으며 걸상에 앉아서는 무서워 땀을 줄줄 흘리면서도 잠자리에 드는 시간까지 그곳에서 꼼짝도 하지 않았다. 그 당시 그는 이미 자기 주위를 감싸고 있는 모든 것에서 공포를 느끼고 있었고, 또 살아가면서 맞닥뜨리게 될 모든 것에 겁을 먹을 여지가 다분했기 때문에, 그것은 아무 쓸모 없는 고문과도 같은 것이었다. 살아가면서 만나게 될 모든 것이란, 피를 더럽히던 거리의 여자들, 돼지 꼬리가 달린 아이들을 낳던 집안 여자들, 남자들의 죽음과 남은 삶에서 후회를 유발시키던 투계, 만지기만 해도 이십 년 동안의 전쟁을 유발시키던 총포들, 환멸과 광기로 인도하던 엉뚱한 사업들, 그리고 모든 것, 그러니까, 하느님의 무한한 자비와 더불어 창조되었지만 마귀가 타락시켜 버린 그 모든 것이었다. 밤새 악몽이라는 맷돌에 의해 가루가 된 몸으로 눈을 떴을 때, 창문을 통해 들어오는 빛과, 욕조 속에서 아마란타가 해 주던 애무와 비단 분첩으로 사타구니에 분가루를 발라 줄 때의 쾌감이[49] 그를 공포로부터 해방시켜 주었다. 마당에 내

---

49) 정신분석학적 측면에서 보자면 호세 아르카디오의 근친 상간적 경향이 드러나는데, 이 근친 상간적 경향은 나중에 동성애로 대체된다.

리쬐는 화창한 햇살 아래에서는 우르술라까지도 달라졌는데, 거기서 그녀는 무서운 것들에 대한 얘기를 그에게 해준 게 아니라, 그가 교황의 밝은 미소를 지을 수 있도록 숯가루로 치아를 문질러 주고, 지상의 모든 지역에서 로마로 찾아오는 순례자들에게 축복을 내릴 때 교황의 청결한 손톱을 보고 그들이 감탄할 수 있도록 그의 손톱을 깎아 윤을 내 주고, 머리를 교황처럼 빗겨 주고, 교황의 향기가 감돌도록 몸이나 옷에 꽃 향수를 뿌려 주었다. 가스텔간돌포[50) 광장에서 그는 교황이 발코니에서 순례자 청중을 위해 동일한 강론을 일곱 개 언어로 행하는 것을 보았는데, 실제로 그의 흥미를 끈 것은 잿물에 담근 것처럼 보이는 교황의 흰 손과 하복(夏服)의 눈부신 빛깔과 은은하게 풍겨오는 오드콜로뉴의 향기뿐이었다.

집에 돌아온 호세 아르카디오가 먹고 살기 위해 은제 촛대들과, 나중에 밝혀진 바로는, 가문의 문장을 상감한 부분만 진짜 황금으로 되어 있는 요강을 팔아치우면서 거의 일 년을 지냈을 무렵, 그의 유일한 오락거리는 마을 아이들을 불러들여 집에서 노는 일이었다. 낮잠 시간이 되면 아이들을 데리고 나타나 마당에서 줄넘기를 시키거나 복도에서 노래를 시키거나 응접실 가구 위에 올라가 곡예를 하도록 시켜 놓고는, 올바른 행동거지에 대해 가르치면서 무리지어 노는 아이들 사이를 걸어다녔다. 그 무렵 그는 꽉 끼는 바지와 실크 셔츠가 낡아 못 입게 되자 아라비아인들의 가게에서 산 평범한 옷을 입고

---

50) 로마 근교의 도시다.

있었으나 계속해서 우수 어린 기품과 교황 같은 태도를 유지하고 있었다. 아이들은 옛날에 메메의 학교 친구들이 그랬던 것처럼 집을 난장판으로 만들었다. 밤늦게까지 시끄럽게 떠들고, 노래를 부르고, 춤 스텝을 밟는 소리로 집이 풍기 문란한 기숙사가 된 것 같았다. 아우렐리아노는 아이들이 멜키아데스의 방에까지 들어와 성가시게 하기 전에는 아이들이 집 안으로 들어오는 것에 대해 크게 신경을 쓰지 않았다. 어느 날 아침, 문을 밀고 들어온 아이들은 작업대에서 양피지 해독에 열중하고 있던, 머리가 헝클어지고 몰골이 지저분하기 이를 데 없는 남자를 보고는 기겁을 했다. 그 후 아이들은 감히 안으로 들어오지 못했지만 계속해서 방 주위를 맴돌았다. 아이들은 뭐라 수군거리면서 틈새로 들여다보거나 채광창으로 살아 있는 동물을 던져 넣었는데, 언젠가는 밖에서 문과 창문에 못질을 해·놓는 바람에 안에 있던 아우렐리아노는 그것들을 여는 데 반나절이나 땀을 흘려야 했다. 장난을 쳐도 벌을 받지 않는 것에 재미를 붙인 아이 넷이 그다음 날 아침 아우렐리아노가 부엌에 있는 틈을 이용해 양피지를 망쳐 버릴 준비를 하고 그의 방으로 들어갔다. 그러나 누르스름한 양피지에 손을 댄 순간 아이들은 어떤 부드러운 힘에 의해 바닥에서 들어올려졌고, 아우렐리아노가 그들에게서 양피지를 빼앗을 때까지 그대로 공중에 머물러 있었다. 그 후로 아이들은 다시는 아우렐리아노를 귀찮게 하지 않았다.

이미 사춘기가 다 되어 가는데도 여태 반바지를 입고 있던 큰 아이 넷은 호세 아르카디오의 몸치장에 관여했다. 그 아이들은 다른 아이들보다 일찍 나타나 그의 수염을 깎아 주고 뜨거운 수건으로 마사지를 해 주고 손톱과 발톱을 잘라 윤을 내 주고, 꽃 향수를 뿌려 주는 데 오전을 할애했다. 호세 아르카디오가 욕조에 몸을 담근 채 드러누워 아마란타를 생각하고 있는 사이에 머리에서 발끝까지 비누를 칠해 주기 위해 종종 욕조 안으로 들어가기도 했다. 그러고 나서 그의 몸을 닦고, 분가루를 바르고, 옷을 입혀 주었다. 아이들 가운데 곱슬곱슬한 금발머리에 토끼처럼 초롱초롱한 분홍색 눈을 지닌 아이가 걸핏하면 그 집에서 잠을 잤다. 그 아이와 호세 아르카디오를 결합시키던 유대가 아주 강했기 때문에 호세 아르카디오가 천식으로 잠을 이루지 못하는 밤이면, 아이는 말 한마디 없이 컴컴한 집 안을 돌아다니며 호세 아르카디오와 함께 지냈다. 어느 날 밤, 두 사람은 우르술라가 잠을 자던 방에서 마치 땅 속의 태양이 침실 바닥을 스테인드 글래스로 만들어 버린 것처럼 투명하게 변해 버린 시멘트 바닥을 통해 노란 빛 한 줄기가 뿜어져 나오는 것을 보았다. 전등을 켤 필요도 없었다. 우르술라의 침대가 놓여 있던 구석 자리 가운데 광선이 더욱 강하게 느껴지는 곳의 깨진 시멘트 판을 들어내자 이내 아우렐리아노 세군도가 미친 듯이 파고 다녔으나 찾기를 포기했던 그 비밀 납골당이 나타났다. 그 안에 구리철사로 주둥이를 동여맨 부대 자루 세 개가 있었는데, 부대자루 안에는 어둠 속에서도 숯불처럼 반짝거리는 40페세타짜리 금화 칠천 이백열네 개가 들어 있었다.

보물의 발견은 돌발적인 폭발과 같은 것이었다. 호세 아르카디오는 일확천금을 해서 로마로 돌아가겠다던, 궁핍한 상황에서 꾸어 왔던 꿈을 실현하는 대신 집을 퇴폐의 천국으로 변화시켰다. 침실 커튼과 천개를 새 벨벳으로 바꾸고 욕실 바닥에 판석을 깔고 벽에는 타일을 붙이도록 했다. 식당 선반은 설탕에 재운 과일과 햄, 그리고 피클로 넘쳤고, 그동안 사용되지 않은 곡식 창고는 호세 아르카디오 자신이 기차역에서 가지고 온, 그의 이름이 새겨진 상자에 담긴 와인과 술을 저장하기 위해 다시 열렸다. 어느 날 밤, 그와 나이 많은 아이 넷은 파티를 열었고, 파티는 새벽까지 지속되었다. 아침 6시에 그들은 알몸으로 침실에서 나와 욕조의 물을 빼고 대신 샴페인을 채웠다. 아이들이 떼거리로 욕조에 뛰어들어 향기로운 거품으로 이루어진 황금빛 하늘을 나는 새처럼 헤엄을 치고 있는 사이, 호세 아르카디오는 재미있게 놀고 있는 아이들 곁에 드러누워 눈을 뜬 채 아마란타를 그리고 있었다. 그는 정체를 알 수 없는 쾌락의 고뇌를 씹으면서 생각에 잠겨 있었는데, 욕조에서 노는 것에 싫증이 난 아이들이 침실로 몰려가, 벨벳 커튼을 찢어 몸을 닦고, 수정 거울을 깨고, 야단법석을 피우며 앞다투어 침대에 눕느라 침대 천개를 찢어 버린 다음까지, 계속 그 상태로 있었다. 호세 아르카디오가 욕실에서 돌아와 보니 아이들은 난장판이 된 침실에서 벌거벗은 채 무리지어 자고 있었다. 방을 엉망으로 만들어 놓은 것보다는 방탕스럽게 놀고 난 뒤의 고통스런 공허감 속에서 자신에 대한 혐오감과 연민으로 화가 난 그는 고행의(苦行衣) 한 벌과, 고행과 속죄에 사용되는 다른 도구들과, 트렁크 바닥에 간수해 둔, 교회에서 개를 쫓는 데 사용하는 회초리로 무장한 채 미치광이처럼 악을 쓰고, 들개 떼를 몰아치듯 무자비하게 매질을 가해 아이들을 내쫓아 버렸다. 그는 며칠 동안 지속된 천식 발작으로 녹초가 되어 금방이라도 죽어 가는 사람 몰골이 되어 버렸다. 고통스럽게 지낸 지 삼 일째 되던 날 밤, 금방이라도 숨이 막힐 듯한 상태에까지 이른 그는 아우렐리아노의 방을 찾아가 근처 약국에서 분말 흡입제를 사달라고 부탁했다. 아우렐리아노는 그 집에 온 이래 두 번째로 길거리로 나서게 되었다. 채 두 블록 밖에 안 되는 거리를 달려 라틴어가 새겨진 도자기 병들이 먼지 낀 진열장 안에 놓여 있는 비좁은 약국에 이르렀는데, 나일강의 뱀처럼 신비로운 아름다움을 간직한 아가씨[51]가 호세 아르카디오가 적은 종이 쪽지를 보고 약을 내주었다. 두 번째로 본, 누런 가로등 불빛에 희미하게 드러난 인적 없는 마을은 아우렐리아노에게 첫 번째보다 더 많은 호기심을 유발시키지 못했다. 호세 아르카디오가 칩거 생활과 운동 부족 때문에 약해지고 굼뜬 다리를 끌면서 바쁘게 걷느라 조금은 숨을 헐떡이며 다시 나타난 아우렐리아노를 보았을 때는 아우렐리아노가 이미 도망쳐 버렸다고 생각했을 무렵이었다. 아우렐리아노가 세상에 대해 너무나 무관심하다는 게 확실했으므로 며칠 뒤 호세 아르카디오는 어머니와 한 약속을 깨뜨리고 그가 언

---

51) 가르시아 마르케스 자신의 부인이자 바랑키야 약사의 딸인 메르세데스 바르차를 허구화해 놓은 것으로, 그녀가 이집트계였기 때문에 클레오파트라의 별명인 '나일강의 뱀'처럼 신비스런 아름다움을 간직하고 있다고 한 것 같다.

제든지 외출할 수 있도록 자유롭게 놔두었다.

"전 바깥에서 할 일이 아무것도 없는데요." 아우렐리아노가 호세 아르카디오에게 대꾸했다.

아우렐리아노는 조금씩 조금씩 풀려갔던 양피지에 몰입해 계속해서 방 안에 틀어박혀 있었으나 그 의미를 해석하지는 못했다. 호세 아르카디오는 아우렐리아노의 방에 얇게 자른 햄과 봄 맛을 입 안에 남겨주는 설탕 조림 꽃을 가져다주었으며, 좋은 포도주를 한 잔씩 가져다준 적도 두 번 있었다. 호세 아르카디오는 양피지를 비밀스러운 오락거리로밖에 여기지 않았기 때문에 관심을 보이지 않았으나 외로운 조카가 지니고 있던 세상에 대한 특이한 인식과 이해하기 어려운 지식에는 마음이 끌렸다. 그 당시 호세 아르카디오는 아우렐리아노가 영어 문장을 해독할 수 있으며, 양피지를 연구하는 틈틈이 백과사전 여섯 권을, 소설이라도 된다는 듯이 첫 쪽부터 마지막 쪽까지 다 읽었다는 사실을 알고 있었다. 아우렐리아노가 여러 해를 로마에서 산 사람처럼 로마에 관한 얘기를 하는 것을 보고는 처음에는 그 백과사전 덕분이라고 생각했으나 이내, 그가 물건들의 가격과 같은, 백과사전에 없는 지식까지 지니고 있다는 사실을 알게 되었다. "모든 건 다 알려지게 되죠." 그런 정보를 어떻게 얻었느냐는 물음에 아우렐리아노가 한 대답은 그것뿐이었다. 한편, 아우렐리아노는 가까이서 본 호세 아르카디오가 집 안을 돌아다니던 때의 이미지와는 너무나 다르다는 사실에 놀랐다. 이제 호세 아르카디오는 소리를 내어 웃고, 때때로 과거의 집 생활에 대한 그리움을 내비치고,

멜키아데스의 방 분위기가 황폐해진 것에 대해 마음을 쓸 줄 알았던 것이다. 같은 피를 가진 외로운 두 남자 간의 접근은 우정과는 큰 거리가 있었으나, 두 사람은 이를 통해 자신들을 서로 분리시키기도 하고 동시에 결합시키기도 하던, 그 끝을 알 수 없는 고독을 잘 견뎌 내고 있었다. 당시 호세 아르카디오는 자신을 신경질나게 하던 가정 문제 몇 가지를 푸는 데 아우렐리아노의 도움을 빌릴 수 있었다. 그 대신, 아우렐리아노는 복도에 앉아 책을 읽고, 계속해서 항상 꼬박꼬박 도착하는 아마란타 우르술라의 편지를 받아 주고, 호세 아르카디오가 귀가하면서 사용하지 못하게 하던 욕실을 사용할 수 있게 되었다.

어느 후텁지근한 새벽, 두 사람은 대문을 다급하게 두드리는 소리에 놀라 잠에서 깨어났다. 문을 두드린 사람은, 커다란 초록빛 눈이 얼굴에 소름끼치는 인광(燐光)을 드리우고, 이마에는 재의 십자가가 그려져 있는, 거무튀튀한 노인이었다. 갈기갈기 찢어진 옷과 헤진 신발, 지니고 있던 유일한 짐으로서 어깨에 멘 낡은 배낭 때문에 외양이 거지처럼 보였으나, 몸가짐은 겉보기와는 완전히 다른 기품을 지니고 있었다. 응접실이 어두웠다 할지라도, 그를 살아남게 했던 비밀스런 힘은 자기 보존 본능이 아니라 몸에 밴 공포감이었을 거라는 사실을 한눈에 알아볼 수 있을 정도였다. 그는 아우렐리아노 부엔디아 대령의 열일곱 아들 가운데 유일하게 살아남은 아우렐리아노 아마도르였는데, 도망자로서의 길고 위험한 생활에서 휴식을 찾고 있는 중이었다. 그는 자기 신분을 밝히며, 인간 같지 않은 대우를 받던 밤이면 자기 삶에 단 하나 남아 있는 안전한 거점으로 생각하던 그 집에서 은신할 수 있도록 해 달라고 애원했다. 그러나 호세 아르카디오나 아우렐리아노는 그를 기억하지 못하고 있었다. 두 사람은 그를 부랑자라 여겨 길거리로 내쫓았다. 그리고 나서 두 사람은 호세 아르카디오가 철이 들기 이전부터 시작되었던 극적인 사건의 결말을 집 대문께에서 목격했다. 몇 해 동안 아우렐리아노 아마도르를 쫓으며 세상의 절반을 개처럼 추적해 온 경찰관 둘이 반대편 보도에 있는 아몬드나무들 사이에서 나타나 그에게 모젤 권총 두 발을 쏘았고, 탄환이 재의 십자가를 깨끗하게 꿰뚫어 버렸다.[52]

아이들을 집에서 몰아낸 뒤부터 호세 아르카디오의 실제 생활은 오직 크리스마스 전에 나폴리를 향해 출항할 대서양 횡단 여객선에 대한 소식만을 기다리는 것이었다. 그는 그 사실을 아우렐리아노에게 밝혔고, 페르난다의 장례를 치른 다음부터는 누가 보내는지 몰랐던 그 식량 바구니가 오지 않았으므로, 아우렐리아노가 살아갈 수 있도록 가게를 차려 줄 계획까지 세워 놓고 있었다. 그러나 그 마지막 꿈도 실현되지 못했다. 9월 어느 날 아침, 호세 아르카디오가 부엌에서 아우렐리아노와 함께 커피를 마신 후 매일같이 하던 목욕을 막 마치려고 했을 때 집에서 쫓겨났던 아이 넷이 지붕 쪽문을 통해 들어왔다. 아이들은 호세 아르카디오에게 방어할 틈도 채 주지

---

52) 예언된 바와 같이, 아우렐리아노 아마도르는 그의 열여섯 형제와 같은 식으로 죽었으며, 죽을 때는 마콘도로 돌아와 있었다.

않고서 옷을 입은 채 욕조 속으로 뛰어들어 그의 머리채를 잡아 물속에 한참 동안 처박았고, 이윽고 보글보글 끓어오르던 고통의 거품이 수면에서 사라지고, 이제는 꼼짝도 하지 않는 그의 창백해진 몸뚱이가 향수 탄 물 밑으로 돌고래처럼 가라앉았다.[53] 그러고 나서 아이들은 자신들과 그 희생자만이 숨긴 장소를 알고 있던 금화 세 부대를 훔쳐가 버렸다. 너무나도 신속하고, 조직적이고, 잔인했기 때문에 마치 군대의 기습 작전처럼 보였다. 아우렐리아노는 방에 틀어박혀 있었으므로 이 사건을 전혀 알지 못하고 있었다. 그날 오후, 부엌에서 호세 아르카디오에 대해 궁금해하던 아우렐리아노는 그를 찾아 온 집 안을 돌아다녔고, 향기가 풍겨오는 욕조의 수면 위로 떠오른, 여전히 아마란타를 그리고 있는 그의 거대하고 부패된 시체를 발견했다. 그제서야 비로소 아우렐리아노는 자신이 그를 얼마나 깊이 사랑하기 시작했는지를 깨달았다.[54]

---

53) 페르난다는 아우렐리아노 바빌로니아를 욕조에 넣어 질식사시키려 했는데, 결국 자기 아들인 호세 아르카디오가 질식사당하고 만다.
54) 이런 감정은 부엔디아 사람들에게 항상 늦게, 어떤 때는 죽기 조금 전에, 밝혀진다.

19장

아마란타 우르술라는 비단 끈을 목에 두른 남편을 데리고
12월 초에 해풍에 실려 돌아왔다. 그녀는 상아색 옷에, 거의
무릎까지 닿을 것 같은 진주 목걸이를 걸치고, 손에는 에메랄
드 반지와 황옥 반지를 끼고, 매끄러운 머리를 제비처럼 생긴
브로치로 귀 뒤에서 둥그렇게 동여맨 모습으로[55] 아무런 예
고도 없이 나타났던 것이다. 여섯 달 전에 결혼한 남편은 말쑥
한 벨기에 출신 중년으로, 뱃사람 같은 분위기를 풍겼다. 그녀
는 응접실 문을 열자마자 자신이 생각했던 것보다는 더 오랫
동안 집을 비웠으며 그동안 집이 더 황폐해졌다는 사실을 알
아차렸다.

---

55) 1930년대에 유행한 차림새다.

"맙소사, 여자가 없으면 집이 이 꼴이 된다니까!" 그녀는 놀라기보다는 기뻐하듯 외쳤다.

짐은 복도에 다 들어가지 않았다. 그녀가 유학하러 갈 때 함께 보내진 페르난다의 구식 트렁크 말고도 세로로 긴 옷장 두 개, 큰 가방 네 개, 양산들을 넣는 자루 하나, 모자 상자 여덟 개, 오십 마리가량의 카나리아를 넣은 거대한 새장 하나, 분해해서 특수 케이스에 넣어 첼로처럼 휴대할 수 있는 남편의 자전거가 있었다. 긴 여행을 했으면서도 그녀는 단 하루도 쉬지 않았다. 남편은 자동차 운전사에게 필요한 물건과 함께 가져온 낡은 작업복을 입고 집을 새롭게 보수하는 일에 착수했다. 이미 복도를 점령하고 있던 불개미를 몰아내고 장미 화단을 옛 모습대로 복구시켰으며 잡초를 뿌리째 뽑아내고 난간에 있던 화분에 양치류와 오레가노와 베고니아를 다시 심었다. 그가 한 무리의 목수, 열쇠 수리공, 미장이들의 앞장을 서서 갈라진 바닥을 메우고 문과 창문 틀을 바로잡고 가구를 새로 바꾸고 벽 안팎을 하얗게 칠해 놓으니 그들이 돌아온 지 석 달 뒤에는 집에 자동 피아노가 있을 때처럼 다시 활기차고 명랑한 분위기가 풍겼다. 그 집에는 언제 어떤 상황에서도 그녀처럼 유머가 있는 사람은 일찍이 없었으며, 언제라도 노래를 하고 춤을 출 준비가 되어 있는 사람도, 낡은 물건이나 습관을 쓰레기통에 버릴 만반의 준비가 되어 있는 사람도 일찍이 없었다. 그녀는 집 구석 여기저기에 쌓여 있는 장례 유품, 엄청나게 많은 쓰잘데없는 잡동사니, 점치는 도구 따위를 일거에 쓸어 내 버렸지만, 응접실의 레메디오스 은판 사진만은 우르술라에 대한 감사 표시로 보관했다.[56] "이 화려한 모습 좀 봐요. 열네 살짜리 증조할머니라니까요!"[57] 그녀는 우스워 죽겠다는 듯 큰소리로 외쳤다. 미장이들 가운데 하나가 집에는 유령이 살고 있는데, 유령을 몰아내려면 유령이 묻어 둔 보물을 찾는 방법밖에 없다고 말했을 때, 그녀는 웃음을 터뜨리면서 남자들의 미신은 믿지 않는다고 대꾸했다. 그녀는 진정 현대적이며 자유로운 정신의 소유자로서 어찌나 즉흥적이고 거침이 없었던지, 그녀가 도착했을 때 아우렐리아노는 어찌할 바를 몰랐다. "아니, 이럴 수가! 내 귀여운 식인종이 이렇게 컸다니!"[58] 그녀는 반가운 마음에 두 팔을 벌리고 소리를 질렀다. 그녀는 그가 뭐라 대꾸할 틈도 주지 않고 가져온 휴대용 축음기에 음반을 얹고 당시 유행하던 춤을 그에게 가르쳐 주려고 애를 썼다. 그녀는 그가 아우렐리아노 부엔디아 대령에게서 물려받아 입고 있던 지저분한 바지를 억지로 갈아입게 하고, 화사한 셔츠들과 색깔이 다른 구두들을 선물했으며, 그가 멜키아데스의 방에서 많은 시간을 보내면 길거리로 밀어내

56) 그것은 우르술라가 죽기 얼마 전에 남긴 부탁들 가운데 하나였다.

57) 이 소설 앞 부분의 '그 램프 불을 꺼뜨리지 않았던 후손들은 주름치마에 흰 반장화를 신고, 머리에 모슬린 천으로 만든 띠를 두른, 그 은판 사진의 소녀가 흔히들 생각하는 증조할머니라는 이미지와는 일치하지 않아 어리둥절해할 것임에 틀림없었다.'라는 서술과 연관시켜 볼 수 있다.

58) 아우렐리아노가 '인간이 아니라 백과사전에서 정의하고 있는 식인종처럼 벌거벗은 몸에, 머리는 헝클어지고, 맨드라미처럼 이상하게 생긴 성기를 드러내 놓고 순식간에 복도에 나타났을 때' 아우렐리아노 세군도가 지녔던 인상을 이마란타 우르술라가 기억하고 있다.

기도 했다.

우르술라처럼 몸집이 작고, 활동적이며, 고집이 센 데다 미녀 레메디오스 못지않은 미모에 도발적인 성격까지 갖춘 그녀는 유행을 앞질러 가는 기묘한 본능을 지니고 있었다. 가장 최근에 나온 옷본을 우편으로 받았을 때도, 그것은 그녀 자신이 직접 디자인하고 아마란타의 볼품없는 손 재봉틀로 만든 옷이 유행에 뒤떨어지지 않았다는 것을 확인하는 데나 도움이 될 정도였다. 그녀는 유럽에서 출판된 온갖 패션 잡지와 예술·대중음악 관계 정보지를 구독하고 있었지만, 세상 것들이 모두 그녀가 상상한 대로 되어 가고 있다는 것을 알기 위해 겨우 한번 쓱 보는 정도였다. 그러한 정신의 소유자인 한 여성이 먼지와 더위로 피폐한 죽음의 마을로 되돌아왔다는 사실은 도저히 이해가 되지 않는 것이었는데, 더욱이 세상 어디를 가나 안락한 생활을 할 수 있을 만큼 재산이 넘치고, 비단 끈을 고삐처럼 목에 두른 채 그녀가 시키는 대로 어디에나 따라갈 용의가 있을 만큼 자기를 사랑해 주는 남편까지 있는 마당에야 더 말할 나위가 없었다. 그럼에도 불구하고, 시간이 흘러감에 따라 그곳에 자리를 잡으려는 그녀의 의도는 더욱더 명확해져, 먼 장래를 내다보지 않는 계획은 세우지도 않았고, 마콘도에서의 편안한 생활과 조용한 노후를 보장하지 않을 것 같은 결정은 하지도 않았다. 카나리아들이 들어 있는 새장은 그녀의 의도가 갑작스러운 것이 아니었다는 사실을 보여주고 있었다. 어머니가 어느 편지에서 새가 멸종해 버렸다고 언급했던 것을 상기한 그녀는 아포르투나다스 제도[59]를 경유하는 배가 떠날 때까지 여행을 몇 달이나 연기해 가면서 마콘도 하늘에서 다시 새가 살 수 있도록 그곳에서 가장 좋은 카나리아 스물다섯 쌍을 골랐었다. 그러나 그것은 그녀의 실패로 끝난 수많은 시도 가운데 가장 애석한 것이었다. 새의 개체수가 불어 감에 따라 쌍쌍이 풀어놓았는데, 자유를 느끼기도 전에 마을에서 도망부터 쳐 버린 것이다. 우르술라가 처음 집을 수리할 때 만든 새장에서 새를 길들이려 했으나 소용이 없었다. 아몬드나무에 알파풀로 엮은 가짜 둥지를 걸어 주기도 하고, 지붕에 리본초 씨앗을 뿌려 주기도 하고, 새장 속에 있는 새들을 놀래켜서 그들이 내는 시끄러운 소리로 다른 새들이 도망치는 걸 막으려 했으나 역시 효과가 없었고, 새들이 새장을 벗어나 일단 공중으로 날아 올라갔다 하면 아포르투나다스 제도로 돌아가는 길을 찾을 시간 동안만 겨우 한 바퀴 정도 돌다가 곧장 날아가 버렸기 때문이었다.

집으로 돌아온 지 일 년이 지나도 친구 하나 생기지 않았고 파티 한번 열지 못한 상태였는데도 아마란타 우르술라는 불행에 빠진 그 공동체를 구할 수 있다고 계속해서 믿었다. 남편 가스통은 열차에서 내린 그 운명적인 정오부터, 아내가 귀향을 결의한 것은 신기루와 같은 향수에 의해 빚어진 일이었다는 것을 직감했지만 그녀의 뜻을 거스르지 않으려 조심했다. 그는 아내의 향수가 현실에 의해 깨질 거라는 사실을 확신

---

59) 카나리아 제도의 옛 이름인데, 여기서 그렇게 부른 이유는 '아포르투나다스(Afortunadas)'라는 말이 '행운을 가진 제도'를 의미하기 때문이다.

하고 있었기 때문에 자전거를 조립하는 일 같은 건 거들떠보지도 않은 채 미장이들이 떼어 낸 거미줄 사이에 가장 반짝거리는 거미알을 찾아내서는 손톱으로 까 안에서 나오는 깨알 같은 거미 새끼를 확대경으로 들여다보면서 시간을 보냈다. 얼마 후, 아마란타 우르술라가 지루함을 견디기 위해 집 수리를 계속하고 있다고 믿게 된 그는 앞바퀴가 뒷바퀴에 비해 훨씬 더 크고 호화로운 자전거를 조립할 결심을 했고, 근방에서 찾아낸 토착 곤충을 닥치는 대로 잡아 표본으로 만들어서는 마멀레이드 빈 병에 넣어, 진짜 하고 싶었던 공부는 항공학이었으나 곤충학을 전공했을 때 은사였던 리에즈 대학의 자연과학사 교수에게 우송했다. 그는 자전거를 타고 돌아다닐 때는 곡예사 바지에 백파이프 연주자들이 신는 양말을 신고, 탐정들이 쓰는 모자를 썼으나, 걸어 다닐 경우에는 말끔하게 손질한 생 아마포 옷에 흰 구두를 신고, 비단 나비 넥타이를 매고, 맥고모자를 쓴 차림으로 버드나무 단장을 들고 다녔다. 그는 뱃사람 같은 느낌을 더욱 강하게 해 주는 몽롱한 눈동자에 다람쥐 털과 유사한 수염을 기르고 있었다. 아내보다 적어도 열다섯 살은 연상이었다 해도, 그의 젊은 취향, 아내를 행복하게 해 주려는 세심한 배려, 착한 애인으로서의 자질이 나이 차이를 벌충해 주고 있었다. 실제로 비단 끈을 목에 걸고 서커스용 자전거를 타고 다니는, 행동이 조신한 그 사십대 남자를 본 사람들은 그가 젊은 아내와 분방한 사랑을 나누고 있으리라고는 생각하지 못했을 터인데, 두 사람은 시간의 경과와 또 갈수록 이상하게 바뀌는 환경 때문에 깊고 풍부해지던 열정으로, 처음 만나기 시작했을 때부터 그랬듯이 감흥이 이는 곳이면 장소를 가리지 않고 서로의 격정에 몸을 의지했다. 가스톤은 끝없는 지식과 상상력을 갖춘 열정적인 애인이었을 뿐만 아니라 오랑캐꽃 들판에서 사랑을 하고 싶다는 이유만으로 비상 착륙을 감행하여 하마터면 애인과 함께 목숨을 잃을 뻔한 인류 역사상 최초의 인간이었을 것이다.

그들은 결혼하기 삼 년 전에 만났는데, 당시, 스포츠용 쌍발 비행기를 타고 아마란타 우르술라가 공부하는 학교 상공을 급선회하던 가스톤이 깃대를 피하고자 무모한 조종을 시도하다가 텐트천과 알루미늄 종이로 만든 엉성한 비행기 꼬리 부분이 전선에 걸려 버렸다. 그때부터 그는 주말이 되면 발에 부목을 댄 상태에서도 페르난다가 바랐던 만큼은 규칙이 엄격하지 않던 수녀들의 기숙사를 찾아가 아마란타 우르술라를 데리고 경비행기 스포츠 클럽으로 갔다. 그들의 사랑은 일요일의 벌판 위 고도 500미터 공중에서 시작되었으며 지상에 있는 것들이 작아지면 작아질수록 서로의 마음이 더 잘 통한다고 느꼈다. 그녀는 그에게 세상에서 가장 밝고 평화로운 마을인 마콘도에 대해, 그리고 오레가노 향기 그윽한 저택에 대해 이야기했는데, 그 집에서 충실한 남편과 이름을 아우렐리아노나 호세 아르카디오라고는 절대 짓지 않고 로드리고와 곤살로[60]라고 할 개구쟁이 아들 둘과 레메디오스라고는 절대 짓

---

60) 가르시아 마르케스와 메르세데스 바르차 사이에 태어난 두 아들 이름이다. 큰아들 로드리고는 1959년 8월 24일생이고, 작은아들 곤살로는 1962년 4월 16일생이다.

지 않고 비르히니아라고 할 딸과 함께 늙을 때까지 살고 싶다고 했다. 그녀가 향수 때문에 더욱더 이상적인 곳으로 만들어 버린 그 마을을 너무나도 간절하고 집요하게 회상했기 때문에 가스톤은 그녀를 마콘도에 가서 살게 하지 않으면 그녀가 자신과 절대 결혼해 주지 않을 거라 생각했다. 때가 되면 다 유야무야되어 버릴 일시적인 변덕이라고 믿었기 때문에, 나중에 비단 끈 문제 때도 그랬듯이, 그녀가 마콘도에서 사는 문제에 동의했다. 그러나 그들이 마콘도로 옮겨온 지 이 년이 경과했을 때도 아마란타 우르술라가 첫날과 마찬가지로 지극히 만족스러워했으므로 그는 경계심을 드러내기 시작했다. 그 무렵 그는 이미 그 지역에서 박제할 만한 곤충은 모조리 채집해 박제로 만들어 놓았고, 그 나라 사람들처럼 스페인어를 했으며, 우편으로 받아 보던 잡지에 나오는 십자말풀이를 하나도 빠짐없이 다 맞추어 버렸다. 그는 천성적으로 객지 생활에 맞는 간장을 지니고 있었는지 낮잠 시간의 더위나 물벌레가 들어 있는 물에도 건강을 해치지 않고 잘 견디고 있었기 때문에 기후를 구실로 귀국을 서두를 수도 없는 처지였다. 그 지역 토속 음식을 너무나도 좋아해 언젠가는 여든두 개짜리 이구아나 알 한 줄을 다 먹어 치우기도 했다. 반면에, 아마란타 우르술라는 다른 것을 먹을 수 없어 얼음 상자에 채운 생선과 조개, 고기 통조림이나 당밀로 졸인 과일 등을 기차로 날라 오게 했고, 마땅히 갈 곳도, 방문할 사람도 없었고, 또 그 무렵에는 남편이 그녀의 짧은 치마와 한쪽으로 기울어지게 만든 펠트 모자, 일곱 가닥으로 된 목걸이를 좋다고 할 만한 기분이 아니었음에도 불구하고, 그녀는 계속해서 유럽에서 유행하는 옷을 입고 우편으로 부쳐 오는 옷본을 받았다. 그녀의 비밀은, 페르난다가 보았더라면 부수기 위해 뭔가를 만드는 유전적인 악습을 떠올렸을 법한, 그 해로운 근면성으로 스스로 만들어 낸 집안 문제를 해결하고, 잘못 처리한 일을 다음 날 다시 고치면서 늘 바쁘게 지내는 데 있는 것 같았다. 그 무렵 그녀의 명랑한 기질이 더욱더 기승을 부려, 새 음반을 받을 때마다 가스톤을 불러 학교 친구들이 그림까지 그려 가며 가르쳐 준 댄스를 아주 늦은 밤까지 추었는데, 대체로는 비엔나산(産) 흔들의자나 맨바닥에서 사랑을 나눔으로써 댄스의 결말을 맺었다. 그녀가 완전하게 행복해지기 위해 필요했던 것은 자식이 태어나는 것뿐이었지만, 결혼한 지 오 년이 지날 때까지는 아이를 낳지 않겠다고 했던 남편과의 약속을 존중하고 있었다.

무료한 시간을 때울 뭔가를 찾던 가스톤은 늘상 멜키아데스의 방에서 무뚝뚝한 아우렐리아노와 함께 오전 시간을 보냈다. 그는 아우렐리아노와 더불어 고국의 가장 내밀한 구석들을 회고하는 데서 즐거움을 느꼈는데, 아우렐리아노는 마치 그의 고국에서 오랫동안 산 것처럼 속속들이 알고 있었다. 가스톤이 백과사전에도 없는 정보를 어떻게 해서 얻었느냐고 아우렐리아노에게 물었을 때, 호세 아르카디오가 받았던 것과 똑같은 대답을 받았다. "모든 건 다 알려지게 되죠." 아우렐리아노는 산스크리트어 말고도 영어나 프랑스어에나 라틴어와 그리스어를 약간씩 익혀 놓고 있었다. 당시 아우렐리아노는 매일 오후 외출을 했으므로 아마란타 우르술라는 그에게 일주일마다 용돈을 주었고, 그의 방은 카탈루냐 출신 학자가 운영하는 책방의 한 부분이 된 것 같았다. 그는 자기의 독서론에 대해 언급할 때와 똑같은 말투로 밤늦은 시각까지 의욕적으로 책을 읽었는데, 가스톤은 그가 새로운 지식을 얻기 위해서가 아니라, 자신이 지니고 있는 지식이 얼마나 정확한지 확인하기 위해 책을 사며, 그 어떤 책보다도 양피지에 관심이 많아, 아침 시간 가운데 집중력이 가장 높은 시간을 양피지를 해독하는 데 쓰고 있다고 생각했다. 가스톤뿐만 아니라 그의 아내도 아우렐리아노가 한 집안 식구처럼 지내는 것을 원했을 테지만, 아우렐리아노는 시간이 흐를수록 더 단단해져 가던 신비의 구름에 덮인 은둔자였다.[61] 그의 의지가 전혀 꺾이지 않았기 때문에 그와 친해지는 데 실패한 가스톤은 무료한 시간을 죽이기 위해 다른 즐거움을 찾아내야만 했다. 그가 항공 우편 서비스 사업을 해 볼 생각을 한 것은 그 무렵이었다.

그것은 전혀 새로운 계획이 아니었다. 실제로, 그는 아마란타 우르술라를 알게 되었을 때 그 계획을 이미 상당히 추진해 놓고 있었는데, 그 사업 대상 지역은 마콘도가 아니라, 가족이 야자 기름 사업에 투자해 놓은 벨기에령 콩고였다. 그런데 결혼을 하고, 또 아내를 달래기 위해 몇 달 동안 마콘도에서 지낼 결심이었기 때문에 그는 계획을 연기해야 했다. 그러나 아마란타 우르술라가 마을 생활 개선 위원회를 조직하는 데 열중하

---

61) '연금술에 몰두했다.'고 이해할 수도 있다.

고, 그가 귀국할 가능성을 비쳤다고 비웃기까지 하는 것을 보
고는 사안이 장기화되어 가고 있다는 것을 깨달았고, 개척을
하는 것은 아프리카나 카리브나 마찬가지라고 생각하고서 잊
고 지냈던 브뤼셀의 동업자들과의 접촉을 재개했다. 일이 진행
되고 있는 사이 미스터 허버트와 꼭 닮은 그의 근면성 때문에
그가 항공로를 개설하는 것이 아니라 마을에 바나나를 심으려
는 의도를 지니고 있다는 경계 섞인 의구심이 마을에 유포되
고 있다는 사실도 모른 채, 당시 여기저기 금이 간 자갈투성이
벌판처럼 보였던 그 마술에 걸린 옛 지역에 비행장을 만들 부
지를 물색하고, 바람 방향과 해안의 지리, 그리고 비행에 가장
적당한 루트를 조사하고 있었다. 그는 결국 자신이 마콘도에
정착하는 것을 정당화시킬 수 있는 그 착상에 고무되어, 주 수
도를 수차례 찾아가 당국자들을 만나고, 사업 허가를 얻고, 독
점적인 계약에 서명했다. 그사이 그는 얼굴도 모르는 의사들과
교환했던 페르난다의 편지와 유사한 편지를 브뤼셀의 친구들
과 교환하고 있었고, 마침내는, 제일 먼저 만들어진 비행기를
유능한 기사의 책임하에 배에 실어, 그 기사가 마콘도에서 가
장 가까운 항구에서 조립한 다음 마콘도까지 비행시키도록 그
들을 설득했다. 기상 관측 및 계산을 시작한 지 일 년 뒤에 편
지 상대들의 거듭되는 약속을 믿었던 그는 괜히 바람소리에까
지 신경을 쓰며 비행기가 나타나기만을 기다리느라 하늘을 쳐
다보면서 거리를 배회하는 버릇이 생겼다.

　정작 아마란타 우르술라 자신은 알아차리지 못했다 할지라
도 그녀의 귀환은 아우렐리아노의 생활에 커다란 변화를 가

져왔다. 호세 아르카디오의 사망 후 아우렐리아노는 카탈루냐 출신 학자의 책방의 단골 고객이 되어 있었다. 게다가, 그 당시 즐기고 있던 자유와 마음대로 사용할 수 있는 시간은 그에게 마을에 대한 호기심을 일깨워 주었는데, 그는 이제 별로 놀라지도 않은 채 마을을 구경했다. 보통 사람이라기보다는 과학자다운 관심으로 폐허가 된 집 내부와 공기에 녹이 슬어 찢겨진 창문 철망과 죽어 가고 있는 새와 추억에 짓눌려 기력을 잃은 주민을 바라보면서 먼지가 이는 인적 없는 거리를 거닐었다. 그는 이제 바닥을 드러낸 수영장에 썩은 남자 구두와 여자 샌들이 가장자리에까지 가득 쌓여 있고, 독보리가 점령해 버린 집 안에 쇠사슬 달린 고리에 여전히 묶여 있는 독일산 개의 해골이 나뒹굴고, 계속해서 벨이 울려 수화기를 든 그가 슬픔에 젖은 듯한 여자가 전화기 속에서 가물가물 들리는 영어로 묻는 말뜻을 알아듣고서 그녀에게 네, 파업은 끝났고요, 사망자 3000명이 바다에 버려졌고요, 바나나 회사는 철수했고요, 마콘도는 마침내 수년 전부터 조용해졌다고 대답했던 전화기 한 대가 있는, 옛날 바나나 회사 단지의 몰락해 버린 영광을 상상으로나마 재건해 보려고 애썼다. 그렇게 거리를 거닐던 그는 과거에는 쿰비아 춤판을 달구기 위해 돈 뭉치가 불에 탔고, 아직까지 켜져 있는 빨간 등불 몇 개가 있었고, 부서진 화환으로 장식된 썰렁한 댄스 홀이 있던, 다른 거리보다 더 침울하고 비참한 골목길이었던, 쇠락한 사창가로 들어섰는데, 댄스 홀의 전축 옆에는 창백하고 뚱뚱한 임자 없는 과부들과, 증조할머니쯤 되는 프랑스 창녀들과, 온갖

성애로 무장한 어머니뻘 되는 창녀들이 여전히 손님을 기다리고 있었다. 아우렐리아노가 만난 사람 가운데 그의 가족에 대해, 아니 아우렐리아노 부엔디아 대령에 대해서만이라도 기억하고 있던 사람은 안티야스 제도에서 온 흑인들 가운데 가장 나이가 많은, 무명처럼 새하얗게 센 머리가 현상된 필름 속에 든 것 같은 느낌을 주는 노인을 제외하고는 아무도 없었는데, 노인은 집 현관에서 석양 무렵에 부르던 애조 띤 영가를 여전히 부르고 있었다. 아우렐리아노는 불과 몇 주 전에 외웠던 복잡한 파피아멘토어로 그 노인과 대화를 나누었으며,[62] 가끔씩은 커다란 몸집에, 골격이 단단하고, 말 같은 엉덩이와 싱싱한 멜론 같은 유방을 지닌, 그리고 중세 전사의 투구처럼 생긴, 철사줄 같은 머리카락으로 만든 단단한 투구를 덮어쓴 것 같은, 완벽하게 둥글둥글한 머리를 지닌, 노인의 증손녀가 만들어 준 닭머리 국을 함께 나눠 먹었다. 그녀의 이름은 니그로만타였다.[63] 그 무렵 아우렐리아노는 집에 있던 식기와 촛대, 그리고 다른 잡동사니를 팔아 살아가고 있었다. 그가 단돈 1센티모도 지니지 않았을 때는, 그럴 때가 다른 때보다 더 자주이긴 했지만, 시장 객줏집에서 쓰레기통에 버리려던 닭머리를 달라고 해서는 쑥갓을 넣어 양을 늘리고, 박하를 넣어 훈향(熏香)한 닭머리 수프를 끓이도록 니그로만타에게 가져다

---

62) 아우렐리아노의 언어 재능, 또는 해석자로서의 능력에 대해 언급하고 있다.
63) '니그로만타'라는 이름은 비교(秘敎)의 실행(nigromante: 강신술)을 의미하고 있다.

주었다. 니그로만타의 증조부가 사망하자 아우렐리아노는 그 집을 찾아가는 일을 그만두었으나, 광장에 있는 어둑한 아몬 드나무 아래서 잠도 자지 않고 드문드문 지나가는 밤 사내들 을 유혹하려고 산짐승 소리 같은 휘파람을 불어 대던 니그로 만타를 보기도 했다. 아우렐리아노는 닭머리 수프나 보잘것없 으면서도 맛은 좋은 다른 요리에 대해 파피아멘토어로 얘기하 면서 자주 그녀와 함께 있었는데, 그가 함께 있으면 손님이 들 지 않는다고 그녀가 알려 주지 않았더라면 그는 계속 그렇게 했을 것이다. 그가 때때로 유혹을 느끼기도 했고, 또 니그로 만타 자신에게도 그 유혹이 향수를 공유하던 사람들 사이의 자연스런 결말로 여겨졌다 할지라도 그녀와 함께 잠을 자지 는 않았다. 그 때문에 아마란타 우르술라가 마콘도로 돌아와 그에게 가족으로서 포옹을 해 그가 숨이 막히는 기분을 느꼈 을 때도 그는 아직 숫총각이었다. 그녀가 유행하는 댄스를 그 에게 가르쳐 줄 때는 더욱 그랬지만, 그녀를 볼 적마다 필라르 테르네라가 곡식 창고에서 카드 점을 쳐 준다는 핑계를 대고 그의 고조부를 혼란시켰던 것처럼 뼛골이 녹아내리는 것과 같은 야릇한 감정을 맛보았다. 그런 격정을 잠재우기 위해 그 는 양피지에 더 깊숙이 빠져들어 갔고, 밤이면 고뇌 어린 한 숨으로 공기를 오염시키던 그 아주머니가 악의 없이 알랑거리 는 것을 피했으나, 피하면 피할수록, 집 안 어느 곳에 있든지 간에 시도 때도 없이 숫구치는 그녀에 대한 연정 때문에 그 스스로 고통스러워하면서 그녀의 자갈이 구르는 듯한 웃음소 리와 행복한 암고양이가 으르렁거리는 것 같은 소리와 즐거움이 가득 찬 노랫소리를 더욱 간절히 기다리게 되었다. 어느 날 밤, 그의 침대에서 불과 십 미터 거리에 있는 은세공 작업대 위에서 하복부가 발광을 해 버린 아주머니 부부는 결국 유리 선반을 깨뜨려 버렸고, 그 바람에 흥건히 흘러나온 염산 속에서도 결국 사랑을 나누었다. 아우렐리아노는 한숨도 자지 못했을 뿐만 아니라, 그 이튿날도 화를 삭이지 못해 흐느끼면서 흥분한 하루를 보냈다. 불안의 얼음 바늘에 꿰뚫린 그가, 구태여 돈을 지불할 필요까지는 없었건만, 어떤 의미로는, 모험심에 젖어서, 니그로만타를 혼란시키고, 굴욕감을 느끼게 하고, 돈을 받고 몸을 파는 여자로 만들기 위해, 아마란타 우르술라에게 얻은 1페소 50센타보의 돈을 쥔 손에 힘을 준 채 아몬드나무 그늘에서 그녀를 기다렸다. 그 첫날밤은 1000년이나 되는 듯 더디게 찾아왔다. 니그로만타는 그를, 사람을 현혹시키는 촛불이 밝혀진 자기 방으로, 난잡한 섹스에 의해 더럽혀진 아마포 시트가 깔린 접이식 침대로, 그를 놀란 아이쯤으로 여기고 상대해 줄 준비가 되어 있는, 성난 암캐 같고, 냉혹하고, 포악한 자기 몸으로 이끌었는데, 뜻밖에도 그는 무시무시한 힘으로 그녀의 배를 지진이라도 일어난 것처럼 요동치게 만드는 완연한 사내였다.

두 사람은 정부가 되었다. 아우렐리아노는 오전에는 양피지 해독에 열중했으나, 낮잠 시각이 되면 니그로만타의 최면을 유발시키는 침실로 갔는데, 그를 기다리고 있던 그녀는 먼저 지렁이처럼, 그리고 달팽이처럼, 마지막으로는 게처럼 몸을 쓰는 법을 그에게 가르쳐 주고 나서 길 잃은 사랑의 손님을 찾아 그의 곁을 떠나야 했다. 아우렐리아노가 그녀의 허리에서 첼로의 현으로 만든 것처럼 보이는, 그렇지만 태어났을 때부터 지니고 성장했기 때문에 강철처럼 견고하고, 어디가 처음이고 끝인지 구분할 수 없는 가는 띠 하나를 발견하기까지는 여러 주일이 걸렸다. 거의 항상, 두 사람은 사랑을 하고 나서 또다시 사랑을 하기 전에 현기증이 이는 더위 속에서, 그리고 녹 때문에 구멍이 뚫려 가고 있던 양철 지붕 틈새로 쏟아지는 한낮의 별빛을 받으며, 알몸으로 침대에 앉아 식사를 했다. 니그로만타가 그렇게 강한 사내를, 그녀 자신이 금방이라도 숨이 넘어갈 듯 웃으며 했던 말에 따르면, 그렇게 확실한 색골을 만난 것은 처음이었고, 아우렐리아노가 아마란타 우르술라에 대한 억눌린 욕정을 그녀에게 고백했을 때는 사랑의 희망이 싹트기 시작하기까지 했는데, 그는 아마란타 우르술라가 아닌 니그로만타를 통해서는 자신의 욕정을 치유할 수 없었으며, 오히려 니그로만타와의 경험이 사랑의 지평을 더욱더 넓혀 감에 따라 그의 마음은 갈수록 더 꼬여만 가고 있었다. 그럼에도, 니그로만타는 여전히 열정적으로 그를 맞이했으나 다만 그때부터는 아주 엄격하게 화대를 치르도록 했고, 아우렐리아노가 돈이 없을 때는 화대를 외상으로 했는데, 그녀는 문 뒤쪽에 숫자가 아닌 작은 선들을 엄지 손톱으로 새겨 놓았다. 해질 무렵이 되면, 그녀가 광장의 어두운 그늘 속에서 손님을 끌기 위해 서성거리는 사이, 아우렐리아노는 대체로 그 시각이면 저녁 식사를 하는 아마란타 우르술라와 가스톤에게 겨우 인사만 하고서 낯선 사람처럼 복도를 지나 다시 방 안에 처박혔는데, 두 사람의 웃음소리와 속삭임 소리, 사랑을 시작하기 전의 시시덕거리는 소리, 이어서 집 안 어둠 속으로 퍼져 나가는 단말마적인 열락의 신음 소리 때문에 신경이 곤두서서 읽고 쓰는 것은 물론 생각조차 제대로 할 수가 없었다. 그것이 가스톤이 비행기의 도착을 기다리기 시작하기 이 년 전 아우렐리아노의 삶이었는데, 그가 카탈루냐 출신 학자의 책방에 가서, 중세의 바퀴벌레 퇴치법에 관한 토론에 열중하던, 말 많은 청년 넷을 만난 그날 오후에도 삶은 그런 식으로 계속되고 있었다. '존경스러운 베다'[64]밖에 읽은 적이 없는 아우렐리아노의 책에 대한 기호를 알고 있던 책 가게 노주인이 아버지와 같은 심술로 그에게 그 논란을 중재하도록 권하자 그는 숨돌릴 틈도 없이, 지상에서 가장 오래된 날개 달린 곤충인 바퀴벌레는 이미 구약 성서에 나오는 사람들이 즐겨 슬리퍼로 밟아 죽이던 희생물이었는데, 붕사(硼砂)를 묻힌 토마토 조각에서 설탕을 섞은 밀가루에 이르기까지 온갖 퇴치법을 잘도 견뎌 낸 종으로서, 1603종이나 되는 이 곤충은 인간이 태어나면서 인간 자신을 포함한 그 모든 생물에게 가한 가장 유서 깊고 집요하고 잔인한 박해와, 종족 보존의 본능을 부여받은 것과 마찬가지로 바퀴벌레를 죽이는 것과 같은 보다 명확하고 보다 급격한 본능 또한 부여받은 인간이 가하는 과격한 박해를 잘 견디어 왔던바, 바퀴벌레들이 인간의 잔혹함으로부터 빠져나올 수 있었던 것은 인간이 본능적으로 지니고 있는 어

64) 영국 역사가이자 교회 의사(673~735)로, 『영국 교회사』의 저자다.

둠에 대한 공포로 인해 자신들이 타격을 받지 않을 어둠 속에 몸을 숨겨 버렸기 때문이었으나, 반면에 한낮의 밝은 빛에 타격을 받기 쉽게 변해 버렸기 때문에 이미 중세에 그랬듯이 현대에서도, 또 영원히, 바퀴벌레 퇴치에 효과적인 유일한 수단은 눈부신 햇빛뿐이라고 설명했다.

그 백과사전적인 숙명론은 그들 사이에 두터운 우정이 싹트는 계기가 되었다. 아우렐리아노는 매일 오후, 일생에 처음이자 마지막 친구가 된 네 토론자와 계속해서 모였는데, 그들 이름은 각각 알바로, 헤르만, 알폰소, 가브리엘이었다. 책 속의 현실에 틀어박혀 있던 그와 같은 남자에게, 오후 6시에 책 가게에서 시작되어 동틀 무렵 사창가에서 끝나던 그 시끌벅적한 모임은 하나의 계시였다. 진탕 마시고 놀던 날 밤 알바로가 피력했다시피, 문학은 인간을 조롱하기 위해 만들어진 가장 좋은 장난감이라는 생각을 그 당시까지는 전혀 해 본 적이 없었다. 그처럼 대단한 독단은 카탈루냐 출신 학자가 들었던 예에 근원을 두고 있다는 사실을 아우렐리아노가 깨달은 것은 상당한 시간이 흐른 뒤였는데, 그 학자에게는 이집트 콩의 새로운 조리법을 발명해 내는 데 쓸모가 없는 지식은 일고의 가치도 없는 것이다.

아우렐리아노가 바퀴벌레에 관한 강좌를 열었던 날 오후, 토론은 마콘도 변두리에 있는 가짜들로 이루어진 매음굴, 즉 배가 고파 몸을 파는 어린 아가씨들이 있는 집에서 끝났다. 그 집 주인은 손님이 자주 갈아들기를 애타게 바라는, 웃는 얼굴의 중년 여자였다. 항상 머금고 있는 그녀의 미소는 손님들이 그 가짜 매음굴을 진짜라고 믿고 있다는 사실에서 비롯된 것 같았는데, 걸터앉을라치면 무너져 버리는 가구, 속에 암탉이 달걀을 품고 있는 텅 빈 전축, 종이로 만든 꽃이 있는 정원, 바나나 회사가 오기 몇 해 전의 달력, 출판된 적이 없는 잡지에서 도려 낸 석판화들을 조합한 그림 같은, 현실에서 만질 수 있는 물건들까지도 가짜였기 때문에 손님들은 상상으로만 존재할 수 있는 그곳을 그저 실제와 같거니 하고 받아들이고 있었던 것이다. 여주인이 손님이 왔다고 알려 주면 이웃에서 찾아드는 겁먹은 어린 창녀들조차도 완전한 발명품 같았다. 그녀들은 당시보다 다섯 살 어렸을 때 입었던 꽃무늬 옷을 입고서 인사도 없이 나타나서는 그 옷을 입었을 때와 마찬가지로 아무것도 모른 채 옷을 벗었고, 사랑의 절정에 이르면 놀라서 '아이고, 저 천장이 내려앉는 것 같아요.'라고 소리를 질렀고, 1페소 50센타보의 화대를 받자마자, 그 음식 역시 진짜가 아니란 사실은 여주인 자신만이 알고 있었기 때문에 그 어느 때보다도 생글거리는 여주인이 팔고 있던 빵 하나와 치즈 한 조각을 사는 데 다 써 버렸다. 당시 멜키아데스의 양피지에서 시작되어 니그로만타의 침대에서 끝나는 세상에서 살던 아우렐리아노는 그 가짜들로 이루어진 매음굴에서 자신의 소심한 성격을 고치려고 터무니없는 치료법 하나를 찾아냈다. 이 방 저 방에서 사랑을 하던 그가 절정에 다다르려고 할 때마다 여주인이 방으로 들어와서는 사랑의 내밀한 기교에 대해 온갖 이야기를 늘어놓았지만 처음에는 그 소심한 성격이 전혀 고쳐지지 않았었다. 그러나 날이 갈수록 그런 세상의 불상사에도 아주 익숙해지기에 이르러, 여느 때보다 더 광적이었던 어느 날 밤, 마침내 그는 작은 대기실에서 옷을 다 벗고는 어마어마하게 큰 남근 위에 맥주병을 얹고 균형을 잡으면서 그 집 안을 싸돌아다녔다. 그런 식으로 엉뚱한 짓을 유행시킨 사람은 바로 그였는데, 여주인은 항의를 하지도, 정색을 하고 받아들이지도 않은 채 예의 그 웃음 띤 얼굴로 거들어 주었고, 그 집이 존재하지 않았다는 것을 증명하기 위해 헤르만이 집에 불을 지르려고 했을 때도, 알폰소가 앵무새의 모가지를 비틀어 암탉으로 쑨 산코초[65]가 끓기 시작하던 냄비 속에 처넣었을 때도 그녀의 태도는 변함이 없었다.[66]

아우렐리아노가 자신이 동일한 애정과 연대감으로 그 네 친구와 결합되어 있다고 느꼈고 마침내는 그들을 마치 한 사람인 것처럼 생각하기에까지 이르렀다고는 해도 다른 친구들보다 가브리엘과 유독 더 가까웠다. 그런 유대는 그가 우연히 아우렐리아노 부엔디아 대령에 대해 이야기했을 때, 가브리엘만이 그가 다른 사람을 놀리기 위해 농담을 한다고 생각하지 않았던 그날 밤에 생겼다. 그들의 대화에 잘 참견하지 않던 여주인까지도, 언젠가 실제로 아우렐리아노 부엔디아 대령에 대해 들은 적이 있는데, 그는 정부가 자유파 사람들을 죽이기 위해

---

65) 흔히 고기, 유카, 플라타노, 그리고 다른 양념들을 넣어 끓인 죽 비슷한 요리다.

66) 여기에 등장하는 '가짜들로 이루어진 매음굴' 장면은 문학이란 '인간을 조롱하기 위해 만들어진 가장 좋은 장난감'이라는 정의를 즉시 적용한 것이다.

조작해 낸 인물이라고 포주답게 불같은 열의를 가지고 토로했다. 하지만, 가브리엘은 아우렐리아노 부엔디아 대령이 자기 증조부인 헤리넬도 마르케스 대령의 전우요, 둘도 없는 친구였기 때문에 그가 실재 인물임을 의심하지 않았다. 그처럼 불안정한 사람들의 기억력은 노무자 학살 사건에 대한 이야기들을 할 때는 더욱더 심각했다. 아우렐리아노가 그 점에 대해 언급할 때마다 여주인뿐 아니라 그녀보다 훨씬 더 나아가 많은 몇몇 사람까지도 역으로 내몰린 노무자들과, 죽은 사람들을 적재한 200량의 화차 얘기는 꾸며 낸 것이라며 믿으려 들지 않았고, 여하간에, 법원 서류와 초등학교 교과서에는 '바나나 회사는 결코 존재하지 않았다.'고 쓰여 있다고 고집했다. 그렇기 때문에 아우렐리아노와 가브리엘은 아무도 믿으려 하지 않았던 진실에 기반한 일종의 공범 의식으로 결합되어 있었고, 그 사실은 두 사람의 삶에 크게 영향을 끼쳐 두 사람은 향수로밖에 남아 있지 않는 사멸된 세계의 썰물에서 표류하기에 이르렀다. 가브리엘은 잠잘 시간이 되면 아무 곳에서나 자 버렸다. 아우렐리아노는 여러 번 그를 은세공실에서 재워 주었으나 자신은 동틀 녘까지 침실들을 돌아다니던 죽은 사람들의 부산한 움직임 때문에 정신이 혼란스러워져 뜬눈으로 밤을 지샜다. 나중에는 가브리엘을 니그로만타에게 맡겼는데, 그녀는 만인에게 개방하던 작은 방이 비어 있으면 가브리엘을 데리고 들어가 아우렐리아노가 갚아야 할 외상이 많아 여백이 얼마 남아 있지 않은 문짝 뒤쪽에 작은 세로줄을 그음으로써 그의 외상 내역을 기록했다.

무질서한 생활이었음에도 불구하고, 카탈루냐 출신 학자의 권고에 따라 그들 모두는 뭔가 영속적인 일을 하려고 노력했다. 이제 그 누구도 초등학교 이상 진학하려는 관심이나 가능성을 갖고 있지 않은 마을에서 그들로 하여금 서른일곱 번째 연극적인 상황을 찾으면서 온밤을 지새우게 만들었던 사람은 과거에 고전 문학 교수를 지낸 경험이 있고, 희귀 도서들이 있는 서고를 지닌 카탈루냐 출신 학자였다.[67] 아우렐리아노는 새롭게 눈뜨게 된 우정의 매력에 빠지고, 페르난다의 인색함 때문에 나가지 못했던 바깥 세상의 신기한 일에 넋을 잃은 채 양피지가 암호로 된 운문 형태의 예언이라는 사실을 밝혀 내기 시작했던 바로 그 무렵에 양피지 연구를 방기해 버렸다. 그러나 매음굴에 가는 걸 단념할 필요 없이도 양피지를 완전히 해독할 시간이 있다는 사실을 뒤늦게 깨달은 그는 마지막 실마리를 찾아내기까지 자신의 열정을 약화시키지 않기로 결심한 채 멜키아데스의 방으로 되돌아가기로 마음을 다잡았다. 그 일은 가스톤이 비행기의 도착을 기다리기 시작한 무렵에 일어났는데, 아마란타 우르술라는 너무나 외로운 나머지 어느 날 아침 그의 방에 모습을 나타냈다.

"이봐, 식인종. 또다시 동굴[68] 안에 있구나." 그녀가 말했다.

스스로 디자인한 의복을 입고, 송어 척추뼈로 직접 만든 길다란 목걸이를 걸친 그녀는 저항하기 어려운 매력을 갖추고

---

67) 카탈루냐 출신 학자는 '오전에 역사와 문학에 대해 강의'했는데, 특정 상황을 연극적으로 구성하게 함으로써 이에 대한 이해를 도모했다.
68) 아우렐리아노는 마콘도의 골방, 즉 '동굴'에서 원고를 해석하고 있었다.

있었다. 남편의 충실함을 믿고 남편의 목에 걸어 놓았던 낚시 줄을 풀어 준 그녀는 집으로 돌아온 이후 처음으로 한가한 시간을 누리고 있는 것 같았다. 아우렐리아노는 그녀를 바라볼 필요도 없이 그녀가 방으로 들어왔다는 사실을 느낄 정도였다. 그녀는, 뼈마디가 움직이는 소리를 아우렐리아노가 감지할 수 있을 정도로 가까이 다가와서 힘없이 작업대 위에 팔꿈치를 괴더니 양피지에 관심을 보였다. 그는 혼란스러운 마음을 추스르려고 애를 쓰면서 자꾸만 사그라드는 목소리와, 자기를 저버리려고 하는 삶, 가루처럼 되어 가려는 기억을 붙들어 맸고, 산스크리트어에 드러난 종교적 운명과, 종이 뒷면에 쓰인 것을 역광으로 읽을 수 있듯이[69] 시간 속에 투영되어 있는 미래를 볼 수 있다는 과학적 가능성과, 예언이 자체 내에서 소멸되지 않도록 그 예언을 부호화시켜 놓을 필요가 있다는 얘기와, 노스트라다무스의 『세기』와, 성 밀리아누스에 의해 예견된 칸타브리아해의 소멸[70] 등에 관해 그녀에게 얘기했다. 결심을 내보여야만 자신의 불안감을 해소시킬 수 있다고 믿은 아우렐리아노는 얘기를 계속 이어가면서, 태어났을 때부터 자기 내부에서 잠자고 있던 충동에 이끌려 자기 손을 그녀의 손 위에 포갰다. 하지만, 그녀는 어렸을 때 자주 그랬듯이 스스럼없고 다정하게 그의 검지손가락을 쥐었고, 그가 그녀의 질문에 대답하고 있는 동안에도 계속 쥐고 있었다. 두 사람은 그

---

69) 예언을 읽는다는 것은 실제로 시간을 과거에서 미래로 해석하는 것이다.
70) 밀리아누스는 '칸타브리아가 신에게는 실패한 것이다.'라고 이해했다.

어떤 의미도 전할 수 없는 얼음 같은 검지손가락[71]을 통해 결합된 채 그렇게 있었는데, 마침내 그녀가 한순간의 꿈에서 깨어나며 손바닥으로 이마를 딱 쳤다. "아참, 개미!" 그녀가 소리쳤다. 그녀는 그 말을 함과 동시에 양피지 원고를 잊었고, 춤스텝을 밟으며 문까지 가서는 자신을 브뤼셀로 보내던 그날 오후 아버지에게 작별 인사를 했을 때처럼 아우렐리아노에게 손가락 끝으로 키스를 보냈다.

"나중에 설명해 줘. 오늘이 개미 구멍을 석회로 막는 날이란 걸 깜빡 잊었지 뭐야." 그녀가 말했다.

그녀는 아우렐리아노가 있는 방 쪽에 어떤 용무가 있을 때는 이따금 그의 방에 들렀고, 남편이 하늘을 쳐다보고 있는 사이, 몇 분 동안 그곳에 머물렀다.

그런 변화에 희망을 갖게 된 아우렐리아노는 당시에는 식구들과 함께 식사를 했는데, 아마란타 우르술라가 귀가한 후 처음 몇 달 동안은 그렇게 하지 않았었다. 가스톤은 기뻐했다. 곧잘 한 시간 이상이나 계속되던 식후 대화에서 가스톤은 동업자들이 자기를 속이고 있다고 가슴 아파했다. 동업자들은 아직 도착하지 않고 있던 어느 배에 이미 비행기를 선적했다는 통지를 보냈는데, 선박 회사 직원들이 카리브해로 가는 선박 리스트에 비행기 선적 사항이 기재되어 있지 않아서 비행기가 도착할 수가 없는 거라고 주장하고 있었음에도, 동업자

---

71) 강한 추위와 얼음의 변화는 부엔디아 남자들의 삶에서 성교를 시작하거나 죽음에 접근하는 등의 결정적인 순간에 등장한다.

들은 정확하게 선적했다며 고집했고, 가스톤이 편지로 자기들에게 거짓말을 했을 가능성을 암시하기까지 했다. 편지 교환이 그런 식으로 서로간의 의심을 유발했기 때문에, 다시는 편지를 보내지 않기로 작정한 가스톤은 사안을 명백히 하고, 비행기와 함께 돌아오기 위해 급히 브뤼셀로 떠나는 것이 어떻겠냐고 제의하기 시작했다. 하지만, 아마란타 우르술라가 남편 없이 살게 된다 하더라도 마콘도는 절대 떠날 수 없다고 하는 결의를 입에 올린 순간 그 계획은 수포로 돌아가고 말았다. 초기에 아우렐리아노는 가스톤이 자전거나 타고 돌아다니는 얼뜨기라는 일반화된 생각에 동조했고, 그런 생각으로 인해 그는 가스톤에 대해 막연한 연민을 품었다. 그 후 사창가에서 남성의 본능에 대한 더욱 깊은 정보를 얻었을 때, 가스톤의 온화한 성격이 그의 절제할 수 없는 정욕 때문이라고 생각하게 되었다. 그러나 그를 더 잘 알게 되고, 그의 진짜 성격이 그의 순종적인 행동과는 반대라는 사실을 알았을 때, 그가 비행기를 기다리고 있는 것까지도 연극이 아닌가 하는 좋지 않은 의구심을 품었다. 그 당시 아우렐리아노는 가스톤이 겉으로 보이는 것처럼 그렇게 얼뜨기가 아니라 그 반대로, 의지가 강하고 재주가 있고, 참을성이 무한한 남자라고 생각했는데, 아내가 손끝에 잡힐 것 같은 환상 때문에 겪게 되는 지겨움을 더 이상 참을 수 없어 스스로 유럽으로 돌아갈 채비를 하는 그날까지, 아내가 자기 스스로 쳐 놓은 거미줄에 얽히도록 놓아둔 채 가스톤 자신은 항상 즐겁다고 하고, 절대로 아니라고 대답하지 않고, 끝없는 일치를 가장하는 데서 아내가 피로를 느낌으로써 아내 스스로 굴복하도록 해 놓고 있었던 것이다. 그렇게 되자 그동안 그가 가스톤에 대해 지녔던 동정심은 해로운 반감으로 바뀌었다. 가스톤의 방식이 너무나도 사악했으나 동시에 너무나도 교묘하다고 생각되었기 때문에 그는 과감하게 아마란타 우르술라에게 주의를 주었다. 하지만, 그녀는 그가 마음속으로 지니고 있던 고통스러운 사랑의 짐과 불안감과 질투심은 전혀 헤아리지 않은 채, 남을 의심하는 그를 비웃었을 뿐이었다. 그녀에게는 아우렐리아노가 혈육의 정 이외의 다른 마음을 품고 있을 거라는 생각 같은 건 전혀 들지 않았는데, 마침내, 언젠가는 그녀가 복숭아 통조림을 열려고 애를 쓰다 손가락 하나에 상처를 입자, 그가 서둘러 달려와 그녀의 온몸에 소름이 끼칠 정도로 열정적이고 헌신적으로 손가락의 피를 빨아 댔다.

"아우렐리아노, 넌 훌륭한 박쥐가 되기엔 너무 심술궂구나."[72] 당황한 그녀가 웃으며 말했다.

그 말을 들은 아우렐리아노는 자제심을 잃고 말았다. 그는 상처를 입은 그녀의 손바닥에 두세 번 입을 맞추면서, 가슴속 가장 깊은 곳에 묻어 두었던 생각과 그동안 끝없는 고통 속에서 자신을 희생시키는 가운데 키워 왔던 무시무시한 기생충적 욕망을 드러냈다. 그는 의지할 데 없고 화가 난 나머지 그녀가 욕실에 말리려 널어놓은 속옷에 얼굴을 파묻은 채 울려

---

72) 앞에 나온 '식인종'과 같은 맥락으로 이해해야 하는데, 골방에서 연구에 몰두하는 아우렐리아노를 동굴 속에서 칩거하는 박쥐로 묘사하고 있는 것이다.

고 자정 무렵에 일어나곤 했다고 그녀에게 말했다. 암고양이처럼 소리를 지르며 앙탈을 부려 주고, 자기 귓전에 가스톤, 가스톤, 가스톤 하고 울먹거려 달라고 니그로만타에게 얼마나 간절하게 졸랐는지, 또 굶주림 때문에 몸을 파는 어린 아가씨들의 목덜미에 뿌려 냄새를 맡아 보기 위해 얼마나 교묘하게 그녀의 향수병을 훔쳐 냈는지도 고백했다. 그처럼 걷잡을 수 없이 격정적으로 털어놓는 말에 놀란 아마란타 우르술라는 자신의 손가락을 조개처럼 오므려 갔고, 상처를 입은 그녀의 손은 이윽고 일체의 고뇌와 연민의 흔적으로부터 해방되어 에메랄드와 토파즈 쪼가리, 돌과 같이 무감각한 뼈로 변해 버렸다.

"짐승 같은 자식! 첫 배를 타고 곧장 벨기에로 떠나 버리겠어!"

그녀가 침을 뱉어 내듯 말했다. 그러던 어느 날 오후, 알바로가 카탈루냐 출신 학자의 책방에 와서는 최근에 동물원처럼 생긴 매음굴을 발견했다고 목청이 찢어져라 선전을 해 댔다. '황금동자(黃金童子)'라는 이름을 지닌 그 매음굴은 엄청나게 큰 노천 살롱으로, 200마리는 족히 되는 해오라기가 귀를 멍멍하게 만들 정도로 깍깍거려 시각을 알려 주면서 자유롭게 날아다니고 있었다. 댄스 스테이지를 둘러싸고 있는 철망 우리 안과 아마존 원산의 거대한 동백나무들 사이에 색색의 해오라기들, 돼지처럼 살이 오른 악어들, 방울을 열두 개나 가지고 있는 뱀들, 조그만 인공 바닷물 속으로 들어가던 황금빛 등껍질 거북 한 마리가 있었다. 동성애를 했지만 먹고 살기 위해 종견(種犬) 노릇을 하던 유순한 성격의 흰 수캐도 있었다. 공기는 방금 생겨난 듯이 신선하고 농밀했으며, 새빨간 꽃잎과 유행에 뒤진 레코드 사이에서 희망 없이 손님을 기다리고 있던 아름다운 물라타들은 인간이 지상 낙원에서 잊어버린 사랑의 기술을 알고 있었다. 다섯 친구가 그 꿈의 온실을 방문했던 첫날 밤, 등나무 흔들의자에 앉아 출입구를 지키고 있던 화려하게 차려입고 말수 적은 노파는 그곳을 찾아온 다섯 가운데 깡마르고, 얼굴빛이 누렇고, 타타르인[73]처럼 광대뼈가 불룩하고, 태초로부터 영원히 지워지지 않을 고독의 마마 자국이 얼굴을 뒤덮은 사내를 보았을 때 시간들이 각각의 시원(始原)으로 되돌아가고 있다는 느낌을 받았다.

"오오!" 그녀가 한숨을 내쉬었다. "아우렐리아노!"

노파는 내란이 일어나기 훨씬 전, 대령이 저 영광의 고독과 실의의 망명을 경험하기 훨씬 전에 자신과 잠자리를 같이하라는 생애 첫 번째 명령을 내리기 위해 그녀의 침실에 찾아온 이른 새벽녘의 램프 불빛에 보았던 아우렐리아노 부엔디아 대령을 다시 보고 있었던 것이다. 그 노파는 필라르 테르네라였다. 몇 해 전에 145세가 되었으나 이제는 나이를 헤아리는 해

---

73) 앞서 언급된, '백과사전 속에서 낯선 복장을 하고 있었으나 친근한 분위기를 풍기는 남자가 말을 타고 있는 사진을 보았는데, 면밀히 살펴본 후에 그것이 아우렐리아노 부엔디아 대령의 사진이 틀림없다는 결론에 이르렀다. 그 사진을 페르난다에게 보이자 그녀 역시 그 기사의 모습이 실제로는 대령뿐만 아니라 가족 모두와 꼭 닮았다고 했는데, 실제로는 타타르족 전사였다.'라는 대목을 참고해 보면 아우렐리아노가 부엔디아 가문의 남자들, 특히 아우렐리아노 부엔디아 대령과 닮았다는 것을 암시하는 것이다.

로운 습관을 포기한 그녀는 과거의 기억이 잊혀져 있는 정지된 현재 시간 속에서 계속 살아가고, 카드 점을 통해 염탐을 하고 음험한 예측을 함으로써 혼란스러워져 버린 미래가 아닌, 이미 다 알고 있기 때문에 살아 버린 것이나 다름없는 미래 속에서 계속 살아가고 있었다.[74]

그날 밤부터 아우렐리아노는 그동안 모르고 지냈던 고조할머니의 애정과 동정 어린 이해 속에 은신했다. 등나무 흔들의자에 앉아 있던 그녀는, 알바로가 호들갑스러운 웃음 소리로 악어를 놀래키고, 알폰소가 지난주에 행실이 나쁜 손님 네 사람의 눈을 해오라기가 파내 버렸다는 잔혹한 얘기를 꾸며 대고, 가브리엘이 화대를 현금 대신, 국경 경비대원들이 하제(下劑)를 먹여 놓고 변기에 앉혔더니 다이아몬드가 섞인 똥을 변기 가득 쌌다는 이유로 오리노코강[75] 건너편 감옥에 간힌 밀수꾼 애인에게 보내는 편지를 대필해 주는 것으로 내던 그 사색적인 물라타의 방에 머물고 있는 사이, 옛날을 생각하면서 가문의 흥망성쇠와 마콘도의 몰락해 버린 영광을 되살려 냈다. 모성애 넘치는 그 여주인이 있는 진짜 사창가는 오랜 칩거 속에서 아우렐리아노가 꿈꾸어 온 세계였다. 완벽한 동반자들 때문에 너무나 편안하고, 더할 나위 없는 친밀감을 느꼈으므로 아마란타 우르술라가 그의 환상을 깨뜨린 그날 오후에도 다른 은신처를 찾을 생각을 하지 않았었다. 모든 것을 말

---

74) 다시 말하면, 필라르 테르네라는 정지되어 있는 시간의 영원한 현재에 살아가고 있다.
75) 베네수엘라를 관통하는 최대의 강이다.

로 털어놓을 준비가 되어 있던 그는 가슴을 짓누르는 응어리를 누군가가 풀어 주기를 바랐으나 필라르 테르네라의 무릎에 몸을 기댄 채 기분이 풀릴 때까지 뜨거운 눈물만 줄줄 흘리고 있었다. 필라르 테르네라는 손가락 끝으로 그의 머리를 쓰다듬으며 그가 울음을 그칠 때까지 기다렸고, 그가 사랑 때문에 눈물을 흘리고 있노라고 고백하지는 않았다 할지라도 그것이 인간의 역사에서 가장 오래된 눈물이라는 사실을 곧바로 알아차렸다.

"그래, 아가. 네가 사랑하는 여자가 누구인지 내게 말해 보렴." 그녀가 그를 위로했다.

아우렐리아노가 필라르 테르네라에게 사랑하는 여자의 이름을 말했을 때, 그녀는 갑작스럽게 비둘기들이 구구구 울어대는 소리처럼 들렸던 옛날의 그 너털웃음을 뱃속으로부터 터트렸다. 그녀에게는, 비록 뚫고 들어갈 수는 없는 것이었다 할지라도 부엔디아 가문 남자의 마음속에는 신비한 것이 단 하나도 없다는 사실을 알고 있었는데, 그 이유는 그 가문의 역사는 끝없이 반복되는 하나의 톱니바퀴이며, 그 축이 서서히, 고칠 수 없을 정도로 마모되지 않는다면 영원히 계속해서 회전하는 하나의 바퀴라는 사실을 한 세기에 걸친 카드 점과 경험을 통해 배웠기 때문이었다.

"걱정하지 마라." 그녀가 미소를 머금었다. "지금 네가 어디에 있든지, 그녀는 널 기다리고 있을 거야."

아마란타 우르술라가 욕실에서 나왔을 때는 오후 4시 반이었다. 아우렐리아노는 그녀가 부드럽게 잔주름이 잡힌 목욕 가운을 입고, 수건을 터번처럼 머리에 두른 채 그의 방 앞을 지나가는 것을 보았다. 그는 술에 취해 비틀거리면서 발꿈치를 든 채 뒤를 따라가 그녀가 막 목욕 가운 앞자락을 여는 순간 부부의 침실로 들어갔는데, 깜짝 놀란 그녀가 목욕 가운을 다시 여몄다. 그녀는 말없이 문이 반쯤 열려 있는 옆방을 손으로 가리켰는데, 그 방에서 가스통이 편지 한 통을 쓰기 시작하고 있다는 사실을 아우렐리아노도 알고 있었다.

"어서 나가." 그녀가 입 속으로 말했다.

아우렐리아노는 싱긋 웃고 나서 베고니아 화분을 들 때처럼 그녀의 허리를 양손으로 잡아올려 내던지듯 침대 위에 눕혔다. 그는 그녀가 채 방어할 틈도 주지 않고서 난폭하게 그녀의 목욕 가운을 벗겼고, 다른 방들의 어둠 속에서는 상상도 하지 못했을, 살갗에 얼룩 하나 솜털 한 줄 없고, 숨겨져 있는 사마귀 하나 없는, 방금 목욕을 마친 한 여자의 심오하기 이를 데 없는 알몸을 들여다보았다. 아마란타 우르술라가 족제비처럼 매끈하고 유연하고 향기로운 몸을 족제비처럼 약삭빠르게 비틀어 대면서 머리 좋은 여자답게 교묘한 방법으로 진지하게 방어를 하고 있는 사이, 그는 무릎으로 그녀의 하복부를 옴짝달싹 못하게 하려고 애쓰고, 손톱으로 얼굴을 전갈처럼 짓누르고 있었으나, 그와 그녀는 누군가 열린 창문을 통해 4월의 느긋한 석양을 바라보며 내쉬는 한숨으로밖에 생각되지 않을 정도로 조심스럽게 호흡을 조절했다. 그것은 격렬한 싸움이었고, 죽음을 건 전투였음에도 불구하고, 그가 우회적으로 공격하면 그녀가 그림자 같고, 느릿느릿하고, 신중하고,

엄숙하게 공격을 피했기 때문에 그 어떤 난폭함도 배제되어 있는 것처럼 보였고, 두 사람이 마치 투명한 물 탱크 밑바닥에서 화해를 시도하고 있는 두 연인과 같아서, 싸움과 싸움 사이에 피튜니아가 꽃을 피우고, 옆방의 가스톤이 비행기에 대한 꿈을 잊을 수 있을 정도의 시간이 걸렸다. 격렬하지만 의식을 치르는 것처럼 절제된 몸부림에서 비롯되는 소란 속에서, 아마란타 우르술라는 소리를 내지 않으려고 지나치게 조심하는 것이 자신들이 막으려고 애쓰는 수선스런 싸움 소리보다 오히려 옆방에 있는 남편의 의혹을 훨씬 더 많이 불러일으킬 수 있을 거라는 사실을 깨달았다. 그래서 그녀는 아프지 않도록 가볍게 상대를 깨물어 자신을 방어하고 족제비처럼 약삭빠르게 몸을 비틀어 반항하는 것을 차차 멈춰 가면서, 싸움을 포기하지는 않았지만 입술을 꼭 다문 채 피식 웃었는데, 이윽고 두 사람은 자신들이 적이면서 동시에 공범자라는 생각을 갖게 되었고, 다툼은 남녀 사이에 있을 수 있는 시시덕거림으로 바뀌고 공격성은 애무로 변했다. 이렇듯 아마란타 우르술라는 약간의 장난기에 심술까지 더해 갑자기 방어를 소홀히 했는데, 그녀 자신이 저지른 행동에 대해 놀라 다시 반항을 하려고 했지만 때는 이미 너무 늦어 있었다. 엄청난 충격의 무게중심 안에서 그녀는 그 자리에 박힌 것처럼 꼼짝도 하지 않고 있었는데, 몸을 방어하려는 그녀의 의지는 죽음의 저편에서 자신을 기다리고 있는 오렌지빛으로 물든 윙윙거리는 소리와 눈에 보이지 않는 풍선이 무엇을 의미하는지 알고 싶은 그칠 줄 모르는 갈망에 의해 무너져 버렸다.[76] 그녀는 자신의 몸속에서 이미 터져 나오려고 하고 있던 암고양이의 신음 소리가 새어나오지 않도록 손을 뻗어 더듬더듬 수건을 쥐어 자신의 이빨 사이에 재갈을 물릴 시간을 겨우 가질 수 있었다.

76) 근친 상간의 순간에 아마란타 우르술라가 본 '오렌지빛으로 물든 윙윙거리는 소리'와 '눈에 보이지 않는 풍선'은 다른 장면에서 죽음의 순간에 나타난 '오렌지빛 원반들'과 연관이 있는 것 같다. 여기서 아마란타 우르술라는 삶의 방편으로서의 근친 상간을 선택했고, 근친 상간의 결과에 대한 호기심 때문에 방어하기를 포기한 것으로 이해될 수 있다.

20장

축제가 열리던 어느 날 밤, 필라르 테르네라는 자신의 낙원 입구를 지키면서 등나무 흔들의자에 앉은 채 숨을 거두었다. 그녀의 유언에 따라 사람들은 그녀를 관 속에 넣지 않고 흔들 의자에 앉힌 채로 매장했는데, 장정 여덟이 댄스 플로어 한가 운데를 파낸 큰 구덩이에 용설란 밧줄로 매달아 내렸다. 이름 도 사망일도 새기지 않은 돌판으로 그녀를 덮고, 그 위에 아 마존 원산의 동백꽃을 산더미처럼 쌓기 전에, 검은 상복을 입 은, 너무 울어 창백해진 물라타들은 귀고리와 브로치와 반지 를 몸에서 떼어 내 묘혈 속으로 던지면서 즉석에서 추모식을 거행했다. 장례식이 끝나자, 그녀들은 매음굴 안에 있던 동물 을 독살하고 문과 창문을 벽돌과 회반죽으로 틀어막고 나서 성화와 잡지의 크롬화(畵)와 다이아몬드 똥을 쌌거나, 식인종을 잡아먹었거나, 먼 바다에서 트럼프의 킹처럼 생활하던, 홀러간 한때의 애인 사진을 안에다 덕지덕지 붙인 목제 트렁크를 들고 세상 속으로 흩어졌다.

그것이 마지막이었다. 카탈루냐 출신의 학자가 좀처럼 잊혀지지 않는 봄에 대한 향수에 지쳐 책방을 팔고 지중해에 있는 고향 마을로 돌아간 후로[77] 필라르 테르네라의 무덤 속에서는 얼마 남아 있지 않은 과거의 부스러기가 창녀들의 찬송가와 싸구려 보석 사이에서 썩어 갔다. 하지만 카탈루냐 출신 현자의 결심을 예감할 수 있었던 사람은 하나도 없었다. 거듭되는 전란 가운데 하나를 피해 바나나 회사가 번영을 구가하던 마콘도에 도착한 그에게는 고판본과 여러 나라 말로 쓰인 원본을 취급하는 책방을 열겠다는 실제적인 생각 말고는 아무 생각도 떠오르지 않았는데, 어쩌다 찾아온 손님도 앞집에서 꿈 해몽을 받을 차례를 기다리는 동안 마치 쓰레기장에 있는 책이라도 되는 양 뜨악한 표정으로 책을 대충 훑어보고 말 뿐이었다. 그는 학생용 공책에서 찢어 낸 종이에 보라색 잉크로 미려한 글을 휘갈기면서 책방의 후텁지근한 뒷방에서 반평생을 지냈는데, 그가 쓰고 있던 글이 무엇인지 확실히 안 사람은 아무도 없었다. 아우렐리아노가 그를 알게 되었을 무렵, 그는 어떤 의미로는 멜키아데스의 양피지를 상상하게 하는, 이것저것 뒤범벅이 된 종이가 가득 찬 커다란 상자 둘을 지니고 있었는데, 그때부터 그가 마콘도를 떠날 때까지 세 번

---

77) 라몬 비니에스는 1950년 4월 15일 바르셀로나로 돌아갔다.

째 상자가 가득 채워졌던 걸로 보아 그가 마콘도에 머무르는 동안 글쓰는 일밖에는 하지 않았다고 생각하는 것이 옳았다. 그가 교제를 한 사람이라곤 그 네 친구뿐이었는데, 그는 그들이 아직 초등학생이었을 때 그들의 팽이와 연을 책과 교환해 주면서 그들에게 세네카와 오비디우스를 읽도록 했다. 그는 고전 작가들에 대해, 마치 언젠가 한 방에서 함께 지낸 동료라도 되는 듯이 친근감 있게 언급했는데, 성 아우구스티누스는 신부복 속에 입은 양털 조끼를 십사 년 동안 벗지 않았다든가, 강신술사(降神術師)인 아르나우 데 빌라노바[78]는 어렸을 때 전갈에 물린 이후 발기 불능이 되었다는 둥, 애써 알지 않아도 되는 많은 것을 알고 있었다. 글에 대한 그의 열정에는 엄숙한 경의와 잡담꾼의 불경스러움이 뒤섞여 있었다. 그 자신의 원고조차도 그런 양면성을 면치 못하고 있었다. 그 원고를 번역하기 위해 카탈루냐어를 배웠던 알폰소가 신문 스크랩이나 특이한 기술(技術)에 대한 설명서가 언제나 가득 들어 있는 호주머니에 둘둘 만 그 학자의 원고를 넣어 두었다가 어느 날 밤에 굶주림 때문에 몸을 파는 아가씨들 집에서 잃어버렸다. 그 학자 할아버지는 그 사실을 알고서 심각하게 문제를 삼는 대신 배꼽이 빠져라 웃으면서 그것이 문학의 피할 수 없는 운명이라고 말했다. 하지만, 그가 고향 마을에 돌아갈 때는, 그 상자 셋을 가져가려는 그를 인간의 힘으로는 도저히 말릴 수가 없었는데, 그는 상자들을 화물칸으로 보내려는 기

---

78) 카탈루냐의 의학자·신학자이며, 연금술사였다(1235~1313).

차 차장에게 카르타고 말로 마구 욕설을 퍼부어대 결국 자신과 함께 객차에 싣는 데 성공했다. "인간이 일등칸에 타고 문학을 화물칸에 싣게 된다면, 이 세상은 개떡같이 끝장나고 말거야." 그때 그가 말했다. 그것이 그에게서 들은 마지막 말이었다. 그는 여행의 마지막 준비를 하느라 우울한 일주일을 보냈는데, 그 이유는 출발 시각이 가까워짐에 따라 기분이 착 가라앉아 갔고, 자신의 의도가 뭔지를 잊어먹었으며, 페르난다를 괴롭히던 그 귀신들이 씌어 한곳에 놓아두었던 물건이 다른 곳에서 나타났기 때문이었다.

"제기랄, 런던 종교회의에서 승인된 교회법 27조에 똥을 처발라 버려야겠어." 그가 욕을 내뱉었다.

헤르만과 아우렐리아노가 그의 뒷바라지를 맡았다. 그들은 마치 어린아이에게 하듯 승차권과 출국 서류를 그의 호주머니에 쑤셔넣고 안전핀까지 채워 주었으며, 마콘도를 출발해 바르셀로나에 내릴 때까지 해야 될 일을 면밀하게 적은 리스트 하나를 만들어 주었으나, 어찌 되었든, 그는 소유한 돈의 절반이 들어 있던 바지를 별 생각 없이 쓰레기통에 던져 버리고 말았다. 떠나기 전날 밤, 그는 상자들에 못질을 하고 마콘도에 왔을 때 들고온 가방에 옷을 넣은 후, 눈을 바지락처럼 찌푸리더니 망명 생활을 함께 이겨 냈던 책 더미에 냉소적으로 강복을 하듯 그것을 가리키며 친구들에게 말했다.

"저 똥 같은 것을 자네들에게 주겠네."

석 달 뒤, 바다에서 한가할 때 쓰고, 찍어 두었던, 스물아홉 통의 편지와 쉰 장 이상 되는 사진이 들어 있는 커다란 봉투 하나가 도착했다. 날짜를 기입하지는 않았다고 해도 그 편지들이 쓰인 순서는 분명했다. 여행 초기의 편지들에서는 그가 여행 중에 겪은 우여곡절과, 그 상자 셋을 선실로 들여가는 걸 막았던 화물 담당 직원을 바다로 던져버리고 싶었다는 얘기며, 미신 때문이 아니라 마지막을 의미하는 숫자라고 생각되기 때문에 13이라는 숫자를 두려워하던 어느 아낙네의 특이하고도 어리석은 생각이며, 배에서 처음으로 저녁 식사를 할 때 배에 실은 물에서 레리다[79]의 샘물로 자란 사탕무 맛을 식별해 냄으로써 내기에서 이긴 얘기를 예의 그 유머러스한 필체로 언급하고 있었다. 그럼에도 불구하고, 날짜가 지남에 따라 배 안 생활이 점차 무료해져 갔고, 최근에 겪은 하찮은 일까지도 그리움의 대상이 되고 있다고 생각되었는데, 그 이유는 배가 멀어져 감에 따라 추억이 그를 슬프게 하고 있었기 때문이라 쓰고 있었다. 그의 향수가 점점 깊어 가는 과정은 사진에도 역시 명확하게 드러나 있었다. 환자나 입는 셔츠를 입고, 백발이 성성한 모습으로 파도가 일렁이는 10월의 카리브해에서 찍은 초기 사진들에서 그는 행복해 보였다. 여행 막바지의 사진들에서는 칙칙한 외투에 비단 목도리를 목에 두르고 마콘도를 떠난다는 사실이 도무지 내키지 않는다는 듯이 쓸쓸하고 창백해 보이는 얼굴로, 가을 바다를 몽유병자처럼 항해하던 둔중한 배의 갑판 위에 서 있는 모습이 보였다. 헤르만과 아우렐리아노가 그의 편지에 답장을 썼다. 처음 몇 달간

---

79) 카탈루냐 주의 지방 도시로서 농업의 집산지다.

그가 수없이 편지를 보내왔기 때문에 당시 마콘도에 있던 사람들은 그가 마콘도에서 지낸 때보다 더 가깝게 여겨졌고, 그가 떠나 버림으로써 생긴 분노도 거의 사라질 정도였다. 처음에, 그는 모든 게 다 변함이 없어, 그가 태어난 집에는 여전히 분홍 달팽이가 있고, 빵을 굽는 화덕에 말린 청어를 구울 때도 여전히 예전과 같은 냄새가 났고, 마을에 있는 폭포는 어두워질 무렵이면 여전히 향기로운 냄새를 풍긴다고 써 보냈다. 그 편지들은 예의 그 공책 종이에 마치 작은 보라색 진드기들이 내달리는 것 같은 글씨로 쓰여 있는 것이었는데, 각자에게 한 소절씩 특별한 사연을 할애했다. 그럼에도 불구하고, 그리고 비록 그 자신은 그 사실을 눈치채지 못하고 있는 것같이 보였다 할지라도, 다시 찾은 고향 생활의 활기와 흥분으로 넘치던 편지들은 차츰차츰 실의의 목가(牧歌)로 변해 가고 있었다. 겨울밤이면 벽난로에서 수프가 끓고 있는 사이, 마콘도에서 고향의 겨울날 벽난로 위에서 끓고 있던 수프와 커피 장수가 커피 사라 외치는 소리와 봄에 잠시 날아들던 종달새를 그리워했듯이, 책 가게 뒷방의 더위와 먼지를 뒤집어쓴 아몬드나무에 쨍쨍 내리쬐던 햇살과 낮잠 시간에 졸면서 듣던 열차의 기적 소리를 그리워하고 있다고 했다. 두 개의 겨울처럼 서로 마주 보고 서 있는 두 종류의 향수에[80] 사로잡힌 그는 자신의 그 뛰어난 비현실 감각을 상실했고, 마침내, 모두에게 마콘도를 버릴 것을, 이 세계와 인간의 마음에 대해 자신이 가르

---

80) 끊임없이 되풀이되고 있는 두 가지 향수를 말한다.

쳐 주었던 것을 모두 잊을 것을, 호라티우스에게 똥을 싸 버릴 것을, 그리고 어느 곳에 있든지 과거는 거짓이고, 추억은 되돌아오지 않고, 지난 봄은 다시 찾을 수 없고, 아무리 격정적이고 집요한 사랑도 어찌 되었던 잠시의 진실에 불과하다는 사실을 항상 기억할 것을 권고하고 말았다.

마콘도를 떠나라는 충고를 맨 먼저 따른 사람은 알바로였다. 그는 집 마당에서 행인들을 놀리던 우리 속의 재규어까지 모든 것을 다 팔아 종점이 없는 열차의 평생 탑승권을 샀다. 여행 도중 들르는 역에서 보내던 그림엽서를 통해 열차의 창을 스쳐 지나가는 이미지를 웅변적으로 묘사했는데, 마치 무상(無常)을 노래한 길다란 시를 잘게 찢어 망각의 세계로 던지면서 가고 있는 듯한 느낌이었다. 그것들은 루이지애나의 목화밭에 있던 기묘한 흑인들, 켄터키의 초록색 초원에서 날듯이 달리는 말들, 아리조나의 지옥불처럼 타오르던 석양을 받고 있는 그리스 출신 연인들, 미시간 호숫가에서 수채화를 그리다가 자신이 보고 있던 기차는 돌아오지 않는다는 사실을 몰랐기 때문에 이별이 아닌 다시 만날 희망을 담은 붓을 휘두르며 그에게 작별 인사를 하던 빨간 스웨터를 입은 소녀에 관한 것이다. 그 후 어느 토요일, 알폰소와 헤르만이 월요일에 돌아오겠다는 생각으로 떠났는데, 영영 소식이 없었다. 카탈루냐 출신 학자가 떠난 지 일 년 후 마콘도에 남은 친구는 가브리엘 뿐이었는데, 그는 대상(大賞)이 파리 여행인 어느 프랑스 잡지의 퀴즈에 계속 응모하면서 아직도 니그로만타의 변덕스러운 자비에 의지해 그럭저럭 살아가고 있었다. 그 잡지의 실제 구

독자인 아우렐리아노는 가끔은 자기 집에서, 거의 항상은 가브리엘의 비밀 애인인 메르세데스가 살고 있는, 마콘도에 하나뿐인 약방 안의 진흙 병들과 길초근(吉草根)[81] 냄새 사이에서 가브리엘이 퀴즈 응모 용지에 답을 쓰는 걸 도왔다. 그 약방은, 내부에서 스스로, 끊임없이, 매분마다 무한하게 계속해서 소멸되기 때문에 절대 소멸되지 않는 과거로부터 마지막까지 남아 있던 것이었다. 마을은 이미 활동이 극도로 정지된 상태에 이르렀기 때문에, 가브리엘이 퀴즈 현상 공모에 당선되어 갈아입을 옷 두 벌과 구두 한 켤레, 그리고 라블레의 작품 전집을 지닌 채 파리로 떠났을 때도 기차를 세워 타기 위해 기관사에게 신호를 해야만 했다. 그 무렵 버려진 곳이 되어 있던 터키인들의 옛 거리에서는 아라비아인들이 수년 전에 마지막 남은 한 야드의 능직(綾織)까지 다 팔아 버렸건만 수천 년의 관습에 따라 문간에 앉아 죽음에 몸을 내맡기고 있었고, 어두운 진열장에는 머리 없는 마네킹이 남아 있을 뿐이었다. 앨라배마주 프렛트빌에 살고 있는 패트리시아 브라운은 식초에 담근 오이 냄새가 나는 지루한 밤이면 손자들에게 과거를 회상하려 애쓰고 있을 테지만, 바나나 회사가 있던 지역은 잡초 뒤덮인 들판으로 변해 있었다. 앙헬 신부 후임으로 그곳에 부임했지만, 그의 이름을 알고자 애쓴 사람은 하나도 없었던 그 늙은 신부는 도마뱀과 쥐가 옆 예배당의 유산을 서로 차지하려고 다투고 있는 사이에도 관절염과 의심증 때문에 불면

81) 쥐오줌풀 뿌리를 말려서 만든 신경안정제다.

증에 걸린 몸으로 해먹에 아무렇게나 드러누워 하느님의 자비를 기다리고 있었다. 새들에게도 잊혀지고, 너무나 집요해진 먼지와 더위 때문에 숨쉬기조차 힘든 마콘도에서, 불개미가 내는 요란스런 소리로 제대로 잠을 이룰 수조차 없는 집에 고독과 사랑에 의해, 그리고 사랑의 고독에 의해 감금된 아우렐리아노와 아마란타 우르술라는 유일하게 행복한, 이 세상에서 가장 행복한 존재였다.[82]

가스톤은 이미 브뤼셀로 돌아가고 없었다. 비행기를 기다리다 지친 그는 어느 날 필요한 물건과 편지 파일을 조그만 가방에 쑤셔 넣고는 자신이 구상했던 사업의 허가가 자신의 프로젝트보다 더욱 야심찬 프로젝트를 주 당국에 신청했던 독일인 비행사 그룹에 나기 이전에 비행기를 타고 돌아올 속셈으로 마콘도를 떠났던 것이다. 처음 사랑을 나눈 그날 오후부터 아우렐리아노와 아마란타 우르술라는 남편이 드물게 방심한 틈을 지속적으로 이용했는데, 두 사람이 그 위태위태한 밀회를 통해 그동안 억누르고 있던 갈망을 품은 채 나누던 사랑은 거의 항상 남편의 느닷없는 귀가로 중단되었다. 그러나 둘만 집에 남게 되었을 때 그들은 미뤄 두었던 사랑의 흥분 속으로 빠져들었다. 그것은 분별없고 전도된 정욕이었으므로 무덤 속에 있는 페르난다의 뼈가 공포로 벌벌 떨고 계속해서 노발대발했다. 아마란타 우르술라의 신음 소리와 단말마적인 쾌락의 노래가 오후 2시의 식당 식탁 위에서도, 새벽 2시의 곡식

---

82) 이 두 사람은 '사랑의 고독' 속에서 행복을 외친 유일한 인물들이다.

창고에서도 같은 식으로 터져나왔다. "가장 가슴 아픈 건 이렇게 되기까지 우리가 너무 오랜 시간을 허비했다는 거야." 그녀가 웃으며 말했다. 정욕에 불타올라 정신 착란 상태에 빠진 그녀는 개미가 마당을 황폐화시키면서 유사 이전의 굶주림을 집의 목재로 채우려는 것을 보고, 살아 있는 그 개미 떼가 용암의 급류처럼 다시 복도에 밀어닥치는 것을 보았으나, 침실까지 밀려드는 것을 보았을 때에야 겨우 어떻게 막을지 걱정만 했다. 아우렐리아노는 양피지를 포기했고, 다시는 집 밖으로 나가지 않았으며, 카탈루냐 출신 학자의 편지에도 건성으로 답장을 썼다. 두 사람은 현실 감각, 시간 관념, 일상 생활의 리듬을 상실하고 말았다. 그들은 옷을 벗는 데 걸리는 시간을 아끼기 위해 다시 문과 창문을 닫아걸고는 미녀 레메디오스가 항상 그렇게 하고 싶어 했던 것처럼 발가벗은 채 집 안을 돌아다니고, 마당 진흙 뻘에서 나뒹굴었는데, 어느 날 오후에는 욕조 안에서 사랑을 나누다가 하마터면 익사할 뻔하기도 했다. 그들은 결국 얼마 지나지 않아 불개미보다도 더 심하게 집을 황폐화시키고 말았다. 응접실의 가구를 부숴 버리고, 아우렐리아노 부엔디아 대령이 야영지에서 가졌던 쓸쓸한 정사도 견뎌 낸 해먹을 광적인 사랑을 나누다 찢어 버렸으며, 침대 매트를 찢어 파도처럼 일렁이는 솜 속에서 숨막히는 사랑을 나누고 싶어 솜을 바닥에 뿌리기도 했다. 비록 아우렐리아노가 그의 경쟁자만큼 격렬한 정부였다 해도, 고조할머니가 작은 동물 모양 캐러멜을 만드는 데 바친 불굴의 열정을 사랑을 나누는 데 집중시키기라도 하는 것처럼 엉뚱한 재치와 정략적인 탐욕으로 그 황폐한 낙원을 지배한 사람은 바로 아마란타 우르술라였다. 그녀가 열락의 노래를 흥얼거리고, 자신의 기발한 착상이 재미있어 숨이 넘어갈 듯 웃고 있는 사이, 아우렐리아노는 정욕이 탈진되고 소모되었기 때문에 갈수록 멍해지고, 말수가 줄어들고 있었다. 하지만, 두 사람은 최고로 효과적인 사랑법을 터득했기 때문에 절정에 도달한 후 기진맥진해질 때면, 피로를 풀기 위해 그 사랑법에 포함되어 있는 최선의 방법을 취했다. 사랑을 마친 후의 나른함 속에는 사랑을 하면서 맛볼 수 있는 쾌락보다 훨씬 더 풍부한 쾌락이 있을 수 있다는 사실을 발견하고는 육체의 신비에 홀딱 반해 버렸다. 그가 아마란타 우르술라의 부풀어 오른 젖가슴에 달걀 흰자를 발라 주무르거나 야자 열매 버터로 탄력 있는 사타구니와 복숭아처럼 농밀한 배를 부드럽게 문지르는 사이에, 그녀는 아우렐리아노의 무시무시하게 커다란 남근을 인형처럼 가지고 놀고, 남근에 입술을 그리는 붉은 장미가루로 광대의 눈을 그리고, 눈썹을 그리는 목탄 연필로 터키 사람처럼 콧수염을 그리고, 명주 나비 넥타이를 채우고, 은박지로 만든 작은 모자를 씌워 주었다. 어느 날 밤에는 머리에서 발끝까지 복숭아 잼을 바르고 서로 개처럼 핥으며 복도 바닥에서 미친 듯이 사랑을 나누고 잠이 들었다가 자신들을 산 채로 갉아먹으려는 식인 개미떼가 물밀듯 밀려와 잠에서 깨어났다.

사랑의 정신 착란 상태에서 잠깐잠깐 깨어날 때면, 아마란타 우르술라는 가스통의 편지에 답장을 썼다. 그가 아주 먼 곳에서 몹시 바쁘게 지낸다고 느낀 그녀는 그가 돌아오는 게 불가능하리라 여겼다. 그가 초기에 보낸 어느 편지에 따르면, 그의 동업자들이 진짜로 비행기를 보냈지만, 브뤼셀의 선박회사가 실수를 해서 탕가니카로 가는 배에 선적해, 여기저기 분산되어 살고 있는 마콘도족에게 인도되었다는 것이었다. 그 혼동이 수많은 문제를 야기시켜 비행기를 되돌려 받는 데만도 이 년이 걸릴 수 있다는 것이었다. 그래서 아마란타 우르술라는 남편이 갑자기 돌아올 가능성을 배제해 버렸다. 한편, 아우렐리아노는 카탈루냐 출신 학자의 편지와, 조용한 약제사 메르세데스를 통해 받는 가브리엘의 소식 말고는 외부 세계와 더 이상의 접촉이 없었다. 처음에는 그런 소식을 통해 현실과 접촉했다. 가브리엘은 파리에 머물기 위해 돌아오는 탑승권을 환불했고, 철지난 신문과 도팽가(街)에 위치한 음침한 호텔에서 여종업원들이 빼낸 빈 병을 팔고 있었다. 당시 아우렐리아노는 가브리엘이 몽파르나스의 노천 까페에 봄의 연인들이 가득 찰 때가 되어야만 벗던, 목 긴 스웨터를 입은 채, 로카마두르[83])가 배고픔을 잊기 위해 죽어야 했던 그 삶은 꽃양배추 거품 냄새가 나는 방에서 낮에는 자다가 밤에는 글을 쓰는 모습을 상상할 수 있었다. 그럼에도 불구하고 그의 소식이 점점 너무나 불확실해졌고, 학자에게서 오는 편지도 너무나 산발적으로 도착하고 우울했기 때문에 아우렐리아노는 아마란타 우르술라가 남편에 대해 생각하는 것과 같은 방식으로 그들을

83) 아르헨티나의 소설가 훌리오 코르타사르의 소설 『팔방차기』에 등장하는 인물이다.

생각하는 데 익숙해져 버려, 두 사람은, 유일하고 영원한 일상 현실은 사랑뿐인 어느 공허한 세계에서 둥둥 떠다니고 있었다.

갑자기, 가스톤이 돌아온다는 소식이 무의식의 행복이 가득 찬 그 세계에 하나의 폭발음처럼 도달했다. 아우렐리아노와 아마란타 우르술라는 눈을 떴고, 서로의 영혼을 조사해 보았고, 가슴에 손을 얹고 서로 얼굴을 마주 보았고, 이제는 일심동체가 되었기 때문에 이별을 하느니 차라리 죽는 편이 더 낫다고 이해했다. 그래서 그녀는 모순되는 사실을 담은 편지 한 통을 남편에게 보냈는데, 그 편지에 그에 대한 사랑과 재회를 바라는 애타는 심정을 거듭 밝힘과 동시에 자신은 아우렐리아노 없이는 살아갈 수 없다는, 그 숙명적인 계획을 수용하고 있다고 썼다. 두 사람이 예상했던 것과는 달리, 가스톤은 편지지 두 장을 꽉 채워, 열정의 덧없음에 대해 그들에게 경종을 울리는 내용을 쓰고, 맨 마지막 구절에는 그가 짧은 결혼 생활에서 행복했던 것과 마찬가지로 두 사람이 아주 행복하게 살라는 소원을 확실하게 담고 있는, 차분하고, 부성애가 넘친다고 할 만한 답장을 보내왔다. 너무나 예기치 않은 태도였기에, 아마란타 우르술라는 남편이 자기를 버리기 위해 원하고 있던 구실을 자기가 먼저 제공해 버렸다는 생각으로 모욕감을 느꼈다. 여섯 달 후, 가스톤이 결국 비행기를 되찾았던 레오폴드빌[84]에서, 마콘도에 남겨 둔 것들 가운데 가장 애착이 가는 자전거를 보내 달라고 부탁하는 내용밖에 없는 편

---

84) 벨기에령 콩고의 옛 수도로, 현재는 킨샤샤라 부른다.

지를 보내왔을 때 그녀의 분노는 가중되었다. 아우렐리아노는 아마란타 우르술라의 절망을 인내심을 가지고 함께 나누었고, 순조로울 때나 역경에 처할 때나 아주 좋은 남편이 될 수 있다는 사실을 그녀에게 보여 주려 애를 썼는데, 가스통이 남겨두고 간 마지막 돈이 떨어졌을 때 그들을 공격하던 일상의 궁핍함은 두 사람 사이에 정열만큼은 눈부시고 강렬하지 않았으나 욕정에 불타올랐던 때와 마찬가지로 그렇게 서로 사랑하고 행복하게 사는 데 필요한 공고한 유대 관계를 형성시켜 주었다.[85] 필라르 테르네라가 죽었을 때 그들은 아기의 탄생을 기다리고 있었다.

아마란타 우르술라는 임신 중인 나른한 몸으로 생선 척추뼈로 목걸이를 만들어 파는 일에 애를 썼다.[86] 그러나 한 다스를 팔아 주었던 메르세데스를 제외하고는 목걸이를 팔 만한 사람을 찾을 수 없었다. 아우렐리아노는 자신의 언어에 대한 재능과, 백과사전적인 지식, 실제로 보지도 않은 사건과 멀리 떨어진 곳을 소상하게 기억하는 특이한 능력도 그 당시 마콘도에 마지막으로 남은 주민들이 함께 모을 수 있는 모든 돈만큼의 가치가 있는 아내의 진짜 보석 상자만큼이나 무용하다는 사실을 처음으로 인식했다. 그들은 기적처럼 생존하고

---

85) 사랑과 행복 속에서 찾은 공고한 유대 관계는 부엔디아 사람들이 1세기가 넘는 기간 동안 찾았지만 찾지 못했던 것인데, 결국 마지막 연인이 찾고 있다.

86) 우르술라의 동물 모양 캐러멜, 대령의 작은 황금 물고기 등과 같은 차원에서 이해해야 한다.

20장

있었다. 아마란타 우르술라는, 명랑함과 에로틱한 장난을 생각해 내는 재치는 아직 잃지 않고 있었다 해도, 점심 식사 뒤 복도에 앉아 완전히 자는 것도 아닌 상태에서 생각에 잠겨 있는, 일종의 낮잠을 자는 버릇이 생겼다. 아우렐리아노는 그녀와 함께했다. 가끔씩은 서로를 마주 보며 서로의 눈을 들여다보고, 예전에 음탕하게 사랑하던 때와 같은 진한 애정을 지닌 채 평온함 속에서 사랑을 나누며 해가 질 때까지 조용히 있었다. 미래에 대한 불안 때문에 두 사람의 마음은 과거로 되돌아가곤 했다. 그들은 마당 늪지에서 첨벙거리고, 우르술라에게 매달아 주려고 도마뱀을 죽이고, 우르술라를 생매장하는 장난을 치면서 대홍수로 사라져 버린 낙원에 있던 자신들의 모습을 되새겨 보았는데, 그런 추억거리들을 갖게 된 순간부터 서로 행복해졌다는 사실을 깨달았다. 과거로 깊숙이 들어가면서, 아마란타 우르술라는 은세공실에 들어갔을 때 어머니가 꼬마 아우렐리아노는 바구니에 담겨 떠내려오다 발견되었기 때문에 부모가 누구인지 알 수 없는 아이라고 말해 준 그날 오후를 생각했다. 그들은 그 얘기가 미심쩍다고 생각했지만 진실을 밝힐 만한 정보가 없는 실정이었다. 모든 가능성을 다 조사해 본 결과, 단 한 가지 확실했던 것은 페르난다가 아우렐리아노의 생모가 아니라는 사실이었다. 아마란타 우르술라는 그가 추잡한 이야기만 기억나게 하는 페트라 코테스의 아들이라 믿고 싶은 생각이 들었는데, 그러한 가정(假定)은 두 사람의 영혼을 공포로 뒤틀리게 했다.

자신이 아내의 남동생일 거라는 확신으로[87) 인해 괴로워하던 아우렐리아노는 눅눅하고 좀이 슨 장부 속에서 자신의 혈통을 증명할 만한 흔적을 찾아보기 위해 집을 빠져나와 사제관으로 갔다. 그가 찾아낸 가장 오래된 세례 증명서는 니카노르 레이나 신부가 초콜릿으로 행하는 속임수를 통해 신의 존재를 실증하려 애쓰면서 돌아다니던 시절 신부에 의해 사춘기 때에 세례를 받은 아마란타 우르술라의 것이었다. 자신이 열일곱 명의 아우렐리아노들 가운데 하나일 가능성에 대해 생각하기에 이르른 그는 그들의 출생 기록을 대장 네 권을 뒤져 가며 훑어보았으나 그들의 세례 날짜는 그의 나이에 비해 너무 오래전 것이었다. 관절염을 앓고 있는 사제는 불안감으로 몸을 떨면서 혈통 찾기의 미로를 헤매고 있는 그를 보고는 해먹에서 그를 주시하고 있다가 그의 이름이 무엇인지 다정하게 물었다.

"아우렐리아노 부엔디아입니다." 그가 대답했다.

"그렇다면, 찾느라 헛고생할 필요가 없네." 사제는 확신에 찬 단정적인 어조로 외쳤다. "아주 여러 해 전에 이곳에 그런 이름으로 불린 거리가 있었는데, 그 무렵 사람들은 자기 자식들에게 거리 이름을 붙여 주는 관습이 있었어."

"오오! 그럼, 신부님도 역시 믿지 않으시는군요." 아우렐리아노가 말했다.

"뭘 말인가?"

---

87) 이모와 조카 사이의 근친 상간은 형제-자매, 또는 어머니-아들 사이의 근친 상간에 비하면 덜 심각한 것이다.

"아우렐리아노 부엔디아 대령이 서른두 번이나 반란을 일으켜 모두 패배한 사실 말이에요. 군대가 3000명의 노무자를 몰아세워 기관총을 난사한 사실, 그리고 화차 200량이 연결된 열차로 시체를 운반해 바다에 버린 사실 말이에요." 아우렐리아노가 대답했다.

사제는 애석하다는 듯한 시선으로 그를 찬찬히 뜯어보았다.

"오오, 아들이여. 자네와 내가 이 순간에 확실히 살아 있는 것만으로도 난 충분하네."

그래서 아우렐리아노와 아마란타 우르술라는 그 아이가 바구니에 실려 떠내려왔다는 얘기를 믿어서가 아니라, 그 얘기가 자신들을 공포로부터 구해 주고 있었기 때문에 수용했다. 뱃속의 아기가 자라감에 따라 두 사람은 점점 한 사람으로 변해 갔고, 마지막 바람 한 줄기만 불어도 무너져 버릴 것 같은 그 황폐한 집의 고독 안으로 점점 더 들어가고 있었다. 두 사람은 자신들의 활동 범위를 집에 틀어박혀 나누던 사랑의 매력을 어슴푸레 알게 된 페르난다의 침실에서부터 아마란타 우르술라가 갓난아기를 위해 작은 신발과 모자를 짜고, 아우렐리아노가 카탈루냐 출신 학자에게서 이따금 받는 편지에 답장을 쓰기 위해 앉았던 복도 초입까지, 이렇게 기본적인 공간으로 한정했다. 집의 나머지 부분은 파괴의 집요한 공격에 내맡겨졌다. 은세공실, 멜키아데스의 방, 산타 소피아 델 라 피에닷의 원시적이고 조용한 왕국은 그 누구도 들어가 볼 엄두를 낼 수 없는 한 집 안에 조성된 밀림의 가장 깊숙한 곳이 되었다. 아우렐리아노와 아마란타 우르술라는 자연의 탐욕에 에워

싸여 있으면서도 계속해서 오레가노와 베고니아를 가꾸고, 인간과 개미 사이에 태곳적부터 지속되어 온 긴 전투에 대처하기 위한 최후의 보루를 쌓으면서 석회 가루로 경계를 만들어 자신들의 세계를 방어했다. 헝클어진 긴 머리카락, 얼굴에 돋아나는 혈반, 다리의 부종, 과거에는 족제비처럼 매끈하고 사랑스러웠지만, 이제는 흐트러진 몸매로 인해, 불운한 카나리아가 든 새장과 자신에게 사로잡힌 남편을 데리고 귀가했을 무렵의 아마란타 우르술라의 젊은 모습이 이미 바뀌어 버렸지만, 영혼의 활력만큼은 바뀌지 않았다. "빌어먹을. 우리가 이렇게 식인종처럼 살다가 죽게 될 줄 누가 생각이나 했겠어." 그녀는 자주 웃으며 말했다. 세상과 그들을 잇고 있던 마지막 끈은 그들이 카탈루냐 출신 학자가 보낸 것은 아닌 게 확실한 편지 한 통을 받았을 때인 임신 여섯 달째에 끊기고 말았다. 그 편지는 바르셀로나에서 부친 것이었으나 겉봉투는 관청에서 사용하는 서체에 전통적인 파란 잉크로 쓰여 있었고, 반갑지 않은 소식을 담고 있는 편지 특유의 단순하고 사무적인 외양을 지니고 있었다. 아마란타 우르술라가 편지를 개봉하려고 하자 아우렐리아노가 손에서 편지를 낚아챘다.

"이건 뜯지 말아요. 편지 내용을 알고 싶지 않아요." 아우렐리아노가 아마란타 우르술라에게 말했다.

그가 예감하고 있던 대로 카탈루냐 출신 학자는 다시는 편지를 쓰지 않았다. 아무도 읽지 않았던, 타인으로부터 온 그 편지가 언젠가 페르난다가 결혼반지를 놓아두었다가 잊어먹었던 까치밥 위에서 좀이 슬고, 불길한 소식이 밝혀지지 않은 채 봉투 안에서 스스로 소멸되어 가고 있는 사이에 고독한 두 연인은 만년(晚年)의 시간, 무자비하게 흘러만 가는 불길한 시간의 흐름을 거스르며 항해하고 있었는데, 그 시간은 두 연인을 환멸과 망각의 사막으로 끌어내기 위해 쓸데없이 애를 쓰는 데 소비되고 있었다. 그와 같은 시간의 위협을 알게 된 아우렐리아노와 아마란타 우르술라는 무절제한 간음으로 배태된 아이를 세상에서 충실한 사랑으로 맞이하고자 서로의 손을 마주잡고 마지막 몇 달을 보냈다. 밤에 침대에서 서로 포옹을 하고 있으면, 달빛 아래에 있던 개미들이 시끄럽게 설쳐대는 소리도, 좀벌레들이 시끄럽게 사각거리는 소리도, 옆 방들에서 잡초들이 자라나는 지속적이고 선명한 바스락 소리도 그들을 겁주지 못했다. 두 사람은 죽은 자들이 배회하는 소리에 자주 잠에서 깨어났다. 가문을 보존하기 위해 창조 법칙과 싸우고 있는 우르술라, 위대한 발명이라는 환상만을 좇고 있는 호세 아르카디오 부엔디아, 기도하고 있는 페르난다, 전쟁과 작은 황금 물고기 때문에 실망해 난폭해지는 아우렐리아노 부엔디아 대령, 요란법석한 파티의 어수선함 속에서도 정작 고독으로 괴로워하는 아우렐리아노 세군도의 목소리를 들었을 때 두 사람은 강한 집념은 죽음을 압도한다는 사실을 깨달았고, 곤충들이 인간에게서 막 빼앗고 있던 그 불행 가득한 낙원을 또다른 미래의 동물들이 그 곤충들로부터 빼앗을 정도로 많은 시간이 흐른 후, 이제 유령이 된 두 사람이 계속해서 서로 사랑하게 될 거라는 확신으로 다시 행복해졌다.

어느 일요일 오후 6시, 아마란타 우르술라는 산기를 느꼈다. 굶주림 때문에 몸을 파는 어린 처녀들의 뒷바라지를 하던, 항상 웃음기를 머금은 산파가 그녀를 식당 식탁 위에 눕혀 놓고는 배 위로 올라타더니 거칠게 말을 몰듯 난폭하게 몸을 움직이자 마침내 거대한 사내아이의 울음소리가 들리고, 그녀의 비명이 잦아들었다. 아마란타 우르술라는, 몸집이 크다는 점에서는 부엔디아 가문의 자손이며, 호세 아르카디오처럼 튼튼한 데다 고집이 세고, 아우렐리아노의 똑바로 뜬, 통찰력 있는 눈을 지니고 있으며, 한 세기 만에 사랑에 의해 잉태된 유일한 아이였기 때문에 가문을 처음부터 다시 시작하고, 그 해로운 악습과 숙명적인 고독으로부터 가문을 정화시키기로 예정되어 있는 그 아이를 눈물이 가득 고인 눈으로 바라보았다.

"완전히 식인종을 닮았네요. 이름은 로드리고라 할 거예요." 그녀가 말했다.

"아니오. 아우렐리아노라 부를 건데, 그러면 서른두 번의 전투를 이길 거요." 남편이 반대하고 나섰다.

탯줄을 자른 뒤 산파는 아우렐리아노가 비춰 주는 등불에 의지해 아이의 몸을 뒤덮은 파란 점액질을 수건으로 닦아내기 시작했다. 갓난아이를 엎어 놓았을 때 비로소 아기가 다른 사람에게는 없는 무언가를 지니고 있다는 사실을 알아차린 그들은 그것이 무엇인지 살펴보려고 허리를 굽혔다. 돼지 꼬리였다.

그들은 놀라지 않았다. 아우렐리아노와 아마란타 우르술라는 일가에 그런 선례가 있었다는 사실을 알지 못했고, 우르술라의 무서운 경고도 기억하지 못했는데, 산파는 젖니를 갈 나이가 되면 그 아무 쓸모 없는 꼬리가 저절로 떨어져 나갈 거라 추측함으로써 두 사람을 안심시켰다. 그 후로는, 아마란타 우르술라가 콸콸 쏟아지는 샘물처럼 엄청나게 하혈을 했기 때문에 그 문제에 대해 다시 생각할 기회를 갖지 못했다. 그들이 거미집 뭉치를 붕대처럼 갖다 대고 반죽한 재로 빈틈없이 막아 그녀를 구하려고 애를 써 보았으나 쏟아지는 샘물을 손으로 막고자 하는 격이었다. 처음 몇 시간 동안 그녀는 밝은 모습을 유지하려고 애를 썼다. 겁에 질려 있는 아우렐리아노의 손을 잡고 자기 같은 여자는 스스로 죽겠다고 작정하기 전에는 죽을 수 없는 인간이라며 걱정하지 말라고 부탁하고, 산파의 과격한 조치에 웃음을 터뜨렸다. 그러나 아우렐리아노가 희망을 잃어 감에 따라, 마치 잃어 가는 희망과 더불어 그녀에게서 빛이 사라지고 있는 것처럼 그녀의 몸에서 핏기가 사라지기 시작하더니 마침내 혼수 상태에 빠져 버렸다. 월요일 동틀녘에 불려 온 여자가 아마란타 우르술라의 침대 곁에서 인간에게뿐만 아니라 짐승에게도 효험이 있다고 하는 주문을 외웠으나 아마란타 우르술라의 열정적인 피는 사랑에서 우러난 것이 아닌 그 어떤 치료법에도 무감각하기만 했다. 절망의 이십사 시간이 지나고 오후를 맞이했을 때, 그들은 쏟아지던 피가 저절로 멈추고, 얼굴이 쑥 빠지고, 얼굴의 반점들이 사라지면서 석고처럼 새하얗게 변한 그녀가 다시 웃었기 때문에 그녀가 죽었음을 알았다.[88]

---

88) 아마란타 우르술라의 죽음은 돼지 꼬리를 달고 있던 비극적인 조상을 어떤 형태로 모방하고 있다. 두 사람 다 핏기가 없는 상태로 죽는다.

아우렐리아노는 그때 비로소 자신이 얼마나 친구들을 사랑하고 있고, 얼마나 그들을 필요로 하고 있는지, 그리고 그 순간 그들과 함께 있기 위해서라면 무엇이든지 다 줄 수 있으리라는 사실을 깨달았다. 그는 아기 엄마가 아기를 위해 준비해 둔 바구니에 아기를 눕히고, 시체의 얼굴을 담요로 덮고 나서 과거로 돌아가는 오솔길을 찾아 인적 없는 마을을 정처없이 헤맸다. 근래에는 찾아간 적이 없는 약국 문을 두드렸으나 그가 발견한 것은 목수의 작업실이었다. 등불 하나를 들고 그에게 문을 열어 준 노파는 헛소리를 중얼거리는 그를 동정하면서, 그곳에는 약국이 존재한 적도 없으며, 가느다란 목에 졸리는 듯한 눈을 지닌, 메르세데스라는 여자는 본 적도 없다고 주장했다. 그는 사랑의 환희를 깨뜨리지 않기 위해 울어야 할 때 울려 하지 않았던 한 죽음에 대해 자신이 뒤늦은 울음으로 그 대가를 지불하고 있다고 생각하면서 카탈루냐 출신 학자의 옛 책방 문에 이마를 기댄 채 울었다. 그는 축제의 밤에 물떼새가 무리지어 있는 마당에서 아이처럼 황홀한 기분으로 그토록 여러 번 바라보았던 그 오렌지빛 원반들이 하늘을 날아가고 있는 것에도 아랑곳하지 않은 채 필라르 테르네라의 이름을 부르며 매음굴 '황금동자'의 벽을 주먹으로 쳐서 주먹이 으스러져 버렸다. 황폐한 매음굴에 마지막까지 열려 있던 살롱 안에서 아코디언 악단 하나가 프란시스코 엘 옴브레의 비법을 물려받았던, 주교의 조카 라파엘 에스칼로나의 노래를 연주하고 있었다. 어머니를 때리려고 팔을 들어 올렸다가 팔이 불에 타 시꺼멓게 변해 버린 술집 주인이 아우렐리아노를 불러 아구아르디엔테 한 병을 샀고, 아우렐리아노도 그에게 한 병을 더 샀다. 술집 주인이 자기 팔의 불행에 대해 이야기했다. 아우렐리아노는 누나에게 마음을 주고 사랑한 탓에 말라 버리고 시꺼멓게 타 버린 마음의 고통을 그에게 말했다. 결국 두 사람은 함께 울었고, 아우렐리아노는 잠시 고통이 사라졌다는 것을 느꼈다. 그러나 마콘도의 마지막 아침에 다시 홀로 있게 되었을 때 그는 광장 한가운데서 온 세상을 깨울 준비를 한 채 두 팔을 벌리고 마음속 깊은 곳에서 우러나오는 소리로 외쳤다.

"친구들은 개새끼들이야!"

니그로만타가 토사물과 눈물의 웅덩이에 빠져 있는 그를 구해 주었다. 그를 자기 방으로 데려가 몸을 닦아 주고 국물 한 대접을 먹였다. 그녀는 그렇게 하는 것이 그에게 위로가 되리라 믿고서 그가 계속해서 외상으로 했던 무수한 사랑의 장부를 길다란 숯덩이로 지워 버렸고, 비탄에 젖은 그의 외로움에 위로가 되리라는 생각에 훨씬 더 외로운 자신의 슬픔을 자진해서 회상했다. 동틀 무렵, 잠시 동안 슬쩍 눈을 붙이고 난 아우렐리아노는 머리가 아프다는 걸 깨달았다. 눈을 뜨자 아기가 생각났다.

바구니 속에는 아기가 없었다. 순간적으로, 아마란타 우르술라가 아기 뒷바라지를 해 주기 위해 죽음에서 깨어났을 거라는 믿음이 생기자 격렬한 기쁨이 엄습해 왔다. 그러나 아마란타 우르술라의 시체는 돌무더기처럼 담요에 덮여 있었다. 집에 도착했을 때 침실 문이 열려 있다는 것을 깨달은 아우렐리아노는 오레가노의 아침 향기가 감도는 복도를 가로질러가 식당을 들여다보았는데, 식당에는 커다란 냄비, 피에 젖은 시트, 재를 담은 단지, 그리고 가위, 거즈와 함께 식탁 위에 펼쳐져 있는 기저귀 위에 비비 꼬인 아기 탯줄 같은, 분만의 처리물이 아직 그대로 있었다. 밤 사이에 산파가 돌아와 아기를 데려간 모양이라고 생각하니 잠시 차분하게 생각할 여유가 생겼다. 그는 처음 집을 완성시켰을 무렵 레베카가 자수를 가르치기 위해 앉았고, 아마란타 헤리넬도 마르케스 대령과 중국 장기를 두었으며, 아마란타 우르술라가 태어날 아기 옷을 지었던 바로 그 흔들의자에 무너지듯이 앉았는데, 순간적으로 제정신을 차린 그는 자신의 영혼이 그토록 긴 과거의 압도적인 무게를 지탱할 힘이 없다는 사실을 깨달았다. 자신의 향수와 다른 사람들의 향수의 창에 찔려 있던 그는 죽은 장미나무에 엉겨 붙어 있는 거미집의 뻔뻔스러움과 독보리풀의 집요함, 그리고 2월 새벽빛 속에 있는 공기의 인내심에 대해 깨닫게 되었다. 그리고 그때 아기를 보았다. 아기는 전체적으로 벙벙하게 부풀어올라 있고, 피부는 바싹 마른 가죽 같은 시체로 변해 있었는데, 세상의 모든 개미 떼가 다 모여들어 아기의 시체를 마당에 있는 돌투성이 샛길을 통해 어렵사리 개미 소굴로 끌어 가고 있었다. 아우렐리아노는 꿈쩍도 할 수 없었다. 혼수 상태에 빠져 몸이 굳어 버렸기 때문이 아니라, 그 경이로운 순간에 멜키아데스가 남겨 둔 결정적인 해결 코드가 그에게 떠올랐고, 인간의 시간과 공간에서 완벽하게 정리되어 있는 양피지의 헌사(獻辭)를 보았기 때문이었다. '가문 최초의 인간은 나무에

묶여 있고, 최후의 인간은 개미에게 먹히고 있다.'[89]

아우렐리아노가 자신의 삶 속에서, 죽은 자들과 그들의 고통에 대해 잊어버렸던 이때처럼 통찰력 있게 행동했던 적은 평생 단 한 번도 없었는데, 그는 그때 멜키아데스의 양피지에 자신의 운명이 적혀 있다는 사실을 알았기 때문에, 페르난다가 세상의 그 어떤 유혹에도 자신이 흔들리지 않도록 하기 위해 사용했던 그 십자형 널빤지를 모든 문과 창문에 다시 대고 못질을 해 버렸다. 그는 유사 이전부터 존재했던 나무들과, 수증기가 일고 있는 웅덩이들, 그리고 지상에서 인간이 남긴 모든 흔적을 방에서 없애 버렸던 개똥벌레들 사이에서 사람 손을 타지 않은 양피지를 발견했으나 그것을 밝은 장소로 꺼낼 만큼 마음이 차분하지 않았기 때문에 바로 그 자리에 선 채 한낮의 눈부신 광선 아래서 스페인어로 쓰인 것을 읽기라도 하는 것처럼 전혀 어려움 없이 큰 소리로 해독해 내기 시작했다. 그것은 멜키아데스에 의해 쓰인 것으로서, 아주 사소한 일까지 포함해 가문의 백 년을 예측해 놓은 역사였다. 멜키아데스는 그 역사를 모국어인 산스크리트어로 편집해 놓았고, 짝수 행은 아우구스투스 황제가 개인적으로 사용하던 코드로, 또 홀수 행은 스파르타의 군인들이 사용하던 코드로 풀어놓았다. 아마란타 우르술라에 대한 사랑으로 혼란스러워진 무렵 아우렐리아노는 그 역사의 마지막 보호 장치를 어렴풋이 이해하기 시작했는데, 멜키아데스는 사건들을 인간의 전통적인

---

89) 멜키아데스 원고의 표제다.

시간 속에 배열해 놓지 않고 백년 동안에 일어난 일상사를 모두 한순간에 공존하도록 압축시켜 놓았던 것이다. 그런 사실을 발견하고 넋을 잃은 아우렐리아노는 멜키아데스 자신이 아르카디오에게 들려주었던, 실제로는 아르카디오의 총살형을 예언한, 그 교황의 칙령 같은 영송을 건너뛰지 않고 큰 소리로 읽었고, 몸과 영혼이 하늘로 올라가고 있는 세상에서 가장 아름다운 미녀의 탄생에 관한 예언을 보았으며, 자신들의 무능과 변덕 때문만이 아니라 시도가 시기상조였기 때문에 양피지의 해독을 중도에서 포기했던, 죽고 없는 두 쌍둥이의 근원에 대해서도 알게 되었다. 여기까지 읽어 내려갔을 때, 자신의 출생에 관해 알고 싶어 안달이 난 아우렐리아노는 중간을 건너 뛰었다. 그러자 과거의 목소리들, 과거 제라늄들의 속삭임, 집요하게 생각나는 향수에 앞서는 실의의 한숨 소리가 가득 담긴 미지근하고 희미한 바람이 불기 시작했다. 그 순간 그는 자기 존재의 최초의 징후를, 행복하게 만들어 주지도 못할 아름다운 여자 하나를 찾아 착각을 유발하는 황무지를 경박스럽게 질질 끌려다녔던 호색적인 할아버지 속에서 찾아내고 있었기 때문에 바람이 불기 시작했다는 사실을 알아차리지 못했다. 아우렐리아노는 할아버지를 알아보고 나서 할아버지 후계의 숨겨진 길들을 추적했고, 황혼 무렵 욕실의 전갈과 노랑나비 사이에서 이루어진 자신의 수태의 순간을 만났는데, 그곳에서는 어느 기계공이 반발심 때문에 몸을 내맡긴 한 여자를 상대로 정욕을 채우고 있었다. 그는 너무나 깊이 몰두해 있었기 때문에 두 번째 불어온 바람도 느끼지 못했는데,

그 강력한 회오리바람으로 인해 돌쩌귀에서 문과 창문이 떨어져나가고, 동쪽 회랑의 지붕이 날아가 버리고, 집 토대가 뿌리째 뽑혀 버렸다. 그는 그때 비로소 아마란타 우르술라가 자신의 누나가 아니라 이모였다는 사실을 알았고, 프란시스 드레이크가 리오아차를 습격한 것은 단지 이모와 자기가 가장 복잡하게 뒤얽힌 핏줄의 미로 속에서 서로를 찾아, 마침내 가문에 종지부를 찍어야 할 신화적인 동물을 낳게 하기 위해서였을 뿐이었다는 사실을 발견했다.[90] 마콘도는 이제 분기탱천한 묵시록적 허리케인에 휘말려 한 곳으로 모인 먼지와 허섭스레기로 이루어진 공포의 소용돌이가 되어 있었는데, 그때 아우렐리아노는 너무 잘 알고 있는 과거 사건에 시간을 허비하지 않기 위해 열한 쪽을 건너뛰었고, 자신이 살아가고 있는 현재 순간을 해독하기 시작해, 시간 순서에 따라 앞으로 해독해 나갔으며, 양피지의 마지막 쪽을 해독하는 행위에서는 그 자신이 말하는 거울을 들여다보고 있기라도 하듯 자신의 미래를 예언하고 있었다. 그때 예언을 미리 알고 있던 그는 자신이 죽는 날짜와 그 상황을 알아보기 위해 다시 건너뛰었다. 그럼에도 불구하고, 그는 마지막 행에 도달하기 전에 자신이 그 방에서 절대로 나가지 못하리라는 사실을 이미 이해했는데, 그것은 아우렐리아노 바빌로니아가 양피지의 해독을 마친 순간 거

---

90) 묵시록적인 문학은 결정론적인 관점에서 역사를 해석하는데, 이는 「다니엘서」 11장 36절에 설명되고 있다. '정해진 것은 일어날 것이다.' 아우렐리아노 바빌로니아는 양피지를 읽은 바로 그때가 되어서야 근친 상간의 사이클이 예정되어 있었다는 것을 이해했다.

울의 도시(또는 신기루들)는 바람에 의해 부서질 것이고, 인간의 기억으로부터 사라져 버릴 것이고, 또 백년의 고독한 운명을 타고난 가문들은 이 지상에서 두 번째 기회를 갖지 못하기 때문에 양피지에 적혀 있는 모든 것은 영원한 과거로부터 영원한 미래까지 반복되지 않는다고 예견되어 있었기 때문이다.

마콘도와 라틴아메리카의 고독에 대한 탐구

'소설의 죽음'에 반기를 든『백년의 고독』

그동안 세계 문학계의 변방에 머물러 있던 라틴아메리카 문학이 20세기 중반에 들어서면서 소위 '붐(Boom)' 세대의 등장과 더불어 서서히 중심으로 이동하기 시작했고, 콜롬비아의 가브리엘 가르시아 마르케스(Gabriel García Márquez, 1927~2014)를 비롯해 멕시코의 카를로스 푸엔테스, 페루의 마리오 바르가스 요사 등 일군의 작가는 자신들의 작품을 통해 라틴아메리카 문학의 역량을 전 세계에 과시하는 데 결정적인 역할을 했다. 특히 1944년에 '집(La casa)'이라는 제목으로 소설 하나를 쓰려고, 현재의『백년의 고독』에 있는 첫 행을 썼지만 자신이 하려는 얘기를 스스로 믿을 수 있도록 하기 위한 테크닉적·언어적 요소가 준비되어 있지 않았기 때문에 하나의 '완성된 작품'으로 만들 수 없다는 사실을 깨달은 가르시아 마르케스가 23년 동안 생각하고 18개월에 걸쳐 집필한 『백년의 고독』이 1967년 6월에 부에노스 아이레스의 수다메리까나(Sudamericana) 출판사에서 출간되어 전 세계에 신선한 충격을 던져 주었다.

『백년의 고독』이 출간되기 전 여러 잡지가 일부를 미리 게재했고, 가르시아 마르케스가 읽어 보라고 건네준 제1장을 읽은 카를로스 푸엔테스도 극찬을 아끼지 않았다. 비평가들뿐만 아니라 독자들에게도 즉각적인 성공을 거둔 이 작품은 현기증 나는 속도로 재판이 이루어졌고, 출판된 지 몇 개월 만에 유럽의 20개 언어로, 현재는 세계의 거의 모든 언어로 번역되어 전 세계 독자들, 특히 '고갈의 위기'에 처해 있는 작가들의 애독서가 되고 있다.

『백년의 고독』은 세계적인 명성을 얻어 가면서 이탈리아에서는 키안치아노 상을 수상하고, 프랑스에서는 가장 뛰어난 외국 소설로 지정되었다. 미국 비평가들은 1960년대의 가장 훌륭한 열두 권의 책 가운데 하나로 선정했으며, 1971년 컬럼비아 대학은 가르시아 마르케스에게 명예 문학박사 학위를 수여했다. 1972년에는 라틴아메리카에서 가장 권위 있는 베네수엘라의 로물로 가예고스 상을 수상하고, 결국 1982년에 노벨 문학상을 수상하기에 이르렀다.

가르시아 마르케스는 밀란 쿤데라로 하여금 "소설의 종말에 대해 말하는 것은 서구 작가들, 특히 프랑스인들의 기우에 지나지 않을 따름이다. 이런 말을 한다는 것은 동유럽이나 라틴아메리카 작가들에게는 어불성설이나 다름없다. 책꽂이에 가르시아 마르케스의 『백년의 고독』을 꽂아 놓고 어떻게 소설의 죽음을 말할 수 있겠는가?"라는 말로 소설의 부활에 대해 언급하도록 만듦으로써 많은 작가의 '소설의 죽음'에 대한 우려를 무마시켰다. 아니 계속해서 소설을 쓸 수 있는 원기를 불어넣었다.

가르시아 마르케스의 문학은 이제 라틴아메리카에만 국한되는 것이 아니라, 미국을 비롯한 유럽 및 세계 문학 속에서 확고한 위상을 차지하고 있는 바, 그의 영향을 받은 다른 작품들까지도 문학계에서 풍성한 수확을 거두면서 독자들의 아낌없는 찬사를 받고 있다.

마술적 사실주의: 또 다른 리얼리즘의 극치

라틴아메리카의 현실을 심도 있게 표현하기 위해 가장 적절한 방법을 모색하던 라틴아메리카 소설가들은 역사적·문학적으로 큰 혼란을 겪어온 라틴아메리카만의 독특한 문학적 표현 방식인 '마술적 사실주의(Realismo mágico)'를 고안해 냈다. 중남미 학자로서는 아르투로 우슬라르 피에트리가 1948년에 처음으로 썼지만, 이것을 새로운 사조로 규정한 사람은 앙헬 플로레스였고, 쿠바의 작가 알레호 카르펜티에르는 '경이로운 사실(Lo real maravilloso)'이라는 용어로 조금 다르게 표현하기도 했던 '마술적 사실주의'는 사실과 허구가 초현실주의적 수법으로 교묘하게 결합되어 있는 형태를 말하는 것으로, 좁게는 리얼리즘의 한 유형, 넓게는 세계 인식의 한 방법이라고 말할 수 있다.

충분히 현실에 바탕을 두고 있지만, 현실을 실제의 삶보다 더욱 폭넓게 수용하고 있는 라틴아메리카에게 '현실'이란 개인 심리적·사회적·수평적·역사적·외면적 측면뿐만 아니라 집단 심리적·민화적·미신적·환상적·추상적·수직적·탈시간적·내면적 측면까지 포함한다. 이런 맥락에서 죽음의 세계는 삶의 세계와 모순되는 것이 아니라 공존하며, 부재와 현존은 한 사물이나 현상의 동시적 속성이다. 진정한 의미의 현실은 불가시적 세계로 둘러싸인 포괄적인 전체를 뜻하기 때문에 가르시아 마르케스가 자신의 소설에 첨가한 신화적인 요소들은 라틴아메리카의 현실, 즉 고독을 치유하기 위한 하나의 장치로 이해될 수 있다.

가브리엘 가르시아 마르케스는 어린 시절 '무책임한' 아버지 때문에 외가에서 자랐는데, 미신을 믿고 신비한 것을 아주 좋아하던 외할머니는 어린 가브리엘에게 현실에서 일어날 수 없을 것 같은 터무니없는 것들을 아주 자연스러운 말투로 이야기해 주었고, 외할아버지 또한 자신이 겪은 전쟁 얘기 등을 외손자에게 전해 줌으로써 가브리엘은 경이로 가득 찬 옛날 얘기의 세계에 흠뻑 젖은 채 어린 시절을 보낼 수 있었다. 가르시아 마르케스는 분석적이고 증언자적인 태도를 배제하고 대신 유년기부터 들어온 전설이나 신화로 포화되어 있는 잠재의식의 인도를 받아 『백년의 고독』에 자신만의 필체와 서사적 관점을 사용해 현실과 현실, 사실과 환상을 교묘하게 융합함으로써 특유의 제3 현실, 즉 총체적 허구의 세계를 창조해 냈다. 이런 창조적 행위를 통해 드러난 제3 현실은 독자의 개념적 세계를 마술적 세계로 대치시킴으로써 독자의 무의식이나 잠재의식 속에 엄연한 현실로 받아들여지고 있다.

『백년의 고독』의 마술적 장치는 실제로 이 작품을 읽음으로써만 풀 수 있는데, 작품에 나타난 그 예들을 대략 살펴보면 다음과 같다. "팔팔 끓고 있는 얼음", "인물들 가운데 죽은 사람이 다시 나타나 마치 살아 있는 사람처럼 활약하는 모습", "흙과 벽에서 굵은 석회를 먹고 사는 레베카", "항해 도중 바다에서 잡은 바다용의 뱃속에서 발견된 십자군 병정의 투구, 허리띠, 무기", "난로에 얹어 둔 우유가 끓지 않아 주전자 뚜껑을 열어 보았을 때, 그 안에서 득실거리는 구더기", "담요나 양탄자를 타고 하늘 높이 날아가 이 지상에서 영원히 사라져 버린 여인", "돼지 꼬리를 달고 태어난 아이" 등이다. 특히 한 발의 총성이 울린 뒤에 일어난 호세 아르카디오의 죽음에 관한 '사실'의 기술에서는 마술적 사실주의의 면모가 잘 드러난다.

호세 아르카디오가 침실문을 닫자마자 권총 소리가 집 안을 권총 소리가 집 안을 진동했다. 한 줄기 피가 문 밑으로 새어 나와, 거실을 가로질러 거리로 나가, 울퉁불퉁한 보도를 통해 계속해서 똑바로 가서, 계단을 내려가고, 난간으로 올라가, 터키인들의 거리를 통해 뻗어 나가다, 어느 길모퉁이에서 오른쪽으로 돌았다가, 다른 길모퉁이에서 왼쪽으로 돌아, 부엔디아

작품 해설

가문의 집 앞에서 직각으로 방향을 틀어 닫힌 문 밑으로 들어가서는 양탄자를 적시지 않으려고 벽을 타고 응접실을 건너, 계속해서 다른 거실을 건너고, 식당에 있던 식탁을 피하기 위해 넓게 우회해서 베고니아가 있는 복도를 통과해 나아가다, 아우렐리아노 호세에게 산수를 가르치고 있던 아마란타의 의자 밑을 들키지 않고 지나, 곡식 창고 안으로 들어갔다가 우르술라가 빵을 만들려고 달걀 서른여섯 개를 깨뜨릴 준비를 하고 있던 부엌에 나타났다.

또한 가르시아 마르케스는 바나나 농장 노무자들이 노동권과 생존권 보장 문제를 놓고 벌인 시위를 진압하는 과정에서 사망한 역사적 숫자 13명을 3000명으로 소개하고 있는데, 이런 과장에 대해 백 년 뒤에는 3000명이라는 환상적 숫자가 역사적 숫자로 믿어지고 13명이라는 역사적 숫자는 믿기 어려운 환상적 숫자로 퇴색할 것인 바, 그때는 사람들이 역사보다는 자신의 픽션을 믿을 것이라고 말함으로써 역사적 사실을 비현실적이고 마술적인 영역으로 끌어들인다.

사실 가르시아 마르케스 자신이 "작가보다는 마술사가 되고 싶었다"고 한 말은 그가 현실을 '제대로' 파악하고 표현하기 위한 기재로 차용한 마술적 사실주의와 연관이 있다. 마술사처럼 하는 것, 즉 현실을 무한히 확대하고, 현실을 재해석하려는 그의 시도는 『백년의 고독』에서 충분히 탐지되는데, 이 허구적 세계는 마치 창조주가 실제로 눈에 보이지 않거나 존재하지 않는 것처럼, 마술에 의해, 마술 속에서, 마술로부터

생성된다.

유토피아적 공간: 나선형적 시간

사람 하나를 죽임으로써 고향을 떠난 호세 아르카디오 부엔디아가 아무도 닿을 수 없는 곳에 건설해, 부엔디아 가문의 6대에 걸친 영고성쇠, 즉 고통, 절망, 사랑의 결여, 백 년 동안의 고독이 펼쳐지는 마콘도는 콜롬비아의 오지(리오아차, 시에나가 그란데)와 신화(원죄 이전의 축축하고 고요한 낙원, 마법에 걸린 지역) 등에 뿌리박고 있다. '마콘도'라는 이름은 가르시아 마르케스가 첫 소설을 쓸 때인 1951년에 이미 결정되어 있었는데, 이는 그의 고향인 카리브해 연안의 원시적인 마을 아라카타카에 있는, 자신이 어렸을 때 가본 적이 있는 농장 이름에서 따온 것이다.

마콘도는 신화적 레벨에서는 에덴의 은유를 내포하고 있는 죽음이 없는 세계이자, 라틴아메리카의 역사적 맥락에서는 에스파냐(스페인) 사람들에 의해 발견된 신대륙 아메리카를 상징한다. 이런 이중 구조 안에서 마콘도라는 곳은 고독이 지배하는 곳으로 장치된다. 마콘도는 아주 명확하게 정의된, 그렇지만 동시에 열려 있고 복잡한 상징체다. 마콘도는 라틴아메리카의 모든 변두리 마을과 지방을 대변한다. 그러나 초기의 단절과 고립으로부터 식민화, 미 제국주의화로 이행되는, 소위 '일탈 또는 전도(顚倒)'의 역사를 내포하고 있기도 하다. 또한 마콘도는 여러 면에서 '에덴동산(무릉도원, 유토피아)'을 연상시키기에 충분하다. "주민들이 그때까지 알고 있던 그 어떤 마을보다 잘 정비되고 부지런한 마을"인 마콘도는 자원이 풍부하고 위기의식도 없으며, 그 누구도 사망한 적이 없는 낙원인 것이다. 하지만 원시적 형태를 유지하고 있던 마콘도는 점차 현대 문명과 제도의 침투를 받으면서 몰락의 길을 걷기 시작하고, 고독에 휩싸인 부엔디아 가문 사람들이 거주하는 고독한 마을로 변해 백 년이 흐른 뒤 결국은 소멸하고 만다.

현실적인 공간이자 신화적인 공간인 마콘도는 '직선적(역사적)'이고 '원형적(신화적)'인 시간이 중첩·혼합된 시간 구조, 다시 말하면 '나선형' 시간 구조 속에 위치한다. 따라서 『백년의 고독』에 내재된 핵심 테마인 '고독'의 의미를 포착하기 위해서는 직선적으로 진행되는 역사, 즉 마을의 설립과 발전, 쇠퇴와 파괴라는 역사를 보완하고 소설의 시간적 차원을 확정시키며, 새로이 생명력 있게 펼쳐지는 확장된 현재의 꿈을 묘사하는 나선형적 시간, 다시 말하면 연속성보다는 동시성을 추구하기 때문에 한 방향으로 흐르는 것이 아니라 돌고 도는 시간, 직선적인 시간을 보완하고 소설의 시간적 차원을 확장시키는 시간과 부엔디아 가문에 총체적으로 선고되어 있는 고독 사이의 관계를 이해해야 할 것이다. 부엔디아 가문의 역사, 소설의 '고독한' 시간적 메커니즘은 "끝없이 반복되는 하나의 톱니바퀴, 즉 그 축이 서서히, 고칠 수 없을 정도로 마모되지 않는다면 영원히 계속해서 회전하는 하나의 바퀴"이기 때문이다.

사실, 『백년의 고독』에는 수많은 등장인물과 사건이 어지럽게, 마술적으로 뒤섞여 있지만 진지하게 읽어 보면 지속적인 어떤 흐름, 즉 시·공간 속에서 계속 반복되는 리듬과 패턴이 발견된다. 불멸을 찾아다니는 길가메쉬의 모험, 오디세우스의 귀향 여행, 영원성을 추구하는 연금술사의 자기실현 과정, 성배를 찾아 떠나는 기사들의 이야기, 디오니소스적 광란의 축제 등, 일류가 시간을 통해 쌓아 올린 모든 문학적 경험, 다시 말하면, 수많은 민속 모티브, 신화, 에피소드가 도처에 깔려 서로 융합되어 있는 것이다. 여성 주인공들, 특히 도덕성의 화신인 우르술라, 풍요와 성의 상징적 여신에 비유될 수 있는 필라르 테르네라('필라르(Pilar)'는 '기둥', '축'을 의미하고, '테르네라(Ternera)'는 '암소'를 의미한다.), 아마란타(그녀는 출산의 여신이나 그 자신의 처녀로 남아 있는 그리스의 대모신(大母神) '아르테미스'를 의미한다.) 등은 위와 같은 특징을 잘 나타내고 있다.

『백년의 고독』에서 나선형적 시간·공간의 문제를 가장 잘 드러내는 상징적 면모는 세상에 존재하는 것들의 이름 짓기에서 비롯된다. 부엔디아 가문의 남자 자손들은 아우렐리아노 또는 호세 아르카디오라는 이름을, 여자 자손들은 우르술라, 아마란타, 레메디오스라는 이름을 반복적으로 사용한다. 한 가지 특이한 점은, 호세 아르카디오라는 이름을 지닌 남자들은 충동적이며 모험적인 특성을 띠고 있으며, 아우렐리아노라는 이름을 지닌 남자들은 명민하고 은둔적인 성격을 지님으로써 이들이 심리학적·생물학적으로 동일한 패턴의 성격적 특성을 계승해 나간다는 것이다.

아우렐리아노는 부엔디아 대령이 일으키거나 겪은 서른 두 번의 반란은 콜롬비아 독립 이후 끊임없이 진행되어 온 좌우 이데올로기의 투쟁의 역사를, 4년 11개월 2일간 지속된 대홍수와 10년 동안 지속된 가뭄은 '낙원'에서 저질러진 타락의 정화와 다가올 신생(新生)을, 그리고 동시에 신생에 대한 소망의 무참한 좌절을, 고독을 상징하고 있으며, 이밖에도 10년 주기로 3월이면 마을에 찾아오는 집시들, 불길한 일이 일어나는 화요일들, 부엔디아 가문에서 일상적으로 되풀이되는 수많은 일 또한 시간의 동시성과 순환성, 그리고 그 속에 내재된 고독을 상징한다.

특히 신화 속의 '페넬로페'를 생각나게 만드는, 아마란타가 낮에 수의를 짰다가 밤에 푸는 행위와 아우렐리아노('아우렐리아노(Aureliano)'는 어원학적·상징적인 의미에서 라틴어의 '황금(aurum)'과 연관이 있다.)가 고독을 지탱하기 위해 황금을 녹여 작은 물고기를 만들고, 황금 물고기를 팔아 벌어들인 금화를 녹여 황금 물고기를 만들다가, 마침내 팔기를 단념하고 순전히 만들기만을 위해 황금 물고기를 녹여 다시 황금 물고기를 만드는 행위는 시간의 '고독한' 순환성을 잘 드러내고 있다.

이처럼 마콘도라는 실제적인 공간과 소설이라는 공간(양피지라는 공간)이 아주 교묘하게 얽히고설켜 있는 소설, 『백년의 고독』에서 서사의 나선형적 시간의 특성은 죽음(라틴아메리카 사회가 선고받은 것처럼 보이는 정체의 운명 또는 수동적인 혼수상태)으로부터 시작해 과거로 회귀해 재정립하고, 더 나아가서는 현재를, 미래를 정립하고 여는 생명의 순환고리를 연결해 가는 데 있는 것이다.

고독, 섹스, 근친상간: 마콘도와 부엔디아 가문의 인간 조건

고독과 관련해 『백년의 고독』에서 가장 특징적인 인물들은 마콘도의 설립자인 부엔디아의 가문 사람들로서, 고독이라는 기호는 그들의 온몸과 영혼에 나 있는 상처이자 종양이자, 가족의 혈통 속에 녹아 있는 '인자'라고 할 수 있다. 부엔디아 가족 가운데서 가장 고독한 인물은 아우렐리아노 부엔디아 대령이다. 그의 고독한 운명은 태어나기 전에 이미 나타나고 있다. 어머니 우르술라가 노령에 이르러 터득한 특유의 통찰력으로 아우렐리아노 대령이 어머니 배 속에서 울었던 것은 "그가 사랑을 하는 데는 무능하다는 것을 증명한다고." 말했듯, 그는 모든 가족 가운데서도 타인과 우정이나 내밀한 관계를 맺는 데 어려움이 가장 많은 인물이다. 고독하게 자란 그는 나중에 보수파와 자유파 사이에 벌어진 '천일 전쟁'의 영웅으로서 엄청난 권력을 소유하게 되어 "이제 모든 걸 다 할 수 있는 남자처럼 보였을 때"도(어떤 때는 그의 명령이 채 떨어지기도 전에 미리 실행되기도 한다.) 백묵으로 그린 작은 원 안에 스스로 격리된 채 '무한한 권력이 유발하는 고독 속'에 위치하게 된다. 그래서 우르술라는 그의 과도한 권력이 거의 완벽한 도덕적 타락을 의미한다고, 다시 말하면 돼지 꼬리를 달고 태어난 것과 같다고 생각하기에 이른다. 그러나 권력을 상실한 후 아우렐리아노 부엔디아 대령은 "다시는 전쟁에 대해 생각하지 않기 위해." 작은 황금 물고기를 만드는 작업에 몰두하지만, 사실은 자신이 고독으로부터 벗어날 수 없다는 한계를 인식하고

서, 아니 순환적인 고독을 누림으로써 자신의 영혼에 각인되어 있는 고독을 치유하기로 한다. 그리고 아버지가 묶여 있던 밤나무 아래서 고독한 시체로 발견된다.

'고독'은 부엔디아 가문이 위치하고, 가문을 지배하는 공통의 조건이기 때문에 그 누구도, 심지어는 부엔디아 후손의 어머니인 우르술라조차도 고독으로부터 자유로울 수가 없다. 그녀는 소경이 됨으로써 뚫고 들어갈 수 없는 노쇠의 고독 속에 침잠해 아들 아우렐리아노 부엔디아 대령과 마찬가지로 깊은 사색에 빠진다. 그러나 아들의 깊은 사색이 명상의 한 형태로 선택된, 실제적인 것이었던 반면에 적극적인 삶을 영위하고자 끊임없이 노력하는 우르술라의 침잠은 본의가 아니었다. 이처럼 고독은 아우렐리아노 부엔디아 대령과 어머니에게서 반대되는 효과를 유발하는데, 아우렐리아노 부엔디아 대령이 고독 속에서 화려한 권력을 차츰차츰 잃어간 반면에 우르술라는 눈이 멀어짐으로써 고독 속에서 사물을 더 잘 보게 된다.

결혼으로 가족이 된 산타 소피아 델 라 피에닷, 페르난다 델 카르피오, 우연히 혈연관계를 맺게 된 필라르 테르네라, 마우리시오 바빌로니아, 가족의 절친한 친구 멜키아데스, 헤리넬도 마르케스, 외국인으로서 부엔디아 가문 여자의 사랑을 얻어 마콘도에 정착하려다 실패한 피에트로 크레스피, 가스톤 등 모든 인물이 고독의 상징으로 나타난다. 심지어는 부엔디아 가문의 집 자체, 집에 있는 가재도구, 화초, 나무, 잡풀, 새, 불개미, 노랑나비까지도 고독한 존재다. 이들은 고독을 피하기 위해, 고독을 향유하기 위해 죽음을 선택하거나 강제로 죽고,

결국은 근친상간에 함몰되는 것이다.

쉽사리 눈에 띄지는 않지만, 마콘도 주민 그 누구에게도 가톨릭은 심오한 믿음도, 도덕도, 행동의 규범도 아니다. 단지 진부한 사회적 실천, 형식적인 의례에 불과하다. 다시 말하면 가톨릭까지도 고독을 치유하는 수단이 되지 못하는 것이다. 마시에 참석해 재(灰)의 십자가를 이마에 그렸다가 영영 지워지지 않은 바람에 십자가가 표적이 되어 반대파에 의해 모두 차례차례 다양한 방식으로 암살된 아우렐리아노 부엔디아 대령의 열일곱 아들 또한 가톨릭의 보호를 전혀 받지 못한 결과물로서 고독한 운명을 대변하고 있는 바, 어떤 의미로 가톨릭은 죽음과 연계된 고독을 유발하는 것으로 보이기까지 한다.

부엔디아 가문에서 우르술라 이구아란을 제외한 거의 모든 사람은 성적인 욕망으로 가득 차 있다. 특히 남자들은 삶을 성적인 욕망과 동일시한다. 그래서 성은 이들의 삶의 방식처럼 보이기도 하다. 프랑스의 한 출판사가 마르셀 프루스트와 함께 질문지를 만들어 "관대히 용서할 수 있는 실수가 무엇인가?"라고 물었을 때 가르시아 마르케스가 "허리 밑에서 저지르는 실수"라고 말했다시피, 인간에게 성은 권력과 더불어 가장 기본적이고, 자연스럽고, 강력한 욕구 가운데 하나라는 사실을 부인할 수 없겠지만, 『백년의 고독』에서는 성이 고독과 더불어 기능한다는 점에서 그 의미가 배가된다. 즉 성은 고독을 해소하고, 동시에 고독을 더욱 심화시키는 기재로 작용하고 있는 것이다.

이런 맥락에서 볼 때, 『백년의 고독』에 대한 독서에서 마콘도 설립의 근원을 이루고 부엔디아 가문과 혈통의 고칠 수 없는 성향으로 지속되고, 결국에는 묵시록적 재난을 유발하는 서사의 중심 모티프에 대한 언급이 필요하다. 그것은 바로 근친상간이다. 가르시아 마르케스는 "내 소설 『백년의 고독』에서 내게 가장 관심이 있는 것은 무엇보다도 근친상간에 의해 고착되어 있는 가족의 역사를 이야기하는 것"이라고 밝힌 바 있다.

사실, 『백년의 고독』은 '백년의 근친상간'으로 치환될 수 있을 정도로 라틴아메리카 문화에 깊숙이 내재된 두 가지 현실, 즉 고독과 근친상간의 문제를 밀도 있게 다루고 있다. 따라서 부엔디아 가문의 모든 구성원을 가장 뚜렷하게 특징짓는 것은 바로 사랑의 주체와 대상이 한 가족에 속하는 근친상간의 유혹이며, 그들 모두는 의식적이든 무의식적이든 간에 근친상간에 매력을 느끼고 있다. 이런 근친상간의 내면에 바로 고독이 존재한다.

소설의 순환적 리듬은 수많은 사건이 고독의 가장 특징적인 면모인 근친상간과 연결되어 진행되면서 그 주기와 형태가 더욱 복잡해지는데, 이 리듬 속에 위치하는 근친상간과 그것의 금기는 부엔디아 가문의 기본 틀을 형성한다. 무엇보다도 근친상간으로 상징되는 도덕적 타락은 부엔디아 가문의 몰락을 재촉하는 견인차 역할을 한다. 유전학적 관점에서 볼 때 동종 교배가 열등한 자손을 낳듯 부엔디아 가문 사람들 또한 근친상간이라는 동종 교배를 통해 점점 더 열등한 자손을 낳고 그 결과 부엔디아 가문이 멸망하고 마콘도가 폐허로 변해 버린 것이다.

　사실 마콘도 설립의 근본 동기도 사촌 호세 아르카디오 부엔디아와 결혼한 우르술라가 근친상간으로 인해 돼지 꼬리가 달린 아이가 태어날 것을 두려워한 나머지 부부생활을 거부하게 되고, 이를 비웃는 프루덴시오 아길라르를 호세 아르카디오 부엔디아가 죽임으로써 이루어진 것이다. 근친상간의 결과에 대한 가공할 만한 공포로 인해 우르술라는 후손들에게 엄하게 경고하지만 근친혼의 전통을 유지하고 있는 가문의 삶에서 근친상간은 피할 수 없는 굴레이기 때문에 가문의 혈통에 흐르는 근친상간적 경향은 영원히 바로잡을 수 없다. 형 호세 아르카디오와 동생 아우렐리아노는 필라르 테르네라를 공유하고, 자매간인(비록 양녀이긴 하지만) 레베카와 아마란타는 피에트로 크레스피를 동시에 사랑하고, 형제간인 호세 아르카디오 세군도와 아우렐리아노 세군도는 페트라 코테스를 공유하며, 레베카는 친오빠처럼 자란 호세 아르카디오와 결혼하고, 아마란타와 조카 아우렐리아노 호세도 근친상간 직전까지 이른다. 마지막 부분에 이르러 이모와 조카인 아마란타 우르술라와 아우렐리아노 바빌로니아가 관계를 맺어 돼지 꼬리 달린 자손을 낳고, 선조들의 경고에도 불구하고 치욕적인 종말을 맞이한다. 이 외에도 실제로 행해지지는 않지만 근친상간의 경향이 드러나는 관계 또한 많이 발견된다. 어머니 필라르 테르네라에 대한 아르카디오의 욕정, 미녀 레메디오스와 아우렐리아노 부엔디아 대령의 열일곱 아들과의 관계, 아우렐리아노 세군도와 자신의 딸 레나타 레메디오스와의 관계, 아우렐리아노 세군도와 페르난다 사이에서 태어난 호세 아르카디오와 증고조할머니 아마란타와의 관계 등이 그것이다.

이처럼 부엔디아 가문의 역사는 근친상간과 더불어 시작되고 혈통의 미로를 통해 여러 세대에 걸친 모색 후 그 순환이 완성되는 바, 결국 돼지 꼬리 달린 아이와 거울로 이루어진 도시의 파괴는 인간이 꿈꾼 유토피아는 인간 자체가 지닌 '악'의 씨로 말미암아 성취하기 어렵다는 사실을 암시하고 있다. 다시 말하면, 마콘도는 서양 세계와의 진정한 족외혼적 관계를 설정하기 위한 시도에서 매번 실패하고 수세기 전부터 지속된 고독 속에 갇힌 채 아직까지도 확실하고 완전하게 알지 못하는 자신들의 근본에 대해 생각하고 있는 라틴아메리카에 대한 은유적인 표현일 것이다.

어찌 보면 『백년의 고독』의 인물들은 사랑에 관해 무능함으로써 고독이라는 순환 고리를 끊지 못하는지도 모른다. 부엔디아 가문 사람들의 운명, 라틴아메리카의 조건을 가장 잘 정의하는 고독이라는 개념은 사랑에 무능한 사람들의 '황폐'와 '단절'이라는 두 단어에 들어 있다고 할 수 있을 것이다.

고독과 관계된 가장 특징적인 면모는 이 작품의 마지막 세 페이지에 드러난다. 부엔디아 가문의 최후 생존자 아우렐리아노 바빌로니아는 개미 떼에 의해 끌려가는 갓 태어난 아들의 몸을 보는 순간 멜키아데스의 양피지에 적힌 "가문 최초의 인간은 나무에 묶여 있고, 최후의 인간은 개미에게 먹히고 있다."는 제사(題詞)를 떠올리고는 자신의 운명이 양피지에 적혀 있다는 사실을 깨닫고서 멜키아데스의 방에 처박혀 백 년 전에 산스크리트어로 씌어진 부엔디아 가문의 역사를 해석한다. 그리고 양피지의 해석을 마치는 순간 마콘도(거울의 도시 또는 신기루들)가 바람에 의해 부서져 인간의 기억으로부터 사라져버릴 것이고, 또 "백년의 고독한 운명을 타고난 가문들은 이 지상에서 두 번째 기회를 갖지 못하기 때문에 양피지에 적혀 있는 모든 것은 영원한 과거로부터 영원한 미래까지 반복되지 않는다고 예견되어 있다."는 사실을 깨닫게 된다. 여기서 양피지를 읽는 행위 자체는 반복할 수 없는 고독한 행위, 죽음의 행위가 되어 고독의 극치에 이른다. 말은 비극으로 끝나고 삶은 반복될 수 없으며, 한번 지나간 시간을 다시 시작할 수도 없기 때문이다. 백 년 뒤의 "사랑에 의해 비로소 삶을 받은 자"가 태어났을 때 이미 소멸될 운명에 처해 있던 부엔디아 가문의 고독은 그들만의 업보가 아니라 라틴아메리카의 업보이기도 하다.

『백년의 고독』: 삶과 문학에 대한 진정한 화두

『백년의 고독』은 라틴아메리카의 창세기이며 묵시록이다. 가르시아 마르케스는 이 작품을 통해 가장 라틴아메리카적인 과거와 현재, 그리고 미래를 더욱 넓고 깊게 바라봄으로써 라틴아메리카 현실에 의미를 부여하고, 초월적 지역주의, 다시 말해 좁게는 콜롬비아 넓게는 라틴아메리카라는 특정 지역에 뿌리를 박고 있으면서도 보편성을 추구하는 라틴아메리카 문학을 세계에 알리고 있다. 즉 『백년의 고독』은 "우리의 현실을 타인의 방식으로 해석하는 행위는 갈수록 우리를 이해하지 못하고, 갈수록 우리를 덜 자유롭게 하며, 갈수록 고독하게 만드는 데 이바지할 뿐"인 상황에서 "삶의 새롭고 활짝 개인 유토피아이며, 아무도 타인을 위해 심지어는 어떻게 죽어야 한다고까지 결정을 내릴 수 없는 곳이며, 정말로 사랑이 확실하고 행복이 가능한 곳이고, 백년의 고독을 선고받은 가족들이 마침내, 그리고 영원히 이 지구상에 새로운 기회를 가질 수 있는 곳"인 진정한 유토피아를 창조하는 작업을 실행하기에 늦지 않았다고 믿을 권리가 있다고 생각한 결과물, 즉 라틴아메리카의 고독을 타파하기 위한 지난한 시도인 것이다. 더 나아가, 라틴아메리카인뿐만 아니라 세계인과 그들의 삶의 정수를 동시에 파악할 수 있는 객관적 사실과 시적 상상이 마술적으로 융합되어 있는 그의 소설 세계는 현실의 지평을 무한히 확장시키면서 20세기를 위협하는 부조리한 요소들을 까발리고, 도덕적인 분노를 표출하고, 미래에 대한 비전을 제시해준다. 그리고 우리의 영원한 가치인 사랑을 통해 인간과 삶에 대한 진정한 가치를 재평가할 기회를 부여하면서 현대 사회의 삶과 문학에 새로운 좌표를 설정해주고 있다.

『백년의 고독』이 출판된 지 많은 세월이 지났지만, 비평가들과 독자들이 라틴아메리카에서 태어난 소설, 멜키아데스의 양피지에 쓰여 있는 아우렐리아노 바빌로니아처럼 자신의 모습을 바라보았던 문학적 거울인 이 소설에 여전히 놀라움과 감동을 표하고, 전율을 느끼면서 과거와 현재, 그리고 미래의 삶과 역사를 비추고 전망해 보는 이유는 『백년의 고독』이 작가의 의식 세계와 라틴아메리카라는 실체가 지니고 있는 복합적인 현실을 총정리한 소설로서 라틴아메리카 대륙을 체계적으로 이해시키는 데 크게 기여했을 뿐만 아니라 '소설의 죽음'에 종지부를 찍고, 소설의 삶과 소설의 미래에 대한, 우리 인간의 삶에 대한 화두일 수 있기 때문이다.

조구호

작가 연보

1927년 3월 6일 콜롬비아의 아라카타카에서 태어났다.

부모님과 함께 외할아버지 댁에서 어린 시절을 보냈다.

1936년 수도 보고타 근교에 있는 시파키라의 국립 중등학교에
서 장학생으로 공부했다.

1947년 콜롬비아 국립대학교에서 법학을 공부했다.

단편 소설 「세 번째 체념」이 유명 일간지 《엘 에스펙타
도르(El Espectador)》에 실렸다. 이후 1952년까지 이 신
문에 11편의 단편 소설을 발표했다.

1948년 정치 폭력 사태인 '보고타소(Bogotazo)'를 겪은 후 법학
공부를 중단하고 카르타헤나 대학교로 옮겼다.

카르타헤나의 일간지 《엘 우니베르살(El Universal)》에
'셉티무스(Septimus)'라는 필명으로 글을 쓰기 시작했다.

1950년	대학 공부를 중단하고 바랑키야로 이사한 후, 바랑키야의 일간지 《엘 에랄도(El Heraldo)》의 칼럼에 글을 쓰기 시작했다.
	『낙엽(La hojarasca)』의 초고인 「집」 집필을 시작했다.
	이때 지금의 부인인 메르세데스 바르차를 만났다.
1954년	《엘 에스펙타도르》의 기자로 활동하기 시작했다.
1955년	단편 소설 「토요일 다음 날」로 문학상을 수상했다.
	첫 번째 장편 소설 『낙엽』을 출간했다.
	파리에서 특파원 생활을 하면서 엄청난 분량의 미국 문학을 읽는 한편 프랑스어 번역 등을 시작했다.
1956년	중편 「아무도 대령에게 편지하지 않다(El coronel no tiene quien le escribe)」를 탈고했다.
1957년	베네수엘라의 카라카스에서 발행되는 잡지 《엘리테(Elite)》와 보고타의 잡지 《크로모스(Cromos)》에 사회주의 국가에 관한 글 열 편을 발표했다.
1958년	카라카스에서 베네수엘라의 독재자 마르코스 페레스 히메네스(Marcos Pérez Jiménez)의 몰락을 지켜봤다.
	메르세데스 바르차와 결혼했다.
	나중에 출간될 『마마 그란데의 장례식(Los funerales de Mamá Grande)』에 수록되는 대부분의 단편 소설들을 썼다.
	보고타의 잡지 《미토(Mito)》에 「아무도 대령에게 편지하지 않다」를 발표했다.
1959년	카스트로 정권에서 설립한 통신사 프렌사 라티나

(Prensa Latina)에서 일하기 위해 보고타로 돌아갔다.

첫째 아들 로드리고가 태어났다.

단편 소설 「마마 그란데의 장례식」을 집필했다.

1960년   쿠바의 아바나에서 프렌사 라티나의 기자로 일했다.

1961년   프렌사 라티나의 뉴욕 주재 부지국장이 되지만 곧 사표를 내고 멕시코로 건너갔다.

1962년   둘째 아들 곤살로가 태어났다.

광고 회사에서 일하면서 영화 시나리오를 쓰기 시작했다.

두 번째 소설『불행한 시간(La mala hora)』과 일곱 편의 단편 소설이 수록된『마마 그란데의 장례식』을 출간했다.

1965년   『백년의 고독(Cien años de soledad)』 집필을 시작했다.

1967년   아르헨티나의 부에노스아이레스에 위치한 출판사 수다메리카나(Sudamericana)에서『백년의 고독』을 출간했다.

단편 소설집『이사벨은 마콘도에 비가 내리는 것을 보고 있다(Isabel viendo llover en Macondo)』를 출간했다.

스페인으로 건너가 1975년까지 머물렀다.

1970년   루이스 알레한드로 벨라스코의 표류에 관한『표류자 이야기(Relato de un naúfrago)』를 출간했다.

1971년   미국 컬럼비아 대학교에서 명예 박사 학위를 받았다.

1972년   단편 소설집『순박한 에렌디라와 포악한 할머니의 믿을 수 없이 슬픈 이야기(La increíble y triste historia de la cándida Eréndira y de su abuela desalmada)』를 출간했다.

세계적으로 권위를 인정받는 베네수엘라의 로물로 가예고스상을 수상했다.

1947년부터 1955년 사이에 쓴 열한 편의 단편 소설을 모은 『파란 개의 눈(Ojos de perro azul)』을 출간했다.

1973년 열두 편의 기사가 실린 『행복한 무명 시절(Cuando era feliz e indocumentado)』을 출간했다.

1974년 『칠레, 쿠데타와 미국 놈들(Chile, el golpe y los gringos)』을 출간했다.

1975년 『족장의 가을(El otoño del patriarca)』을 출간했다.

1976년 『연대기와 리포트(Crónicas y reportajes)』를 출간했다.

1977년 신문 기사 성격의 글 세 편이 실린 『카를로타 작전(Operación Carlota)』을 출간했다.

1978년 『사회주의 국가 기행문(De viaje por los paises socialistas)』을 출간했다.

1981년 『예고된 죽음의 연대기(Crónica de una muerte anunciada)』를 출간했다.
신문 기자로 활동할 당시의 글을 수록한 『기사 모음집(Obra periodística)』(1981~1984)을 출간했다.

1982년 노벨 문학상을 수상했다. '라틴 아메리카의 고독'이라는 제목으로 수상 연설을 발표했다.

1983년 시나리오 『유괴(El secuestro)』를 출간했다.

1985년 『콜레라 시대의 사랑(El amor en los tiempos del cólera)』을 출간했다.

1986년 『칠레에 비밀리에 잠입한 미겔 리틴의 모험(La aventura de Miguel Littín clandestino en Chile)』을 출간했다.

1989년 『미로 속의 장군(El general en su laberinto)』을 출간했다.

1992년   『이방의 순례자들(Doce cuentos peregrinos)』을 출간했다.

1994년   『사랑과 다른 악마들(Del amor y otros demonios)』, 희
곡『앉아 있는 사람에 대항한 사랑의 논박(Diatriba de
amor contra un hombre sentado)』을 출간했다.

1996년   보고 기사 형식을 빌린 장편 소설『납치 일기(Noticia
de un secuestro)』를 출간했다.

1999년   단편 소설「8월에 만나요」를 발표했다.
멕시코에서 거주하다가 콜롬비아로 돌아와 유력 주간
지《엘 캄비오(El Cambio)》를 인수해 활동했다.

2002년   자서전『인생을 이야기하기 위해 살다(Vivir para contr-
arla)』를 출간했다.

2004년   마지막 소설『내 슬픈 창녀들의 추억(Memoria de mis
putas tristes)』을 출간했다.

2007년   스페인 왕립 언어 학술원과 아카데미 연합이『백년의
고독』기념판을 제작하여 배포했다.

2010년   마르케스가 태어난 아라카타카 외조부모의 집이 박물
관으로 개관했다.

2014년   여든일곱 살 생일을 지내고 며칠 후 멕시코시티에서 타
계했다.

부엔디아 가문의 가계도

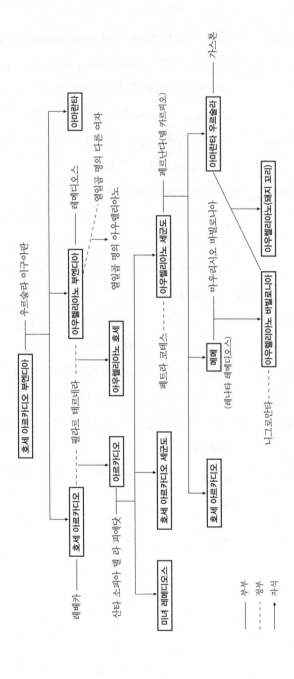

세계문학전집 35

백년의 고독 2

1판 1쇄 펴냄 2000년 1월 5일
1판 71쇄 펴냄 2024년 9월 20일

지은이 가브리엘 가르시아 마르케스
옮긴이 조구호
발행인 박근섭, 박상준
펴낸곳 (주)민음사

출판등록 1966. 5. 19. (제 16-490호)
서울특별시 강남구 도산대로1길 62(신사동) 강남출판문화센터 5층 (우편번호 06027)
대표전화 02-515-2000 팩시밀리 02-515-2007
www.minumsa.com

한국어 판 © (주)민음사, 2000, 2023. Printed in Seoul, Korea

ISBN 978-89-374-6035-7 04800
ISBN 978-89-374-6000-5 (세트)

세계문학전집 목록

세계문학전집은 계속 간행됩니다.